三晋百部长篇小说文库

科学遴选 权威论证
高峰展示山西长篇小说创作实绩
久经考验 再度锤炼
全面囊括中国当代小说山西经典

田澍中 / 著

五汉街

山西出版传媒集团

北岳文艺出版社
·太原

图书在版编目(CIP)数据

五汉街 / 田澍中著. —太原:北岳文艺出版社,2018.1
ISBN 978-7-5378-5530-3

Ⅰ.①五⋯ Ⅱ.①田⋯ Ⅲ.①长篇小说—中国—当代
Ⅳ.①I247.5

中国版本图书馆CIP数据核字(2018)第000841号

书　　名　五汉街
著　　者　田澍中
责任编辑　赵　勤
装帧设计　张永文
———————
出版发行　山西出版传媒集团·北岳文艺出版社
地　　址　山西省太原市并州南路57号
邮　　编　030012
电　　话　0351-5628696(发行部)
　　　　　0351-5628688(总编办)
传　　真　0351-5628680
网　　址　http://www.bywy.com
E－mail　bywycbs@163.com
经 销 商　新华书店
印刷装订　山西万佳印业有限公司
———————
开　　本　710mm×1000mm　1/16
字　　数　268千字
印　　张　18.75
版　　次　2018年1月第1版
印　　次　2021年1月山西第2次印刷
书　　号　ISBN 978-7-5378-5530-3
定　　价　48.00元

《三晋百部长篇小说文库》组织机构

策划

杜学文　张明旺　王宇鸿　梁宝印

专家审读小组

主任:杨占平

副主任:续小强

成员:吕　新　晋原平　张石山　王西兰

毛守仁　王春林　孟绍勇　王保忠

编辑出版办公室

主任:杨占平

副主任:续小强

成员:古卫红　陈学清　闫珊珊　王保忠　潘培江

序：现代化进程中的山西文学

杜学文

从传统社会向现代社会的转化是人类发展进程中的重大课题。每一个国家、每一个民族都将面对，难以回避。个人，作为社会的组成细胞，也同样如此。这并不以我们自己的意志来转移。综观世界各国，在这种转化的进程中，都有了不同的选择，并表现出各异的特色。但总的来说，还是目前我们称之为"发达国家"的率先实现了现代化。其成功的转化有诸多原因，但从文化的角度来看，与其自然环境的特殊性、农耕文明的不发达，以及突出的个人奋斗精神、重利思想、实用主义等有极大的关系。而目前世界上的欠发达国家或发展中国家，则在向现代化转化的历史进程中，又表现出各自不同的特色。就中国而言，在其漫长的历史进程中，农耕文明得到了充分发展，并达到了最为繁荣的境界。现在的发达国家在转型早期的生存压力等表现得并不明显，从而一种自给自足、自得其乐的生活方式逐渐固化。向现代化转型的原生性动力并不强大。从某种意义来看，中国实际上进入了一种人类最美好的发展境界，那就是，依靠劳动来创造财富，与大自然和谐共处，有剩余的时间来体验人生的乐趣等等。中国从传统社会向现代社会的转化主要靠外部的强力推动。就是说，因为先发国家对财富、权力、欲望的强烈追求，在吸纳了东方文化，其中非常重要的是中国文化之后，骤然表现出突飞猛进的发展状态。其商业首先得到了快速的发展。特别是依靠对海外市场的分割，使过去形成的传统的世界市场在大航海时代变得更加活跃。同时，工业技术得到了快速的进步。人类的新发明成几何级数增长。新技术的出现使社会生产力得到了空前的解放，物质生产表现出前所未有的丰富。而与之相应的是社会制度的进一步变革。一种能够服务新的生产力发展的社会管理系统逐渐建立，并在血与火之中不断完善。在这样的变革转型中，东方古老的中国受到了西方先发国家的强烈冲击。传统的农耕文明与新发的工业文明之间出现了严重了错位，并引发了控制、占有与反控制、反占有的残酷斗争。中国从农耕文明的辉煌顶峰跌落，中国人开始睁开眼睛看世界，并反思自身文明存在的问题。在外力的冲击下，中国不自觉地开始了向现代化转化的历史进程。一代又一代的中国人筚路蓝缕、奉献牺牲，前赴后继、求索奋斗，就是要重新找到国家独立、发展、进步的正确道路，实现民族的复兴。在不同的历史时期，他们承担了不同的历史使命。不同的人们从自己所从事的事业中为这样一个艰难而宏伟的目标做出了自己的贡献。而中国的文学，同样没有疏离民族的历史追求，甚至在许多关键的历史时刻，承担了开启民智、传播思想、激发斗志、重塑文明的历史重任。在这样一个艰难的充满了探索的转型进程中，中国人民表现出了自己最大的智慧与韧性。一直到新中国的建立，才基本形成了主权统一、独立自主的现代国家形态，并以超人的勇气与奋斗精神、惊人的创造力与发展速度迈向现代化。在这样一个伟大的转化进程中，中国虽然经历了失败、屈辱、挫折，但终于创造了他人所没有的成就。而我们的文学，正是这一历史的亲历者、推动者、表现者。就山西文学来说，是中国文学的重要方阵，当然也是这一历史的组成部分。其努力与贡献非常突出。

首先是推动了现代汉语的大众化，为现代汉语从知识阶层走向普通民众，并使二者有机结合做出了积极的贡献。在中国追求现代化的进程中，经历了一个从"器"到"道"的转变。所谓"器"，就是中国人在最初以为是西方发达国家的技术、器物先进，因而倡导"洋务运动"，开办现代工厂，引进西方设施，等等。这些努力从历史发展的必然来看，当然是非常重要的。但是，事实很快证明，仅仅引进西方的先进技术并不能解决问题。之后发生了制度层面的改革，包括推翻清王朝，建立立宪政权，仿效欧美三权分立及选举制度等等。但是，这种形式上的制度变革没有使中国强大起来，反而使中国成了一盘散沙，四分五裂。于是，更多的人开始反思中国的文化。一方面，对中国传统文化中的落后部分进行批判；一方面引进国外的思想如无政府主义、新村主义，包括马克思主义等等。新文化运动成为当时风生水起的社会思潮。从今天来看，其对中国传统文化的批判有许多过激之言。但是如果我们回到具体的历史场景，就会感到这些批判背后所表露的急切心情及历史合理性。在新文化运动中，一个最为突出的问题，也是最为重要的成果就是把中国人使用了数千年的文言文转化为白话文。从文化发展传承的角度来说，以文言文为代表的中国书面语言具有其重要的历史价值、文化价值、文明意义。可以说，文言文的简洁、精炼、典雅，以及其表情达意的丰富性，是世界上任何语言都难以企及的。这也正是其生命力之所在。但是，从历史发展的现实来看，文言文也具有非常严重的局限性，难以适应现代社会的发展要求。首先是缺乏精确性。由于中国传统文化中思维追求整体感、人文感、艺术感，中国的语言缺少对事物的准确表述。这种特点虽然具有非常强烈的人文色彩，以及超越了具体现象的整体感，但是与现代工业技术发展中对事物精确性表达的要求有很大的距离。语言的背后体现的是思维方式。如果语言难以体现精确性要求，人们的思维同样将不能适应时代发展的要求。其次是书面语言与口头语言的分离。虽然任何语言都会表现出书面与口头的差别，也就是说，人们不可能把口头语言照搬为书面语言。但这种差别在汉语中表现得尤为突出。这就是作为书面语言的文言文与口头语言的"白话"之间的区别。这种区别使更多的普通民众与书面书写脱离，对开启民智、提升大众的文化素养产生了障碍。而现代化的实现并不仅仅是少数"文化人"的事，而是全民族的事。因此，语言的变革，使之更能够适应现代化的需要就成为一种时代的必然。20世纪的新文化运动，除了其在价值观方面的追求如"科学""民主"等之外，对语言的解放也是一种非常强烈的期待。一些有识之士率先放弃了对古代汉语的使用，积极采用白话文来构建现代汉语。这其中，出现了许多具有代表性的人物，如鲁迅、胡适等。今天我们仍然能够感受到鲁迅的语言中存留有古代汉语的元素。这是中国语文从古代汉语向现代汉语过渡的典型表现。而胡适等人则努力使自己的书面语言更加通俗化、口语化，也显示出某种过分倾向于白话的特点。另外一些具有欧美留学背景的人则企望借鉴外来语言对中国的语言进行改造，因而出现了许多非常欧化的表达方式。就中国现代汉语的成熟完善来说，这些努力都是非常珍贵的。但是，真正使新生的现代汉语从古代汉语中出走，并吸纳了民间语言的丰富、生动的特质，使之成为一种既有古代汉语的节制、典雅，又有民间口头语言的生动、活泼，从而使现代汉语能够成为一种具有完整的语法体系、鲜活的表现力，以及体现民族语言特色的"现代汉语"形态，则是以赵树理为代表的作家们做出了重要的不可忽略的贡献。

就赵树理个人的创作而言，其早期也是走欧美语法特色浓重的路线。但是当他发现这条路难以被普通民众接受后，其语言表达发生了转化，开始更加注重民族语言与现代性的融合。他的语言生根于中国古代汉语与民间语言的丰厚土壤。在保持语言典雅品格的同时，至少从这样两个方面进行了努力。一是更多地吸收了民间语言的表达方式，使普通民众能够走进这样的语言，使用这样的语言。也正因此，他的语言表现出非常鲜活、生动的状态，使语言的活力大大增强，表现力得到了拓展甚至突破。二是他的语言在规范性方面进行了重大的努力。一方面剔除了民间语言、方言中粗俗的、生僻的元素，使之更加典雅、庄重，另一方面，他保持并强化了以北方方言为主的结构形式，使之在语法形态方面更加完善严谨。所以，今天我们读赵树理的作品，其语言的流畅、生动、鲜活仍然非常突出。可以说，在中国现代汉语出现、发展、完善的进程中，赵树理做出了不可跨越的贡献。当然，这种贡献不可能是他一个人完成的，而是在特定历史条件下，由包括他在内的一大批作家共同努力，并在一代又一代作家的接力中实现的。赵树理丰富了现代汉语的表现力，并使这种获得新生的语言成为广大民众自己的语言。这后一方面的贡献更为重要。因为如果一种新生的语言难以得到民众的认可，其生命力是非常值得怀疑的。可以这样说，如果没有这些作家的努力，中国的现代汉语很可能成为一种"精英"的语言。也就是说，很可能成为一种少数有"文化"的知识分子的语言。这不仅将使语言的普及受到阻碍，也将因为得不到大众的认可而导致中国现代化的迟滞。

山西的作家受赵树理的影响甚深。除了创作理念、题材选择等方面外，在语言的运用上也同样如此。这也就是说，从赵树理以来的几代山西作家不仅坚持了赵树理的创作方向，也共同为中国现代汉语的进一步完善、发展做出了努力。尽管今天我们可以说，这些作家个人的成就不同，在语言表达方面风格各异，但是他们有一个共同的特点，即在坚持语言的民族化方面都进行了非常积极的实践。进入新时期，随着改革开放的不断深化，各种创作观念竞相显现。山西作家虽然与全国的创作相比更多地表现出固守的姿态。但是新的创作手法、元素等也在自觉不自觉地借鉴当中。其中就语言表达的追求而言，大体表现出两种特点。一种是仍然坚持语言表达的民族风格，并随着时代的发展变化使之更加丰富生动起来。他们的语言，不仅缘于题材选择的民间性、地域性，以及人物、故事的原生性，更缘于吸纳了民间语言的鲜活元素，在叙述、描写等诸多方面更多地体现了植根于本土的语言活力。另一种虽然也注重题材的地域性选择，但在语言表达中更多地呈现出一种开放的意识，比较侧重吸纳外来语言中的合理成分。如修辞的繁复，语句的长结构，象征意象的频繁使用等等。虽然这两种追求表现出各自不同的倾向，但他们随着时代的发展而推动现代汉语不断进步的努力是一致的。

需要我们重视的是，山西作家在自己的创作中表现了中国文化的原生态及其变化。这种原生态不是指文化最初形成的形态，而是指数千年来一直呈现出来的未经现代化浸染、改变的文化。从某种意义来看，它已经成为生活在这样的历史环境中每一个人不自觉的潜在意识，并支配着人们的思想与行为。文学的表达虽然是语言与形象的表达。但是隐藏在语言与形象背后的却是生成这种语言与形象的文化。如果一种文学性的描写没有隐晦地展示出某种文化及其价值观，我以为就是一种表面性的甚或肤浅的描写。山西作家在自己的创作中表现出一个非常突出的特点，即对自己生活的土地、家园有一种执着的关注。而就山西这一地域来说，其文化又具有某种典型性。这就是生根于黄土高原的农耕文化。在中国现代化的进程中，一个非常艰难的任务就是要改变这种文化，使之蜕变为一种新的文化：现代化。这一过程是非常艰难的，也是非常痛苦的。数千年的农耕劳作，已经形成了一种自足的完善的文明体系。但是，就在这种文明体系达到顶峰的时刻，我们突然发现她已经不能适应现代化的要求。于是，开始不自觉地改变自己。这一过程伴随着战争、灾难、屈辱、失去国土与家园等等。在经受这种外在考验的同时，还有我们内在的情感、思想、精神等诸多方面的考验。一方面，救亡与重生成为一种时代的必然使命。另一方面，精神与文化的重建、新生也面临着更大的挑战。就前者而言，山西作家的创作并不是真正的重点。而后者却是其在描写社会变革进步中隐藏的中心。山西是中国最早开始工业化、现代化建设的地区。但是我们很少能够看到山西作家所描写的这方面的作品。而曾经作为抗日战争敌后根据地中心的山西，实际上也没有太多的文学作品来表现。反倒是有许多作品在这样的社会背景下来描写当时的人们如何生活，并参与了这一影响世界文明进程的历史。可以说，这些作家们表面上看起来对社会变革更关心。但是一到拿起笔的时候，就情不自禁地流露出他们对于特定文化及其价值观的不自觉的关注。这实际上成就了他们，也局限了他们。如果就当代文学而言，最早的表达在于农民群体的觉醒。他们感受到了时代的变化，并参与、推动了这样的变化。比如小二黑，虽然具有了杀敌英雄的身份，但作家所要说的却是旧的文化观念，以及由此形成的生活方式对人性的伤害——当然是从爱情的角度切入的。作家的贡献不仅在于表现了时代变化中人性尊严的重新确立，更重要的是，作家生动地再现了这种旧的文化制约在人们劳动、生产、生活、情感，以及社会关系诸多方面的表现。也就是说，作家不是把一个关于追求自由恋爱、自主婚姻的故事作为一种孤立的现象展示出来，而是生动地表现了这种文化观念在旧的生活方式中的普遍性，以及其荒谬性。也就是表达了必须改变这种文化观念的必然要求。这当然是非常符合时代需要的，也是中国在现代化进程中必须跨越的。在山西作家的创作中，相当多地表现了劳动者——当然主要是农民，以及农民出身的、具有农耕文化背景的其他身份的人们对劳动的热爱，对土地的执着，对家庭的重视等等。从历史的层面来看，这些内容都构成了农耕文明的重要组成部分，也是这一文明能够发展、生长的原动力。但是从时代的要求来看，这种文化又成为那些最终必然要离开土地，不再是农民的人们内心世界与精神领域的时代痛苦。比如在改革开放之后，工业化的浪潮漫卷一切。在最具现代化特点的大型露天煤矿当工人的吴福却难以适应这种快节奏的标准化的生活方式。他无限怀恋地回到了自己的家乡。但是家乡已经不再是曾经的家乡，吴福也不再是过去的吴福。他身跨两界，无所归依，内心充满了痛苦。这是一种时代转换、文明更替的痛苦，是一种具有重大典型意义的内心再现。而在现代化程度日益加深的历史时期，农村也已不再是传统意义的农村。农民也不再是仅仅从事农业生产的农民。更大的市场与财富吸引了更多的农民，城市成为新的生活中心。虽然从某种意义来看，城市化可以作为现代化程度的一种标志。但是城市化也同时带来了传统文化的消失、传统生活方式的改变，以及传统人际关系的新建。老甘，这个仍然坚守在内心世界的"过去的农村"中的农民，痛苦地怀恋着昔日活色生香的农村及农村的生活。但是，过去的一切似乎已经义无反顾地过去了。他的农村已然不再。如果说这样的农村随着市场化程度的提高有新生的希望的话，也与过去的农村大不一样。老甘的痛苦同样是一种时代的痛苦，是我们在走向现代化进程中不可回避的痛苦。当然，山西的作家也描写了这种进程中人们的希望、新生，以及由此而来的快乐、自信。宋老大进城送公粮时那种发自内心的自豪感、主人感，那种终于直起了腰板的幸福感将永远感动我们。而在首都打工并学会说普通话的小雪也动人地透露出新一代农民美好的未来。

山西的作家们也企图从比较宏大的层面来揭示中国文化的品格，以及由此而反映出来的中国精神。这些描写不在意于对现实生活具体人事的再现，而是企图通过某种具象化的人事具有隐喻意味地表达作家对民族性的理解。他们营造的人物生活环境不太具体，而是具有某种概括性，超越了具体的、实指的时间、空间。其中人物的行为，以及由这种行为所表现出来的文化内涵、价值选择体现出一种超越了具象的恒久性。由此可以使我们领略一种民族的生存状态与价值操守。其中的一部分作品甚至具有进行人生意义、价值意义探求的哲学性努力。这时，作家关注的不再是现实生活中具体的人事，以及其中透露出的社会文化内涵，而是超越其上的价值追寻。在临危受命的戴夫人身上，作者赋予她民族人格最为优秀的内涵。她不仅具有一般人所可能具有的大局观，以及人性的智慧，而且作为生命个体，她具有了一种古人所言的"浩然之气"。她在漫长艰难的商旅途中，没有感受到生命的渺小，而是站在太行山顶吟诵前人的诗篇。她感受到的是生命的博大、伟岸，以及大自然的神奇、浩渺，是一种天人合一、物我两忘的至高境界。这不仅是她个体生命的壮美华章，也是民族文化中价值体系的完美内化。张马丁的遭遇则从另一种角度表现了不同文化短兵相接所引发的一系列事件，以一种宏阔的视野描写了文化境遇背后各异的价值体系之间的交锋、错位、融合。还有许多作品通过对具体人物生命境遇的描写，表现了具有历史意味的在潜意识中特定价值观支配下的民族精神世界。

读山西作家的作品，事实上也可以看到中国从农耕文明的顶峰跌落到重新崛起，实现现代化的历史进程。在当代文学中为数不多的抗日战争题材的作品中，我们可以看到以中国北方农民为主的人们如何从屈辱中觉醒、抗争，并取得了历史性意义的胜利。抗日战争的胜利，不仅仅是军事的胜利，而且是中华民族在经历了无数的失败、屈辱之后终于走向独立、自主，重新以一个文明民族的形象自立于世界民族之林的标志；也是中国在经历了种种探索，尝试了不同发展道路之后，终于表现出走向正确发展道路，迈出实质性转型步伐的标志。尽管一直以来我们都有这方面的创作，但是具有宏观性、历史深刻性的作品还不多。新中国的建立是中华民族终于在百余年的努力之后有了自己独立政权的大事，也是中国开始以超人预料的成就向现代化迈进的起点。山西的作家以自己敏锐的笔触描写了这一关键时刻中国普通人内心世界的喜悦、自豪，以及对未来的憧憬。还是在1949年10月1日，诗人高沐鸿就创作了诗歌《这是我们人民自己的胎生》，为新中国的建立而欢歌。之后的一系列文学作品生动地表现了站起来的普通民众内心世界的巨大变化，特别是其人格世界的变化。他们实实在在地感受到了新社会的进步，以及当家做主的自豪。他们不仅在经济上得到了解放，在政治上得到了翻身，而且在精神世界上发生了积极的蜕变。一个新的时代带来了新的发展与进步。也正是这些作品成就了这个新文学史上一个最具典型意义、产生重大影响的文学流派——"山药蛋派"。他们有共同的创作追求，有共同的题材选择，有以赵树理为代表的领军人物。这个流派出现的意义，不仅仅是属于文学的，更是属于中国文化的。他们在尊重并表现中国优秀传统文化价值观的前提下，呈现在这种价值体系影响下中国民众，主要是农民如何生活、生产、思考、发展。读这些作家的作品，不仅使我们能够了解到特定历史时期中国发生的事情，而且将使我们了解中国人是怎样的一种生活方式，中国人在新的历史时期发生了怎样的变化。在20世纪70年代末、80年代初，山西的作家们非常敏锐地感受到时代将要发生的巨变。这种感受不是源于理性的分析研究，而是源于他们对现实生活的关注与热爱，是他们从具体的生活中感受、发现了时代变革的动力。其中有他们对极"左"路线的批判，以及对中国变革发自内心世界的呼唤。这首先是已经成名的一批被称为"老作家"的人们走上了历史的舞台。而另一批将在中国文学园地表现出勃勃生机的作家以自己的敏锐发现了生活的变化。至20世纪80年代中期，以《当代》发表一组山西作家的作品为标志，文学"晋军崛起"成为中国文坛的一个重要事件，引起了广泛关注。这批作家一进入文坛即表现出不俗的活力，显得生龙活虎，风生水起。他们首先成为对极"左"路线的批判者。通过一系列生动的、充满生活意蕴的人物形象来揭示中国曾经走过的弯路，以及即将出现的变革。而后，出现了一系列呼唤改革的优秀作品。一些小说被改编为影视作品，在当时传媒欠发达的条件下产生了极大的轰动效应，甚至有万人空巷之叹。其中的朱克实、李向南、李高成等成为新的历史条件下拨乱反正、推进改革的典型人物。这些作品既是文学的，更是时代的、历史的。它们表达了中国人内心深处希望变革的期待，也呼唤着一个新的历史时期的到来！

中国的改革是中国从传统的农耕文明出走，迈向现代化的重大事件。随着改革开放的不断深化，中国表现出强劲的发展态势。同时，也遇到到了许多需要解决的问题。一方面是现代化程度的不断提高，另一方面是这一进程的艰难演进。一个时期，那种充满浪漫主义色彩的乐观情调被现实生活中的艰难前行所生发的复杂性代替。改革并非一帆风顺，充满了困惑、曲折，有许多困难需要智慧与勇气来克服。这一时期，山西的文学创作沿两条主线展开。一方面是直面现实，表现新的发展时期人民的智慧力量，及时代的进步，如农村改革，国企改革，全球化背景下的商业博弈，以及反腐倡廉、环境保护、民主选举、基层生活、重大事件等等。总的来说，山西文学表现出社会的艰难进步，这种进步首先是积极的、正义的、人民的力量战胜了消极的、不义的、损害人民利益的力量。同时也表现出了中国传统社会在时代的发展进步历程中逐渐变化：如传统农村的式微与新盛；农村人口向城镇的转移；土地的工业化、商业化等等；商品经济的蔓延，城镇化的发展；以及身处其间人们内心世界的彷徨、痛苦、选择；人对土地以及建立其上的生产生活方式的依恋；对改革进程中传统国有企业的情感等等。从这些作品中，我们可以观察、感受到中国正在发生的翻天覆地的变化。另一方面，许多作家企图从超越现实的具有形而上意味的层面来探求中国的民族精神。一些作品甚至具有了某种哲学性品味。他们可能借助于某一历史事件，或者设计一个与现实生活隔离的故事来表现自己理解的民族精神。这一类作品可能表面上与现实生活没有直接的关联，但是对我们认识民族文化、民族品格具有积极的意义。事实上这些作品为我们提供了一种思想文化资源，是对现实生活中剧烈变革引发人的价值观的迷茫进行的某种文化性指引。它不涉及现实问题，不为我们思考感受现实生活提供具体的形象。但是，为我们提供观照现实、解决现实问题的精神力量、价值选择和思想资源。这其中也有一个如何认识人生、如何认识民族、如何面对个人价值的问题。

总之，不论是对现实生活的直接表现，还是以隐晦的笔法对现实生活提供精神资源，都可以看到山西作家对社会生活、人生价值的一种积极的态度。他们试图以自己的描写来表达某种具有积极意义的思想内涵，为今天的人们提供精神力量，以推动中国社会的发展、进步，以及在历史蜕变中人的完善。这些努力也可以视为是在现代化进程中对民族精神的一种回顾与追寻。读山西作家的作品，可以使我们从一个侧面感受到中国走向现代化的历史进程。

山西作家在艺术创造上也进行了积极的努力。就山西文学的当代面貌来看，表现出一种从一元向多样的发展态势。当代山西文学受以赵树理为代表的"山药蛋派"影响甚重。一代一代的作家不仅受到这一流派作家关注现实生活、关注社会民生的创作理念的影响，而且在表现手法上也多承续这一流派。因此，直至改革开放前，山西文学基本呈现出一种"山药蛋派"式的一元状态。但是，进入改革开放的新时期后，这种局面开始发生变化。一些人更注重语言描写、心理表达等等。不同于

"山药蛋派"风格的作品开始大量出现。首先是题材选择表现得更加多样，其次是表现手法更加多样，再次是创作观念也呈现出多样化的格局。山西文学终于形成了从一元走向多样的创作态势。那些坚持以农村为主要创作题材的作家们也积极地吸纳了其他的表现手法，使农村生活的表现领域大大拓展。另一方面，山西也出现了典型的所谓"现代派"小说。心理结构、借鉴侦探小说手法的"悬念"结构、无情节结构、意象结构、寓言式结构等等次第登场，宏大叙事与个人化叙事并存一体。这些作品有的已经产生了比较大的影响。无论如何，他们都是山西作家对文学自身进步的积极探索。

从某种角度来看，山西文学似乎为我们呈现出了中国走向现代化的百年变迁史。这不仅表现在人们广为关注的小说创作之中，同时也更加丰富地表现在文学的其他领域，如诗歌、散文、戏剧，以及逐渐从散文文体中独立出来的报告文学及传记文学之中。当我们追寻这种变迁的历史时，不能割断由山西而表现出来的中国五千年文明史。山西是华夏文明的主要发祥地，从远古以来，这一文明代代相传，承续不绝，其中涌现出众多的仁人贤士。作为个人，他们有自己所处的具体的历史环境、成长条件，对人类文明的进步做出了自己的贡献。但是，作为一种文化现象，他们似乎勾勒出中国文明发展进程的历史脉络。在他们身上体现了中华文明的历史贡献、价值选择，以及思维模式。对他们进行研究，并用传记的方式表现出来，使今天的人们了解并感受他们所具有的闪光的人文价值，不仅对今天的改革发展具有积极的意义，对我们现代化进程中的文明重建同样具有非常重要的意义。这将首先使我们看到历史发展进程中文化的影响力，进而使我们能够进一步确立文化的自信心与自觉性。在这些如星光一般闪烁的先人身上，我们将体会到中华文化的魅力、价值和绵延不绝的生命力。承续山西文学的精神品格，创作出新的能够表现时代精神的优秀作品，是我们这一代人的使命。而对五千年文明发展进程中那些曾经做出突出贡献的英杰才俊进行文学式的描述，也将是我们传承民族精神的一种努力。因此，组织编辑出版山西文学"双百工程"，有着非常积极的现实意义。

这一"工程"包含两个序列三个方面的内容。一是"百部长篇小说"，其中一部分是已经发表出版并产生了较大影响的现当代小说。通过集中编辑出版，可以使我们比较全面地回顾审视山西文学某一方面的成就与贡献。另一部分是新创作的长篇小说。其目的是推动山西长篇小说的不断繁荣。把它们列入这一工程，即是对文学发展的新推动，也可以延续已有的成果，使人们看到山西文学创作的最新成就及更加生动的面貌。二是"百部山西历史文化名人传记"。山西的报告文学近些年来表现出非常活跃的态势。不仅参与创作的作家比较多，出现的作品比较多，而且产生的影响也比较大。其中一些作家应该说是中国报告文学领域的领军人物。同时山西也是华夏文明的重要发祥地，在五千年的文明发展历程中涌现出许许多多的对中华文化发展进步做出重大贡献的英杰先贤。以传记的方式把这些先人在中华文化发展进程中的贡献表现出来，有助于我们重新认识中华文明对人类的重大贡献，有助于我们进一步追寻中华文化的精神、操守、品格，并使我们从先人的风采中找到自己前行的楷模和动力，激励我们推动中国的改革发展进步。所以，这也就成为我们的一种责任。相信通过这一努力，既将促进山西文学的进一步繁荣，也将进一步增强我们的文化责任，重塑我们的文化形象，展示中华民族在漫长发展历程中表现出来的精神力量与智慧，为实现民族复兴的中国梦做出积极的贡献。

第一章

I

　　杨复之老先生在余年不多的岁月里，铭心镂骨般记着公元一千九百八十四年四月二十三日这一天。

　　这一天，他像往常一样早早起来，走出低矮阴暗的小屋，抬头一看，不见了寥落的晨星和铁红的朝霞，天地间仍是黑浓酽酽的。他心说：哦，天阴了。打开大门，一股轻轻的柔柔的小风从他干瘦的脸上掠过，他打了个寒战，自言自语道：也该下场雨了。随即，绣口一张，飘出一首古诗来：

　　　　南风之薰兮，可以解吾民之愠兮，
　　　　南风之时兮，可以阜吾民之财兮。

　　念罢，凭感觉走到二百步外的沁河边上，认认真真地打起太极拳来。这是他每天必做的功课，风雨无阻，雷打不动，业已坚持了三十多个年头。

　　晨练结束，天已大亮。高空铅灰色的云层不厚，却漫薄天际，悠悠东移，缓缓下压。小风儿从赤裸着黄土的"五汉街"上滚过，卷起废纸和微尘，做超低空表演，迷迷茫茫，忽高忽低。

杨复之感到心清气足,轻飘飘的脚步已走到新建的学校门口。教室里传来女教师尖脆好听的讲课声:"朱门酒肉臭,路有冻死骨,是什么意思?朱门是比喻旧社会有钱有势的地主、富农、资本家;酒肉臭是指这些人奢侈浪费的腐化生活,酒喝不完,肉吃不完,放在家里腐烂变质、臭气熏天……"这个"臭"字,怎能这样解释?不懂装懂,谬种流传!杨复之突然生气了,突兀而来的心火,烧掉了晨练后的好心情。他情不自禁地朝那间教室走去。

　　这位自幼熟读四书五经,成人后又扩展、执迷于《十三经》,并长期研习,有一定造诣的老学究,是全县最后一个"老夫子"。如果说他对社会上的一切,都能逆来顺受的话,唯独对浅尝辄止误人子弟的人和事不能忍受。为维护中华文化瑰宝的灿烂与庄严,他吃尽了苦头却又痴心不改。"反右"前,他已是县中学副校长兼教导主任。一次,去听青年教师高青云的课,竟发现高老师接连讲错两处,把"一抔黄土"的"抔"字念为"杯",解释为"一茶杯黄土";将"九五之尊"解释为"活了九十五岁,受到人们的尊敬"。他皱着眉头,起来坐下,坐下起来。原想下课后和高青云谈谈,帮他改正这两个错误,但又担心年轻气盛已担任校团委书记的高青云不能在讲台上认错,使错误的东西扩散流传。于是,下课铃响后,高青云宣布下课时,他从后排腾地站起来,边走边说:"慢!刚才,高老师讲错了两个词语,我来补正一下。"他登上讲台,在黑板上大大写出"一抔黄土"四字,接着讲道:"抔,念póu,不念bēi,指手捧东西。出自司马迁《史记》:'假令愚民取长陵一抔土,陛下何以加其法乎?'长陵是汉高祖墓地,如果有人在高祖墓地取了一抔土,陛下您将如何处分他呢?后来,就用'一抔黄土'作为坟墓的代称。如唐代诗人骆宾王在《代李敬业讨武氏檄》中,就有'一抔之土未平六尺之孤何托'之句。"他又大大写出"九五之尊"四字,解释道:"九五之尊出自《周易·乾卦》:'九五,飞龙在天,利见大人。''见'就是'现','大人'指圣人。大意是蛟龙飞腾在天上,普降甘霖,象征恩泽惠及万民。后来,人们便以'九五之尊'称作皇帝。又因'九'在个位数中最大,古人喜欢用它表示最多最大之意。如称天高为'九天',形容器物之美为'九华'。'五'是个位数排列中的中数,古人讲究中庸之道,对这个数有偏爱。如皇宫设置'五门',称博学多才的人为'学富五车'……"这一补正,使高青云面红耳赤,冷汗涔涔,咬牙切齿,怒生于心。一年后开始反右运动,高青云振臂一呼,罗织几条罪名,杨复之这个地主分子的头上又多了一顶"右派分子"的帽子。双料货,开除公职,遣返回乡,劳动改造……

　　此刻,杨复之已走近那间教室,礼貌地敲门,不轻不重。女教师迎了出来,惊讶地说:"杨老夫子,是你呀,有啥事儿?"杨复之认出来了,她是镇党委书记贺效东的妻子曹玉凤,正阳镇三大美人之一。她面皮红润,艳若桃花,大大的丹凤眼放射着妖妖的骚骚的光。杨复之眼看着别处,接受了对待高青云的教训,口气平缓地说:"曹老师,你刚才讲'朱门酒肉臭','臭'字讲错了。"曹玉凤变了脸,杏眼圆瞪,柳眉倒竖,尖声道:"我怎么错了? 从小学到师范,老师都是这样讲的。"杨复之似乎没有发现她的声色,一脸严肃地说:"臭,读xiù时,有两层意思。一是气味的总称,《诗·大雅·文王》说'上天之载,无声无臭',二是用鼻子辨别气味,《荀子·荣辱》中说'彼臭之而无谦于鼻',《礼·论》中有'成事之俎不当也,三臭之不食也'。这两层意思都是说,臭的本意是气味的总称,既不单指香气,又不单指臭气。臭,读chòu时,也有两层意思。一是香气,《易·系辞上》说'同心之言,其臭如兰';《礼·内则》说'总角衿缨,皆佩容臭';明代诗人叶敬平《正月赴天台山横溪堂》诗中有'未进君家舍,先闻酒肉臭'。这三处的臭,都是指香气。二是臭气,就是现代汉语中的臭,意为秽恶的气味。因此,'朱门酒肉臭'的'臭',正确解释为'香'。再补充一点,肉可烂可臭,酒却不烂不臭,愈久愈香……"听到这里,曹玉凤烦了,嘴一撇说:"什么时代了,还之乎者也,你是不是还留恋旧社会你们杨家'朱门酒肉臭'的日子?"杨复之颤抖了一下,对着那张轻蔑、讥讽、高傲、漂亮、生动的脸,嘴唇哆嗦着说:"师者,传道授业解惑也,你,你,你怎么对我说这样的话?"曹玉凤不屑一顾,边转身边说:"老夫子,不要以为给你摘了帽,你就要上天,哼!"她那两条秀丽的长腿几步跨进教室,门嘭一声狠狠摔上。

　　老夫子又一次斯文扫地,呆呆的傻傻的,像往常无数次受辱一样,心里默默地数着数字,从一数到三十六,气消了,心宽了,腰杆挺直了,无事一般朝家里走去。四十多年来反复无常的政治运动,已把他送进宠辱不惊,随遇而安的精神境界。

天仍然阴着,酝酿着一场贵如油的春雨。

杨复之回到杨家小院,见长孙杨超俊遵循他"黎明即起,洒扫庭除"的朱子家训,手持长把扫帚一丝不苟地扫着院子。他用慈爱的目光看着超俊,心说:这娃啥都好,就是对学习兴趣不大,连续两年高考落第。慢慢熏陶吧,杨家辈辈有鸿儒,衰败半个多世纪后,已呈兰桂腾芳的预兆。长子承祖,评上了工程师,次子承望已是地委办公室秘书科长。

"爷爷,快来看!"超俊一声惊呼,抖落了杨复之光明的憧憬。他见超俊站在三年前已不开花、不结果的那株老桃树前,一脸惊喜,便慢慢走过去。"爷爷,你看,你看长花蕾了,要开花了,你说奇也不奇?"超俊指点着说。他一看,真的!豆粒般大小的花蕾,密密匝匝,缀满枝梢。嘿嘿嘿,杨复之笑着说:"奇了,真真奇了,三年未开花,今朝花满枝!"他绕树转了一圈,心里亮出一道闪电:异兆,此乃异兆也!莫非超俊今年能考上大学?莫非他爸承祖还有一次升迁?莫非承望仕途有进?草木有情,天数有定,这就是预兆!他乐得心尖尖悠颤颤的,脑瓜儿晕乎乎的,快要笑出声来了,赶紧数数,一二三……数到三十六,心潮平静了,以一贯沉稳的口吻对超俊说:"触景生情,我想起几首吟咏桃花的古诗来。一首唐代吴融的《桃花》,你且听好,记住:满树和娇烂漫红,万枝丹彩灼春融。何当结作千年实,将示人间造化工。一首是宋代陆游的《泛舟观桃花》:桃源只在镜湖中,影落清波十里红。自别西川海棠后,初将烂醉答春风。超俊,家里有《唐宋诗》,你抽空把这两首诗抄下来,背下。"超俊点了点头,眨巴了几下眼睛,问:"爷爷,你说,三年不开花,今年开了,怪事,这怪意味着什么?"杨复之又一脸严肃地说:"花木荣枯,自然现象,只能说明气候变暖,草木早萌。下功夫复习功课吧,不要有一丝儿的幻想。"杨复之从不把自己心中的感受与企盼昭示他人,对子孙的教育多在启发诱导,使他们脚踏实地,放眼前程。

小米粥的香甜飘出了院子,爷孙俩洗漱罢一边吃饭一边闲聊。杨复之突然想起"朱门酒肉臭"来,对孙子说:"超俊,你给我讲讲'朱门酒肉臭'是什么意思?"超俊大大咧咧地说:"这谁不懂?过去有钱人家的酒肉吃不了,变臭了呗!"杨复之心一沉,不满、责怪的目光寒凛凛戳向孙子。唉,这娃子,也是半瓶醋!继而又想,能怪这娃子吗?他四岁时随母改嫁,与书香门第的杨家一绝十七年,接受的是什么教育?前年冬,亲娘死,后爹眼里容不下他,杨承祖才出面要回来。怪曹玉凤这样的老师吗?该怪,但也不该怪,这世道呀,怎说呢?他拿过纸笔来,边说边写,给孙子讲"臭"字的几层含意。

大门外传来汽车的喇叭声、刹车声。超俊兴奋地说:"爷爷,二叔回来了!"杨复之也听见了屋外的响动,轻轻地摇摇头说:"不是。"他知道,承望每次回来看他,都遵照他的训示,把车停在村外,步行进村回家。百余年来,杨家有一条铁打的"家规":近乡情更怯,勿扰邻里人。就连太祖、高祖这些尚书、巡抚们,回乡时也把大轿停在村外。谁敢在养育他的这块土地上耍威风,摆排场!

门外一声高叫:"杨老师在家吗?"

杨复之还没反应过来,镇党委书记贺效东和他年轻漂亮的妻子曹玉凤手提两大袋礼品进了门。大概是屋子低矮阴暗,这两位贵客的眼睛尚不适应,扭着头东看西瞧,嘴里连声问:"杨老师在不在?"

杨复之早已站起,只因贺效东夫妇亲躬寒舍太突然了,他惊得一时说不出话来。打土改那年杨黄两家位置颠倒,四十年来,像贺效东这样的大干部亲临杨家,是破天荒的第一次。就连老冤家、老亲家高青云多次来正阳,也不进这个家门。啊啊,有人叫我杨老师!杨老师这个尊贵的称谓也远离他二十多年了,有文化的人叫他杨老夫子,村人叫他老汉、老右,黄福禄仍像杨家得势时一样,叫他大少爷,他听了就脑麻。

"贺书记、曹老师,我在、我在。"他的回答苍老、颤抖,那是对"老师"二字的感激,对文化的感激,而不是对书记大驾光临的感激。他有一副嶙峋的傲骨,从不在权势面前弯腰屈膝。贺效东放下手中的礼品,弯下竹竿般细长的身躯来,握住杨复之的手,似乎十分真诚地说:"杨老师啊,您落实政策退休后这几年,我一直想来看您老人家,但忙啊实在忙,请您老原谅!"杨复之恢复了平静,不卑不亢地说:"贺书记、曹老师,请坐。超俊,沏茶。"贺效东坐在那把有八十年高寿的太师椅上,干瘦的脑袋伸向杨复之,媚笑着说:"我俩来没啥大事,一是看看您生活上有什么困难,我尽力解决,您是咱县的宝贝啊,谁像您满腹经纶?二是玉凤太不谦虚了,讲错了,还不听您老人家的教诲。玉凤,快给杨老师道歉!"曹玉凤站起来红着脸说:"杨老师,我对不起你,你今早走后我就后悔了,回家和效东说了,效东批评了我。"她说着挤出不多不少两颗泪珠儿来。杨复之看得清清楚楚,有点儿激动了,掏出他对学问的痴心来说:"曹老师,猴(本地方言,别、不要之意)这样。子曰,知之为知之,不知为不知,是知也。人非圣贤,孰能无过?"贺效东插嘴道:"杨老师,您再讲一遍,玉凤好好听着。"曹玉凤掏出笔记本来,一副洗耳恭听的样子。杨复之兴奋了,眼睛突然一亮,把写给超俊"臭"字出处的那页纸,递给曹玉凤:"你猴记了,这里有。朱门酒肉臭的'臭'字,有两个读音,四层意思……"

杨复之讲得特认真,特细,一个"臭"字足足讲了半个小时。老夫子哪里知道,贺效东夫妇醉翁之意不在酒!他恭恭敬敬把二位高客送上车后,仍处于兴奋中。回家后发现贺效东带来的两大包礼品,还冷冷地卧在桌子上。他对孙子大声说:"超俊,把这些东西给贺书记送回去,再到邮局取回报纸来!"

雨来了。淅淅沥沥,淋淋漓漓,天上云气氤氲,空气中冷气凄凄。杨复之倚门而望,细雨如丝,密密匝匝,均匀地筛洒,箭镞般落地。一时天潮地湿,寒冷袭人。低矮的院墙挡不住远处的山水,山坡上刚返青的草木润碧滴翠,一片葱青;因十年前劈山改道抻直了的沁河,低飘着一层淡淡的雨雾,不见了微波细浪。下吧,下吧,冬无雪,春无雨,土地干裂,空气干燥,万物蒙尘,亟待滋润洗涤啊!

他感到冷,转身回来,打开那口有五十年寿命的黑板箱,翻出一件马夹来,套上。自从二儿子承望一岁上妻子张春绮含辱自杀后,他基本上没有夫妻恩爱、知热知冷的温馨日子。续弦是一位根正苗红的大专毕业生,爱他满腹的经纶和副校长的地位,但不爱他头上的两项帽子,在他1957年马失前蹄后,友好地和他分手了。从此他成了正阳大队第五生产队人们戏称为"五汉街"的第一条光棍汉。三十六岁的光棍汉在自疼自爱、自强不息的漫长的后半生中,卧薪尝胆,以大手笔的目光和技艺,默默书写着一篇传世华章——实现其祖父在杨家颓败时的遗言"示吾子孙,读书入仕,危楼摘星,兰桂腾芳"!破落户的子弟,饱尝了改朝换代带来的世态炎凉、人情冷暖后,九死一生的就是不屈的心志,暗藏的机锋。他坚信"宰相必用读书人",与其祖遗言心有灵犀;他更相信"人生如草木,有枯就有荣",他把全部精力用于培养后代。长子承祖,因家庭背景暗淡,考上了本科却分到专科;次子承望是1977年高考全省文科"状元";长孙超俊复归杨家年余,正接受着他的熏陶,学业有所长进。子孙们的成绩单、录取书就是他心中的小太阳,就是他最高级的享受。

轰隆隆一声沉沉的雷声从远处滚来,越滚越近,他心说:春雷,今年第一声春雷。侧耳一听,雨大了,敲打着屋顶上的瓦嘭嘭嘭,院里、街上的土沙沙沙,像一张古筝奏出来的优美旋律。

超俊手抱脑袋,一身湿透跑进屋来。杨复之疼爱地说:"雨停了再回来嘛!急啥哩!快快换上干衣裳。"超俊边换衣服边说:"爷爷,给你汇报一下。礼物送回了,贺书记不要,我放下就走,谁稀罕他的虚情假意!报纸拿回来了,我怕淋湿,藏在毛衣里。给,还有二叔一封信。"杨复之接过报纸,报纸上还留着孙子的体温。他满意地笑了笑,拣出承望的信来,小心翼翼地用剪刀剪开,笑眯眯地看着。突然,他不笑了,瞪大老眼,又从头读起:

父亲大人福安:

　　春节惜别,倏忽盈月。男几欲归乡视父,奈何陷身公务,不得有暇。伏望大人谅男不孝!

　　男谨记父谕,博学、慎思、明辨、勤勉,未有一丝懈怠,故深得上级与同事信赖矣。旬前,地委调整市、县领导班子,男有幸忝列,任为阳林县委副书记。按旧之品阶,乃从七品尔。虽渺如芝麻,然无愧家严卅载心血滋润,亦欲展男造福桑梓之凤愿。数日后到任,届时顺道探望父亲大人及超侄。

余不多赘,唯盼康健。

男:承望敬上

1984 年 4 月 19 日

杨复之心一跳,这两天就是承望上任之日!啊啊,半个世纪以后,杨家终于出了一位朝廷命官!杨家终于在我复之手里复兴了!他无限激动,高度兴奋,周身的血液在奔腾、冲撞、燃烧,他要发疯了、爆炸了!为控制激动的情绪,他意沉丹田,开始数数,但意念浮腾,沉不下去,便情不自禁地啊啊长啸,泗泪滂沱,号啕大哭。超俊扔下书本跑过来,抱住他,着急地叫:"爷爷,你咋了,你咋了?"他哆嗦着指了指桌子上的信,超俊一把抓过来,一目十行地看完,眉飞色舞地说:"二叔做官了,爷爷,你该笑啊!"杨复之懵懵懂懂地问:"该笑?我该笑?"便破涕为笑,"嘿嘿嘿,哈哈哈。"大笑一阵,又老泪纵横,却觉得浑身通泰,舒舒服服。他走到院里,仰面朝天,接着密匝匝的春雨,字正腔圆,感情丰富地朗诵道:"好雨知时节,当春乃发生……"

2

这是一座三年前修建的宅院,主房八间两层,土木结构,青砖到顶,是五汉街最气派的房子。院子足有一亩以上,宽敞得足以跑马驶车。院中栽培着几十株梨、桃、苹果、山楂等树,已是枝叶吐翠,嫩绿茵茵,仿佛一个微型果园。大门楼下用铁链拴着一匹高大雄壮的狼狗,拖着肥硕的长腰,侧卧着,凶残的目光警惕地望着院外,有生人走来,便一耸而起,狺狺狂吠。待来人与屋内主人接上话,主人威严地一声喊叫:"二锅头,猴叫!"这匹名为"二锅头"的狼狗便无声无息地卧下。

黄福禄全家原来住在"镇泱城"内的杨家大院,那是明崇祯八年的建筑,早不符合20世纪80年代青年人的审美与实用需求。时为正阳村委会计的黄明旺、农机站前拖拉机手黄明光弟兄俩,不顾刚从大队党支部书记的位置上退下来的老父黄福禄的劝阻,执意在城外盖起了这座令许多人眼红的高楼大院。为抗议儿子的"资产阶级思想""修正主义苗头""多占耕地的特殊化",黄老书记拒不来和儿子们合住,享受天伦之乐。老两口依然住在土改时的胜利果实——杨家大院。去年一场百年不遇的大雨,杨家大院的老房坍塌了,儿们又不给他翻修,逼着半个瞎子似的黄老书记不情愿地出了城,和两个儿子合住。

黄家刚建起新居,尚未搬进,不满一个花甲的黄福禄突然得了"管状视野",只能直视前方两个一分硬币大小的空间,没有连光、侧光,犹如在竹筒里看世界。他因对改革开放,土地下户耿耿于怀,有强烈的抵触情绪,以眼不见最干净为由,讳疾忌医。其实是家无余财,拿不出去大医院治疗的费用来。紧接着二儿子明光的媳妇难产去世。又过了几个月,长子明旺十五岁的姑娘英妮从楼梯上掉下来,右臂骨折。一年出了三大祸,全家人心惶惶,疑是盖房时未请风水先生,地脉不吉。黄家弟兄瞒着老父,带着厚礼,开着拖拉机,去三十里外的东山村,请名扬百里的老阴阳先生锅风景来禳解。锅风景说:"我早不出门了,给你说说吧。你家的新房是不是盖在高坡上?大门外几丈远是不是种着带刺的树?"黄明旺说:"对呀锅爷,刺槐原来就有。"锅老说:"开门见刺,眼中钉肉中刺,你爸岂有不瞎之理?"黄明光问咋破,锅风景说:"把带刺的树连根刨了。你家山墙对着沁河,对岸山上是天坛山庙,庙有香火为阳,河中有水为阴。阴阳二气相搏,滚动而来,被你家房子挡住了,岂不出事?"弟兄俩心服口服,连声说:"有道理,有道理,咋个破法?"锅风景说:"在楼上的东西山墙上打一个碗口大的洞,破壁透气,阴通阳顺,就平安了。"锅风景用朱砂笔在一张黄纸上画了几张符,详细说明用法。黄家兄弟回来后一一照办,从此黄家平安无事了,黄福禄的视力略有恢复,可见眼前一尺宽,但仍没有侧光。黄明旺在表妹夫贺效东提携下,由村委会计升任党支部书记,黄家第三次执掌正阳村大印。

黄福禄得了眼疾后,性格变得古怪了,两个儿子不听他的革命传统教育,他就驯服那只叫二锅头的狗。二锅头早入黄家新宅一年,根本看不起新来乍到的老革命黄福禄同志。欺负他没有侧光,时常从他侧面猛地蹿出来,浅浅咬一口,以示威风。黄老书记火了,把二锅头吊在院里的树上,用棍子猛抽,直到二锅头呜呜哭了,才放下来,扔给它一星半点猪皮、骨头,以示关怀。这样恩威并举,驯导了半年之后,二锅头听话了,不仅再不敢对黄老书记下暗口,而且懂人语、解人意,成为黄老书记须臾离不开的好助手。黄老书记在院里修平车,伸出两根指头,二锅头就知是要钳子;伸出一根指头,二锅头就知是要改锥,立马从屋里叼出来。他还教二锅头辨别屋里人的气味,他有事叫谁,就给二锅头下命令,这人只要在村里,二锅头准能找到,并咬着他的衣襟拖回来。镇老龄委奖给黄福禄一块玻璃匾,上书"驯狗模范"四个红字。黄福禄竖在门口,让二锅头看。二锅头一看镜框里有一个自己的同胞,就热情地叫,镜框里那个同胞不识好歹,也叫,对叫了几次,二锅头火了,猛扑上去就咬,一头撞碎了镜框,喜得黄福禄哈哈大笑。

大笑过后,忍不住黯然心伤,落下泪来。

黄福禄是实行土地下户、联产承包责任制的第二年,因拒不执行上级党委关于农村改革的决定,被县委撤销公社党委委员、"劝退"正阳村党支部书记职务的。头年,传达上级关于土地下户的决定,黄福禄越听越不是味儿,越听越生气。贺效东刚传达罢,他就站起来发表不同的观点。他气呼呼地说:"这真的是辛辛苦苦四十年,一夜回到解放前!不到五年,准会产生新的地主富农!这不是干社会主义,是资本主义的大复辟,撤了我,崩了我,也不搞资本主义这一套!"说完,怒冲冲离开会场。回到家里,面对毛主席的画像,他号啕大哭:"毛主席啊,你老人家领导我们贫下中农革命了几十年,血汗白白流了,烈士们白白牺牲了,土改、合作化、公社化白搞了啊……"会后,内侄女婿贺效东来家看他,他还跪在毛主席像前一把鼻涕一把泪,痛苦地诉说着。贺书记说:"姑夫,我知道你们这批老革命对毛主席的感情最深,对毛主席的指示最听。在改革开放的大潮中,一时转不过弯来。姑夫,你不要哭,你听我说说大形势……"他粗暴地打断贺书记的话:"不听,就是不听!要想在正阳村复辟资本主义,除非撤了我!"这一年贺效东没有撤他,等待他觉悟,但他执迷不悟。坚决不搞联产承包责任制。次年春,他还顶着不干,在阳林县保存了最后一个生产大队。县委书记亲自和他谈话,也没能使他转过弯来。于是,他被"劝退",将得赤条条一丝不挂。但他从不后悔和惋惜,村里的老党员、老农会、老贫协们,对他的评价更高了。他说,他对得起毛主席他老人家,对得起死去的成千上万革命先烈,对得起自己的党性和良心……

因长子明旺的媳妇黑牡丹和贺效东相好,黑牡丹就逼着贺书记把明旺提拔上来,任党支部书记。对这个任命最高兴的是他黄福禄。天赐良机,他要把老共产党员对党、对毛主席的深厚感情,把毛主席的无产阶级革命路线,把自己当干部四十年的经验和体会传给儿子;他还想垂帘听政当高参,在这乱纷纷的改革年代,在他奋斗了四十多年的正阳村,保持一块红色的土壤。避免儿子没有主心骨,人云亦云,一害自己,二害大家。但是,他高兴得太早了,新任党支部书记黄明旺同志不听他的,每次谈话,不是说"顾不上听你啰唆",就是"你操这瞎心干啥?"或者说,"你们这些老布尔什维克的旧眼光、老皇历早不管用了"。有时明旺几天不回家,回家后也不见他,老伴和二儿子明光都不愿去叫,二锅头就成了他的传令兵,只要不出村。黄明旺钻了地洞,二锅头也能把他找回来。因此黄明旺一见二锅头就恨得牙齿咬得吱吱响,发誓要宰了它吃一顿狗肉火锅。但他不敢轻易下手,可怜的瞎爸下台后,只有二锅头和妈两个忠实的臣民了。

早饭后,雨越下越大,鞭子般抽着鲜嫩的树叶,飒飒声愈来愈紧,屋檐下的水柱子敲打着水泥地乒乒乓乓。黄福禄老汉的心像这天气一样,潮潮湿湿,雷鸣电闪。明旺这几天帮助村里一部分人富起来,不是给这家跑贷款,就是给那家买汽车。他对老伴说:"明旺刚上台就犯了路线错误。毛主席在《党内通信》中说,我国是一个有六亿五千万人口的大国,吃饭是第一件大事。又反复教导我们,以粮为纲。可他却与老人家的教导背道而驰。帮办个体企业,就是培养新的地主、资本家!"老伴没好气地说:"你真是咸吃萝卜淡操心!"

二锅头呜呜地叫,是自家人回来了。一听脚尖点地的嗖嗖声,就知道是急猴猴的明旺。明旺进来,一屁股墩在椅子上,黄福禄说:"你敢进这个门,是太阳从西出来了?"明旺点上一支烟,接上老父的话茬说:"真的太阳从西出来了,地富反坏右复辟了,要重新骑在贫下中农头上作威作福了,咱黄家重新当吹鼓手的日子不远了！"黄福禄一惊："出了什么大事？"明旺一字一板地说："杨家老二回咱县当副书记来了！"黄福禄忽地站起来，急着问："你听谁说的？"黄明旺愤愤道："效东和玉凤，顾不上吃早饭，就拎着礼品进了杨家小院，我看见了，觉得奇怪。刚才到公社办事，才听说杨家老二高升了，今天就要回来。我看见杨老右走进杨家祠堂，就悄悄跟进去，见他在'文革'前供杨家祖宗牌位的那间正房里打扫卫生。我猜想，老东西又要祭祖。他老二考上大学那年，不是就偷偷祭过一次？你得知后还批判了他一回……"

黄福禄久久站着，直喘粗气，黑瘦粗糙的脸皮颤抖着。杨承望高升，对他来说，不啻是当年蒋军的炮弹在眼前爆炸。明旺扶他坐下，他的手在桌上摸索着，明旺把烟推过去，黄福禄抽出一支，放在鼻子下闻着。许久，才说："这世道乱了，毛主席他老人家没走几年，五类分子就给摘了帽，还不提阶级斗争为纲。难道贫下中农子弟里选不出个县干部？地主、右派子弟高升，必然报复咱贫下中农！唉，谁教你弟兄姐妹四个不好好念书？杨家的儿女们在学习上，就是比咱黄家强，强十倍百倍！"黄明旺听老父这么一说，更急了："谁有空听你讲这些大道理？你实际点好不好？贺效东一蹶尾巴，我就知道他要屙什么屎。杨老二还没有上任，他就巴结老夫子，咱黄家能不能继续执掌正阳村的大印，能不能在五汉街上直起腰杆来，还不是杨家一句话？就像你当年对杨家一样！"黄明旺说着，把汽油打火机推过去，黄福禄点着烟，火喷喷地说："与天斗，其乐无穷，与地斗，其乐无穷，与人斗，其乐无穷。只要他杨家敢对咱贫下中农下毒手，咱就再和他斗！效东不敢无端撤了你。杨承望更不敢！你记住一条，咱跟毛主席的革命路线走，没错！"黄明旺站起来，恶狠狠说："哼！祭祖？我让他血流满地，祭不成！"黄福禄说："对阶级敌人，就不能手软！但要注意策略，抓住杨家祭祖的新动向，开一个大会，让全村、全镇、全县人都知道地主、右派分子虽然摘了帽，但与党和人民、与社会主义对抗的心不死。儿子刚升官，就祭祖祝贺，长地主家族的威风。这个舆论造出去，他杨承望就坐不稳县委书记的金交椅！"

3

晋韩线从正阳村边穿过,运煤炭的大小车辆川流不息,陕甘宁的、豫鲁鄂的,国产的、进口的各色车辆,站在五汉街口都可看到。南腔北调的各种方言,在"一品香"饭店都可听到。饭店女老板白梅,与曹玉凤、黑牡丹并称正阳村三大美人。虽已三十出头,但长得俏,爱打扮,又没生过娃儿,猛一看,只有二十来岁。她是五汉街第一个改革者,五年前就改革了穿戴打扮,描眉画眼烫发,穿上紧身衣、喇叭裤。圆溜溜的屁股蛋儿十分生动俊俏,即使杨老夫子看了也会想入非非;丰硕坚挺的一对大奶子颤悠悠跳着,好像急不可耐地接受男人们的抚摸搓揉和吮吸。两年前,她贷了一万块钱,在公路边盖起五间简易平房,开了全镇第一家个体饭店。白梅是一个天生会赚钱的料,托甘陕司机从秦地雇来一个俊姑娘,专做羊肉泡馍、烩面、烩饼等饭菜,辟出一间房来,挂上清真招牌;托河南司机从豫地雇来一个会做当地饭菜的小娘子,又辟出一间房来,挂上中原饭店的招牌;托山东司机从鲁地雇来一个会做齐鲁风味饭菜的俏媳妇,再辟出一间房来,挂出齐鲁饭店的招牌。三个连锁小店分别招待各自的顾客,使那些长年在外奔波的司机们既吃到家乡的可口饭菜,又听到亲亲的乡音,火急了,旱久了,甩下几十块钱,抱住小老乡亲热一番,过过瘾,白梅也装不知道。除了这三个小店外,白梅把剩余的两间设为普通大餐厅,招待晋东南、晋南各县市对开的十几趟长途公共汽车的司机和旅客。这是一桩大买卖,白梅亲自主持。司机和助手在包厢内免费享受四菜一汤,旅客在大厅里随便吃喝,价格却贵了许多。吃饱喝足后,助手去擦车,司机就抱住小姐亲热起来。每天下午三点后,是饭店清闲时候,小姐们打扮得漂漂亮亮,一字排开,坐在饭店门口,向来往的汽车行注目礼。不过,那神态远没有解放军严肃。有的小司机禁不住这般诱惑,肚里不饿,也停下车来,花上十几块钱,买个高兴。不出半年,一品香饭店红了几百里晋韩线,司机们早上不管从哪里出发,也要赶到一品香吃饭。饭店生意十分火爆,馋得镇渎城内外的老百姓口水直流。随后,便一窝蜂地在公路边盖起大大小小的酒家、饭店、旅店、汽配门市部和汽修厂等等。但是,哪家生意都不如一品香。于是发生了嫉妒、攻击、捉奸等怪行为。派出所所长原国亮隔三岔五带着警察来搞突然袭击,但每次都扑空。原所长十分纳闷:报案人言之凿凿,咋会一无所获? 难道内部出了甫志高? 后来,白梅学精了,引进一条南方的先进管理经验:雇来的外地小姐,只签三个月合同,腰包刚刚鼓起来,就欢送她们离去。三年来,白梅赚了多少钱,只有天知道! 五汉街的人只知道她一年还了贷款,还买了一辆"嘉陵",看见她时常骑着嘉陵去八甲口、润城、北留、加丰几个公社信用社存款。

下午三时许,风停了,雨住了。空中还是乌云酽酽,偶尔有微弱的闪电、遥远的雷声。雨雪天,狭窄的晋韩路时常发生堵车,今天又堵了。只要堵车,一品香的生意就特好。白梅清理着一抽屉钞票,估计有三百多元,心里甜蜜蜜的。小姐们清理着杯盘狼藉的餐桌,准备迎接晚上最后一个就餐高峰。

黄明光带着似笑非笑、似哭非哭的表情走进来,径直走到白梅面前。白梅头也不抬地问:"从哪来? 吃点什么?"黄明光嘿嘿怪笑一声,说:"啥也不吃,就吃你。"白梅抬头一看,见是明光,闻到了他嘴里的酒气,皱了皱眉,似乎疼爱地说:"醉汉,又喝多了? 三十大几了,连自己都管束不住!"说着锁好抽屉走出来,给黄明光一个眼神,走进一间包箱。黄明光进来,顺手关住门,两个人就急不可待地抱作一团。事毕,黄明光淡淡地说:"杨家老二高升了,回县里当副书记。"白梅一惊:"真的? 你不是寒碜我吧?"明光说:"贺效东狗日的亲口对我哥说的,今天就要回来上任。杨老夫子正准备黑夜祭祖呢。"白梅绯红的脸唰地变得雪白,两眼喷出瘆人的凶光。她咬着牙粗野地说:"这狗日的好运气,我让他祭祖,祭吧!"

黄明光走后,白梅爬在餐桌上抽泣起来,肩膀一耸一耸的。已淡忘了的杨承望是她爱过也恨过的人。爱他时,爱得死去活来,以身相许,才落下"养汉"这个醒醒的外号,纳入"五汉"的行列;恨他时,恨得不共戴天,差点儿结束了自己花朵般怒放的生命。她深知杨承望的野心,七年前他绝情断爱抛弃她,就是实现他野心的第一个阴谋。但万万没有想到,大学毕业才四年,这个陈世美就抖起来了,回到家乡来显威风。有谁知道,他的绝情绝义改变了一个姑娘的人生轨迹!那一天,当她心中的太阳毁灭后,她仿佛陷入一个阴森森的无底黑洞,恐怖、绝望、窒息。她没有多想,也不敢多想,朝沁河飞奔而去,苗条的身躯一跃,完成了一个简单而优美的跳水动作,便沉溺在沁河诱人的波涛中。黄明光无意中的及时发现,搭救了她的生命,却无法搭救她在瞬间就扭曲的灵魂。从此,她自轻自贱,除了强烈的报复感和性欲要求外,她丢失了威名全县的"铁姑娘班"班长所有美好的一切。改革开放了,一道光亮如聚光灯般投射在她残缺滴血的心中。赚钱吧,大把大把地赚钱吧,盖高楼、买汽车、使佣人,一定要和他争个高下!于是,她大胆投资,不择手段赚钱,每当清点着大把大把的钞票时,她就感到幸福和满足,她就浑身燥热,一股蓬蓬勃勃的情欲突兀而至,急切盼望一个高大粗壮的男人来亲吻她、搓揉她,在她体内搅起波涛浪花,她在波峰浪谷中随心所欲地发泄,使每一个毛孔、每一个细胞都发出起死回生般的舒坦爽快。她选择了二茬光棍黄明光,不仅仅是报答救命之恩。他无权无势,却也无牵无挂,是她石榴裙下忠实的奴仆。黄明光缠着和她结婚,她始终没有答应。她看不起他。老父下台、媳妇死后,黄明光一蹶不振,成为正阳村有名的醉汉兼懒汉。她供他吃喝穿戴,更充实了自己"养汉"的内容和调动了他馋、懒、醉的积极性。她能和这种人结婚吗?她要找一个比杨承望更有文化的,找不来就买,即使共同生活一个蜜月,她也满足了:啊,我终究嫁过一个大知识分子!她也有条件地选择必须用又惹不起的为数不多的几个掌权者,高兴地和他们上床,但决不和过往的客人胡混。她笑盈盈地把他们迎进门来,是看中了他们的钱包,不用她亲自出马,训练有素的小姐们便可代劳,互相满足。

与黄明光亲热了一阵,也哭了一阵,白梅平静了,心想,该为杨家今晚祭祖做点贡献了。她搜肠刮肚想了一阵,嘴角溢出一丝阴险的笑来。她洗掉满脸的泪痕,重新化妆后,戴上头盔,骑上嘉陵,顺晋韩路呼啸而去。

不到半个小时,白梅来到了路边的胡家庄。胡家庄有一班八音会,为乡人婚丧嫁娶助兴,收费不薄,但乐器齐全,有几十支曲子供选择,在阳林东乡颇有名气。白梅没费多大的劲,就找着班头,在节目单上点了《小寡妇哭坟》《孟姜女哭长城》《秦香莲告状》等几支悲歌残调,甩了二十元订金,让他们严格保密,偃旗息鼓,晚七时准时到一品香饭店。

4

泥泞狭窄的山路上,杨承亮赶着两只干巴巴脏兮兮的半大绵羊,步履艰难地走着。两只露出脚指头的破球鞋,已灌满泥水,一步一吱叽地响着,半截裤腿被草水打得湿淋淋的。两只干羊极不老实,经不住路边萋萋青草的勾引,不时蹿出去贪婪地撕拽几口,惹得杨三爷火起,用手中的树枝狠狠抽打,才恋恋不舍地上了路。待嘴里的青草咀嚼完后,又蹿出去偷吃。反反复复,误时费事,急得杨承亮粗野地骂,发狠地打。走了半天,才看到镇泱城灰色的城墙和箭楼、炮台。他此行虽吃苦受累,但心里高兴:明赚暗克扣,他赚了二十块钱,这个月的零花钱不愁了。

今天半晌,雨下得正旺,他和陈小小等几个青年人闲得发慌,想找点事干,刺激刺激。四个青年男女在陈小小家打扑克,边打边讨论着干点什么。黄明旺的女儿黄英妮说:"小小,都说你是神偷,我不信。一品香的养汉白梅戴着一条三百多块钱的项链,你能从她脖子上拿下来,我就服了。"陈小小说:"本人从不偷平头老百姓的,白梅也是个苦人,可怜人。"杨承亮说:"贺书记家好烟好酒多啦,都是敲诈勒索的,你去偷出来,咱们享受享受。"说到这里,党支部书记黄明旺打着雨伞闯了进来,一见闺女英妮在场,怒不可遏,从炕上拖下来就打。陈小小给杨承亮一个眼神,两个人跳下炕来,抱住黄明旺,对黄英妮说:"快跑,快跑!"黄英妮和另一个姑娘趁势逃走。黄明旺气呼呼地说:"敢勾引坏了我的闺女,我打断你们的狗腿,让你们从五汉街上爬着出去,永远回不来!"杨承亮的赖劲上来了,拖出一把切菜刀,对黄明旺说:"黄书记,你今天给我说清楚,谁勾引你闺女来?是她来找我俩,还是我俩去了你家?说不清楚,我切了你!"陈小小也接上嘴,但比杨承亮文明,他笑着说:"老叔,我们只打打扑克,没干什么坏事。你也知道,我陈小小最讲情义,从来不吃窝边草。但你给我头上扣屎盆子,可猴怨我不看重你这个大书记!"黄明旺气得直喘粗气。面对一个"赖汉"一个"贼汉"，五汉街上两个又臭又硬的人物，他泄气了。他掏出一盒烟来，抽出一支，正要装上，陈小小二指一闪，就到了自己手里。陈小小抽出两支，递给承亮一支，对黄明旺说："老叔，也让咱尝尝带把烟是啥滋味。"黄明旺不高兴地对陈小小说："你出大门外等等，我跟承亮有话说。"陈小小走后，黄明旺换了一副脸，和颜悦色地说："承亮，刚才你老叔是教训狗日的小小，你着什么急？"承亮说："三爷我是赖，但从不对黄花闺女下手……"黄明旺打断他的话说："猴提了，咱说正经事吧，你给老叔跑个路，上山买两只羊，行不行？"承亮看了一眼门外的雨说："给多少路费？""五块。""太少，不够磨鞋底，十块！""你打一天扑克赚多少？不加了！"杨承亮抬起脸，看着门外的天空说："你找别人吧！"黄明旺软了："十块就十块，但今个赶黑必须买回来。"说着就掏钱，边点边说："一只半大羊二十块，两只四十块，加上路费，五十块，给你。"杨承亮不接："买只羊羔还十五块哩。"黄明旺一只羊又加了五块。杨承亮上山后，跑了两个小山庄，以每只十五块的价格，买回了两只干羊。至于黄明旺买羊干什么，他不管。

下山后，杨承亮把两只干羊赶到黄家大门外，二锅头站在大门口，一见承亮就狂叫起来，他隔着院墙叫出黄明旺，交了差。黄明旺又让他去借一把杀羊刀，他又要跑路钱，黄明旺给了他一盒带把牡丹烟，他高兴地走了。

不知黄英妮从哪里钻出来，对杨承亮说："你不要借刀，我爸真没劲，小肚鸡肠的。"杨承亮问："你爸杀羊干啥？"黄英妮神秘兮兮地说："你猴跟别人说，更猴跟你们杨家的人说。你承望哥升官了，你大伯今晚要祭祖，我爸就要在杨家祠堂杀羊。明白了吧？"杨承亮嗷了一声，心里咕嘟嘟冒出一股坏水。

嘿嘿，今天是王八走了鳖运，小生意不错。杨承亮在心里笑着，边走边盘算着如何敲诈他大伯杨复之。看见杨家破旧的黑大门敞开着，他兴冲冲的脚步放慢了，快到大门口时，突然站住了。

杨承亮离开这个院子整整十年了。

二十四年前，他出生在这个院子西边的两间房里。父亲杨复兴，是杨复之同父异母的弟弟——杨复之羞于提起的败家子父亲杨一坤在郑州娶的小妾生的,却是在镇泱城里杨家大院和这个破院里,由杨复之抚养大的。也许是受杨家书香门第的熏染,哥哥的精心培养,杨复兴从小就酷爱读书,和比他小一岁的侄子杨承祖从小学同窗至初中,叔侄俩憋着一股暗劲,不是你考头名,就是我排榜首。杨复之被开除公职,回乡改造的第二年,双双考上高中。但开学时,杨复兴突然宣布不读书了,回村劳动,他哭着对杨复之说:"哥呀,长兄如父,你真真确确做到了。但你没了工作,没了工资,能供起两个高中生、一个小学生吗?"杨复之口气硬硬地说:"刚进了人民公社,大闹钢铁,吃食堂,放卫星,我还供不起两个高中生?"杨复兴果断地说:"让承祖一人读,读到大学,咱兄弟俩供他!"杨复之和杨承祖还要劝说,杨复兴掏出一张盖着红印的纸来,说:"我报了名,明天就去西山修水库,这是大队的通知。承祖,叔叔赚下钱,就去给你送。"承祖一把搂住他,叫了一声叔叔,就泣不成声了。就这样,杨复兴成了人民公社的新社员,在西山修了一年水库,又在中条山砍了一年木料,第三年在哥哥的主持下,娶了一朵向阳花,第四年就生了承亮。接着,社教、"文革"开始,杨家弟兄作为黑五类,在批斗会上形影不离。每次批斗后,总是弟弟搀扶着哥哥,相濡以沫,步履维艰地走入政治和生活的风雨泥泞中。1971年学大寨劈山改河造地,弟兄俩编入"黑五类"小组,干最重最危险的活。抬石头时哥哥在前,弟弟在后,弟弟把铁绳偷偷地往自己这边移几寸;排哑炮时,弟弟不让哥哥靠近;工地食堂不给黑五类上灶,家属一天两送饭。承亮妈送到工地,先给哥哥满上,偶尔有肉或鸡蛋,弟弟舍不得吃,迅速丢进哥哥碗里。哥哥咋能不感动,心里热乎乎的,抵御着外部世界的风寒。1973年那次大塌方,弟弟眼尖,反应迅速,一把将哥哥推出几米远,自己埋在十几米厚的沙土中。遇难的六个社员中,就杨复兴一个没有评上"烈士",没有资格参加追悼会,没有得到抚恤。杨复之据理力争,黄福禄冷冷地说:"大少爷,地主子弟还要当烈士?让国民党给你评吧!"杨家运交华盖,命运多舛,半个月后,承亮妈回娘家,第一次踏上刚架好的沁河钢丝桥,小心翼翼走到桥中,悠悠而晃,头晕眼黑,从低矮的护栏绳上栽下沁河,死了。从此,十一岁的杨承亮成了孤儿,大伯杨复之收入翼下,如亲子般养育呵护……

杨承亮还在大门外徘徊,似乎没有勇气踏进这个他熟悉的院子。他撕开黄明旺给他的那包高级香烟,点上一支,靠着院墙吸着。破球鞋依然罩在脚上,泥浆涂满裤腿,乱蓬蓬的头发茅草般疯长,活脱脱一个乞丐形象。

从懂事起,他就恨这个家。儿时,小伙伴们喊他"小地主",成群结队追打他,他像一只形单影只的小老鼠,走到哪里都不讨好。同学们逼着他扫地、擦黑板、干重活,老师还不给他发红领巾,学习成绩再好,也得不上奖状,受不了表扬。于是他逃学了,从家走时,背上书包,却跑到沁河滩去玩。大伯发现了,把他叫回家,和父亲一起逼他上学。大伯焦急地说:"子不学,非所宜。幼不学,老何为!"他不懂。大伯又摇头晃脑地说:"三更灯火五更鸡,正是男儿立志时。黑发不知勤学早,白头方悔读书迟。"他还不懂。大伯就一句一句讲,他懂了,意思是现在不好好念书,长大了没知识要后悔。父亲把他送到学校,送进教室,低头哈腰,满脸带笑地向老师承认错误,老师没说什么,让他坐下。父亲刚走,年轻漂亮的曹玉凤老师就变了脸,变得鬼一样难看可怕,狠狠一教棍敲在头上,他疼得哇一声哭了,曹老师怒吼道:"你哭,你哭我敲烂你的脑袋!"他咽下半截哭声,伸手一摸,头顶肿起一个鸡蛋大的包。当堂课后,他又逃学了,任大伯好言相劝,任父母打骂威胁,他就是不上学,打死也不上学。

父母半个月内先后去世,杨承亮没有一丝悲痛,没有流过一滴泪水。没人打骂了,没人逼他上学了,他自由了,多美呀!然而,他没有想到,大伯和承祖承望两个哥哥,管得比父母在世还严,早上、中午、晚上教他读书,完不成作业不让吃饭睡觉。他恨死了他们,小脑袋整天思谋着如何报复,如何离开这个家。路上有一条死蛇,他提回去,放在大伯的被子里;大哥承祖带回一盒点心,他偷吃了,空盒里装上猪粪;过年时拾上鞭炮,塞进纸烟里,再伪装好,客人来家刚刚抽了几口就爆炸了。如此三番五次,大伯和二哥实在无奈了,把他吊在屋梁上痛打,他咬紧牙关,不求一声,学着样板戏里李玉和的口气说"只能把我的筋骨松一松"。发展到后来,把大伯几年里写的家谱、日记偷出来,交给大队革委,黄福禄一高兴,就奖了他十元钱。革命委员会终于抓住了阶级斗争的新动向,地主加右派的"变天账"。致使杨复之被五花大绑、戴上钢筋焊的高帽子,在全公社二十八个大队轮番批斗。小承亮有立功表现,作为可以教育好的子弟,在批斗会上揭发大伯的罪行。后来,黄福禄把他安排在劈山指挥部当通讯员,再后来,劈山改河结束,他又到大队粮油加工厂上班,每天六角钱,一人吃饱,全家不饿。杨复之没有记恨他,派承望不断给他送来四季衣服,逢年过节请不回去,就送一二斤肉,三五斤白面和几块钱。杨承亮照收不退,理所当然地受用。他认为,杨家该他的,地主子弟的帽子岂能白戴一辈子!他生性残忍,不讲情面,不受约束,像一匹没戴笼头、没勒缰绳的野马,在镇泱城内外自由自在地奔跑冲撞,谁敢骂几句、呵一声、抽一鞭子,他就把谁踢个鼻青眼肿、七窍流血。愣劲上来,敢拔出刀子拼命。因此,落下了"赖汉"的外号。村人都不惹他,但别有用心的人总想利用他,只要给钱,让他吃屎,他也敢。

世间的一切都是相生相克,没有绝对的、不可战胜的英雄或愣种。杨承亮唯一怕的人是近门兄长、民兵营长杨承宗,杨承宗钻牛角,认死理,好抱打不平,人称"一根筋",常和老革命黄福禄辩论,也就不把"赖汉"杨承亮放在眼里。每逢杨承亮做出仇者快、亲者痛的事儿,杨老夫子就找杨承宗来教育杨承亮。杨承宗不客气,不迁就,大道理一摆,小道理一说,你杨承亮不听,想来愣的没门!你不就是三句话不投机就拼命吗?好,我奉陪到底!看谁打得过谁!不打败你,我也不是杨家的后代!头一次制服杨承亮,是三年前的事。人称"毒药罐"的延天乐,为利用赖汉,给他在外村介绍了个对象。当女方来正阳"相亲",得知杨承亮就是那个远近闻名的赖汉时,找到延天乐,坚决解除婚约。但杨承亮死活不同意,来到女方家里,亮出寒光闪闪的匕首来,威胁道:"要解除婚约,我杀了你们一家!七天后,我就来娶亲,你们把花轿、棺材都准备好,娶不回活的,我就宰了她,抬上棺材走!"女方一家吓坏了,连夜来找老夫子。老夫子和承亮谈,刚开了个头，承亮就鼻子一哼，拂袖而去。刚好，杨承宗有事来家，老夫子就把这事说了，承宗说："大叔，你放心吧，这事我来处理。"承宗把承亮叫到大队，讲了一大堆道理，承亮不但不听，还粗野地骂了起来。承宗不客气了，一巴掌打去，承亮口鼻流血，拔出匕首来拼命。杨承宗是复员军人，学过擒拿格斗，一个徒手夺刀，把承亮绑了个结结实实。直到杨承亮同意退婚，保证不到女方家闹事为止。不料，杨承亮是虚晃一枪，当天晚上就把承宗家的两口半大小猪毒死了。并让延天乐转告女方，三天后成亲。第二天，杨承宗对杨承亮正式宣战。这一仗打了三天，打得轰轰烈烈、扎扎实实。杨承亮跑到哪里，杨承宗追到哪里，打到哪里，直打得赖汉无处躲藏，磕头求饶。从此，杨承亮在杨承宗面前老实了，但也伺机找碴儿报复，却又不易找到。

杨承亮吐出烟头，昂首挺胸走进院子。心说：一切都是假的，只有钱是真的，有赚钱的机会，不赚就是傻瓜，这也是改革开放！

"大伯，忙甚哩？"杨承亮进门就说。杨复之正戴着花镜看一本线装书，见是承亮，忙说："亮亮，这段可好？缺什么就回来拿。"杨承亮四顾一周，问："超俊呢？"杨复之说："进城了，一会儿就回来。"杨承亮坐在椅子上，又叼起一支香烟，吐着云雾说："大伯，二哥高升了？今晚咱家要祭祖？"杨复之说："你咋知道？"杨承亮嘿嘿一笑："全村人谁不知道咱杨家的规矩？有大喜事，一定要让祖宗高兴。大伯呀，我给你透个风，价值十块钱，你不给我钱，我就不说，我不说，你就要后悔。"杨复之脸一黑，责怪道："亮亮，缺钱了，大伯给你，你是杨家的后代，我不管谁管？可你这种方式方法不对呀，亮亮，你敲诈我？"杨承亮嘻嘻一笑，又一本正经地说："我这个消息顶顶重要，你不买，我就不卖你，后悔的是你，不是我。"说罢，起身欲走。杨复之起身送他，还想规劝几句，猛然看到侄子脚上的破球鞋张着嘴，露出黑乎乎的五指，裤腿上沾满泥浆，心里突然难受起来。唉唉，没爹没娘的娃呀，谁疼你？他掏出二十块钱来，对承亮说："去买一双鞋，一条裤，二十大几的小伙子了，就不怕别人耻笑？"他目光满是慈爱，抚摸着不争气的侄子,虽然侄子恩将仇报,无情地伤害过他,他最终还是原谅了他。那是时代使然,那是家族的灾难,不能记恨乳臭未干的黄口小儿啊!杨承亮没想到大伯还是那样慷慨,伸出的手犹豫了一下,接住钱,郑重地说:"大伯,黄明旺今晚要在咱祠堂里杀羊!"杨复之一惊:"真的?"杨承亮说:"没假。"杨复之转过身去,喃喃而道:"羊者,杨也;杀羊,杀杨?"

5

镇洮城内杨家大院西头,临近沁河东岸的城墙内,有一块几亩大的空地,原来是杨家花园。解放后,铲除了剥削阶级的香花毒草,盖起一座舞台,改名为人民乐园,但人们还是习惯旧名杨家花园,没人用新名词人民乐园。曹玉凤娘家在镇洮城内,丈夫又是公社的掌权人,70年代末便在舞台旁边盖起一座造型别致的二层小洋楼。因这里地势较高,站在二楼阳台上可见沁河的波浪,可听沁河的涛声,贺效东便故作风雅,命小楼为"听涛斋",并请一书法家题写斋名,制成匾额,悬于二楼中门之上。在古色古香的镇洮城里,"听涛斋"显得鹤立鸡群,格外引人注目。

任何人和事到了引人注目的程度,就失去了安宁。先是公社内部有人告状,说是贺效东依仗职权盖私房,勒索民财。县上派人查了一次,房主是贺效东岳父,合法;所需材料都有发票,合理。有惊无险,从此就没人告状了。接着,贺家两年内失盗两次,奇怪的是贺效东不让派出所侦破,甘心吃哑巴亏。贺家究竟丢失了什么,只有主人和小偷知道。村人怀疑是"贼汉"陈小小干的,有人试探,陈小小笑而不答,神神秘秘,好像甘心当无名英雄。

下午三时许,柔柔的阳光穿透云层,照得雨后古老的城墙泛起薄薄的白雾。单薄、瘦小、机敏的陈小小在西城墙上的薄雾中一闪,就纵上了"听涛斋"的后阳台,这里背靠城墙,面对沁河,近处无法看,远处看不见,极其背静,是视野中的死角。通向阳台的门从里锁着,他从怀里掏出一根尺余长的扁钢条,插进去,撬了几下,木制的门带着合页和门框分离了。他钻进去,将门扇轻轻闭上。这一套动作极其麻利,大概只用了一分钟。也怪贺家警惕性不高,因前两次失盗,贼人是从楼下前门进去的,故围起院墙,加固了前门，却忽视了后阳台离城墙不到两米远，贼人可一蹿而就。更忽视了城外五汉街上陈小小的存在。

陈小小的偷技得其家父真传，娴熟老练；偷盗的对象也如其父一般，只偷有权有势的，从不光顾平头老百姓。三年困难时期，正阳村几百户人家，除大队支书黄福禄外，其余大小队干部、事务长、炊事员都不缺粮吃，满面红光。老百姓家家户户面如菜色，都得浮肿病。无职无权的陈小小一家六口人却不吃花生皮、粗糠和玉米叶做的"淀粉馒头"，每天夜里吃一顿小米粥，玉米面饼或者三合面。陈小小他爹陈大狗，身轻如燕，胆大似斗。后半夜吃罢小锅饭，腰系一条空口袋，怀揣一支手电筒，走进镇泱城内，不到半个时辰，准扛回一袋粮食。第一次，是去偷支书黄福禄家，没料到黄家楼上囤空缸净，没有一把粗糠。又去偷大队主任家，扛回一袋麦子，见这家楼上有几千斤粮食，第二次又去。这次，被逮住了，寒光闪闪的菜刀支在陈大狗脖子上。陈大狗毫无惧色，对主任说："不偷就饿死，你杀我吧，省得为六张嘴发愁。"主任说："我天明就开群众大会，批斗你。"陈大狗一笑："那更好，我到大会上照实说，主任家楼上有一囤玉茭，两缸麦子，三缸谷子，群众就顾不上批斗我了，转向你了。"主任立时软了，收回菜刀，亲亲地说："兄弟，你扛上粮食走吧，不够吃，再来。只要你不宣传，饿不死我一家，也饿不死你一家。"陈大狗得了干部怕露富这个窍门，专偷干部家的，大队干部家走遍了，又走小队干部家，家家楼上都有粮食，都不会使他失望。偶尔被逮住，只需说一句："我明儿告诉群众，你家有多少多少粮食。"对方就软了。那是一个饥饿的时期，谁家敢露富！只要有一个饥民振臂一呼，国家的粮库都敢抢，何惧一个小小的队干部！以后，日子好转了，陈大狗却积习难改，好逸恶劳，大白天就敢撬门毁锁。作案时带着四五岁的陈小小，儿子放哨，老子偷盗，很少有逮住的时候。久而久之，陈小小学会了父亲的作案手段，第一次实习，就从大队会计家偷回两条农村罕见的毛毯，陈大狗高兴地说："小小啊，你要记住，一不偷孤儿寡母，二不偷军烈属，三不偷平头老百姓，四不偷老师医生，五不偷黄福禄这样的群众拥护的好干部。咱专偷那些多吃多占，贪污腐化，欺压百姓的赖干部！你偷了他,他有口说不出,干吃哑巴亏。为甚?因为他家的东西都是老百姓的血汗,咱是为老百姓出气哩!"陈大狗抚摸着软茸茸的毛毯,继续念他的"真经":"小小,你还要记住,干咱这一行,一要胆大,能白天下手就不等到黑夜;二要手快,瞄准就下手,得手就走开;三要眼尖,事先事后要看清有没有四眼六耳,四要……"陈大狗传授"真经"不到一年,就和杨复兴一块压死在塌方里,得了个"烈士"称号,大队将陈小小姐弟四个抚养到十八岁。日后,三个姐姐先后出嫁,小小和母亲分到一亩责任田,不够吃穿,就用家传绝技补充生活。贺效东虽是一方山神,却从不得罪陈小小,家里失盗两次后更不敢了。派出所暗里调查了几天,排除了陈小小作案的嫌疑,日后又破了一个盗窃案,案犯交代余罪时,供出了贺家两次失盗是他们干的,贺效东也就不怀疑陈小小了。今天早饭后,陈小小见贺效东夫妇开着车,提着礼品去了杨家小院,心里纳闷:这狗日的前几年批斗杨老夫子十分卖力,今日咋一反常态,黄鼠狼给鸡拜年?午饭后,杨承望荣升县委副书记的消息传开,陈小小才明白了。他气不打一处来,决心给这个势利眼点颜色看看。侦探到贺家无人时,就下手了。

　　陈小小在听涛斋楼上转了三个卧室、一个书房,见三张床下都是成箱的和散装的名酒,书柜下是几十条名烟,几只大箱柜里尽是毛毯、毛巾被之类,他因无法携带,均未动。二次走进书房,撬开写字台上的抽屉,发现有一本厚厚的《现代汉语词典》。他疑心了:谁家的字典锁在抽屉里?里边有鬼!他拿出来一翻一散,掉出十几张存款单,款额几百上千不等,约有两万多块。妈呀!陈小小暗自惊叹:盖了一座楼,还有两万多,这狗日的真有钱呀!咱几辈子才能赚够两万多?他把存单尽数装在身上。字典下有几百元现金,他没动。沿着室内楼梯下到楼下,首先看到镶着大镜的漂亮梳妆台,拉开小抽屉,见有一个精美的平绒盒子,打开一看,是一条金灿灿的项链,他想到了黄英妮,微笑着把项链装进口袋,又翻出几副耳环来,也尽数扫荡而去。客厅的茶几上,放着两大袋名烟名酒,还有一封没贴口的信,信封上写着:面呈杨承望书记。他掏出信瓤,草草一看心里大喜,连同两大袋礼品一同带上,顺原路而回。

下午五时许,镇泱城内最繁华热闹的供销社门前,站着黑压压的百十号人。人们仰起头,看着墙,墙上贴着贺效东给杨承望写的那封信,还贴着贺效东那十几张存款单,存款单下挂着两大袋礼品。远处的人看不见,急着叫:快念,快念。一个年轻人大声念道——

杨书记您好:

　　得知您回县任职,我和镇党委一班人十分高兴。您的高升,不仅是杨家的光荣和骄傲,也是全镇三万多人民的光荣和骄傲。县委班子里有了咱正阳人,对正阳镇的发展,必将起巨大的推动作用。因此,我代表镇党委及三万多人民群众,祝贺您的高升。

　　作为您家乡的父母官,我对杨家照顾不周,请您海涵。令尊大人摘帽后的几年里,我顺应党的政策,重用、照顾复之先生。您未高升之前,镇党委就决定,聘请先生为镇办中小学顾问,每月补助二十元,发挥先生的余热为四化做更大的贡献。然而,这一决定县教委尚未批复,目前还未宣布。最近,我又推荐先生为县政协委员,参政议政。日前,我和夫人曹玉凤专程登门拜访、请教、慰问杨老先生。今后,您的父亲就是我的父亲,请您放心好了。

　　杨家今晚祭祖,我本应尽力支持,但县委通知开会,我不在家。已委托玉凤将礼品亲自送到家里,并通知了武装部长、联防队长,为祭祖站岗,维持秩序,以防坏人乘机捣乱。

　　杨书记,您回来后一定等我,镇党委还要请您检查工作,聆听您的重要指示。

　　敬颂腾达

　　　　　　　　　　　　　　　　　　　　　　　贺效东敬上

　　　　　　　　　　　　　　　　　　　　　　　1984年4月23日

哇——听众一声怪叫后,骂娘了,用污秽的语言把贺家祖宗百代操了个遍。正阳人就是这种脾气。明清两朝,正阳村百年辉煌,科举入仕在县州府独占鳌头，阁老、尚书、督抚、道台、知府可以编一个加强连；废除科举制后，文化素质特高的正阳人把浓厚的兴趣转入经商贸易，巨商大贾遍及海内。杨、张、延、曹、陈五大家族都出过达官显贵。因而，铸造了强悍的民风，火辣辣的脾性，从不把一个八九品芝麻官放在眼里。又有人高叫：下面贴的是什么？念念！还是那个年轻人，逐张存单一一念过：某月某日存入现金一千元，某月某日存入现金五千元……共计两万七千五百元。又引来一阵臭骂：好狗日的，勒索民财，鱼肉乡里，成了第一个万元户！撕下来，交到县委！就有人挤上前去，动手要撕。信用社林主任大叫着挤上来：存款保密，是党的政策，不敢撕，不敢撕啊！林主任是一个五十多岁的老头，用驼背堵住贴在墙上的存单，像黄继光用胸膛堵住敌人的枪眼。

人群后卷起更大的骚动。曹玉凤带着女镇长赵志坚、派出所所长原国亮等几个干警挤进来了……

陈小小和黄英妮站在人群外满脸喜悦地看热闹。黄英妮细长、白皙的脖子上戴着一条金闪闪的项链，耳垂上挂着赤金鸡心宝石耳坠。大概是为了与金首饰相配，描了眉毛，画了眼影，涂了口红，更鲜嫩、更生动、更美丽了。陈小小只顾欣赏自己的杰作，不知啥时原国亮已摸到他身后，将一只镀金手铐咔嚓一声戴在他的手腕上，拖着他飞奔而去。

这时，杨承亮跑来，对着陈小小的背影喊道："小小，你咬紧牙关，啥也猴说，我救你！"

第二章

1

　　昏黄的电灯光有气无力地照着这两间矮小的陋室，两个书柜，一盘土炕，一张床，一桌两椅，就挤满了空间。孙子超俊躺在床上，无忧无虑，睡态酣美，发出轻微均匀的鼾声。土炕上两条粗布被子整齐地码着，枕头边摞着书本和报纸。已是子夜时分，杨复之没有一丝睡意，独坐在椅子上，一脸凄风苦雨，头上稀疏的白发失去了往日的潇洒，活像乱蓬蓬一丛茅草，似乎还在风吹般微微抖动着。面前放着一瓶本县酒厂产的二锅头，一只酒盅，一个龟形小泥壶。他一口酒一口茶喝着，三五盅下肚，就晕晕乎乎，满眼泪水，浑身的老骨头燥热难耐。他原本滴酒不沾，也看不惯丑态百出的醉鬼，父亲在世时，酒后的失言失德，更使他对酒恨之入骨。1957年，双开除回乡劳改，心中的明月朗星陨灭之后，酒才化敌为友，进驻了他的心间。他喝一斤醉，喝一两亦醉，醉后就走到城内杨家祠堂，看着列祖列宗的牌位，心荡神游，走进明清时代杨家的百年辉煌中，与先人们对话，探讨杨家的兴衰，这是他最幸福的时候。一夜对话，兴奋几天，忘却了现实的烦恼。村人次日晨发现他怀抱酒瓶，醉卧祠堂门前，可怜他的，便把他叫醒，送回家里；仇恨他的,便把他踢醒,问他是不是"梦想复辟",他口齿不清地频频点头,是,是,刚才尚书爷,巡抚爷都这样说。于是阶级斗争有了新动向,当晚的批判大会就热闹多了。久而久之,新动向一丝不动,没有新发展,村人就说:他醉了,不要跟一个醉汉计较。从此,他"光棍汉"后面,又多了一个"醉汉"的外号,一人就组成"五汉"的"两汉"。1977年承望考上大学,1978年摘去右派帽子,随后地主帽子亦不翼而飞。心里的皱褶舒展了,再无政治上的后顾之忧,更不上批判会了,他便戒了酒,也未与先人对话。

今天,承望没有回来上任,傍晚,在县农机厂工作的长子承祖急急回来告诉他,上午,承望在回县的路上发生了车祸,已就近送往高平县医院抢救。这个噩耗蛇一样吞噬着他的心肝脾肺,疼痛难忍、坐卧不安,要不是路途遥远,夜无班车,他一准亲赴高平医院,去看个究竟。这时,他想到久违了的酒,便打发超俊买回一瓶,夜深人静后,深一杯浅一杯,喝将起来。渐入佳境,心不疼了。

在完全的无意识或潜意识中,他手持酒瓶,羽毛轻飘般离家而去,优哉游哉地飘过五汉街,飘进城门,飘到杨家祠堂。像几年前与先人对话一样,走进那间没有上锁的黑洞洞、空荡荡先前供奉祖宗灵位的屋子。灵位早在"文革"时就被贫下中农造反派砸了,以后再未设立。然而,在杨复之的醉眼中,灵屋一如"文革"前那样:灵位有序地排列着,仿佛一个个身着官服、头戴纱帽,挺胸腆肚的活生生的先人,对他报以亲亲的微笑;他恍惚看见供桌上的青铜香炉和红红的香头、袅袅的青烟,还看到几支粗壮的红蜡烛照得灵屋鬼影憧憧。他不怕鬼,这些鬼是他的亲人。土改时分房产,贫下中农都不愿住祠堂,他盼之不得,但未能如愿,致使祠堂院一直空到现在,瓦烂椽腐,透风露气。祖宗们,委屈你们了。来,我敬你们一杯酒。他跌跌撞撞朝灵位走去,双膝一软,跌坐在地。他没有敬祖宗们酒,瓶口对嘴,咕嘟喝下一大口,感叹道:列祖列宗啊,你们有功,功高盖世。始祖载文爷,没有您,哪有这座闻名晋豫两省的镇泱城啊!他又灌下一口酒,昏花的老眼射出一道电光,穿透黑沉沉的夜幕,穿透漫长的三百五十多年时空,看到了明代崇祯八年的几个场景。

——七八匹快马驮着几个人、几只箱笼，腾起一股股尘埃，急奔在官道上。向南、向南、再向西。清脆的马蹄声中，京城甩在身后，华北大平原甩在身后。狂奔的马蹄拐了一个弯儿，从邯郸西入太行，进了山西潞安府境内。骑在马背上的人，不着官服，不戴盔甲，一色的青衣小褂。没人知道他们的身份，也不知道他们向何处去。急促的马蹄奔过高平县城、古镇端氏，沿沁河而下，在现在的阳林县正阳村西北停了下来。一个幕僚似的人物，操着京腔，喘着粗气问："老爷，到了吗?"那个身材高大、粗眉大眼的官人舒开眉头，掏出白绫，擦了擦脸上的汗水灰尘，兴奋地说："到了，到了，这就是老爷我的故乡!"

　　黑暗中，杨复之的眼睛像鼠眼般贼亮，紧紧盯着他们杨氏家族中第一个"骄傲"。杨氏家谱就是从这个叫杨载文的人写起，后世子孙称他为始祖。从始祖上溯三辈，都是名不见经传的种田人。杨载文是不是身材高大、粗眉大眼、一脸福相，家谱没有记载，是杨复之希望和虚构中的形象。家谱及县志、府志记载的有：杨载文自幼好学，家贫请不来老师，就爬在张家私塾的外窗台上听，听了几年，便在童子试中考取了廪生，有了生活保障，后乡试中举人，会试中进士，初授庶吉士，后改为京郊大兴知县，为正六品。几经调迁，到这次归乡，已是正四品大理寺少卿了。是他奠定了杨家百年辉煌的基业，启迪、激励、鞭策着后世子孙积极仕进，永为人上人。

　　杨复之看到，始祖杨载文瞥了一眼身边的沁河，沁河已解冻，泛着欢腾的浪花；杨载文的炯炯目光投向当时叫"老槐树""冶铁镇"的正阳村，村子不大也不小，有二百多户人家，处于沁河和东河的交汇处，东西南三面临水，北面是两河相夹的百亩沃土。杨载文的脸上溢出淡淡的笑，低头看了一眼三匹高头大马驮着的六只沉重的箱笼。杨复之想：那里面装的是什么？金银钱钞？古玩字画？珍宝奇石？反正是值钱的东西。他有点激动，高高举着酒瓶，大步迎了上去，一声亲亲的祖爷还没叫出口，杨载文电一般的目光戳在他的脸上，严厉地一声威喝："醉汉，有辱吾杨家门庭!"杨复之惊恐万分，打了个冷战，啪嚓一声，酒瓶掉地，碎成八瓣，浓烈的酒香在黑洞洞的灵屋中弥漫。杨载文黑着脸，一步步朝他走来，他吓得跪倒了，真的跪在灵屋中的古方砖地上。这时,张、延、曹、陈几大家族的族长和乡绅们闻讯前来迎接杨载文,杨复之在众目睽睽下,如芒刺背,汗如雨下。他嘴唇哆嗦着说:"祖爷,您今朝回乡……"杨载文没理他,对众人抱拳作揖,简单寒暄几句,提高嗓门,声若洪钟道:"诸位乡亲,当今乱世,四处狼烟。陕西高迎祥、李自成的贼兵,祸及关中商洛,伺机渡河东上,攻占京城。吾乡为贼兵北上必由之道也。河曲贼王家胤已奔汾以南,首犯二犯吾乡,杀掠无算。闯贼东来,王贼再犯,将何以待之?吾邑表里河山,若有坚城可据,金汤守之,贼之奈何?从来攻城为兵家最下之策,以数十万而徒困斗坚城之下者,未暇缕指。今邻里新筑虎谷同阁城、郭谷城、黄城、窦庄城,皆解乡民于倒悬。且为乡民安全计,吾欲筑一城,围村子,拒贼寇。筑城之资需银六千两,吾自出三千,余数张、延、曹、陈四族担负,可行否?"杨载文话音未落,应者不绝,连声叫好。几个族长、乡绅前呼后拥,把杨载文迎回家里。

啊啊,祖爷要筑城,多大的气魄呀!郭谷(现今的北留镇郭峪村)、虎谷(现今的润城镇屯城村)、黄城、窦庄已筑好或正在筑城,咱高台上四周筑起城来,便安枕无忧了。三百多年后,杨复之才明白了祖爷筑城的精明:杨载文发迹后,十年内买地百余亩,新建三连环杨家大院一座,炼铁炉三张,煤窑一个,家财年进数千两银子,筑城后又发展了几个铁货、百货、丝绸店铺。在改朝换代的乱世,首先保护的是自家的财产,一旦仕途艰险,就回来发财。果然,清兵入关后,明王朝土崩瓦解,杨载文不做"贰臣",携家眷回乡,又十年后成为泽潞两州十大巨富之一。

杨复之自知辈分身份低微,又因喝醉了,生怕再次引发祖爷的愤怒,畏首畏尾屁颠屁颠地跟在祖爷、族长、乡绅们的身后,回到杨家大院。哦哦,杨家大院咋和我记忆的不一样了?大门两侧原有一副石刻对联:

积德一门五进士
恩荣六世三翰林

明末至清末,杨家出了五个进士,点了三位翰林,除黄城陈氏家族外,是方圆百里第二大望族。石刻对联哪里去了？他呆呆地站在大门外思考这一重大的发现。他哎哟一声，突然想到，这是崇祯八年，对联是民国初年时爷爷杨煌书扩建门楼时刻的。他提步进院，走进热热闹闹的二院堂房。祖爷带回一个高级建筑师，正展开图纸，给村内大户们讲解城墙的结构和各种数据。接着是各大户捐银，那场景真是闻所未闻啊！元宝银、马蹄金，一锭几十两，白得耀眼，黄得放光，谁见了不眼红滴涎？恍恍惚惚，变戏法似的，小城建设开工了，进展极快。大概是砖石不够，又没有时间烧造，便就地取材，用废弃的炼铁坩埚替代。只用了十个月时间，城墙竖起来了，高三丈六尺，宽一丈六尺五寸。城围四百六十丈，设水旱两门，城垛四百二十个，安装大炮十二门，组织炮手百余人。祖爷亲题"镇汯城"三个大字。哦，镇汯城，多美妙的名字！西边沁河，东边东河，汯汯大水被一城所镇；贼兵亦如大水，亦被一城所挡。从那时起，人们废弃"老槐树"村名，改称"镇汯镇""镇汯里""小城"。又过了三百年，才把"镇汯"改为"正阳"。改得更好，我杨家百年来，不就是正午的阳光嘛！

杨复之背靠明朝潮湿的砖墙，酣酣睡了，鼾声大作，呼呼隆隆，间忽有噗噗的吹气声，仿佛喷吐着杨家中落半个世纪以来的积怨与晦气。耳边一声炸雷："醉汉，醒醒！"他一激灵，睁开眼。只见摇曳的烛光中，一个头戴红翎笠帽，身着彩绣锦鸡官服，腰围犀质腰带的清朝二品大员，威赫赫肃立在眼前。他揉揉眼定睛一看，啊！这不是太祖杨坚吗？太祖进士出身，第一次鸦片战争时，任江南某省巡抚。家谱和县志记载，杨坚是大名鼎鼎的禁烟英雄林则徐之密友，曾亲率禁烟舰船在东海上缉毒，对禁烟有严厉的法令、细密的组织、坚决的行动。一次收缴烟土三十二万五千两，仅次于广东。1840年10月，道光皇帝迫于英夷的压力，林则徐被撤职之后，紧跟林则徐的杨坚亦被撤职，降为四品道员。从此，一蹶不振，老死终年。所幸的是杨坚养育了杨抒这个争气的儿子，官至从一品尚书，把杨家的辉煌送到了顶峰。杨复之诚惶诚恐跪下，行了大礼，战战兢兢说："太祖爷，孙儿今个心情不好，又喝醉了，乞望太祖见谅。"杨坚双手端着犀质腰带，朗声念道：

天欲祸人，必先以微福骄之，所以福来不必喜，要看会受；天欲福人，必先以微祸儆之，所以祸来不必忧，要看会救。

杨复之低头说："这是吴麟征的《家诫要言》，孙儿幼时就记下了，今个咋忘了？可见孙儿修养尚差。多谢太祖提醒。"说罢，抬头一看，太祖已隐去。

又从灵位中飘出一个身着彩绣鸳鸯官服的人物来，双手端着玉质腰带，笑吟吟站在他面前。啊啊，这是高祖杨抒，晚清刑部尚书，从一品大员，致仕后又加一级，成为正一品。高祖曾在"上有天堂，下有苏杭"的苏州府任知府，清正廉明，干练果断，深受吴人爱戴。一次去吴县微服私访，得知该县乡绅——黄福禄的五世祖黄永嘉的冤情，一家四十多口人皆已打入死牢，秋后问斩。杨抒暗里查清后，借知县大堂重新审理，严惩了诬告恶人，释放了形销骨立的黄永嘉全家。日后又上疏督抚、皇上，弹劾了昏庸无能的知县。这一案，使杨抒声名鹊起，被吴人誉为"杨青天"，因此而擢升刑部侍郎、尚书。年老致仕，西太后亲赐黄马褂一件。黄福禄的五世祖黄永嘉派九子黄定波一支，北上正阳，世世代代服侍杨青天及其后嗣。高祖一生克勤克俭，两袖清风，唯一嗜好是买书、读书。告老还乡时，四辆马车拉着沉重的十几只大木箱，西入太行山遭响马拦截，打开箱子，尽是书籍。不由贼人肃然起敬。杨复之又拜，万分虔诚地道："高祖现身，有何教谕？孙子将镂心刻骨，没齿不忘。"杨抒开启绣口，飘出一首诗来：

天街小雨润如酥，草色遥看近却无。

最是一年春好处，绝胜烟柳满皇都。

杨复之记起来了，这是韩愈的《初春小雨》，诗人目睹初春烟雨，心情欣喜，慕春颂春之情油然而生。学富五车的高祖选择这首诗，有预见有暗示，也有安慰和自慰，我杨家的春天终于到来了！他还要问个明白，高祖悠悠离地，渐渐缩小，化为灵牌，站回原处。杨复之再三琢磨这首诗的蕴含，心里渐渐轻松,禁不住笑出声来。

蓦然,有怪异的嬉笑声呼应。初闻阴森森毛骨悚然,杨复之定定神抬头一看,柔和朦胧的烛光中,走出一位身着彩绣水鸟官服,乌角腰带的清代七品官人,没戴乌纱帽,脖子上围着一根粗粗的大辫子,昂首挺胸,一步三晃,手持一壶一杯,脸上溢出放荡不羁玩世不恭的冷笑或嘲笑。呀呀,这是曾祖杨笑溢,百年后仍是这般模样!杨复之从祖父杨煌书口中得知,曾祖笑溢公酷爱诗酒不爱官,中举后就任县学训导,从八品,相当于现今的县教育局局长。在他以上三代先人中,他的学历最低,品阶亦低。后经在朝中做官的高祖提携,才当了一任知县。杨笑溢在任上不理朝政,与文人诗友饮酒唱和,大权旁落,却诗名远播。省学政周石坚慕他诗名,结为好友。后周学政升为京官,上任时带他一同赴京,欲向上推荐,使他人尽其才。不料,在周学使的同僚好友为周接风洗尘的宴会上,笑溢公言行不拘,脱了鞋,蹲在椅子上高谈阔论。大概是好几天没洗脚,浓烈的脚臭味呛得满座的人恶心欲吐。周学使在他耳边提醒道:"状元公和诸位翰林在座,你要有礼节、多请教。"他不以为然,哈哈一笑道:"状元有什么稀罕,三年就有一个!"诸公听了甚为惊讶,多嫌其狂,没有好感。杨笑溢留有《笑翁诗钞》三卷,现存北京图书馆。杨复之不喜欢曾祖,没有行大礼,只作了一个揖,问候道:"老爷爷,你还是那样嗜酒?"杨笑溢一仰脖子,喝下一口酒,哈哈一笑,说:"天若不爱酒,酒星不在天。地若不爱酒,地应无酒泉。人若不爱酒,哪来众酒仙!"杨复之又道:"孙儿也曾嗜酒经年,后戒掉。今晚又……"杨笑溢接着说:"又喝上了?好,好啊!来来来,咱爷孙干一杯。"接着,唱出自己那首著名的《劝酒歌》——

老夫逢酒便高歌,舞醉诗狂得意多。
功名休问几时成,诗酒且图今日乐!

杨复之伸出手来,正要接曾祖递过来的酒杯,突兀一人闪出,夺过酒杯,摔在地下,对杨笑溢不满地说:"你回去自斟自酌吧,猴误导咱杨家后人!"杨笑溢瞪了他一眼,倏而飘去,复归灵位。

杨复之一看来人,瘦高个儿,白发苍苍,一袭青布长褂,一双圆口布鞋。他惊喜得啊啊啊直叫,是他最亲的祖父杨煌书啊!祖父自幼聪慧,随杨抒爷在京读书,诗赋文章工雅超群。光绪三十年中甲辰科进士,授山东聊城知县。辛亥后,乡居数年,后应同榜进士、老乡贾景德之邀出山,先任贾景德把持的省政务厅处长,后经贾举荐,被阎锡山任命为省教育厅厅长。在任期间,全力发展教育,主持创办了一批中等专科学校,深受众人好评。抗战开始,太原失守,阎锡山、贾景德逃到临汾,后又逃到吉县、陕西,杨煌书未去,回家经管杨家农商,兼教家族子弟读书。1943年,日寇侵占了阳林县,第一次文请杨煌书出任伪县长,被拒绝;二次派兵武请,又被拒绝。因恐日寇报复,躲进山里,与锅风景之父老锅风景研习《周易》,居然推算出日本鬼子侵华的末日。日寇投降,土改旋即开始,被黄福禄的哥哥黄福太等贫雇农活活打死。死前,给孙子杨复之留有一纸遗言:

示吾子孙,读书入仕。
危楼摘星,兰桂腾芳。

杨复之认出祖父后,像孩童时受了委屈一般,抱住祖父的双腿,号啕大哭起来,边哭边说:"爷爷啊,孙儿想您,想死了。原想今晚祭祖时告诉您和列祖列宗,承望出息了,授副县职,继您之后,隔了两代,五十多年,杨家又出了朝廷命官。不料,承望出了车祸,生死不明,祭祖一事,只得后推……"杨煌书慈爱地笑着,拉起他来,像几十年前一样,帮他擦擦泪,整整衣服,沉稳地说:"复之,你教子有方,咱杨家兰桂腾芳的日子已经来临。承望偶遇小难,无伤筋骨。此儿心高气盛,非州县而足。告诉他莫逆潮流,多积德政,勤观天时,独树一帜。非此而不能腾达。"杨煌书说到这里,隐身归位。杨复之言犹未尽,极为惋惜。面对香烟缭绕,烛光隐隐的灵牌,双膝跪地,连磕三个响头。

他见了他想见的几位先人,不想见的灵位都不在这里。如始祖杨载文之孙杨钟鸣,亦是进士出身,候补知县五年未得实缺,暴病而亡。再如父亲杨一坤,中专毕业,主持家政后,常年在外狂嫖豪赌,在杨家开设店铺的郑州、开封、武汉、曹州等地,各娶一个小妾,金屋藏娇,脖子上还挂着一串舞女歌妓。仅十几年时间,就将杨家在外的所有店铺挥霍一空,致使杨家家道中落,土改前仅剩几十亩土地和设在本镇的几个店铺。杨煌书怒其不争,登报脱离父子关系;杨复之羞于提到他,灵屋里没有他的牌位。

隔壁院雄鸡报晓,杨复之猛地醒了。睁眼一看,窗外透出曙色。屋里没了青烟烛光,也没了先人的灵位,空空荡荡,一切如旧。低头一看,酒瓶碎在地上,明朝烧造的方地砖已将共和国制造的酒液吸干。揉了揉眼,眼窝里还蓄着一汪老泪。他回忆着一夜走进三个朝代,见了杨家五世祖宗的经历,清清楚楚,如刚看罢一场电影或刚开完一个家庭会议。心旷神怡,阵阵轻松。

鸡叫二遍后,东方微亮。杨复之走出祠堂,脚不由己地走到杨家大院门口。他一愣,站住了。大门两侧的石刻对联,"文革"中被凿去,昔日那对高大雄壮的石狮子,亦在动乱中不知去向。门楼早已坍塌,无人修复。他一阵阵心痛。猛然,想起土改前的热闹来。

翠华摇摇的小姐夫人们,轻移莲步,款扭娇腰,从这里进进出出,身后留下缕缕不绝的胭脂香;头戴瓜皮小帽,身着丝绸长衫的族长们、乡绅们,来来往往,互相抱拳问候;每天傍晚,各店铺窑炉的管事,腋下夹着账本,怀中揣着银圆或钞票,来这里交账;县太爷的绿呢轿子,不敢抬进大门,县长徒步进院时还龟缩着脑袋;钟鸣鼎食,藏书万卷,工商耕读,入仕传世。他二十岁娶亲时,前来上礼祝贺的官绅们的轿马,塞满了一条街!啊啊,多么气派,好似开封的天波杨府!他清清楚楚记得,大门口贴的对联是:

书日观型云教本
易称定位咏宜家

土改时,爷爷被打死,财产被分光,他和奶奶、母亲、妻子、刚懂事的弟弟复兴、才三岁的长子承祖,带着几斗粮食几床被褥,在民兵的押解下,住进城外黄家旧居。那时他是县一中风度翩翩的国文教员,月薪二十个大洋,维持一家六口人的生活绰绰有余。他躲过了烈火灼身的斗争会,却没能躲过扫地出门的厄运。安葬了爷爷,安顿了家眷,他偷偷上了东山,找锅老风景卜问杨家的前程。锅老风景是爷爷的挚友,两家三世相好。杨复之说明来意,锅老说:"杨家遭此变故,乃天时、地利、人和皆不济也。先说天时,改朝换代,贫雇坐天下,耕者有其田,地富必然倒悬。天时还有一说,君子之泽,五世而斩。从你太祖杨坚二次振兴杨家,到你父一坤,正好五世,合该衰败。再说地利,你家祖宗修筑镇洮城时,犯了一个致命的地理错误:城西沁河对岸是白虎山,城东是卧虎岭。杨者,羊也。前有白虎,后有卧虎,若二虎来犯,咋能逃脱!"杨复之一惊,三百年大梦方醒,连连点头说:"从堪舆学上讲,很有道理。"锅老接着说:"然你爷爷不信,依据是建城在明朝崇祯八年,出了五进士,三翰林,唯羊在圈内,方安全精壮。我说,彼时杨家气脉正旺,在圈内养精血二百八十年,已到极致。人走红运,鬼神避让,何惧虎犯?三者,散也,三百年后精血必散,必定衰老。这就是水无常形,人无常态。你爷爷不信,没接受我卖掉杨家大院,在城外盖房的建议,丢掉了性命!"杨复之问:"锅爷,如果当初卖了杨家大院,住到城外,又是何种结局?"锅老说:"可保你爷爷一条活命。"杨复之突然想到爷爷对他的恩爱,眼里涌满泪水。锅老继续说:"还有人和,最最重要的。你杨家得势三百年,多有为富不仁之举,如你父鱼肉乡里,曾把黄家戏班的女优糟蹋了个遍,城内有姿色的小姐、夫人,大多难逃其淫威。民愤之大如干柴烈火。他如若迟死二年,下场更惨。煌书兄是替罪羊啊!复之,是谁打死煌书兄的?"他说:"是区长刘继仁和民兵队长黄福太。""此二人多大岁数?""继仁和我是师范学友,长我七岁,三十岁了;福太和他同岁。"锅老掐指一算,惊呼道:"此二人皆属虎也!"杨复之惊得瞪大了眼,出不上气来。锅老又补充道:"人和还有一说,你杨家在共产党里没人,有人就不会家破人亡。"杨复之说:"对呀,锅爷,张家、曹家,一家的儿子参加了八路军,一家的老子早就加入了共产党。杨家的财力和这两家相当,这两家才划了个富农,没有被斗死的,也没有扫地出门。"——基于这种认识,杨复之日后教子发愤读书,一定要出人头地。杨复之又问日后的前程,锅老说:"十年后你当有大难,然大难不死。如今要紧的是,你家祖坟山头上那座药王庙,必须尽快拆掉,药王者,压王也,拆了药王庙,发达在子孙。"杨复之一听又有道理。当地土语,药压同音。药王庙是张家为和杨家一决高下,在清末盖的,欲压倒杨家。当时杨家不信,但这时杨家的后代却坚信不疑。从锅风景家回来,杨复之就整日思谋着如何怂恿别人拆去药王庙,但身为阶级异己,谁肯听他的。直到1949年庆祝共和国成立,村里修舞台,木石奇缺,黄福太才带人拆了药王庙,杨复之暗里高兴了许多时日,次年,承望降生,他妈春绮说,夜梦一火球从家里滚出,飞上天,化为一个小太阳。他更加兴奋,当即给儿子起名为"承望",望者,王也!月亮落了,太阳必然升起。

走出镇泱城,就是五汉街。在杨复之最早的记忆里,这条街上只有十几家外来户,都是城内大户们的"乐户""织户""窑工""船工"。城内地盘狭小,他们地位低微,只好在这里临时搭盖土坯房。黄福禄一家就在其中。当时统称"城外",公社化时编为正阳大队第五生产小队,简称"五队"。就在这个时期,形成了五汉街。杨复之爱人张春绮,在承望一岁时,被黄福禄的哥哥黄福太奸污,含羞自杀;他在县中学又续了弦,遣返回乡后续弦离异,他是光棍汉,后又有了"醉汉"的外号;白梅娘为糊口,沦为"养汉";陈大狗三天不偷手就痒,成为"贼汉";被人勒死后丢进河里的屠户刘成,常用杀猪刀恐吓奸淫良家妇女,人称"赖汉"。不知哪个聪明人一言以蔽之"五汉街",从此很少有人再叫"城外"或"五队"。到了70年代中后期,城内一半住户在城外批地基盖房,五汉街居民骤然增多,"五汉"队伍更新换代,发展壮大,五汉街就更响亮了,方圆百里,家喻户晓。杨复之再次想到五汉街的由来,觉得有趣,就笑出声来。

霞光四射,天已大亮。五汉街上已有了来来往往的行人。有的揉着惺忪的双眼,出门倒尿锅;有的担着桶,下沁河挑水;有的赶着牛,担着犁耙去耕地。杨超俊迎着杨复之跑来,大声喊叫着:"爷爷,我爸刚从高平医院回来,叔叔只受了两处轻伤,叫你猴操心,他三两天后就回来上任!"

2

目光成为管状,且看不远后,耳朵就格外聪慧尖利,黄福禄就用耳朵"看"大千世界,捕捉一切信息。站在他家大门外,俯瞰五汉街,可以看到晋韩公路上飞奔的各色车辆,如果不是城墙挡着,也可见城内的高楼大院和狭长的街巷。二锅头在脚下静静地卧着,他双手拄着拐杖,正用明亮的耳朵看着眼下热热闹闹、人声鼎沸的街头路边。

先是两辆小车从县城方向开来,到了晋韩路和五汉街连接的三角地,嘎吱两声刹住,吐出三两个人后,小车呜呜叫着调头,又回了县城。凭粗壮的轰鸣、喘气声,黄福禄看见是老大哥生产的伏尔加。那年,他上省城参加农业学大寨积极分子大会,来去就坐着县委书记高青云的这种小车,他平生第一次享受县太爷的坐骑,对这种车的声息默记于心。接着,进村的三个人受到村人的高声问候、欢迎,从双方的对答中,他看见是春风得意的杨家老二杨承望和他的夫人——现任地委副书记高青云的独生女高援朝及其五岁的爱子小杨高。他还看见了杨承望身着刚兴起的西装,打着一条血红的领带,给问候他的乡亲们散发着带把儿的高级纸烟。突然,一辆由远而近的小车吱儿一声急速停下,尖尖的、怪怪的刹车声令人耳透牙酸。他知道,这是贺效东的破吉普,前几年他没少坐。果然,贺效东高叫着迎上去,一迭声儿的杨书记、杨书记,热情得能拧下水来。他还看见,贺效东抱起小杨高,在那张粉嫩的小脸蛋上吧唧亲了一口,小杨高反抗着:"你的嘴臭,你的嘴臭!"高援朝责怪道:"杨高,猴胡说!"大概是镇村两级主要干部早在路口等候、迎接,这时一齐涌来,七嘴八舌向承望祝贺问候,拥着他回到家里。

街上清冷了。黄福禄的心里更加清冷。他呆呆地站着,抬起"管眼"四顾,前方灰漾漾一片,一股巨大的失落感突兀涌上心头。这种失落感是那样强大,比改革开放前不提阶级斗争为纲,给五类分子摘帽对他的冲击;比改革开放后不走毛主席指引的革命路线对他的伤害;比把他赶下台对他的刺激;比他双目管状后的痛苦,都大得很多很多。他觉得,他被时代彻底抛弃了,抛进了一口深不见底的枯井,还背负着黄氏家族三五十口人!恩怨皆有报啊,黄杨两家百年恩怨,百年争雄,黄家才得意了几日。老祖宗啊,当年派定波爷北上报恩的选择,不是明智的,地主和穷人永远是两个对立的阶级!过去是,现在是,将来必定还是!这就是阶级斗争,啥时也不会熄灭!

黄家老坟的石碑上刻着黄福禄五世祖黄永嘉亲订的家规:"杨青天杨抒大老爷为吾黄家世代恩人,九子定波及后人谨记,永伴杨老爷英魂,并服侍杨老爷后嗣,凡有齿者皆不能忘。不服吾家法之后人为不孝之孙,不入黄家族谱及祖坟"。从高祖黄定波迁入正阳村始,黄家便在城外盖起简易平房,杨家无偿给了几亩山地,供其家用。从此后,每年清明、十月一鬼节,黄家乐工们便在杨家祖茔细吹细打,随杨家祭奠祖宗;杨家红白大事,黄家无偿服务。黄杨两家安然和睦,年纪相仿者以兄弟相称,亲亲热热度过近百个年头。到黄福禄父亲这一代,黄杨两家首次出现裂痕,破坏这种世代友好的罪魁祸首是杨复之的父亲杨一坤。

黄家为祖传乐工,夫人小姐皆精通吹拉弹唱,每年都招收几个脸蛋俊俏,身材苗条,嗓门清脆的小姑娘学艺,充实家办草台班。这些姑娘们长大成人后,有发展前途的,唱红了的,便嫁给黄家儿男;坏了身段和嗓子的,便淘汰出去。因而,黄家的女流在当地色艺双绝,令多少大户家的纨绔子弟垂涎三尺。这些女流们在杨家的保护下,很少受到骚扰。民国十一年,杨一坤娶妻,黄家的草台班在杨家花园搭起戏台,一唱九个晚上。最后一晚,大幕拉上之后,杨一坤走上后台,不让女优们卸装,说是新娶的太太专设家宴,请六位女优赴宴,并教太太唱戏。主人热情邀请,奴才岂有不就之理。六位女优被请进杨家大院,懵懵懂懂走过几个连环院,走进一间厢房。不见新太太,不见丰盛的宴席,只见杨一坤身边的一个大汉抽出一把寒光闪闪的刀来,命令女优们全部脱去衣裤,不服者的臀部立即挨了一刀,刀尖上挂着殷殷血滴。六位女优号啕大哭,在哭声中被剥得赤裸裸的一丝不挂,白惨惨地躺在通间大炕上,杨一坤淫淫笑着,逐个品赏、玩味。六个弱女子都是黄家太太和小姐,有黄福禄的奶奶、妈妈、姑姑以及小婶娘……

　　下弦月高悬在镇浼城上空,冰冷惨白的月色下,六个被凌辱的女子相搀相扶,歪歪倒倒地走出城门。月色照在六张被泪水冲刷模糊了的油彩脸上,好似六个披头散发、狰狞恐怖的野鬼。黄福禄三十二岁的奶奶和十四岁的姑姑臀部各被捅了一刀,走在众女优的最后。奶奶对姑姑说:"咱到河边洗洗脸再回。"母女俩走到河边,奶奶说:"咱黄家的规矩是卖艺不卖身,咱母女俩今后咋见人?跳河死了反倒干净。"姑姑大概不想死,惨叫一声:"妈呀!"奶奶咬着牙,把女儿拖向沁河深处。头前走的几个女优听到这声惨叫,回头一看,只见月光下的水面上浮着两团黑发,一个巨大的漩涡卷来,两团黑发不见了,水面恢复了平静,跳动着粼粼波光……

　　处理了两个女人的后事,黄福禄的爷爷骑着一头小毛驴,上了省城太原,找见了省教育厅厅长杨煌书。杨煌书日夜兼程赶回老家,将不肖之子杨一坤吊在梁头,打得皮开肉绽,又让家人抬上到黄家认罪,到坟上祭奠死者。惩治了不肖之子,杨煌书亲自来到黄家,面对黄福禄的爷爷扑通跪下,声泪俱下道:"兄弟,杨家对不起黄家!从道光二十七年到如今,黄家服侍杨家的死人和活人整整七十五年了……"黄福禄的爷爷哪敢收受杨厅长这般大礼,在杨煌书跪下的那一刻,就跳下炕来搀扶,杨煌书执意不起,泪水哗哗地诉说完毕,从怀里掏出一张银票,双手举过头顶,颤声道:"兄弟,人死不能复活,这两千两银票,你看在老哥的面上,收下吧!"黄福禄的爷爷是个血性汉子,见杨煌书惩治儿子、赔情道歉到这个份上,也就原谅了杨家,咋能再收银票!他执意不收,杨煌书就长跪不起。于是他也跪下,陪着。直到县长来拜见杨煌书,这才双双站起来迎接。经县长调解,黄家收下五百两银子。又经杨煌书执意要求,和黄福禄爷爷拜为结义兄弟。至此,两家修好,二十年来未产生丝毫不愉快的事儿。

　　二十年后,黄杨两家再次产生裂缝,借助天时,发展到彻底决裂、你死我活、位置颠倒的崭新局面。黄家百年为奴的历史,结束在愣头青黄福禄的哥哥黄福太手里。黄家实现了百年企盼的大转折,把杨家踩在脚下,任意搓揉,吐尽了百年怨气。

那一年的十月初一鬼节，全国人民都哭得悲悲壮壮，淋漓尽致。这么多年抗战几乎每家的坟茔都增加了一个或几个坟包。黄福禄的爷爷、爸妈都是在这场民族大劫难中变为新鬼；杨复之在太原教书的叔叔一家四口被鬼子的飞机炸死三口，杨一坤在前一年染上了杨梅大疮，死在开封。照例，黄家的新当家黄福太带着黄家乐队，先去杨家祖坟祭奠，随着杨家孝子贤孙的哭诉，奏起凄凄惨惨戚戚的乐曲；杨家祭毕，黄家再祭。然后，黄家再上自己的老坟。女人们真真假假地哭，男人们为先人献上一曲思念的小调。黄福禄此时的感觉仍是沿袭祖制，一切正常，没有什么合理不合理，应该不应该。他是吹唢呐的，吹得极其认真，光秃秃的青皮头顶沁出一层细细的汗珠，在阳光下明明亮亮。腮帮子一鼓一收，脑袋一摇一晃，指头一起一伏，曲调儿便悠扬婉转，嘹嘹亮亮，催人泪下。

观念、思维的彻底转变，仇恨烈火的死灰复燃，一扫百年陈规的大变革，发生在这天晚上。区长刘继仁来到黄家，对黄福太说："叫你弟弟福禄和福喜过来，咱四人好好侃呱侃呱。"四人在炕上坐好，黄福禄漂亮贤淑的媳妇曹菊仙沏好一大壶茶端上炕桌，又取出一包珍藏的河南烟丝和竹烟袋来，让区长品尝。刘继仁就着如豆的煤油灯，十分内行地吸一口吹一锅，红红的烟蛋儿划出一条闪光的抛物线，落在地下。刘区长连声夸赞："好烟，好烟，味正，劲大。"黄福太笑着说："我们黄家怕坏了嗓子，家法规定，烟酒不沾。这烟是专为贵客准备的。"刘区长过足瘾，说："家法规定都是正确的？都要死搬硬套？"弟弟黄福喜说："不能忘了祖宗。"刘区长搔了搔发痒的光脑壳，又把手伸到裤裆里，捉出一个肥胖的虱子，按在炕桌上，用指甲盖咯嘣一声挤死，对黄氏兄弟正色道："我看，你们黄家早忘了祖宗一百多年了！"黄福禄一惊："刘区长，你是指什么？"刘区长说："今天上午，你们先给谁家烧纸？"黄福禄说："当然是先给杨家烧。"刘区长一拍炕桌，煤油灯跳了一跳，反问道："杨家是黄家的祖宗？"黄福禄说："如同再生父母。"刘区长问："再生父母有糟蹋亲儿媳亲女儿的？一次就糟蹋了六个，逼死两个！你们好糊涂呀，给黄家的大仇人烧纸、吹打。你奶奶、你姑姑、你娘在地下知道了，不骂你们这些认贼作父的忤逆儿才怪哩！"黄氏兄弟一时哑口无言，六只眼睛喷着烈火,曹菊仙眼软,呜呜哭出声来。过了好一阵,黄福禄才说:"杨抒杨老爷毕竟是黄家的大恩人,永嘉爷定的家规刻在石碑上。"刘区长正色道:"一来,杨抒为官,为民做主是本分,他高官厚禄,早得够了;二来,黄家子孙孝敬了他百余年,恩义早报了;三来,杨一坤作恶多端,早把杨家对黄家的恩义抹尽了。"

刘区长的分析头头是道,句句是理,都是黄福禄或黄家先人们没有想过的新鲜道理。仔细咀嚼回味,黄福禄昏沉沉的脑袋闪进一道亮光,刷地明明亮亮,照清了百年困惑、百年是非、百年功过。洋油灯微弱的火苗在黄福禄弟兄仨沉重的喘息下东倒西歪,曹菊仙从头上拔下一根针来,挑大灯捻子,一股黑烟曲曲弯弯上升,大部分吸进了黄氏兄弟的肺腑里。黄福太喘息了一阵,对刘区长说:"刘区长,你说得有理,但这个理我咋没想过?现在想通了,但还不透。"刘区长喝着浓酽酽的大叶茶,吸着劲冲冲的黄丝烟,娓娓而道:"这个理要想说透,得从阶级分析开始。剥削阶级,也就是地主、富农、资本家,对劳动人民的奴役、压迫和剥削,有物质上的,也有精神上的……"

刘继仁是师范毕业生,抗日政府区长,有文才,有口才,把阶级矛盾、压迫反抗、共产党的宗旨,深入浅出讲解一番,黄家弟兄懂了,旁听的曹菊仙也懂了,黄家的百年困惑、百年愚昧,到这一代开化了。黄福太面带喜色说:"刘区长,话是开心的钥匙,我懂了,我们黄家错了一百多年。你说,今后咋办?"刘继仁区长果断地说:"打倒地主,翻身做主!"黄福禄又问:"杨家有钱有势,日本人请他,县太爷巴结他,咱穷光蛋能打倒他?"刘继仁说:"你一家打不倒他,穷光蛋们团结起来,就能打倒他。"刘继仁让曹菊仙拿过一把筷子来,递给黄福禄一根,说:"折断它。"黄福禄双手略一用劲,筷子断成两截。刘继仁又递给他一把筷子,说:"一把都给我折断。"黄福禄用尽浑身的气力,怎么也折不断。刘继仁哈哈一笑:"一个人、一个家族的力量有限,所有的穷人团结起来,力量就大了,懂吗?"黄家兄弟频频点头。刘继仁让曹菊仙出去看住大门,不许任何人进来。曹菊仙出去后,刘继仁压低嗓门说:"这就是革命,共产党领导的为穷人打天下的革命。你弟兄仨愿意参加这场革命吗?"黄家弟兄说:"愿意,太愿意了!"刘继仁说:"为打倒杨家,还有张、延、曹、陈这几家大地主,革命需要你们入党、当干部,愿意不愿意?"黄福喜问:"参加国民党,还是共产党?"刘继仁说:"当然是共产党。"黄福太问:"参加了共产党能翻了身,发了财?"刘继仁答:"能!"黄福禄问:"能让杨家反过来给黄家烧纸、吹打?"刘继仁答:"能!"黄福喜问:"能不能住进杨家大院?"刘继仁答:"能!贫雇农坐天下,说啥就是啥!""那就一言为定,我兄弟仨都参加共产党。""好!"

后来,刘继仁介绍黄家弟兄加入了中国共产党。接着,改组民兵队伍,黄福太当上了民兵队长。黄家弟兄整日笑眯眯、急忙忙地开会,动员青年们入伍,为上党战役筹粮、派军鞋、组织担架队伍。这年冬,黄福禄带头参了军,并动员了十多个青年一道披红戴花,上了前线。半年后,司号员黄福禄因思想觉悟高、作战勇敢,提为副排长。在晋南战役中,率领一个爆破小组,一连炸毁敌人三个碉堡,身中三弹,不下火线,记二等功一次。伤愈后重返前线,提为排长。攻克太原时,已是连长的黄福禄,组织敢死队专打恶仗、硬仗,身中六弹,评为战斗英雄,记一等功一次,受到徐向前元帅的嘉奖……

黄福太在家里,选为农会主任,把土改运动搞得轰轰烈烈;黄福喜在二哥福禄走后,作为支前民兵,随野战部队南下豫西,牺牲在河南灵宝县。

黄家弟兄记住一条真理:翻身做主人,全靠共产党,党指向哪里,就打向哪里。

3

黄福禄用耳朵看见,来往于杨家的干部群众成群结队,比大年初一拜年还要热闹几分。还有从村外开来的几辆小车。他们从杨家出来后,与复之和承望亲亲热热地告别。承望满口人情与权威,叮嘱着:"有什么事找我,猴客气!"客人们应道:"少不了麻烦您杨书记!"黄福禄还看到,每个大人耳后压着一支、嘴里叼着一支带把儿的烟;小娃们手里抓着一把、嘴里含着一颗水果糖。都在叽叽喳喳地议论:"复之老汉教子有方,两个娃都有出息。"有的还说:"黄家压制了杨家四十年,压出了个县委书记!"黄福禄听了,比打在脸上还难受。他站了足足两个时辰,没有听到他的两个儿子从杨家出来,心说,好啊,黄家的娃们做不了大官,却有骨气,不俗气。和阶级敌人就要划清界限! 转而又突然想到了什么,弯下腰,拍拍二锅头的脑袋,说:"去,拖回老大来。"忠诚的二锅头得令,头一耸,箭一般射出去。

他想到了什么? 是担心杨家报复,撤了明旺的职? 还是要和杨家对着干,给杨承望的仕途带来一点障碍,给杨大少爷愉快的心情增加几分愁绪? 大概兼而有之吧。他固执地认为:不管是任何年代,不管是老地主杨煌书,还是地主娃杨承望,血管里流出的血,总和贫下中农不一样;追求和向往更与贫下中农是两条路上跑的车! 只要贫下中农忘不了自己受过的苦难,地主资产阶级就忘不了自己失去的天堂,就会不顾一切,对社会主义、对贫下中农,进行残酷的报复。这就是残酷无情的阶级斗争!

二锅头高兴得呜呜叫着跑来,伸出热乎乎的舌头,舔了舔他的手。他明白了,二锅头完成了任务。果然,明旺愠怒的话响在身后:"爸,你叫我回来做甚? 我正忙哩。"他转过身来说:"咱回家说吧。"回到家里,黄福禄口气软软地问:"明旺,你今年多大了?"明旺说:"你生的我,你还不知道?""我当然知道,怕你忘了!"他口气又硬硬地说,"记住,你整四十了,四十不惑,你还想不想当正阳村的一把手?""我几时说过不想?""那就好,那我就把心里话掏给你。从今日起,正阳的情况复杂了。杨承望树起招兵旗,必有吃粮人。吃粮人不会白吃,会看杨家的脸色行事,会给杨家卖命的。就像贺效东,一贯的墙头草。以前,为了在正阳站稳脚跟,看咱黄家的脸色行事,以后,为了做更大的官,就自然倒向了杨家。咱黄家和杨家是对立的、你死我活的两个阶级。毛主席说,农村这块阵地,无产阶级不占领,资产阶级必然要占领。这样,你就成了无产阶级占领正阳这块阵地的'敢死队'队长,就像我当年在太原战役中一样,为守卫阵地、解放国土,生死置之度外……"黄明旺皱了皱眉头说:"爸,你说得太严重吧!"黄福禄说:"不,你不懂阶级斗争。阶级斗争是长期的、残酷的、激烈的,有时却是隐蔽的,杀人不见血……明旺啊,打仗讲战略战术,掌权也要讲战略战术。你要肚大点,活络点……""我知道,不用你老提醒。""哼,你知道个屁! 你去看承望来没有?""我懒得去凑热闹,那小子太傲了,我一见就恶心。"黄福禄拐杖点着地说:"我一个小时前还是你这号思想,听见你弟兄俩没去杨家,还得意呢,我这俩娃有骨气,不俗气。但我现在不这样认为了。凡事都要朝远处看,打仗还要派侦察员深入敌人中搜集情报,像杨子荣打进威虎山。你去杨家坐坐,表面上是去看承望,暗里侦察一下他对你的态度。知己知彼,百战百胜。"黄明旺在地上转着圈儿,思忖着老爸这一构想的战略意义。他猛然想到,死去的大伯、正阳村第一任党支部书记黄福太年轻时太狂太赖,打死杨老夫子的爷爷,强奸了承望他妈,使一个清清白白的大户女儿投河自尽。心里就呼地燃起一把火。他恶声恶气说:"你们上一辈得罪了杨家,反而推到阶级斗争上去。前人作了恶,后人受报应?要让我多当几年书记,爸,你去吧。你的老脸比我值钱,杨家给你个脸色,你不扭头就看不见!"黄福禄按下心火,冷笑一声:"嘿嘿,明旺,你说得对!让你去看承望就包含这个意思。我们上一辈是得罪了杨家,但他杨家得罪黄家在先。表面上看是恩恩怨怨,一报还一报,实质却是阶级斗争。退一步说,过去的,都扯平了,以后的,就看你们这一辈人怎样相处了。去不去,在你;说不说,在我。"黄明旺一跺脚,大声说:"不去,就是不去!我不犯错误,他杨承望能把我的蛋咬了?"说罢,脚尖擦地,一阵风似的卷走了。

4

后院起火,县里的会还没结束,贺效东就急匆匆回来。路过五汉街,正遇杨承望、高援朝夫妇出来送客,便逢场作戏,进杨家坐了半个小时,嘴上恭维着杨承望,心里却想着家里失盗的事儿。当又一批村人进来时,他适时告别,先到学校叫上曹玉凤,再回听涛斋。一路上在心里骂着:我他妈的真够倒霉,听涛斋建起五年,就失盗了三次,真他妈的成了"听盗斋"。失去东西并不重要,东西有人送,失去名声至关重要,名声谁人可送?如果杨承望回县里加油添醋一反映,领导还对我有好感吗?我他妈的招惹谁了,和我三番五次过不去。不抓住他,给他点颜色看看,他就不知道小城锅是铁铸的,马王爷是三只眼,贺效东是一方山神土地……

回到听涛斋,他让司机去叫派出所所长原国亮,自己坐在沙发上听曹玉凤汇报。曹玉凤详细汇报了贼汉陈小小从哪里进来,偷了些什么,在大街上贴出了什么,群众骂了些什么。然后把从供销社墙上撕下来的存单和信,放在他面前的茶几上,让他过目。他拔出水笔来,在那封信的天头批道:"派出所立即破案,严惩罪犯,以儆效尤!贺效东,某月某日。"曹玉凤抓过来一看,气得脸色煞白,高吊着丹凤眼骂道:"你他妈的官迷心窍昏了头,这是你写的舔屁股溜沟子信,不是请示报告,你发什么尿指示?谁看得起你这个芝麻芥子官?看得起就不偷你!"这一顿臭骂,贺书记清醒了,急忙认错,表示立马审阅。当他审阅完这些齿齿牙牙的信和存单后,嚷开了曹玉凤:"你为什么不及时把这封至关重要的信送到杨家?你为什么不把这些存单珍藏到一个只有你和我知道的地方?你为什么不请一个保姆看门?关于这一点,我指示了多少次,你一直阳奉阴违,以至酿成三次失盗案……"曹玉凤不给他面子,立即反驳:"你昨天去县里开会,路过五汉街,为什么不把信和礼物送到杨家?我是你的老婆,不是你的通信员,我正在上课,谁知你在家里下达了指示?这些存单我从来就没有见过,我保存的那几万块存单,十个贼汉也找不到。你为什么不把这些存单交给我保存?难道你想浇灌滋润几朵野花?当年我就是这样上了你的钩!至于请保姆,家务会讨论了多次,观点不一致,怎么落实?我爹妈来,不花钱又可靠,你不同意;你要请个大姑娘,我不放心你;我要请个老太婆,你又不批准,怨谁?失盗一百次也活该!"

夫妻俩唇枪舌剑,战斗犹酣,派出所所长原国亮拿着一册案卷走进来。于是家战硝烟熄灭,刀枪入库,共同接见来宾。贺效东立即换上一副笑脸,亲切地把原所长拉到身边坐下,曹玉凤打开冰箱,像外国主妇一样笑着问:"喝点什么?葡萄酒?白兰地?饮料?"原国亮大大咧咧地说:"来杯威士忌!"曹玉凤说:"没人送洋酒。来瓶威思可达吧,也有一个威字。"贺效东对曹玉凤这套贵妇人做派看不惯,找碴儿刺她:"你牛什么?不是你牛,还招不来贼汉!"曹玉凤鼻子哼了一声,没理他。原国亮边喝饮料,边向贺效东汇报:"贺书记,你家这次失盗,是五汉街陈小小干的。他在供销社门口张贴这些信件存单时,我们就注意到了,立即把他抓获。在审问中,他供认不讳。所盗东西,除一条项链两对耳环外,全部追回,都发还给曹玉凤同志了。这是案卷。"贺效东没看案卷,问原国亮:"项链耳环为什么没有追回?"原国亮说:"玉凤说丢了项链和耳环,陈小小死不承认。"贺效东黑封了脸,一拍茶几,怒冲冲说:"他不承认,就说明他没偷?你相信一个共产党员,还是相信一个贼汉?"原国亮最讨厌别人对他拍桌子、瞪眼睛,那一套他常用来对付犯罪嫌疑人。他皱着粗黑的眉毛,尽量平静地说:"贺书记,你和同志们谈话,能不能猴拍桌、猴瞪眼?"贺效东口气硬硬地说:"不能! 对不按我的指示办事的窝囊废,我就气不打一处来!"原国亮问:"谁是窝囊废?"贺效东说:"我这个书记首先是窝囊废,屡受贼汉的照顾;你这个所长也是窝囊废,连书记家的安全都不能保证,平头老百姓家就猴说了。"原国亮笑了笑,是那种皮笑肉不笑的笑:"贺书记,你对治安状况估计错了,从去年严打后到现在,全公社的盗窃只发生了五例。你这里一例,公社刘副书记、教委陈主任家里各一例,两个大队的书记、矿长家各一例。平头老百姓家没有发生一例。还有,在五例中,有四例受害人不报案,也不配合派出所破案。这两个方面的现象说明了什么?贺书记,你理论水平高,执行政策好,又有多年基层工作经验,你说,这种现象怎么解释?派出所该如何行动?"

贺效东被问住了,为难了。这几例盗窃案他都知道,被盗者不报案的心理他也明白。但是,他说不出口。他后悔了,不该对原国亮拍桌子瞪眼睛。你正利用人家,人家也掌握着你的短把把,你的态度就该好点。于是,他把屁股往原所长身边挪挪,嘿嘿一笑,满脸开花,十分知心般地说:"原所长,那些动向、现象,咱日后探讨好不好?眼下要紧的是,你老弟要帮老兄一把。我把心掏出来对你说,只对你一人说,自从失盗了三次,我的形象和名誉受到了损害。如果再发生第四次第五次,我就得背上行李滚蛋。因此,你今次一定要严惩陈小小,杀鸡给猴看,杀一儆百,确保全镇干部群众的安全。"原国亮认真地听着,不住地点头。他来正阳镇工作两年多了,第一次听贺效东对他说心里话,第一次听贺效东称呼他所长,叫他老弟,心里禁不住热乎乎的,恨不能片刻就把贼们一网打尽。他是个吃软不吃硬的汉子，像皮球一样，越用劲拍，蹦得越高，才不管你是什么书记、什么局长、万元户。他谦虚起来，用贺效东喜欢的口气问："贺书记，你说用什么绝招，能做到杀一儆百？"贺效东嘴里迸出一个字："打！"原国亮失望了，摇了摇头说："公安规则不允许打，打是执法犯法。"贺效东进一步阐发自己的观点："贼汉生得贱，除非巴掌练，只要不打死就不犯法。陈小小面黄肌瘦，皮包骨头，三巴掌上去，毛裤倒西瓜，全出来了。然后，我派大卡车拉上他到全镇各大队游行，再送县局从重从快判决。"原国亮没有表态，贺效东不满了，又背靠沙发仰起脸来，拖长字句说："既然你下不了手，就把他交给我，我有办法让他开口说话。"原国亮不同意："执法部门独立办案，不能把嫌疑人交非执法部门。"原国亮站起来要走，贺效东补充说："看好陈小小，猴让他跑了！"

原国亮走后，贺效东夫妇关好楼下的门窗，上二楼清点家财，看还丢了什么。还未清点完毕，楼下有人敲门，一阵紧似一阵，大似一阵。贺效东急忙下来，打开门一看，是杨承亮。贺效东万万没有想到是这个赖汉，后悔不该开门。他横在门口，不让杨承亮进来。

嗬！杨承亮鸟枪换炮，旧貌变新颜了。贺效东惊讶得从头看到脚。新理了发，头顶整齐光亮；刚刮过脸，白净鲜嫩；穿着一身不太合适的西装，结着鲜红的领带，脚上一双锃亮的牛皮三接头，闪着光。杨承亮卡着腰，得意地说："这身行头不错吧？是我嫂给我带回来的。"贺效东问："哪个嫂？"杨承亮扬头看了一眼天上的云彩，说："还有哪个嫂这样疼我？高援朝呗。"贺效东想尽快打发他走，说："我下午就上班，有事到办公室找我。"说着，退回去就要关门。杨承亮站在原地不动，话中有话说："老贺，三爷我是对你好，才亲自上门，给你通个信儿。你不让进屋，我就不打扰你了，下午也不去找你。但你猴后悔，骂我这个县委书记的弟弟有重大情况不向你汇报。"杨承亮扭身就走，贺效东犯疑了，叫住他："承亮，你牛什么。来来来，进屋好好谈谈。"

杨承亮进了屋，大大方方往沙发上一坐，搭起二郎腿，四周扫视了一圈，见曹玉凤站在楼梯上，故作惊讶道："呀，原来夫人在家，我还以为老贺大白天关着门,和哪个大姑娘干革命呢!"曹玉凤没理他,转身上了楼。贺效东从抽屉里翻出一盒精装牡丹烟,扔在茶几上,杨承亮轻蔑地瞥了一眼,掏出一盒过滤嘴大重九来,叼上一支,说:"如今谁还抽这没把儿的?"贺效东故意问:"又敲诈了谁,发了一盒烟的财?"杨承亮悠闲地吐出一个烟圈儿,仰着脸说:"我哥给了几条,够吸个把月了。"贺效东故意问:"哪个哥?"杨承亮说:"二哥呗。"贺效东讥讽道:"你不是早就揭发了杨老夫子,与杨家一刀两断了?"杨承亮责怪道:"老贺你真没水平,我和承望哥毕竟是尚书、巡抚爷的后代,打断骨头还连着筋呢。再说,那时我小,上了当官的当,我大伯、两个哥,早不计较了。这不,二哥一当县委书记,就让我去县委当通讯员,侍候书记、县长。我没文化,怕干不好给我哥脸上抹黑,还没应承呢。"

闲聊一阵,书归正传。杨承亮朝大开的门努了努嘴说:"老贺,这事机密,把门关上。"贺效东赶紧关了门,坐到杨承亮身边,低声问:"你神神秘秘的,啥事儿?"杨承亮先声夺人:"大事不妙!刚才,县纪检委高书记——我嫂的亲哥,来看我嫂和小杨高,有几个村人在场,就汇报了昨天下午陈小小偷你家存单贴在墙上的事。说共有两万多块,还说,你新修了一座洋楼,咋还有这么多钱?你夫妻俩月工资七十多块,不吃不喝也攒不够。当时,高书记没有表态,村人走后,高书记跟我哥说:老贺这人太贪了,在群众中影响极坏。不说别的,光这些存单,就能查出他收受贿赂的罪行来……"说到这里,杨承亮又抽出一支大重九,贺效东立即划着火柴给他点上,催促道:"快说:你哥咋表态?"杨承亮慢悠悠地吸着烟,拿着刚才原国亮喝空了的饮料瓶子,看着商标说:"什么思可,他妈的,四个字只认得俩,怎么去侍候书记、县长? 这饮料是酸的? 还是甜的?"贺效东明白了,从冰箱里拿出两瓶来,启开,连声道:"你尝尝,你尝尝。"杨承亮不客气,一口气喝完了两瓶。然后说:"我哥咋表态,我还能告诉你? 泄露国家机密,是犯法的大事!"贺效东说:"对,对,国家机密不能泄露,但咱俩关系不错,你不能眼看着我吃亏呀!"杨承亮白了他一眼:"你吃什么亏,捞了那么多还不知足。告诉你吧,这事儿搞不好,你这小狗官当不成,还要坐牢。再透露一点,我大伯、我哥,都没忘你勾结黄家,欺负杨家的事儿。"

贺效东的心猛一阵疼痛，立即想起他当公社武装部长时，主持批判杨老夫子；他当劈山改河总指挥，打杨承望的事；他当公社革委主任，不让杨承望上大学的事。他坐不住了，站起来，像笼中的老虎一般，在二十平方米的客厅里焦急不安地走来走去。唉唉，人没前后眼，早知今日，何必当初？他看见杨承亮在怪怪地笑，突然想：这赖汉是不是吓唬我呢？县纪委高副书记真的来了？如是吓唬敲诈，我决不吃他这一套，如高副书记真的查我，到时再说，车到山前必有路！但有一条决不能疏忽：和杨家的关系，一定要改善，化解以前的怨恨，把杨承望这一朵他头上的乌云，变成他头上的一把伞。想到这里，他对杨承亮说："身正不怕影子歪，那几张存单，说明不了什么，你也知道，玉凤家只有她一个独生女儿，老两口多半辈的积蓄，都由玉凤保管，以她的名义存在信用社。查，也有道道。"杨承亮站起来说："老贺，猴把话说绝了。咱骑驴看唱本——走着瞧！"说罢就走。贺效东拦住他，笑着说："感谢你给我通风报信，路费我付。"说着从口袋里掏出十几块钱，塞给杨承亮。杨承亮的愣劲上来了，把零零碎碎的钱往地下一摔，歪着脑袋说："你太小看我杨三爷了！三爷没本事，可二爷灭你，只需上下嘴唇一碰！"杨承亮出了门，贺效东追了出来，低声说："承亮，我一定重谢你，你有什么事，我一定办。只求你在你二哥面前不要给我火上加油。"杨承亮边走边说："我有甚事？你想想自己的事吧。三爷给你指一条明道，不要把陈小小逼急了，逼他交代余罪，承认在你家偷了五次，你就罪加一等；反过来放了他，他翻了供，你不就轻松了？那几张存单，有几张有你的名字？老贺，你真他妈的愚蠢！"

　　杨承亮吹着口哨走了，贺效东气得脸色铁青，浑身哆嗦。真他妈的是一人得道，鸡犬升天，一个赖汉竟敢在堂堂的党委书记面前如此放肆！有朝一日，时来运转，让他杨家再领教一次贺效东的铁手腕！转身往回走，曹玉凤站在面前，一肚怒火没处放，刚要张嘴发泄，曹玉凤狠狠剜了他一眼，他不敢了。在外，他想训谁就训谁；在家，她想训他就训他。回到家里，曹玉凤说："你俩的谈话我都听见了。赖汉尽管是咋呼，但不得不防，谁叫你一屁股屎，又让村人看见了。赖汉的目的不是诈钱，是要放陈小小，你不放也得放。他分析得有一定的道理，说不定已和陈小小通了气。你想，如果按你给原所长的指示办，陈小小胡说偷了咱家三四次，好几万现金，都嫖了、赌了、挥霍了，谁能把他怎样？判几年又出来，瞄准了你，你能受得了？这是其一；陈小小的坦白传出去，只能说明咱家有钱，许多人就会产生怀疑，他哪来那么多钱？告他狗日的！你在正阳工作了十几年，惹了不少人，只要有人串通杨承望整你，你就是瓮中的鳖，待宰。"贺效东听得毛骨悚然，额头上流下一颗颗冷汗。事到临头没主意，急着请示夫人："你说，咱怎么办？"曹玉凤成竹在胸："先着一心腹之人，到杨家侦察一下，县纪委高书记究竟来过没有。如来过，势必听到咱家失盗的事。这两天，正阳村出了两件大事，吵得热热闹闹。一是杨承望高升，二是咱家失盗。如没来过，就是赖汉咋呼，不理他。然后，立即放出陈小小，放出来后我做他的工作，因为我教过他几年，他比较尊重我。项链和耳环我也不要了，作为礼物送给他。"贺效东眉飞色舞，立即表态："娘子高见，夫君立马照办！"

镇党委机关还在杨家大院，贺效东回到办公室，让党委秘书叫来纪检书记老马，如此这般耳言几句，老马转身就走。他又让党委秘书叫来原国亮，黑着脸问道："陈小小招了没有？"原国亮说："没有。""你打来没有？""没有。""没有就好，你走了我就后悔，一个党委书记怎能有法不依，让干警打人呢？原所长，你能不能和镇党委保持一致？"原国亮不理解，眨巴着圆溜溜的眼睛思谋了一阵说："高头要求与党中央保持一致，好像没有与镇党委保持一致这个提法。"贺效东不高兴了，瞪了原国亮一眼说："没这个提法就不听当地党委的指挥了？"原国亮赶紧说："不敢，不敢，派出单位要服从当地党委的领导。"贺效东说："这还像话。刚才，党委几个主要干部研究了一下，决定放了陈小小，你现在立马就执行党委的指示，猴拖。"原国亮说："那不行，陈小小犯罪事实清楚，本人供认不讳，已触犯刑律，岂能放虎归山？"贺效东本想拍桌子训他，又想起两个小时前原国亮对他拍桌子的抗议，改用一根指头敲着桌边说："我是受害者，我不上诉，你就有理由放人。"原国亮也用指头敲着桌边说："陈小小犯罪，已超越了你家庭的范畴。信件、存单和礼品都公布到了社会上,正阳村谁人不知?还传到了县里,刚才县局领导打电话,过问这个案子。"贺效东一听已传到县里,更急了,更加大了他放人的决心。于是,一个要放,一个不放,争吵起来。

镇党委纪检书记老马推门进来,见两个人争吵,正要退出,贺效东喊他进来,两个人耳语了几句,老马走了,贺效东的脸色更加难看,忽儿红,忽儿白,忽儿青,好不自然。他点上一支烟,平静了一会儿,对原国亮说:"我懂,公安机关独立办案,谁也不能干扰。如果放了陈小小,社会也有舆论,说你派出所不秉公执法,不敢惹地痞流氓,是不是?但是,你尽管放心,镇党委承担放陈小小的一切责任,谁追问你的失职,你让他找贺书记,这还不行?"原国亮说:"话说到这里,我也不落个不服从当地党委领导的名声,但我要请示县局,县局让放,我就放。"贺效东怒了,大声说:"那你以后凡事都找县局,镇党委、镇政府什么也不管了。你不是要修办公楼吗?要买警车、警具吗?还要成立联防大队吗?你去县局要钱、要人、要地皮吧!"

这一棒把原国亮打晕了。派出所至今还在明朝修建的一座旧房里办公,只有一辆警用摩托。县局领导多次与贺书记交涉,贺已答应投资三十万,改善派出所办公、办案条件。但报告打上半年了,贺还迟迟没有签字。如果不放陈小小,惹怒了贺效东,派出所的基础建设有天没日头。想到这里他软了,放弃了自己的观点,提出交换的条件:"贺书记,咱猴争了,互相支持吧,你批了那三十万建设费用,我就放陈小小,行不?"贺效东高兴了,立即表态:"我现在就签字,你去镇办永安煤矿找路矿长要钱。"

陈小小放出来了,但是原国亮大惑不解:半日之内,贺书记改变了观点,为了什么?

5

晌午时分,登门拜访的客人都走了,杨家才安静下来。高援朝亲自下厨炒菜,动人的刀案瓢勺交响曲和炸煎烹炒的香味儿阵阵袭来,使人顿感饥饿,馋涎欲滴。杨超俊满脸带笑,细心清扫满地的烟头和糖纸,心说,上午来看望二叔的客人最少有六十个,是杨家搬到五汊街以来最热闹、最得意的一天。都求二叔办这事那事,二叔都答应了,我就是考不上大学,二叔也不能不管。杨复之逗着孙子玩，让杨高数数儿，杨高能数到一百，让杨高背唐诗，杨高能背五言绝句十多首，让杨高写字，出乎意料，乳臭未干的小儿，竟写下"复兴杨家"四个方方正正的大字！老夫子激动了，一把抱起孙儿，禁不住老泪哗哗而下。小杨高吓得大叫："爸，爷爷哭了，爷爷哭了！"承祖和承望不知发生了什么事，急惶惶跑过来问，老夫子哆哆嗦嗦地指着孙儿写下的几个字说："你们看，小杨高写的是什么？我高兴啊！"弟兄俩传看着小杨高的字，也泪眼花花的。父子仨你看我我看你，又一齐看着小杨高，激动得热泪滚滚。

这不是哭，是笑。当某种夙愿实现，会心的微笑、得意的大笑、前俯后仰的狂笑、深沉的浅笑，都不足以表达和发泄内心的巨大欢愉和幸福时，唯有哭才淋漓尽致、痛快异常。杨家从杨煌书辈滑坡，杨一坤辈衰败，杨复之辈跌倒，杨承望辈崛起，四代鬼雄人杰谁不盼望起死回生，光宗耀祖的今天！今天，不仅风华正茂的杨承望接受四面祝贺，笑迎八方来客，犹如太阳般照亮古老的正阳村，就连杨家的黄口小儿，也写出了杨家的百年企盼。有谁能不振奋，谁能不高兴？积蓄了近百年的感情巨浪，从心灵的窗口奔流而出，也就顺理成章了。

父子三个哭了一阵，心潮平静了。杨复之擦着泪说："今晚祭祖，告诉列祖列宗，杨家复兴了！"承望看了承祖一眼，试探说："哥，你说祭不祭？"承祖戴上眼镜，慢悠悠地说："我看，取消了这个仪式吧，传出去对兄弟你不好。"承望说："时代不同了，传统观念必须摒弃。"杨复之稀疏的白发一抖，说："要祭，这是杨家祖制，改不得，老祖宗盼望这一天，盼了多少年了！"承望说："爸，三十多年来，我一直听您的，按您划定的路线走，不差分毫，在咱家最困难的时候也没有熄灭希望之火、也没有放慢向前的脚步。我和哥之所以有今天，是您的身教言传……"说到这里，承望和承祖的眼圈都红了，承望继续说："爸呀，这次祭祖不是儿不听你的，是儿的身份不同了，一举一动都在众人的监视之下。你想，一旦社会上传开，杨承望刚当了县委副书记，没有给老百姓办一件好事、实事，就祭祖、就炫耀，对儿仕途的利害关系，爸你比我清楚。您也知道了，因杨家要祭祖，黄明旺要杀羊，白梅雇乐队唱对台戏。如果这二件事同时发生，将成为全县、全地区乃至全省的珍奇要闻。"杨复之听到这里站起来，站了足足一分多钟后，严峻的声色化为轻松，老眼明光闪亮。他说："承望，儿孙有理讲倒爷，你爸是高兴得昏了头，争眼前之事，忘远大之图。贤者不炫己之长，对祖宗最好的报答是做个好官、清官、流芳百世的官！"承祖见爸激动了，把他扶到椅子上坐好，端过龟形小泥壶来，送到他手中。

"菜来喽！"随着悠长清脆的一声喊，高援朝笑吟吟端进几个菜来。杨复之对超俊说："快去叫你三叔回来吃饭。"承望打开自己的大提包，拎出两瓶酒来说："爸，喝中国第一酒吧？"杨复之兴冲冲说："喝！白日放歌须纵酒，青春做伴好还乡。"承望接着念道："即从巴峡穿巫峡，便下襄阳向洛阳。"

超俊没找到承亮，也就不等了。一家大小六口人坐好，超俊给每人斟上酒，杨复之首先端起来，说："不祭祖了，但第一杯酒要敬祖。"于是各人端起酒杯，恭恭敬敬把酒洒在地上。第二杯斟好后，承祖颤声说："这杯酒敬我妈。"于是又恭恭敬敬把酒洒在地上。也许是第二杯酒勾起了思母之情，承望说："爸，听哥说，你保存着妈的照片和遗言，我三十四岁了，还不让我看？今天，您就让我看看妈吧。"杨复之说："今天是大喜之日，不谈你妈。"承望固执地说："不让看，我就不吃不喝。爸呀，援朝也没看过，您就拿出来吧！"杨复之看着承祖，承祖点了点头，他离开饭桌，从黑板箱里拿出一本发黄的线装书，从书中抖出一张发黄的照片，给了承望。这是一张结婚照，照片上的杨复之年轻精神，意气风发，风度翩翩；张春绮齐耳短发，丹凤眼灼灼有神，五官生动漂亮，透出大家闺秀的非凡气质和聪明来。照片背面写着一首古诗，字体娟秀，颇见功底。诗曰：

> 文采双鸳鸯，裁为合欢被，
> 着以常相思，缘以结不解，
> 以胶投漆中，谁能别离此。

落款是:春绮抄于民国三十年三月初六。小杨高也争着要看,承望说:"你看看,你要记住,这就是你亲亲的奶奶。"说着流出一道长长的泪。小杨高看着照片说:"奶奶去哪了?咋不回来看我?"高援朝接过照片来,对儿子说:"奶奶去开会了,奶奶这几天不回来了。"照片又回到杨复之手上,他夹进那本线装书里,又从书里翻出一张细柔发黄的绵纸,展示在桌子上。只见字迹潦草,笔画不匀,愤怒绝望于极致的几行字:"复之,夜半酣睡,采花贼至,清白之身玷污,有何颜昂扬于世!唯祈养护二子,为母雪耻。春绮绝笔。"

承望、承祖同时哭出声来。承祖抱头痛哭,承望紧握的拳头擂着桌子,高援朝眼里闪着泪花,杨超俊傻乎乎地看看这个看看那个。杨复之一声低沉的咳嗽,抖落了三十四年的尘封,凸现出一个肝肠寸断的黑夜来。

农历一九五〇年十月十九日下午,杨复之的奶奶入土后,亲戚本家们都走了,复兴和承祖要回县一高读书。一身缟素,更加清丽动人的张春绮说:"我也回城吧,一见黄福太那对下流的眼睛,我就心跳。刚才,他往我怀里塞钱,在我胸脯上摸了一把。我觉得要发生什么事,眼皮儿一直跳。"复之说:"这小子是只狼,但有我在,你怕什么?烧了头七纸,咱就走。"复兴和承祖走后,乱哄哄的杨家小院恢复了平静。晚饭前,一个民兵背着大枪来通知,饭后召开地富反革命分子思想汇报会,杨家凡戴帽的一律参加。复之指着春绮怀里的小承望说:"只有他一个不戴帽,才三个月,敢一人在家?留下他妈照看吧?"民兵说我做不了主,问问村干部再通知你。隔了一会儿,这个民兵又来了,说是可以留下春绮照看孩子。

事发后,杨复之为他那句多余的话后悔了多半辈子,悔不该多嘴多舌,悔不该没让春绮抱着儿子参加会议。晚饭后,杨复之交代张春绮,关好大门、屋门,谁叫也猴开。他扶着妈,来到设在杨家大院的村公所,一直听到半夜,黄福太才点名让他汇报思想。会后到家,已是三更时分。大门、屋门敞开着,他的心咯噔一跳,产生了不祥的预感。服侍母亲在隔壁房间睡下,他走进他和春绮的卧室,点亮洋油灯一看,炕上只有小承望一人在酣睡,她去哪了？莫非被黄福太抢走了？不对呀，刚才黄福太还在会上训话。他举目四下搜寻，蓦然发现枕头上有一张纸，拿到灯下一看，是春绮的绝笔！一股热血呼一下冲上脑袋，头一晕腿一软，跌坐在地上。他知道，春绮出身大户，家教甚严，幼时就熟读《女儿经》，将女人的贞操视为生命。若不是受了恶人的糟蹋，不会自绝。她去哪了？沁河沿岸，自杀者多跳河而死，尸体冲到八里外的河头滩才搁浅沙滩之上。自古就有"老槐树跳河，河头滩见尸"之说。他打了个寒战，出了身冷汗，来不及多想，叫起妈来看护承望，拔腿就跑，跑进静谧的夜里，跑到沁河边上。后半夜的月光明明亮亮，悠悠而淌的沁河跳动着万千光点，河床宽敞处犹如一面巨大的水银镜子，映照出迷蒙的镇洪城和两岸的群山。哪里有人哟，连鬼影也不见一个。只听流水呜呜咽咽，悲痛欲绝地哭。他沿河而下，目光咬着水面，脚下的石头、水草把他绊倒，他爬起来又跑，明知水面上看不见他要找的人，却固执地搜寻着。一块黑色的河石，疑是她的脑袋；一块白色的树皮，疑是她的衣服。走入水中一看不是她，发出一声失望的颤颤的长号："春绮——你在哪里——"当跑到八里外的河头滩时，他已是鼻青眼肿焦头烂额，浑身泥水，鞋袜早不知去向。沁河在河头滩拐了一个弯，甩下她不喜欢的一切。当在一堆树枝、破布、茅草中找到张春绮时，她嘴里满含泥沙，腹部鼓胀，早已冰凉冰凉。这时的杨复之格外清醒镇定，除了满腔的悲痛与仇恨，没有一丝的慌乱。六年内杨家死去四位亲人，都经他手安葬，泪腺枯竭了，心灵麻木了，他把春绮抱到河边的清水塘里，把她头发、嘴里的泥沙洗净，又把被河水冲刷得丝丝缕缕的衣服撕掉，把她周身洗得白白净净。然后，脱下自己的衣服来给她穿上，对她说："春绮，你是干净的，干干净净，一尘不染。走，咱回吧。"

张春绮的死，在正阳村造成的轰动效应，远远超过杨煌书、杨一坤的死。除了杨姓家族外，一些贫下中农也来帮忙安葬。善良的村人黑着脸，送来一块块三寸厚的木板，送来一件件崭新的衣服，送来一匹匹家做的白布。当他们走出杨家小院时，才痛骂那个可恶的采花贼。有人明明确确地说，见黄福太昨晚从村公所溜出来，出了城门；还有人说，见黄福太从杨家小院的院墙上跳下来……

刚回到东山还不到一天的锅风景——锅老风景的儿子，主持安葬了杨复之的奶奶后，又被请来安葬杨复之的媳妇。杨复之把他拉到背静处说："锅叔，春绮死得冤啊！"锅风景说："冤已冤了，再猴冤冤相报。这是你爸种下的祸根。见色而起淫心，报在妻女；匿怨而用暗箭，祸及子孙。同样，那个逼死春绮的人也要受报应。"杨复之说："报政府，跟他打官司！"锅风景说："捉奸在床，你逮住了？贼人是谁？有证据吗？"杨复之拿出春绮的绝笔，说出自己的疑心，锅风景说："都不足为凭。江山改了颜色，不是你杨家这类大户的天下了。猴告，你赢不了。""那我就一口吞下这奇耻大辱？""不，你有更重要的事。俗话说，要好儿孙须积德，欲高门第快读书，后人兴旺发达了，你就赢了，他就气死了。"

杨复之哪能等到后人兴旺发达之日，安葬了春绮后，他暗中调查，几个目睹黄福太离开会场，出了城门，从杨家小院跳出来的证人，都说亲眼看见了，但你要和黄家打官司，请理解，我们不做证人，眼下黄福太有权有势，老朋友刘继仁是县公安科科长，妻表兄王顺财是副县长，大弟是解放军连长，二弟是革命烈士。他本人是村书记，谁能搬动他？果然，黄福太闻到了杨复之暗中调查的味儿，又召开了地富反坏分子思想汇报会，大声训斥道："贫雇坐天下的天翻不了！猴说我黄福太坐得正，行得端，拳头上站得住人，胳膊上跑得了马，就是有一丝一毫的小毛病，共产党也会给我做主，谁也吹不掉我蛋底下的灰！"第二天，那几个不愿作证的目击者来找杨复之，异口同声说："那天晚上，我什么也没见！"杨复之看着中天暖暖的太阳，突然感到阵阵的寒意袭来，冷得他直打哆嗦。他在心里喊道：老天爷，我杨家就这样完了？

又过了两年，杨复之昔日的一个学生来正阳区委当书记，恰这时，黄福太犯了贪污错误，被列为"老虎"，停职受审。杨复之见时机已到，便授意区委书记的学生查张春绮的死案。区委书记就组织了以杨家贫下中农为主的专案组，进行审查。起初，黄福太铁嘴钢牙，一口否认，杨氏家族的贫下中农就请君入瓮，刚举起烧得通红的烙铁，黄福太就吓得尿了一裤子，高叫道："我坦白，我老实坦白！"黄福太从见张春绮第一面而生淫心，说到土改时报仇的目的没有得逞;说到那天黑夜怎样钻进杨家小院,怎样摸黑奸污了张春绮;事后怎样封嘴堵路。坦白得很有水平,但屁股上还是挨了一烙铁,像军马的臀部编号一样,打上了永久的标记。

黄福太要倒霉了,杨复之的杀爷之恨,夺妻之仇到了清算的时候,杨复之暗自高兴得手舞足蹈。突然,黄福禄骑着高头大马回来了。陪同的有县组织部部长、兵役局、民政局局长。威风凛凛的黄福禄一身戎装,胸前挂着三个金闪闪的奖章。刚进村听说哥哥因为贪污、强奸禁闭在区政府,就骑着高头大马直接闯进区里。问清哥哥贪污了多少,打开皮包,拿出一沓钱,摔在区委书记面前,问够不够?区委书记嗫嚅着说:"够了,够了。"黄福禄说:"够了就放人!"区委书记说:"他还犯有强奸罪。"黄福禄问:"强奸谁了?"区委书记说了情况,黄福禄抡起拳头就打,打得区书记磕头求饶。黄福禄边打边骂:"操你奶奶,老子在前线出生入死,死过九九八十一回,才打下这红色江山!你们狗日的在后方替地主分子反攻倒算!"说着,几把脱下衣服,露出上下身的累累光荣疤来。在县部、局长的配合说服下,区委书记放了黄福太。据说,黄福禄回到家里,从哥哥嘴里掏出实话后,奖给哥哥两个脆生生的巴掌,骂他是胆小鬼、软骨头,给翻身农民败兴。后来,黄福禄接任哥哥的支部书记后,为此专门开了一个全村群众大会,大讲阶级斗争。还从县中学押回杨复之来,与其他五类分子站在台下,听他的训示。杨复之看着黄福禄不可一世的神气,恨得牙齿咬得格格响,仿佛致春绮于死地的不是黄福太,而是眼前这个包庇罪犯的黄福禄。在日后漫长的三十多年中,他一直是这样的感觉。从此,黄福禄掌了正阳村的印把子,就连"文革"中夺权,也没人敢动他一根汗毛。他是老革命,有功之臣,按他在部队的级别,转业后应安排在县里工作,因为不识字,也因为恋家,才屈驾回村。从此,杨家死了上诉之心。三年困难时期,黄福太下沁河捞鱼,就没有活着上来,村人都说是张春绮拉住了他……

菜凉了,饭冷了,茅台酒失去了诱惑。杨承望又要出妈妈的照片来,像读一本经典著作一样,认认真真专心致志地读着。哦,妈妈永远年轻,妈妈永远漂亮,妈妈眉宇间透出大家闺秀才有的气质——那就是知识化了的女性特有的清高,那就是目光拓展后不做作的潇洒,那就是不为世间琐屑之事忧虑的大方,那就是静如处子动如脱兔的神态。三十四岁的儿子第一次真正认识了亲生之母,悔耶?迟耶?悲耶?恨耶?兼而有之吧。以后,怎样对待黄家?为母报仇,不报不解杨家两代人心中的积恨!而今有了这个条件,不管磨道寻驴蹄,还是欲擒故纵,有法儿让姓黄的家破人亡!然而,县委副书记的紧箍咒,日后灿烂的前程,又化解了复仇的力量。从政时间不长,但少年老成精于算计的杨承望,遇到了上任以后第一道哥德巴赫猜想。实在难解啊,一加一等于二,是这样简单,又是那样复杂。

刚过不惑之年的杨承祖,刚毅稳重,沉默寡言。他看了儿子超俊一眼,用下巴指了指酒具,超俊心领神会,给大人们重又斟上酒,端到各人面前。承祖对承望和援朝说:"兄弟,弟妹,妈去世多年,是爸把我们弟兄俩养育成人的,爸吃了多少苦,受了多少累,操了多少心,真可以说是'喜得年年压岁钱,为吾儿作嫁衣裳'。借这次难得的家宴,咱每人敬爸一杯。"承望把照片装进口袋里,对复之说:"爸,你酒量不大,还能不能喝?"复之一直关注着承望的表情变化,心里已猜透几分:儿子有情有义也有苦衷,儿子真正长大了,不用他耳提面命,指拨调教了。他满脸粗硬的皱纹舒展开来,端起酒杯说:"这酒不冲,绵软,我还能喝几两。"于是,承祖、承望、援朝以及超俊,每人恭恭敬敬,敬了他一杯,他一一含笑喝下。在高援朝的教诲下,小杨高也双手执杯,脆生生地说:"爷爷,杨高敬你一杯,祝您长寿!"他赶忙双手接住,慈爱、感激、兴奋的目光抚摸着孙子,将酒倒入口中,慢慢品尝,款款咽下,仿佛这杯酒更香更甜更醉人。这时,家宴才现出欢乐的气氛来。

杨复之教子,常在闲聊之中,娱乐之时,因势利导,旁敲侧击。见承望将赴大任,又恐他腰嫩肩软,就急不住想提个醒儿。他思忖着说:"咱猴猜拳行令,也猴反复敬酒。我出题目你们答,答上来,我喝一杯;答不上来,自罚三杯。"承祖笑着点了点头,他已明白了老父的苦心。承望说:"题不要太难了。"复之说:"不难,都是我以前布置给你们的作业。承祖,你听好。"杨复之收敛了笑,一脸肃穆地说:"孔子的君子三戒是哪三戒?"承祖略一思索,答道:"子曰,君子有三戒。少之时,血气未定,戒之在色;及其壮也,血气方刚,戒之在斗;及其老也,血气既衰,戒之在得。爸,对不对?"杨复之说:"一字不差,这杯酒我喝了。"他喝下这一杯,眼盯着承望说:"承望,你听好。颜子推国之用材六事说,可记否?"承望扬起脸来,眼盯着窗户,边回忆边背道:"国之用材大较不过六事:一则朝廷之臣,取其鉴达治体,经纶博雅;二则文史之臣,取其著述宪章,不忘前古;三则……"承望卡壳了,收回目光,求助般看着哥哥承祖正要提示,杨复之制止道:"让他想想,想不起来喝一杯酒。"承望满面通红,自罚一杯,还是想不起来。承祖提示道:"朝廷派你去打仗,你怎么办?"承望想起来了,接着背诵道:"三则军旅之臣,取其断决有谋,强干习事;四则藩屏之臣……"又卡壳了。杨复之不满地说:"这一则对你顶顶重要,务须牢记。你难道想做个昏官?"承望受父一激,记起来了,继续背道:"四则藩屏之臣,取其明练风俗,清白爱民;五则使命之臣……"承望两次卡壳,勉强背下来,目光羞羞地看着父亲。杨复之铁着脸说:"两次中断,经提示后方背下,请自罚两杯。"承望浅浅一笑,喝下罚酒。杨复之对超俊说:"能背下刘禹锡的《陋室铭》吗?"超俊张口就背,通顺流利,背完后得意地看着大家。杨复之说:"我喝一杯罚酒。"

如此问答三遍过后,罚酒大都归杨复之喝下,他喝得高兴,两眼放光,炯炯有神,最后出了一道难题:"承祖、承望联背《谏太宗十思疏》,承祖背前半句,承望背后半句,谁记不起来,罚酒三杯。"于是,弟兄俩面对面,联背起来:"见可欲则思知足以自戒,将有作则思知止以安人,念高危则思谦冲而自牧,惧满盈则思江海下百川……"承望不及承祖,十思背完,喝了三次罚酒,而承祖未喝。杨复之看着承祖说:"你赢了,爸喝你的罚酒。"喝下后对承望说:"不管任何时代,儒家文化都是正统,孔孟为啥批不倒?因为他们是儒文化的源头。老百姓认准了的理论,谁也改不过来。为老百姓做官,当以孔孟为师。"承望极其佩服老父的学问和见识,频频点头。

高援朝端上洁白晶莹的大米饭,每人只吃了一碗便放下了筷子。承望小心试探道:"爸,有两个重要人物,没来看我,我想去看看他俩。"杨复之问:"谁?"承望说:"黄明旺和白梅。"杨复之说:"要去,黄家有仇于咱,仇要化解;白梅有恩于你,恩要报答。去黄家时,带点礼物,看看福禄,他眼瞎了,怪可怜的;去白梅那里,最好带上千把块钱,当年的滴水之恩,该以涌泉相报了。"承望一阵激动,没想到父亲这样豁达大度,父亲一贯的深谋远虑,是为自己的仕途顺利而忍辱负重,防备后院起火,便眼圈红了,潮起两池汪汪的泪。

这时,杨承亮醉醺醺,东倒西歪进来。一见饭桌上的茅台酒瓶,两眼放光,一把抓过,摇了摇叮咚作响,对着瓶口仰起脖子,一口气喝了个点滴不剩。"好酒,好酒!"承亮用手背抹着嘴,高声叫着。杨复之父子仨皱着眉头,互相交换了一下目光,对承亮下起毛毛雨来。承望说:"亮亮,村人在我面前,没说你半句好话,你也该成家立业了,不能这样混下去了。"承亮口齿不清地说:"二哥,到县委给我找个工作吧? 咱没文化当不了干部,当个工人,开个车,也行。"承祖说:"只要你学好了,工作不愁。可像你现在这样,谁敢要你?"承亮说:"大哥,我现在怎么了?"复之说:"咱杨家……"承亮站起来,打断他的话:"大伯,咱杨家就我一个赖汉,是不是? 只要二哥带我走,我决不给杨家败兴!"说罢,倒在床上,几秒钟后便发出呼噜噜的鼾声。

6

一家人围着饭桌共进午餐,在黄家是除过大年外少有的场面。这次共进午餐,是黄明旺组织的。上午,在父亲面前他咬着牙说,不去看杨承望,但到中午时分就改变了主意。他嘴硬心软,生怕杨家和贺效东勾起来,革了他支部书记。只要干工作,谁不出错? 磨道里尽是驴蹄,随便找几个就够他喝一壶了。何况贺效东急于巴结杨家,惯于卸磨杀驴,肯定会把打击黄家作为晋见礼讨好杨承望的。他知道,杨老夫子城府很深,善有善报,恶有恶报,不是不报,时辰不到,黄家欠下杨家沉重的血债,到父债子还的时候了。他决定趁中午人少的机会,去会会杨承望,低个头,表个态,说几句软话。能空着手去吗? 不能,礼多人不怪,官不打送礼的。但村人看见,会怎样编排我? 他脑子一转,进卫生所拿了两支人参,揣在袋里,朝杨家走去。还没进屋,就听到杨老夫子讲承望妈的死,犹如当头挨了一闷棍,疼得转身就走。妈的,杨家果然记仇,记仇必然报复,怎办哩? 这事儿不能和外人讲,这时全家的团结,瞎爸的主意比什么都重要。他又一阵风卷回来,让老婆黑牡丹炒了几个菜，从床下拣出两瓶杜康来，把家人都叫到父亲的屋里，共商大事。

这场面现出黄家几十年来少有的压抑。杨家的新动向压得黄家喘不过气来。黄家三个男子汉自斟自酌。抢着往肚子里灌酒，不知是浇愁，还是壮胆。黄福禄享受特殊待遇，面前放着一个玻璃茶杯，装有三四两白酒，还有一只小碗。装着各种菜，自由享受。黄明旺的忧心挂在脸上，以少有的谦恭问："爸，你说咋办？眼巴巴看着人家摘了咱的乌纱帽？"黄福禄不吭声，慢条斯理地品尝着酒菜，心里却油煎般难受。黄明光灌下一口酒，大大咧咧地说："支部书记的职位又没上了咱家的土地证，黄家一干四十多年，也该知足了。"嫂子黑牡丹责怪道："你站着说话腰不疼，谁不想当一把手？下了台谁理你？"十八岁的黄家第三代人黄英妮也插嘴说出了自己的观点："爸，这年头都想发财，谁还为人民服务？不等他撤你，你就辞职，咱一家做生意，一年就是万元户！"明旺训斥道："你黄毛丫头懂啥？猴插嘴！"

黄福禄等屋里人叽叽喳喳说罢，才开启尊口，以他一贯的政治警觉说："怎样看待地主、右派子弟杨承望的升官，不是一个简单的三十年河东，三十年河西的问题，而是一个政治路线上的大问题。列宁说：从资本主义过渡到共产主义是一整个历史时代。只要这个时代没有结束，剥削者就必然存在着复辟希望，并把这种希望变为复辟行动……就以十倍的努力，疯狂的热情，百倍增长的仇恨拼命斗争，想恢复他们被夺去的天堂，保护他们从前过着的甜蜜生活。毛主席教导我们说：整个过渡时期存在着阶级矛盾，存在着无产阶级和资产阶级的斗争，存在着社会主义和资本主义的两条道路斗争。忘记十几年来我党的这一条基本理论和基本实践，就会走到邪路上去。因此，我认为，杨家四十年来像蛇过冬一样无声无息，实际上是为了复辟暗中磨了四十年刀。这两把刀就是承祖和承望。"明旺不同意这个观点，边吃边说："爸，你说得太严重了吧？要是承望真有复辟之心，是老夫子训练的暗藏的阶级敌人，党就没识别了他？还提拔他？"黄福禄反问道："党识别了林彪没有？不是党识别不了，是不到时候。只有暴露，才有识别。大凡反动派隐藏得很深哩，尤其是杨家大少爷那种有文化的人！明旺，你刚才去杨家,听到大少爷正讲他老婆的死,说明了什么?那件事是你大伯出格了,但出发点是为黄家报仇。他杨家不义在先嘛!只许剥削阶级狂轰滥炸贫下中农,就不许贫下中农杀一个回马枪?"黄明光立即应承:"对,爸说得对!鲁迅就说过,以眼还眼,以牙还牙。"黑牡丹嘴一撇说:"不要把人尽往坏处想,我看杨家不是那种戏里的阶级敌人,一个个挺仁义的。"明旺瞪了她一眼,责怪道:"你插什么嘴?"英妮啪一声放下筷子,站起来说:"真无聊,没劲!"扔下这句话就出去了。黄福禄不理这一切,继续说:"以后对待杨家大小人,一不能低三下四,自己打自己的耳光;二不能说违心的话,办违心的事,他杨承望依仗职权报复、复辟、瞎指挥,咱就和他斗,再斗他四十年,我就不相信毛主席领导贫下中农打下的江山,会让给地主资本家的后代!三要严把阵地,寸土不让,正阳村的党政财文大权,只能牢牢掌在贫下中农的手里。如果他家得势不让人,不让咱黄家掌村里的权,咱就让他掌不好县里的权。我这几十年没学会别的,就学会整人,还没一半个绝招?不到万不得已,不用这个毒办法。明旺,你爸眼瞎心不瞎,抓阶级斗争比你强。""是,是,依您老说的办。"明旺心悦诚服,对老父报以钦佩的目光。

二锅头在大门外汪汪叫着,一阵紧似一阵。有人来了,是生人。黄明旺对着窗口吼道:"二锅头,猴叫!"黑牡丹转身出去,迎接来人。她知道,大凡来家的,都是找明旺办事,办事就要送礼,礼不分轻重,都由她接受,肥水从不外流。如果让老革命看见,挨一顿臭骂不说,还要逼来人拿回去。她在院里惊叫一声:"承望兄弟,你咋敢进黄家的门?"

杨承望拉着黄福禄硬皮粗粗的手,甜甜地叫了一声黄叔,黄福禄的心里就乱了分寸,微微颤抖了一下,倏忽又平静了。他万万没有想到,杨承望会亲自登门拜见。他又犯了疑心,杨家首先跨过四十年来,黄杨两家不相往来的鸿沟,又是一个新动向!杨复之杨大少爷安的是什么心?杨承望杨二公子是不是黄鼠狼给鸡拜年?来不及多想,承望亲切关怀地问他的眼疾,哪个医院看过,吃的什么药,他都一一回答。黄福禄坚硬的心肠突然软了一下,认为承望这娃是诚心的,没有一丝虚假,不由得为自己的小肚鸡肠和疑心而惭愧。但这种惭愧只是瞬间熄灭的火花。承望说："黄叔，我认识省眼科医院一位老专家，我去省城开会时，把你拉上，给你好好看看。"黄福禄说："猴麻烦你了，说到就好。"承望说："眼是心的窗口，眼不好使，心就憋闷。"说罢，从口袋里掏出一台袖珍收录机和几盘磁带，塞进黄福禄手里，"黄叔，这台微型收录机是日本索尼公司产的，功能多，效果好，送给你老人家解个闷儿。"黄福禄连声说："不要不要，耳不听，心不烦；眼不见，最干净。瞎透了，聋实了更好！"杨承望笑着说："黄叔，你嫌我给你的礼物太轻？"黄福禄突然爽朗地哈哈一笑说："承望，你能来黄家一趟，就不容易了，我怎敢嫌东嫌西。不瞒你说，我当了四十年干部，没有收过一针一线的礼物。如今下台了，也不能毁了一世清白！"承望说："正阳人有口皆碑，黄叔你是全县有名的清官。三年困难时期，你家也没吃的，也得浮肿病，却把送上门来的粮食送到了食堂。当时村人都感动得流了泪。"黄明旺倒了一杯酒，对承望说："兄弟，黄家领你的情，这收录机，我代表我爸收下了。但你知道我爸的脾气，我日后给你钱，只当是你替我爸买的。"承望说："黄叔，明旺哥，你们是不相信我的一片真情？"明旺说："哪里，哪里，你当了县委书记，我本应去看你，但七事八事脱不开身，计划晚上去看你，咱弟兄俩好好侃呱侃呱，你就屈身下驾先来了。这不就说明了你的真情？来来来，咱兄弟俩连碰三杯，一杯祝你高升，二杯感谢你上黄家的门，三杯感谢你送我爸的珍贵礼物。"承望说："叔婶、明光、黑嫂都参加，咱一齐干！"

　　三杯过后，承望亲自执壶，满了一杯酒，对黄家大小人说："我说句掏心的话，黄杨两家的百年恩怨，已成为过去。从现在开始，过去的，咱两家都不谈了。向前看，前面是新的关系、新的事业，更美好、更光明。咱们干了这杯酒，一切从头开始，好不好？"黄家大小人异口同声说："干，干，从头开始。"众人端起杯，正要碰，承望发现不见了黑牡丹，便问明旺："黑嫂呢？"话音未落，黑牡丹进来，端着一盘炒鸡蛋说："承望兄弟，不能让你吃残汤剩菜，黑嫂给你炒了一盘鸡蛋。"这句话提醒了明旺，他对黑牡丹说："床下纸箱里有罐头，快去开几瓶。"承望制止道："猴麻烦，我吃过饭了。"又是连碰三杯。这是这一带人酒场的规矩，三杯过后，方可改换喝酒的形式或者谈别的。黄福禄说:"承望,老叔就不称你的官衔,不叫你杨书记了,那样外气。"承望接着道:"乡里乡亲的,你又是长辈,还是叫名字亲切。黄叔,你有什么困难,就跟我说,我尽力解决。"黄福禄以习惯的方式,威严地咳嗽了一声,扫了大家一眼才把刚想好的话端了出来:"承望,你是正阳人,你知道,我是当兵的出身,大老粗,没文化,没谋略,没胆量,当了几十年干部,回过头来看,没给老百姓干几件好事。现在,明旺也是没文化,没谋略,没胆量。我天天听广播,知道明旺这样的干部,不适应改革开放的需要,你和贺书记讲讲,免了明旺,另换个有文化的能人,就帮了我黄家的大忙,明旺,你说是不是?"明旺赶紧应承:"是,是。"

杨承望淡淡一笑,心里清楚这是在试探,这是黄家最揪心的大问题。为稳住黄家,在家乡塑造自己的形象,便说:"明旺哥是'文革'前的初中毕业生,在他们这茬人中,文化程度不低。在村里,除妇女主任没干过,啥都干过,有实践经验。咱不妨排个队,全村的党员中,有几个是初中毕业?没几个。农村人才缺乏,文化高的、有技术、有门路的,都走了。明旺哥,你放心干吧,我在县里工作一天,就支持你一天。我分管全县经济工作,能不为家乡出点力?你工作中有什么困难,直接找我。"黄明旺激动了,站起来,红着脸说:"兄弟,今后就仰仗你了!你在外安心工作吧,家里的事猴操心,我一定把复之伯伯当亲爸看待!"黄福禄一听儿子沉不住气,跑了调儿,急忙说:"明旺,你不了解改革开放的形势,不知道自己能吃几碗干饭,你退下来,是福不是祸。"英妮不知啥时进来,插嘴道:"爸,爷爷说得对,啥年代了,你还抱住这个小芝麻官不放,咱去做生意,为自己人干,比为人民服务强多了!"黑牡丹剜了英妮一眼:"你黄毛丫头懂个屁!"黄明光接着说:"这社会,有权能活,有钱也能活,没权没钱真不如死了。"黄福禄咳嗽了一声,家人不争了。他说:"承望,你就成全了老汉这个心愿吧。"杨承望看到一家人有的在演戏,有的说实话,心里想笑又不能笑,便一脸严肃一本正经地说:"黄叔,只要我在阳林县干一天,就保证明旺哥在村里干一天。他在村里主政,我在县里出力,先办一两个集体企业,不出五年,咱正阳就是全县第一村,名利双收,老了也不后悔,怎样?"黄福禄故作沉思状,想了一阵,没有明确表态,对明旺说:"明旺,快给客人敬酒!"承望一听客人二字,心里明白了:黄老革命还没有承认自己是县委新的领导,黄杨两家的对立,并没因自己亲临黄家而消除。日后可能会出现令人不快的事儿。黑牡丹开启了几个罐头,端了上来。二锅头又在大门口汪汪地叫,沉默寡言的明旺妈赶紧出去了。

贺效东大步走进来,对承望说:"杨书记,我真想不到你来了这里。镇里两委干部都到齐了,请你去做指示哩。"黄福禄的管眼狠狠瞪着贺效东,在心里骂道:天生一个没出息、没立场的风派人物,要是在战争年代,一准是个叛徒!

<h1 style="text-align:center">7</h1>

晚九时许,饭店的高峰期过了,白梅清点完抽屉里的钞票,记在流水账上,又写下这么一行:下午,黄明光借一万元。打点完毕,进了一间雅座,点上一支烟,半躺在床上懒懒地吸着,像电影里的女特务一样,不时喷出几个烟圈儿,自我欣赏着。

往常这个时候,她带上一天的收入,回到五汉街妈妈留下的那两间小屋里,先洗脸后洗脚,再淡淡地化点妆,一边看闲书杂志,一边等年轻人来和她闲聊,送走难耐的寂寞。如果没人来和她闲聊,她就把一大把钞票纷纷扬扬洒一屋子,然后再一张一张捡起来,如此三番五次,折腾得筋疲力尽,方能沉沉睡着。单身男子难,度日如年,单身女子更难,一日三秋。今晚她没有回去,也不计划回去,是因为下午黄明光来借钱时,告诉她,杨承望去了黄家,给他爸送了礼物,给他哥打了保票,正阳村的大权,仍牢牢抓在黄家手里。谁掌权,她不关心,哪个皇上不纳贡?关键是明光说了几句评价杨承望的话,深深打动了她。他说,承望这小子毕竟是大学生,读书多,明世理;毕竟侍候过大领导,眼界宽,水平高。他还说,承望有勇气打破黄杨两家世仇,就有勇气来一品香看她,来向她赔情道歉。她说:"我不想见他,一见他姑奶奶的火就呼地着了,烧烂他那张小白脸!"明光说:"你傻蛋一个,过去的事还计较什么?工商、公安、税务、卫生都榨你的油水,你靠住杨承望这棵大树,还怕谁?这也是以经济建设为中心,一切服务这个中心嘛!"明光走后,她忐忑不安,魂不守舍。她怕承望来,如果来了,深不得浅不得,现在的杨承望可不是当年的地主娃呀!她又盼承望来,不是想破镜重圆,那是白日做梦,是想告诉他,他的绝情绝义,给一个纯情女子带来多么大的伤害啊!也想告诉他,世上无绝路,不是你杨承望一脚蹬了我,我还成不了阳林县东乡第一个腰缠万贯的女人,你缺钱花,我还像过去那样,给你,大把大把给你,眼毛都不眨一下。她反反复复,想这想那,想了一会儿猛然悟到,她还爱他。天哪!我这个苦命的女人,怎么这样没志气、没出息?

白梅的确命苦。从记事起,她就没见过爸爸。她多少次问妈:"爸去哪了?"妈就多少次训斥:"你爸早死了,以后猴问我,问就打你!"那时她小,又急于要爸爸,来家串门的男人们,哄着她叫爸,她就叫。村人逗她:"梅梅,黑夜谁搂着你妈睡?"她说:"我爸搂着我妈睡。"又问:"你哪个爸?"她说:"好几个哩,来了就让我叫爸。"三年困难时期,她拿着白面或玉米面饼子吃,就有人问:"梅梅,谁给你这些好吃的?"她就说:"我爸。""哪个爸?""秃头爸、胡子爸,还有个胖胖的当干部的爸。"大约到了八九岁时,她才懂了,不能说这些话,更不能随便认爸。到十六七岁时,妈突然病了,流血不止,爸们都不来了,而从来没有来过家,见了她很少说话的地主、右派分子杨复之却三天两头来看妈,给妈请医生、买药。妈哭着说:"梅梅,咱五汉街只有杨老师一家好人。"她就问:"他是不是我爸?"妈说:"猴瞎猜,不是。"那时,她觉得,再没有不知亲生父亲是谁更痛苦的事了,她要在妈还能出气时,弄明白人生这一关键问题。几经询问,妈都没说,直到妈只有悠悠一丝气儿时,才告诉她:"妈心软,妈的名声不好,妈没结婚就怀上了你,你那亲爸不认你,也不和我来往了。我不告诉你他是谁,你知道了更难受。以后他认你,你猴认他。"白梅顿时觉得,妈是个下流的女人,也是个可怜的女人,她那个爸是个不负责任的卑鄙无耻的人,她发誓,一旦知道了他是谁,就残酷地报复他!妈死的那天安排后事说:"我死了,你忙不过来,求杨老师来帮忙,千万猴找干部们,你就嫁杨家二娃,这家人好。"妈死了,杨复之兄弟俩不请自到来帮忙,村干部和那个神秘的爸都没露面。

她时常对着镜子研究自己的五官,看和哪个男人相似,但这个研究只有一个结果:她和妈极其相似。从此,她死了寻找亲爸这条心。她已懂得世间的婚配嫁娶,情和爱如种子发芽了,拱破土层,便留心观察杨复之一家。果然,这家人不错,老汉有文化,经常说古道今,还积德行善,不像村干部们在批斗会上说的那样坏;大娃承祖,在县城工厂当技术员,半月回来一次,老婆离了婚,却不像五汉街上的光棍们那样惹是生非;二娃承望大她四岁,高中毕业,回来种地,人才、文才都好。劈山工程开始后,他原在工地"黑五类班"干最重、最险的抬石头、打炮眼、开炮、排哑炮等活儿,后在高援朝的力荐下,调宣传组办《劈山战报》。采访、编辑、刻印、发行,都是他一人。每当新报发下来,铁姑娘们争相传阅。那文章、那字儿写得多美呀!写到抢险、苦干的紧张时刻,能揪住你的心一直看下去,能叫你激动得流出眼泪来。每期都有铁姑娘们的报道,几乎写遍了十几个姑娘。姑娘们谈读后感时,不是说自己如何如何,而是说承望如何如何,他是姑娘们说不完的话题,也是姑娘们最忧虑的话题:唉,这么一个好娃,咋会出生在地主的家?如果不是地主成分……以下的话没了。但谁都明白那个意思。每逢这时,只有完小文化程度的白梅,就在心里说:只要人好,管他什么成分。只要他看得起我,我就嫁给他!

　　是什么时候委身于他?哦,哦,是劈山改河造平原工程开始后的第二年。那时,她独自一人,无牵无挂,吃住在工地。从小受过苦,她不惜力,正是青春好年华,身体发育得凹凸有致线条分明,模样儿在一大群村姑娘中也是拔尖的。拉平车运土,别的闺女家一天拉三十几趟,她拉五十几趟,一天挣一个半工分;打炮眼,抢十八磅的大锤,她敢和小伙子们一决高下。她给别人的印象是:野野的、俏俏的、浪浪的。公社武装部长兼劈山工程总指挥贺效东发现了她,任命为铁姑娘班班长。她争强好胜,管教得十八个姑娘服服帖帖。她们风风火火,敢打硬仗,敢洒热血,成为劈山工地一面旗帜。那年五四青年节,由公社团委书记高援朝介绍,火线入团;第二年七一党的生日,由大队书记黄福禄介绍,火线入党,还参加了全县劳模大会,在会上做了英姿飒爽的报告。会后,她带领十八个姑娘干得更欢了。例假不休息，人人出满勤，专拣重活干，个个吐了血，比倒了许多男子汉。这时的白梅红心向党，是农业学大寨运动中的一个闯将，是一朵向阳花，红艳艳开在沁河岸上。黄福禄不知兴奋了哪条神经，开支委会推荐白梅上大学，亲自把入学通知书送到白梅手中。白梅当着铁姑娘们的面，看也不看撕成两瓣，揉成一团，扔进河里，正经严肃地说："我离不开工地，离不开铁姑娘班，我要在改天换地的战斗中出力流汗！啥时劈开这座山，啥时沁河不拐弯，啥时亩产达千斤，啥时建成大寨县，我上大学也不晚！"当下，感动得铁姑娘们抱住她，哭成一团，像多年后中国女排姑娘们实现了五连冠后激动的场面。不同的是女排姑娘们无悔无怨，白梅在几年后就深深地后悔了。一天晚上，贺效东以汇报工作为名，把她叫到指挥部的干打垒房子里，评功摆好套近乎后，猛地抱住她，满以为她会感激他，顺从他。不料，这个烈性的姑娘不想做她妈那样的女人，又不愿张扬出去，就和他搏斗起来。无奈劳累一天，困倦乏力，渐处下风。贺效东正要得手时，哐当一声，门被撞开，在指挥部当工地战报编辑的杨承望，横眉竖眼怒视着贺效东。贺效东恼羞成怒，翻身起来，一手提裤子，一手朝杨承望脸上甩了两个有力的巴掌。杨承望没有还手，口角流着血，冷冷地说："你打了我，你会因此而付出代价的！"刚烈的白梅看不过，替杨承望还了贺效东两个巴掌……

白梅和杨承望披着冰冷的月光，无目的地走在沁河岸边。两个人在一块石头上坐下，白梅说："狗日的贺效东没有得逞，多亏你及时赶来。承望哥，我感谢你。"承望突然呜呜哭了，边哭边说："梅梅，你感谢我，我感谢谁呢？一个品学兼优的高中生，国家培养了整整十年，青春和知识的价值就是抬石头和刻蜡版？因为不能选择的家庭出身，就低人一等，巴掌打在脸上也不敢还手？这世间对我来说，孤单单的，冷冰冰的，要不是我爸的鼓励，我早跳河了！"白梅一阵激动，朝承望身边挪挪，以她少有的温柔说："承望哥，你不要太悲观了，除了你爸，还有一个姑娘爱你。她每天都看着你，想着你。你高兴，她也有笑脸；你发愁，她就忧心。"承望一惊，问："哪个姑娘爱我？"白梅说："你看不出来？"承望说："高援朝爱我，但是一厢情愿，她家门槛太高，咱这个黑帮子弟迈不进去。我早回绝了，她不死心，攥到我正阳。"这回轮到白梅吃惊了:"高书记爱你?"承望说:"同学六年,我每次考试都是全班第一,校长说,要不是'文化大革命',我准能考上北大。她佩服我的知识。""那你为啥不和她结婚?""这个原因我刚才说了,再补充两点,她娇惯、任性,是一匹难于驾驭的小母马,两家老人还是冤家对头呢。""承望哥,我说,你找一朵向阳花吧,她不嫌你家成分高,谁敢欺负你,她就和谁干;她不娇惯任性,能吃苦,也很正经。"杨承望是何等聪明的人物,他恍然大悟,激动得浑身哆嗦,双手捧住她黑里透红的脸,嘴对嘴亲了个够。白梅初涉爱河情浪,羞得脸烧心跳,亲吻的美妙和幸福,使她燃烧般热烈,全身的筋骨咯咯叭叭作响,情不自禁发出颤颤地呻吟。他不老实的手在她胸脯大腿间抚摸,她二十岁的情欲火上加油般燃起熊熊的烈焰。当他试图有进一步动作时,她从他怀里挣脱出来,拉开他的手,轻声说:"到时候我一定给你,但现在不。"承望说:"梅梅,你真好,咱结婚吧,唯有你能把我从冰冷、孤寂中解脱出来。"她说:"劈山工程结束后,咱就结婚。你亲了我,摸了我,我就是你的人了。"

第二天晚上,杨承望带着她来到家里。老夫子看到两个人的脸红红的甜甜的,四只眼都放着异常的光亮,心里就猜透几分。他高兴地说:"梅梅,你是个好闺女,吃苦能干,人也精明。"她说:"大伯,你没闺女我没爹,我给你当干闺女吧?"杨复之突然紧张起来,摆着手说:"不敢,不敢,我是阶级敌人,会连累你的。"铁姑娘班班长像小铁梅一样,胸脯一挺,辫子一甩,硬邦邦地说:"我独身一个,怕谁? 我说你是好人,你就是好人,我就认你这个干爹!"说罢,脆生生叫了杨复之一声干爹,叫了承望一声哥。从那天开始,白梅抽空就到杨家来,家务活儿全包了。杨复之暗示道:"梅梅,家里的活儿你猴管,你管好承望,我就感激不尽。"

女人的温柔是失意男人的兴奋剂。在高援朝去昔阳参观的那半个月里,贺效东和黄福禄联合起来,残酷地报复杨承望,把他从指挥部撵出来,重返"黑帮队",一天拉五十车石头,完不成任务就扣工分并现场批判,杨承望的精神和体力垮下来时,白梅拿出自己的积蓄给他买鸡蛋、白面,每天晚上来杨家小院陪他,用自己暖暖的香香的舌头舔着他心灵的伤口。杨承望死缠着要她,她闭着眼睛说:"只要你高兴,我就给你。哥,你来吧。"朴实真诚的农家姑娘,不会用花言巧语来激活她爱的人心底的死水微澜,只好用自己青春的胴体、满腔的爱,给心上人以人生的欢乐和希望。两个月后,她怀孕了,背着所有的人,偷偷到邻近沁水县一家公社医院做了流产。但第二次、第三次怀孕后,就没能遮住村人雪亮的眼睛。背后总有人指点着说:和她妈一样,也是个养汉……

一支烟还没有抽完,服务员敲门进来通报,说是一男一女两个客人,点了几样菜,在二号包厢等她。她一激灵坐起来,心想,莫非是他两口子来了? 如他一人来,可尽情发泄七年来积淀下的怨恨,甚至可以脱下鞋来,照他那张小白脸狠狠地打他几鞋底。然而,她来了,就不得不克制。说心里话,她如今都搞不清她和高援朝谁是第三者,她对高援朝没有多少恨,只是觉得别扭、尴尬。这也是几年来,高援朝每次回来,找她谈心,她避而不见的缘故。

她决定见他们,理直气壮、昂首挺胸见他们,财大气粗、居高临下见他们。我如今不比他们差,如果差什么的话,就只差一个丈夫。这不是我的短把把,是权力的诱饵钓走了我的丈夫,也是现在成班排的追求者中,没人有资格做我的丈夫! 她简单迅速地化了妆,换上一件绣着牡丹花的羊毛衫,带上在城市女人中也鲜见的赤金项链宝石耳环,带着贵夫人的神气,娉娉婷婷走出来,进了二号包厢。

三个人见面的瞬间都呆了,怔怔地看着对方,都不知道关键的第一句话该说什么。白梅尽管有充足的思想准备,但还是乱了方寸,禁不住把喷火的目光射向杨承望。好在当了几年老板,练就了察言观色的硬本领,立马就调整了情绪,嘴一撇说:"哟,县太爷和夫人光临小店,咋不预先通告一声?"承望红着脸说:"梅梅,我回来看老父亲,也想来看看你。"高援朝把白梅拉到身边,接着承望的话头说:"承望每次回家,我都让他看看你,可每次你都躲着他。这次,我俩下了决心,不见你就不走!"白梅说:"我没少胳膊缺腿,看我干啥?"承望扭转话头说:"在你的饭店,我俩点了几个菜,请你,担心你不给这个面子。"白梅早看到面前的几个冷盘,斜着眼看着承望说:"请我,这几个菜能交代了?"高援朝赶紧解释:"不是花不起钱,是都吃过了饭,情义不在酒肉多嘛!"白梅喊进一个服务员来,下巴指了指几个冷盘:"撤了。"然后想着写下几个菜,嘱咐一定要做好,让杨书记和夫人满意。杨承望夫妇谦让了几句,也就什么也不说了。一时,冷场了,听得清各自的心跳。过了一阵,承望小心问:"梅梅,听说你这几年吃了不少苦,我……"白梅打断他的话,口气硬硬地说:"今晚,中心只有一个,吃饭。过去的事不谈!"服务员送进烟酒来,承望脸上现出为难的神色:"梅梅,我喝了一天酒,你就饶了我吧。"白梅说:"我早饶你了,不饶你,你就猴想进这个门!"

第一道菜上来了,是蒸蛋羹。承望吃了一口后,突然想起了什么,迅速看了白梅一眼,低下了头。

他想起了在劈山工地最难挨的那十几天。因贺效东报复,一天拉五十车石头,由黄福禄监管,当天兑现。完成了记十分工,完不成扣五分工,并接受现场批判。按规定,一个全劳力一天的定额是三十车,他多拉二十车是对他的专政和改造。开头两天,他咬着牙干,中午不休息,到吃晚饭时,勉强完成。但从第三天开始,逐日倒退,到第五天,拼上命,也只能拉三十多车。扣工分,接受批判,把一个高中生的人格尊严打得片甲不留。又气又急,上了火,口腔发炎,牙床红肿,除了喝稀糊糊啥也不能吃,怎能干活?铁姑娘班班长有力出不上,又不忍心看着心上人受这般折磨,便闯进指挥部,柳眉倒竖,杏眼圆瞪,和贺效东吵了起来。当她扬言要把贺效东报复杨承望的实情向县革委主任高青云反映时,贺效东嘴上说得硬,心却软了,被迫表示,从革命的人道主义出发,改造和关怀相结合,取消对杨承望的强制性改造,重返宣传组编印工地战报。这天晚上,白梅借钱买了消炎药和鸡蛋,亲手做了蒸蛋羹,看着杨承望吃下。一连几天,天天如此,承望不吃,白梅不走。从未有过母爱的杨承望突然意识到:白梅不仅给了他性爱,还给了他从小就望眼欲穿的母爱。心里一股股暖流涌来,他抱住白梅,好一阵山盟海誓……

白梅喝了一口酒,看着沉溺在往事中的杨承望,待他回过神来,用感激的目光看着她时,她脸上挂上一丝冷笑问:"不好吃?不好吃就猴吃,再换一个好吃的。"承望长长叹了一口气说:"别有一番滋味,好吃。"说罢,又吃了一口。

第二道菜上来了,是清炖猪蹄。白梅看见,高援朝皱了一下眉头。心说,就不是给你做的,你皱啥眉?她看着承望,见他回报了一个会意的目光,用筷子撕下一块肉来,满嘴香甜地咀嚼着。

这道菜也有来历。在工地上,承望崴了脚,红肿疼痛,不能走路。他爸请来一位老中医,敷了膏药,又说,搞一对猪蹄,炖了吃肉喝汤,来得更快。杨复之叹道:"食品站几个月不杀一口猪,去哪搞?"白梅在场,暗记在心。第三天,工地食堂杀猪改善,她为了得到一双猪蹄,差点儿和事务长打起来。黄福禄走过来,问清是白梅要猪蹄,下令四只都给了她。白梅在厨房褪了毛,洗净,送到杨家。杨复之一连声赞道:"好闺女,好闺女!"承望笑着说:"爸,给你当儿媳怎样?"杨复之说:"喜煞我也!"

第三道菜上来了,是红枣枸杞王八汤。高援朝打趣道:"梅梅,是给你补,还是给我补?"白梅说:"是给他补,吃在他肚里,受益在你身上。"两个女人哈哈大笑,杨承望却笑不出来。

崴脚以后不几天,高援朝从昔阳参观回来,杨承望再次得到保护,有了一个月的病假。恰在这时,雨季到来,淅淅沥沥下了十几天,下得人心都长了毛。工地停工,杨承望拐着腿,泡在白梅的小屋里,一连几天不回家。两个人昼夜在土炕上翻滚,铺炕的石板接连断了两块。杨复之沉不住气了,来叫儿子,摇头晃脑道:"子曰,君子有三戒,少之时,血气未定,戒之在色……"承望红着脸走了,到半夜老父睡着后,又偷偷跑来。她问:"干爹之乎者也,说的是什么意思?"承望笑着解释后,又缠着要她。她不从,劝说道:"干爹说得有道理,这事不克制,损身体哩。"他哪里听得进去。不顾脚腕的疼痛,耕云播雨,乐此不疲。果然,两个月后,败下阵来,疲软如面条,再难昂昂挺起。听人说,王八壮阳,白梅就在夜深人静时,打着手电,在沁河里为他捉王八。那时沁河没有污染,在黑咕隆咚的夜里,一拧手电,王八就从水底和石缝中钻出来,跑到岸上。运气好时,一晚能捉十几只。白梅捉回王八，配以红枣枸杞，连夜炖好，承望空腹吃下。只吃了十几只王八，他就强壮如初了。他急着要结婚，但大队不出证明，公社不办手续。几年后才得知，是高援朝打了埋伏。

第四道菜是冰糖莲子，雪白的莲子上洒着几粒樱桃，看似几滴殷红的血。承望不解这道菜的含义，抬头看着白梅，白梅大大方方笑着说："这菜你可不能多吃，只准吃三颗莲子，三颗樱桃。"高援朝说："莲子下火，清心解热，多吃没事。"

杨承望蓦然醒悟。在他和白梅如胶似漆的那段时间，白梅曾三次怀孕，三次做了流产，付出了三次剧痛和三次血的代价。每次，承望都疼爱地说："你为我付出的太多了，我真不知怎样感谢你才好。"她说："为你，我什么也舍得，死也情愿！"承望看到，每次流产后，白梅为不引起众人的怀疑，照常出工，曾多次昏倒在工地。一次拉平车运土时，下坡路上无力撑住巨大的惯性，她扑倒在地，平车从她身上冒过，惊呆了四周的人。万幸的是，她恰好躺在两轮中间，毫发未损。当第三次流产失密后，工地千把号人，对铁姑娘班班长的看法，咯噔一声，来了个大转弯，说什么难听话的都有，十七位铁姑娘用鄙夷的眼光看着她，再也不听她的指挥了。从此，她落下"养汉"的外号；从此，她离开了她引以为骄傲的铁姑娘班班长的岗位；从此，她再没有参加过任何劳模、积极分子等金光闪闪的会议。沁河畔，一朵争芳斗艳的鲜花就这样凋谢、枯萎了。因此，她没少叹过，少哭过，但一想到正阳大队头号知识分子、尚书巡抚的后代杨承望还热乎乎地亲她爱她，遗憾中多了几分自信，几分满足几分得意。不是吗？堂堂县革委主任的女儿、公社团委书记苦苦追了六年，都未追上的知识青年，却在她的怀抱中婴儿般躺着呢！

第五道菜是拔丝核桃仁。白梅催促道："快吃，冷了就拔不出丝儿。杨书记，你这几年吃不吃核桃了？"承望责怪道："梅梅，你不要叫我杨书记好不好？我踏进五汉街，看见镇浃城，就不是什么常委书记了。你还叫我望哥多好。"白梅冷笑着说："叫你望哥，让我望什么？"

杨承望无言以对，低头品尝着拔丝核桃仁。这几年他没少吃核桃，但总是吃不出当年的滋味来。1977年初夏时分,恢复高考,允许"老三届"毕业生参加。如果考上了,将是他这个黑帮子弟人生的关键转折。父亲喜得满脸的皱纹开了花,催促他抓紧复习,并圈定语文重点;同学们来人来信鼓励他报名应试;高援朝更是喜出望外,要陪他上考场,双双远走高飞,离开这个地主黑窝。杨承望不怕考试,这几年在父亲的督促下,学业没有荒废,还系统地读了四书五经、《二十四史》《资治通鉴》等经典著作。他怕的是政审,父亲头上的两顶黑帽,使诱人的前景顿失光明,并产生出几分恐惧来。高援朝这几天兴奋异常,借复习功课为名,整天泡在杨家,打保票说:"只要你到了录取线,政审这关我包了,我父亲一个电话,公社、大队都不敢怠慢!"白梅听到、看到了这一切,心里酸酸的、灰灰的,仿佛心爱的人不是上考场而是上杀场。杀了他,我靠谁?他报了名,参加了考试,觉得每一份答卷都是轻飘飘的,他的答案理想极了。果然,一个月后分数下来,他荣登榜首,是全省文科"状元"!巨大的欢乐还未过去,贺效东和黄福禄就放风说:许多贫下中农的子弟还考不上大学,黑帮子弟就想走?只要共产党掌权,依靠贫下中农的政策不变,他杨承望走尿吧!他听了,犹如一盆冷水兜头灌下,全身凉透了。等高援朝来共商对策,高援朝从分数公布,榜上有名后,早不来上班了。他如热锅上的蚂蚁,找公社干部说好话,干部们的脸站得比天还高;去和黄福禄沟通,黄福禄阴阳怪气地说:你去中央一趟,让中央改了依靠贫下中农的政策,我敲锣打鼓送你走!情急之下,他跑到县城,找到高援朝。不料,高援朝出了一个比考大学更难的题目:"只要你答应和白梅断绝一切关系,一个月内和我结婚,我爸亲自去给你盖政审表上的几个公章!"他为难了,迟迟不表态,高援朝下了最后通牒:"三日内答复我,逾期不待!"说罢,高援朝给了他一次温柔,吻他,他感觉到她的嘴巴没滋没味,远不及白梅香甜。回到家里,关住门和父亲商量,父亲思考了足足一个小时,才说:"古人云,仗义每从屠狗辈,负心多是读书人。为了你的前程,为了复兴杨家,你就依了高援朝!"他不忍心抛弃白梅,哭着说:"不,不啊!我离不开梅梅!"父亲训斥道:"男子汉,当断不断,后患无穷!"——在他二十七年的人生道路上,每逢岔口,总是父亲指点迷津,他佩服父亲的知识,更佩服父亲的谋略。他含着泪点了点头,再次去见高援朝。次日,高援朝手持尚方宝剑,杀回正阳,只一个回合,就打得贺效东和黄福禄趴在地上,亲自用双手盖上社队两级公章。这天,高援朝走后,他突然病了,高烧不退,昏迷不醒,在公社医院抢救了一天,才退了烧。回家后,精神抑郁,神疲呆纳,善疑多虑,只要一见白梅,就捂脸大哭。白梅搞来一袋核桃,一颗颗烧焦砸开,把焦黄温烫的桃仁送进他嘴里。白梅说:"我问医生来,你是肝气郁结,核桃仁养血柔肝,理气解郁,可配合药物治疗。"他觉得,核桃仁是那样香甜芬芳,回味无穷,可能是白梅给他做的最后一次晚餐了……

只上了五道菜,每道品尝一两口,杨承望就大汗淋漓,燥热难耐,面带羞红,坐立不安。他祈求道:"梅梅,猴上菜了,我真正吃不下。"高援朝了解他们恋爱的部分情况,似乎也品出了这几道菜的特殊味道,帮他说:"你尽了意,我们领情了,菜就猴上了,好不好?"白梅说:"我准备了八八,你们才吃了几个? 好吧,看在夫人的份上,不上菜了,上主食。"说罢,朝门外喊了一声,服务员立即端上两个热气腾腾的大馒头。这是用当地的泡麦面做的,甘陕司机非常喜欢。她想,用这样的白馍招待杨承望最合适了。

杨承望一见这两个热气腾腾的白馒头,禁不住把目光戳在白梅的胸部。那是他决定和高援朝结婚后,最后一次与白梅亲热时,揉着、亲着白梅坚挺硕大的乳房,口里喃喃道:"我可爱的白馒头啊,白馒头啊……"说着滚出一串泪来,落在他可爱的白馒头上。白梅一惊,翻身坐起问:"望哥,你哭了? 考上大学是喜事呀,你哭什么? 你放心走吧,白馒头永远是你的,谁也猴想吃一口!"她把他搂进怀里,颤声道,"望哥,你吃罢,吃你的白馒头吧,吃饱。上学后就猴想我,想我要影响学习。你急不住了,就来封信,我去看你,带上你的白馒头。"这时的白梅还不知道,她以全部身心爱着的人,几天后就要钻进另一个女人的怀抱,吃另一对白馒头。

白馒头冒着热气,杨承望看着看着就控制不住感情的闸门了,双手捂着脸,泪水从指缝里溢出来……

8

从五汉街到镇洮城内,饭场上、店铺里、家庭中,传颂和塑造着杨承望衣锦还乡后的光辉形象。有人说,黄福禄给家人下了死命令,谁敢踏进杨家小院一步,就不是黄家的后代!于是,黄明旺准备在杨家祭祖时"杀羊";黄明光伙同其姘头白梅出高价雇了八音会,吹奏悲歌残调,和杨家唱对台戏;贺效东拉着黄明旺去杨家,黄明旺直着脖子说,他小子裹脚布做了孝帽,臭味还在,我不去看他,他敢把我的大队书记免了?贺效东说,猴说免你,就是免我,还不是杨书记两片嘴唇一碰的事?不料,杨承望杀了个回马枪,拿着一千多块钱的日本收录机去看黄福禄,还拍着胸脯保证做黄明旺的后台,感动得黄家大小人趴在地上,给杨承望磕了三个响头。还有人说,杨承望去看白梅,白梅做了八八十六碗大菜,吃罢要留杨承望睡觉,杨承望不干,气得白梅哭了一夜;还有人说,贺效东在劈山工地打过杨承望,这次杨承望成了他的顶头上司,吓坏了他。贺效东去杨家赔情道歉,说当年有眼无珠,如果杨书记还记恨的话,还他十个巴掌、一百个巴掌都行。杨承望说,老贺,我当年是黑帮子弟,你不打我打谁?打过了不痛,我不记恨你。贺效东激动得哭了。总而言之,统而言之,杨承望的新形象在正阳村高大丰满,都说杨家坟地好,承望是当宰相的料。

今天上午,城内外贴出公告,高音喇叭连续广播了三遍:下午三时,全体村民在杨家花园戏台下开会,听县委副书记杨承望同志做报告。不到三点,村人就向杨家花园涌去,边走边谈论杨承望。

杨复之陪伴着寿近八秩的锅风景向城内走去。他注意到一个细小的变化:以往,在官方的口头和书面通知中,称杨家花园为人民乐园,今次却恢复了传统叫法。说明了什么?他心里舒展展的。走在他身边的锅风景仙风道骨、鹤发童颜、耳聪目明,脚步儿比杨复之还利落。他上岁数后不轻易出山,这次是杨承望受父命亲自用小车把他接来的。杨家牢记着锅家秘密保存一千大洋和指点风水的卓著功勋,设午宴盛情招待。杨复之让他给杨承望看相,他说:"家规有约,不给朝廷命官看相看坟地,我爸给煌书叔看了一次,折寿十年,损一女。到我手里,严把此规。"再求,他就闭上了眼睛,承祖说:"锅爷,我不是朝廷命官,可给我看看?"锅风景问了生辰八字,捏了捏承祖的手说:"生不逢时,但骨重肉厚,你大器晚成,五年后交桃花运。"承祖笑着问："官运呢?"锅风景说："官不入品,但也权重一时,亦在五年之后。"杨复之要他给超俊看看,今年能否考上大学,他说："少不看相。"就又闭上了眼。此刻,两个人慢慢走着,听着路人对杨承望的评价。也有中老年人认出锅风景,热情地寒暄几句后,求他看相。锅风景一概婉拒。

黄明旺和几个村干部急匆匆从他们身后穿过。锅风景问："走前头的是不是福禄的大娃?"杨复之说是,叫明旺。锅风景说："我早看出来了,这人寿命不长。"复之一惊,低声问："锅叔,你从哪儿看出来了?"锅风景说："寿夭看脚跟,走路脚跟不沾地,风一般刮过,脚跟必定要远离脚下的地。"

白梅一身洋装,格外风骚,站在城门口和几个女人说话,见杨复之过来,淡淡叫了一声干爹,杨复之回报一个笑,从她身旁走过。这几年,白梅虽不去杨家了,见了面依然叫他干爹。他愧对于她,总想给她点什么补偿,以求心理平衡,但又拿不出什么来,即使拿出来,也怕她不给他面子。走进城后,锅风景问："你啥时候认了个干闺女?"他简单介绍了白梅和承望的恋爱经过。锅风景说："复之,下棋看五步,你只看了半步。你家承望没有高青云这个后台,也会出人头地,自古雄才多磨难。你这个干闺女长相不俗,心高志远,是个大富大贵之人,日后的功名利禄不在承望之下。但红颜多难,四十岁以后才日见贵重。"杨复之又是一惊,问："你看她哪有富贵之相?"锅风景说："功名看器宇,事业看精神。这两条她都占了。从器宇上看,她额头高阔,眼光明澈,鼻子直挺,是女人中罕有的福相;从精神上看,主要看眼睛,精气神都有。"杨复之暗暗叫苦:智者千虑,也有一失,当初的选择太急功近利了,怎忘了问问锅叔呢?

杨复之是陪同锅风景去看望张家老亲的。不料,走了张家几户,户户门上一把锁,都去听杨承望的报告了。他说："锅叔,咱也去会场听听吧?"锅风景说："去了闲事多,不搅黄了大会?咱就坐在这里听吧。"

这时,架在城墙上的高音喇叭,传来贺效东中气十足的铁嗓门:"……县委杨书记十分关心家乡的改革开放、经济建设,今天上午,和公社、大队干部共商改革大计,杨书记谈了自己的观点、思路,我们听了大受启发,决定照杨书记的指示办。现在,就请杨书记指示!"

有掌声,但不热烈。杨复之脸上流过一丝不快。大约一分钟后,高音喇叭送来杨承望的话音:"乡亲们,我第一次在你们面前讲话,心里十分不安。为什么呢?因为我杨承望是在你们的眼皮下长大成人的,我能吃几碗饭,有几两力,你们最清楚。我今年三十四岁了,前半生匆匆而过,对家乡没有一丝一毫的贡献,很惭愧呀。因此,我站在这里,不叫指示,叫谈心,和我亲爱的乡亲们谈谈心。我讲错了,大家帮我改正……"

开场白不错,杨复之心说。在家乡就该放下官架,谦虚谨慎。他看了锅风景一眼,锅风景闭着眼睛,不知是不是在听。

"……谁不爱自己的家乡?凡一切有生命的动物,概莫能外。古人说,倦鸟恋旧林,池鱼思故渊。飞鸟游鱼尚且如此,何况人呢?因此,古诗中有'征夫怀远路,游子忆故乡'的名句。当我在大学读书的时候,我想,没有乡亲们的支持,我上不了大学,我要多学知识,报效祖国,报效家乡。当我去年陪同地委领导在广东、福建等省考察农村改革乡镇企业和新村建设时,我第一个反应是,我的家乡啥时能建起这样一批大规模、高效益的乡镇企业?我的父老乡亲们啥时能从古老狭窄的四合院里搬出来,住上水暖电三通的小洋楼?我这个游子,应该为家乡的富裕做些什么呢?当半个月前,地委决定我下县里工作,征求我的意见时,我毫不犹豫地选择了自己的家乡。对着乡亲的面,我扒出心来说,我就是想用我那一点点知识、一点点力量,建设好我的家乡,报答乡亲们对我的关心和支持,报答养育我的这块肥美的土地……"

掌声。雷鸣般的掌声足足有半分钟。杨复之激动得站起来,在地上走来走去。他心说,这娃在地委工作了几年,口才、文才都进步了,是个当官的料。他想听听锅风景对儿子的评价,一看,锅老似乎睡着了,苍苍的白发白眉白胡子纹丝不动。

"……乡亲们,改革开放以来,在县、镇、村三级党组织的正确领导下,在全村三千多父老乡亲的团结拼搏下,我们正阳村发生了可喜的变化,生活水平的提高有目共睹,集体个体企业从无到有……但是,太行山挡住了我们走向富裕、追求文明的脚步。山外的世界,尤其是东南沿海地区,思想解放空前高涨,改革发展浪潮汹涌,生产和生活的现代化水平令人惊讶……"

杨承望讲了在南方考察的感受,讲了深圳速度和深圳人的意识,讲了上至中央下至县委的发展方针和战略部署。杨复之听得热血沸腾,一股拼上老命也要大干一场的冲动油然而生。他想,能激起我老汉心底的死水微澜,也就能激起全村人的决心和干劲。这娃有煽动力,是搞运动的好手。这方面比承祖强多了。

接下来,承望讲了正阳经济发展的思路。他号召全村、全镇、全县的干部都走出去看看、听听,感受时代的脉搏,拓展自己的目光,改变陈旧的观念,加快发展的步伐。利用本地有煤、有铁的优势,全面启动,集体、个体一齐上。杨复之觉得,不知是自己跟不上儿子的新思路,还是儿子的新思路太新了,全民搞工业,是不是五八年的大闹钢铁? 还是稳妥点好,晚上和他谈谈。这是唯一的担心,唯一的不满,没有冲淡对儿子总体水平的新认识、高评价。

这时,高音喇叭送来黄明旺速度极快、拍电报似的讲话,说要连夜召开党员干部会议,讨论杨书记的重要指示,尽快拿出改革发展的方案来,尽快把经济搞上去。杨复之听得没有一丝劲儿,心说,你比承望差多了。他又看了一眼锅风景,见他睁开了眼,小心问:"锅叔,你刚才睡着了?""没有,听承望讲哩。""讲得怎样?""胎毛未脱尽,还不老练。""还得你老敲打敲打他。""不过这娃是个干才,做官时间不长,就把共产党搞运动那一套学到家了。""锅叔,学了这一套有什么利弊?""复之,这还要我说透?"

杨复之的心突然沉重起来。

第三章

1

两只沉重的面袋系在一起，一前一后搭在肩头，左手护着胸前的帆布包，右手紧紧抓着车厢的拉手，咬着牙往火车上挤。四十岁的黄明旺还不老，还有一股虎生生的劲，左胯一甩，就挤下了一个和他争上车梯的人，几大步就挤进了车厢。车厢内座无虚席，甬道被河南、安徽人的大包袱占满了，他在大包袱间见缝插腿，终于找到一块屁股大的空地，放好两只面袋，坐在上头，轻轻松松地擦汗、抽烟。突然想起黑牡丹给他缝在裤衩里的一百五十块钱，伸手一摸还在，就彻底放心了。

他这次单枪匹马出来，是批煤矿。自从杨承望回来点了一把火，烧红了正阳镇二十八个行政村。那次大会的第三天，全镇各村一二把手在贺效东的带领下，浩浩荡荡去南方参观。土头土脑的太行山人，闯进福建、广东、深圳，看得红了眼，听得坐不住，羞得无地自容。南方没资源，从北方买煤买铁买棉花，再用北方廉价的劳动力加工，就出了成品发了大财。在福建一家乡村电扇厂，厂长指着电扇得意地介绍："这上面除了塑料壳子和按钮外，全是你们北方的铁加工的。"在广东一乡镇化工厂，厂方陪同人员介绍说:"我们的原料,就是你们山西阳泉、晋城的无烟煤,没有山西的煤,就没有这个厂。"回到住地讨论,贺效东激动地说:"我们真是守着水井抗旱、端着金碗讨吃。深圳人一天盖一层楼,一月建一个厂,而我们呢?改革开放整整四年了,就搞了一个土地下户。南方人的心思和精力用在怎样发财致富上,我们却用在怎样当官争权上。"黄明旺挥舞着胳膊说:"真是不看不知道,一看吓一跳,看了不大干,枉来世上走一遭!"

的确,此时的黄明旺不是一个月前的黄明旺了,从内心说,也真不愿看摊保本,枉来世上走一遭。杨承望去他家里的当天晚上,他和黑牡丹带着人参、烟酒、小磨香油,极其隆重地回访了杨家,与杨家父子做了掏心摘肺的长谈。从清代道光年间黄杨两家结交,谈到杨一坤首坏两家关系;从土地改革,谈到黄福太二坏两家关系;从老夫子打成"右派"到当今的改革开放。老夫子的心胸和目光,认识问题的客观和做人的准则,给他夫妻留下了美好、深刻的印象。杨承望支持他为家乡出力的计划,感动得他真想趴在地上,给杨家磕三个响头。相比之下,老父黄福禄的阶级斗争观点,杨承望要做阶级报复的提醒,真不能让他心服口服。

从南方回来,正阳村党支部、村委会整整开了三天会,拿出了一个经济发展五年规划:头年打煤窑,二年建铁厂,三年上铸造,四年办电厂,五年搞制造。到1990年,产值达到五千万,人均收入五千多。然后,建设现代化生活小区,家家住上小洋楼。黄明旺拿上这个规划去见杨承望,杨承望看了说:"因地制宜,扬长避短,发挥资源优势,很好!明旺哥,你是个干家。但是,一年建一个厂太慢了,一年建两个怎样?五年规划三年实现行不行?同是一个太阳照,同是一个党领导,南方人能干的,北方人为啥干不了?"一连几个问号,问得黄明旺满头大汗。他说:"兄弟,猴说一年建两个厂,就是建五个,我也敢。但资金、技术是大困难。"杨承望说:"只要你挺起你腰杆来干,资金、技术我包了。咱三年建成全县第一村,我给你挂镇党委副书记,让你当省劳模,好不好?"黄明旺精神一振,眼睛一亮,好像已经看到了这两顶从空中飞来的金帽子。他知道,不管是金帽子还是银帽子,他仍是一个头顶高粱花的农民,但有没有这两顶帽子大不一样。邻村一个支部书记是全国劳模,另一个村的支部书记是省劳模,还兼镇党委副书记,金交椅坐得稳稳当当,谁也不敢反,反也反不动。正阳村情况复杂,黄杨张延陈曹几大家族争来斗去,没有这样几顶金闪闪的帽子,压得住阵吗?这两顶帽子还在空中飘着,黄明旺就对杨承望充满了感激,握着他的手说:"兄弟,只要你在上头支持,我就干!"当天晚上,两委干部再次开会,统一认识,解放思想,修改规划。不料这一规划刚和群众见面,就遭到两股强大势力反对。一是黄福禄为首的老党员,说办企业是偏离了毛主席"以粮为纲"的农业路线,复辟资本主义。毛主席在世时,资本主义的尾巴都要割,你们可好,连头带尾都引进来了。黄明旺不服老父的观点,说:"五八年大办钢铁是毛主席号召的,以粮为纲,也是毛主席号召的,可见毛主席也想发展乡镇企业。"黄福禄说:"通过五八年大办钢铁,老人家看透了,农民就是农民,办不了工业。所以,就号召农业学大寨,就发出以粮为纲的指示。农业搞好了,解决了世界第一人口大国的吃饭问题,就是毛主席的农业路线,就是农民对革命的贡献。"二是新任支委杨承宗为首的部分党员,劝他稳妥些,以防重蹈五八年"大跃进"的覆辙,接受劈山改河的教训。承宗说:"不干不行,什么时代了还抱残守缺,在人均三分地上描龙绘凤?但违背了经济规律也不行,资金、技术杨承望包了,产品谁包?销不出去,还不了贷款,你就是罪人!"村人见了他就说:"明旺,你小子耍大了,比你爸搞'大跃进',劈山改河都耍得大!"黄明旺无言以对。"大跃进"和劈山改河给村人带来的灾难,还没有过去啊!贺效东听到这种情况,力排干扰,支持黄明旺五年规划三年实现。黄明旺这才有了主心骨,第二天把规划送到杨承望手里,不几天就印在县委的简报上,发至全县。接着,受杨承望的派遣,县煤管局的头儿和技术人员来帮正阳村建煤矿,测量、定点、写报告,给黄明旺吃了一颗定心丸,打了一针兴奋剂。煤矿设计能力为年产二十万吨,可开采五十年!全县第一个村办大煤矿,有五十年挖不完的金子啊!不仅黄明旺,正阳村三千多口人都兴奋了!在县里办完各种手续,杨承望分别给地区的刘局长、省里的吴处长写了信,催促黄明旺立即去办,并嘱咐他给吴处长带点土特产。

在车轮有节奏的铿铿锵锵中，黄明旺迷迷糊糊睡着了。不知睡了多久，也不知到了什么地方，被一声声女人的尖利的怒吼惊醒了。列车员推着饭车来卖饭，他立即起身让道。一见红烧肉大米盒饭，肚子叽咕一声就饿了。一问价格三元一份，他吐吐舌头，咽下口水，脸扭到一边。吃不起呀，咱农民几天才能挣三块钱？正阳村没有一个集体企业，干部的工资都是村民摊派。这次出差，没有路费，他把床下几十瓶酒，十几条烟搬到一品香饭店，对白梅说："你以批发价收下，给我现金，等着急用。"白梅尖刻地说："搜刮上人民的血汗，再换成人民币，这买卖真能干啊！"他瞪了她一眼："猴胡说，我上省里批矿，大队连路费也支不出来。"白梅点了烟酒，算清后说："按批发价是一百六十八块，你给大伙儿办事，我给你凑成整数，二百块，够去太原跑两趟了。"从家里出来两天了，睡一夜三块钱的大通铺，吃黑牡丹给他烙的锅盔，只花了三十多块车票店钱。内衣口袋里还有十块零钱，他舍不得花。打开提包，取出一个干巴巴的锅盔来，艰难地吃罢，到洗手间嘴对笼头，喝了一肚冷水，他又坐着小米花生袋，满意地睡着了。

　　天亮时到了省城，他怕花钱，没坐公共汽车，驮着百斤重的小米花生，边走边问边歇脚，三个小时后，来到这家主管单位。传达室的老头见他肩扛手提，不让他进楼，他好说歹说，把东西留在传达室，才进了办公大楼，找见了白白胖胖的吴处长。说明来意，看了手续和信，吴处长说："这段时间，全省批煤矿的太多，还没上会研究。你把手续留下，回去等吧，批了就通知你。"他急着说："我们穷怕了，靠这个煤矿脱贫哩……"吴处长讲了批办的程序，还是让他回去，他发狠地说："我等你啥时批了，我啥时回去！"走出办公大楼，在传达室问清了吴处长的家庭地址，写在纸上，又背起两个百斤重的面袋，在附近找了一家一夜五块钱的个体旅店住下。黑夜，他驮着两个面袋走了十里长的大街，爬上吴处长住的五楼后，浑身瘫软得没有一丝儿力气了。喘息了一会儿，敲开了门，白白胖胖的吴处长出来一看，不满地说："来家干啥？有事明天到办公室谈。"他喘着粗气说："吴处长，我们山里没有什么好东西，我给你带了点小米花生，也是山里人的一片心啊！"吴处长看了一眼门口放着的两个面袋，浓黑的眉毛一皱说："我家的小米、花生吃不了,你带回去吧。"说罢转身进屋,把他冷冷地甩在门外。再敲门,没人理。他艰难地把两个面袋搭上肩头,缓缓而下。心说,吴处长呀,咋不给一点面子?我们正阳村没有别的,这黄灿灿的小米黑牡丹簸了又簸,没有一粒秕谷;这大胖胖的花生,黑牡丹一颗颗剥出来,拣了又拣,没有一颗烂的。我扛着这百斤重的东西,上火车、下汽车、走道儿,容易吗?唉,庄稼人的脸面不值钱呀。两行冰冷的泪从他眼里滚出来。走出这幢家属楼,他腰酸腿痛气喘,真想把肩上这百斤重的东西扔到大街上。但当他意识到,他扛着的不仅仅是花生小米,还是一座年产二十万吨的煤矿时,他舍不得了,擦擦汗,挺挺腰,一步一步走回去。

每天上午八点,他准时到吴处长办公室"上班"。吴处长打开门,他就进去。吴处长拿起拖布拖地,他接过来,到卫生间洗净,再回来拖地、擦桌;吴处长拿起暖瓶去打水,他接过来,问清开水间后,把两个暖瓶灌满;吴处长刚往茶杯里放上茶叶,他就提着暖瓶走过去;吴处长刚掏出烟来,他就打着冒着黑烟的汽油打火机。吴处长说:"汽油打火机不能用,破坏了香烟的第一口醇香。"第二天"上班"时,他花五分钱买了一盒火柴,给吴处长点烟时,吴处长笑着说:"你真舍得投资!"

已等了整整十天,吴处长还不提手续的事。带来的锅盔早吃完了,他在小摊上吃五角钱一碗的西红柿面。一碗三两,吃不饱,再喝两碗面汤。他清点了一下小金库,已花了六十块钱。天呀,再等十天,连回去的车票都没了!这天晚上,他又驮着一百斤重的小米和花生,走了十里长街,上了几十个台阶,送到吴处长家里。然而,吴处长是个真正的共产党员,拒腐蚀,永不沾,秉公办事,再次把他推出家门。他怒火中烧,燥热难耐,猛一下,把肩头的小米和花生扔在大街上,一身轻松走了回去。走了几十米,又返回来捡起,驮上。心说:猪不吃狗喜欢,没钱就吃小米花生粥吧。

睡到半夜,突发高烧,呕吐不止,惊得大通铺上的十几个人都起来看他。好不容易等到天亮,等到八点钟,支撑着软绵绵的身子,找到一家小诊所。老医生问了症状,拨开他的眼皮一看,说是甲肝,也就是急性黄疸肝炎,传染病,必须住院治疗。哪有钱住院呢?"老医生啊,你给我开点药、打点针吧!"老医生把他按在检查床上,兑好药输液,他爬起来问:"多钱?"老医生怪道:"你是要钱,还是要命?要命,你就躺下;要钱,你就走!"一上午输了两瓶液,又买了几样西药,一算账,七十八元,他迟迟缓缓把手伸进裤裆里,掏出一叠散发着浓烈汗臭的潮湿得能挤下水来的人民币……

他再不敢去这家诊所了,也不敢去小摊上吃五角钱一碗的西红柿面了。他花了五块钱,买了一个大茶缸,在店主的煤球炉上熬小米花生粥。三天后,西药片儿吃完了,病情有加无减,连走路的力气也没了。身上只剩二十二块钱,不够房费。他求晋东南来的一个客人,给他买了注射器、针剂,他在茶缸里煮好,自己给自己打针。店主进来,问清病况,变脸作色道:"这几天的房费我不要了,你快走吧! 他流着泪哀求,店主说得更绝:"你传染了别人,我出不起医药费,你死在店里,我还要吃官司!"说罢,把他的行李扛到大门外,又把他推了出去。

一出大门,黄明旺就跌倒了,他扶着墙要站起来,头晕眼花,没有一丝力气。他心说,完了,我要死在异乡街头了。几分钟后,他什么也不知道了……

2

村委主任张大太城里城外跑了几圈,才在延家圪洞碰上了杨承亮。他高兴得大声喊道:"承亮,我找了你一上午,你去哪儿来?"杨承亮叼着烟,歪着脑袋,闭着一只眼问:"大村长,找三爷我有啥事?"张大太哭丧着脸说:"三爷啊,你快去找找二爷,治治这帮凶恶的电老虎! 一天停几次电,井口何年才能打成?"杨承亮呸一声唾了烟头,卡着腰说:"二爷是全县三十多万人的书记,不是你正阳大队的书记,能随便去找? 警察站着岗,一般人根本进不去。"张大太急着说:"可不找二爷,谁能管了电老虎?"杨承亮说:"这事儿不用二爷操心,三爷出马就办了。"张大太高兴了:"那更好!"杨承亮说:"好个屎! 三爷是有条件的,愿意的话,咱到一品香谈谈。"张大太说:"行,走吧。"

黄明旺出差后的第五天,杨承望就搞了三十万元贷款,派县煤管局一位副局长带着工程队来打井。杨承望说:"搞四个现代化,就要有深圳速度。不要等批了再干，要边批边干，早一天出煤，早一天得利。"黄明旺不在家，镇党委决定张大太负责打井的一切事宜。工程队安营扎寨后，就干了起来。但一天几次停电，进度十分缓慢，工头找副局长，副局长找张大太，张大太找电管站站长，王站长摊着手说："负荷太大，自动跳闸，我也没办法。"张大太明知是王站长故意刁难，不敢戳穿，又找贺效东，贺说："电管站是派出单位，镇党委管不了。老虎们饿了，你去送点吃的喝的。"张大太犯难了，村委账上没一分钱，煤矿的投资是专款专用，不敢乱开支。电老虎胃口特大，不是三十五十块钱的礼物就能打通了的。着急之下，他想到恶人还需恶人治，便满村找杨承亮。

四个菜一瓶酒，猜拳行令，喝了个底朝天后，书归正传，承亮说："你猴管我用什么办法，保证再不停电。"张大太说："你猴闯祸，闯下祸大队不管。"承亮说："三爷我治了他狗日的，他还有嘴说不出。"张大太点了点头说："那最好。"承亮就提出条件来："从今以后，凡村里的集体企业，我都保护，保证不受任何干扰。但必须付保护费。一个企业一年六百块，不过头吧？"张大太为难了："大事是黄书记管，他不在家我做不了主。"承亮眼一瞪："他黄书记还不是在我家杨书记领导下？没有我家杨书记的支持，猴说开煤矿，他黄明旺早不是书记了。咱实说吧，我去煤矿上班，二哥同意了，就是这事儿太小，不值得二哥亲自指示。再说，咱自由惯了，不愿受管束。"张大太知道这小子说的是假话，但又不敢硬顶，想拖到明旺回来后解决，就说："现在筹备阶段，没什么大的干扰。投产后，我提名你当保卫科长。"杨承亮站起来就走，走到门口，甩下一句话："从现在开始，停电十天，除了找杨家二爷三爷，你找谁也没用！"说罢，扬长而去。张大太急了，跑到门口，好一顿求告，才把杨三爷拉回来。两个人又喝了半斤酒，达成协议：从现在始，杨承亮保证煤矿的正常筹建，类似安全、供电、供水、民事纠纷等事项，都在职责范围。但每逢大事，必须请示张大太。不能自作主张，保护费年底总付。杨承亮高兴了，拍着张大太的肩说："够哥们，这顿酒钱我出。"张大太说："三爷你就不要破费了，记到大队的账上。"

一个小时后，杨承亮骑上陈小小的嘉陵，突突一阵就跑到电管站。腆着便便大腹的站长王志,在院里的大树下摇着芭蕉扇喝茶,杨承亮的摩托呼一声开到他叉开的双腿间,顶住了他的大肚皮,才猛地煞住,吓得王志"啊"一声大叫。杨承亮说:"王胖子,我现在是煤矿保卫科长兼电工,你给面子的话,马上送电,不得延误,以后也不许随便停电。要是不给面子,咱走着瞧!"不等王志表态,他退几步调转车头,加大油门,突突了一阵,才一溜烟跑了。排气管冒出的黑烟,正好喷在王志的胸前和裤裆上。白生生的衬衫和淡灰色裤子的裆部,满是油污点儿。王胖子气得破口大骂:"你算个尿,老子就不给你狗日的送电!"

王志气咻咻站起来,想回家换衣裤,一看手表,才十点二十分,不到下班时间。他叫来电管员小林和大李,命令道:"没有我的指示,谁也不准给煤矿送电! 我操你赖汉的妈,看谁给谁说好话!"等到十一点半,他才挺着大肚皮,迈着八字步,摇着芭蕉扇朝家里走去。

老婆在供销社上班,家安在杨家大院一个小侧院里。王志掏出钥匙开了锁,用力一推沉重的木板大门,嗵一声,一个烂脸盆扣在他的头上,又稀又臭的人粪尿糊了他一头一脸一大肚皮……

中午,老婆回来做饭。洗了手,刚进厨房就"啊"一声大叫。正在洗衣服的王志举着满是白沫的手,跑进去一看,面盆里盘卷着一堆圆溜溜的屎……

午饭后,王志进小南屋睡觉。躺下后觉得枕巾下有什么东西,高低不平,很不舒服。揭开一看,惊吓得一声大叫,面如土色,滚下床来。枕巾下卧着一条青皮死蛇……

罢罢罢,斗不过这赖小子。他无心午休,也忘了拿芭蕉扇,急忙朝电管站走去。他把睡得死猪一般的小林和大李叫起来,又命令道:"马上给煤矿筹备处送电! 今后没经我批准,谁也不能断电!"

合闸后不到十分钟,院里又传来突突突的摩托声,到他办公室门口,才熄火。他猜想是赖汉来了,赶紧大步走到门口,透过竹帘一看,果然是杨承亮。他打起门帘,手指着屋里,低头弯腰,和蔼可亲地说:"三爷,请进。"然后朝院里大喊一声:"大李,上饮料、西瓜!"

3

黄明旺醒来后发现自己躺在那家小诊所里,挂着吊瓶正在输液。他第一个感觉是没死,还活着;第二个感觉是这家诊所太贵,他已身无分文了。他挣扎着要坐起来,一只白白胖胖的手按住了他。他少气无力地说:"我没钱,我住不起。"一个十分熟悉的声音说:"没钱,你没钱咋不跟我说?"啊,是吴处长! 他侧过脸来,见吴处长亲亲地笑着,突然"哇"一声哭了,边哭边说:"吴处长,我们山里人出门难哪,没钱,又不会办事……"老医生走过来,调整好他的姿势,说:"不要激动,这么大的人了,还哭? 要不是这位吴处长,你早没命了。急性肝炎不及时治疗,会要命的!"他不解,问吴处长是怎么回事,吴处长告诉他,批矿手续前两天就办好了,但他没去拿,吴处长以为他回家了,就给杨承望打电话。当天,杨承望回电话说,他没回来,身上只有一百多块钱,是没钱转了住地? 吴处长今天一上班就按他留下的地址,去那家个体旅店找他。旅店门外围着一群看热闹的人,吴处长挤进去一看,他已昏迷过去,吴处长背起他来就近送到这家诊所抢救。他急着问:"我的小米和花生呢?"吴处长笑着说:"我处理了,顶了你的医药费。"他又流出泪来,哽咽着说:"吴处长你是个好人,我错怪你了。"吴处长说:"没想到农民兄弟出门这样难。但有你这种精神,你们那里一定能富起来。"——三年后,当黄明旺胸佩全国五一劳动竞赛奖章、省劳模奖章等几块金光闪闪的奖章,四处做报告,说到批矿这一段艰难的经历时,仍忍不住激动的泪水。

这天下午,吴处长要了一辆救护车,把黄明旺送到煤炭职工医院,一切安排就绪,已是晚上八点多钟。

第二天下午,县委副书记杨承望的专车,拉着黑牡丹来到医院。见到妻子,见到承望,黄明旺像个受了委屈的孩子,扑进大人的怀抱里痛哭一场。听了黄明旺详细的讲述,杨承望激动得哭了。他留下五百块钱,嘱咐他安心治病,出院时往县委打个电话,他派车来接。承望走后,他对黑牡丹说:"杨家是书香门第,为人处事就是跟咱不一样。心胸多宽! 眼界多高! 我和他颠倒一下,不把他将个溜光就睡不着觉! 我这次出门,悲中有喜,亏吴处长是承望的同学,看承望的面子,救了我一命。你以为吴处长是可怜我?狗屁!可怜我咋把我两次推出门外?以后,跟着承望干,死了也值!"黑牡丹说:"我算瞎了眼,认错了人,没有嫁到杨家,死了也不值!"她话出有因,每当提起或想到这个主题,心里就酸酸地直想哭。

　　上午八点至十二点是查房时间,不许家属在病房,黑牡丹就坐着公共汽车在市内闲逛。这个城市对她来说并不陌生,二十年前样板戏会演时,她曾来过几次。三年前杨承祖在这里学习了半年,她又来过两次。几条主要街道,几个大剧场、商场她都熟悉。哦,那不是阳光饭店吗?1965年9月晋京汇报演出前,在这里曾给省委领导演出一场,她扮《红灯记》里的李铁梅,她的表演引起观众阵阵掌声。演出结束,省委领导走上台来,接见了他们,并合影留念。那晚,在县委宣传部高部长的房间……

　　到了阳光饭店停车点,她下了车,仰起脸来,紧盯着三楼那个窗口,仿佛那窗口是一块银幕,此刻正放映着一部激动人心的情爱片……

　　她的真名叫郭素娥,因皮肤微黑,又十分俏丽,当演员时,黑牡丹就成了她的艺名。十二岁开始学艺,头三年学习唱做念打,跑龙套,后三年演丫鬟小姐,都是配角,但浑身都是戏,常常喧宾夺主。移植现代戏《红灯记》时,县委宣传部部长高青云点名让她当主角,演小铁梅,她高兴得心尖尖直打战儿。哪个演员不希望演主角?只有演主角才能唱红。经过半个月紧张排练,首场演出的布告贴出了,第一次用了"黑牡丹"的艺名。演出获得成功,梨园新秀黑牡丹一夜间就红了小县城。一个月后,赴地区调演,又震惊了晋东南;赴省城会演,十几个梆子团,就选中了她所在的阳林县梆子团。当在省城演出后,省委领导当场拍板,这个剧团晋京演出,给中央首长汇报。这是县剧团历史上最辉煌的一次,也是因了饰李玉和的曲征天和她黑牡丹的精湛技艺。当晚卸装后回到阳光饭店三楼,全团人都兴奋得睡不着觉。十八岁的黑牡丹心花怒放,走出洗手间时,见高部长的房门开着,就推门进去。高部长正在看书,见是她,高兴得拉到身边的沙发上坐下,慈父般抚摸着她柔软发亮的头发,说她演得很好,为全县人民争了光,还说,年底一定给她转正,她激动了,起身碰上门,扑进高部长怀里,疯狂地亲吻起来。高部长也激动了,就势把她平放在沙发上,她火急火燎,几把就脱得一丝不挂。——那种事儿,她和饰李玉和的曲征天大哥操练过几次了,已没有了少女的羞涩。当高部长几个月前点名让她出任主演时,她就暗暗想,一定要感谢他的培养和扶植。初涉爱河情浪的黑牡丹尽情发泄,优美动听的呻吟,比她唱"我家的表叔数不清"时,更加迷人。

离开阳光饭店,她无目的地往前走。边走边看大街上的车辆。她发现,眼下大街上的车流,比当年北京东西长安街上的还多。那次在北京演出的第二天,他们集体来长安街上看天安门。但看戏时首长没看完就拂袖而去,留下了"上党梆子太野,音乐把我的耳朵震聋了"这句"重要指示",把他们演出前后的兴奋与激动抖落得一干二净,也把他们看天安门的兴趣减少了许多。集体合影后,她就和曲大哥在广场边呆呆地看车。高部长迈着八字步走过来,曲大哥说:"高部长,早知首长不喜欢上党梆子,咱就猴来。回去咋向全县人民交代?"高部长沉思着说:"大概首长不懂上党梆子,首长的重要指示,要高度保密,回去谁也不能传出去。咱回到旅社就开个会,统一认识,统一口径。"从北京回去一年里,全团人果真没有传出首长的这个重要指示,但这一年时间里,黑牡丹紧密联系领导,贴紧了高部长、李局长、邓团长,在这几长的办公室轮流值夜班而冷落了曲征天大哥。曲大哥便在一年后的批判走资派大会上,揭露了高部长反对"旗手"的滔天罪行和与黑牡丹长期不正当的男女关系。接着就是夺权,高部长倒台了,小妮头黑牡丹还未转正,便被造反上台的曲大哥无情地一脚踢出了剧团。而这时,她发现自己怀孕了。是谁的?她不知道。去医院堕胎,一连跑几家,都在抓革命,没人促"生产",她更急了。急于"出窑",便托人说媒,嫁给了她的忠实戏迷、崇拜者黄明旺,八个月后,生下了英妮。

黄家为世代乐户,不管娶媳妇还是嫁闺女,艺术标准高于一切。黑牡丹是在北京唱过戏的名演员,模样儿又好,和曹玉凤、白梅,并称为正阳镇三大美女,但身份却比她们高贵了许多,就因为会唱。开忆苦思甜大会,一曲"天上布满星,月牙儿亮晶晶,生产队里开大会,诉苦把冤伸。万恶的旧社会"……万恶的旧社会还没唱完，听众就哭成一片。于是，公社组建毛泽东思想宣传队，她和吹拉弹唱样样通晓的丈夫黄明旺双双入选。夫吹妇唱，珠联璧合，黄福禄高兴得笑歪了嘴，下令给宣传队每人每年补贴十斤花生、五斤香油、一斤棉花。但还没有兑现，就发现黑牡丹和贺效东勾结上了，曹玉凤大闹黄家，在黑牡丹的脸上抓出道道血痕来。还有一天在城里开会，黄福禄发现儿媳和杨承祖拉着手走出电影院。黄书记气愤了，心想，你和贺效东相好，贺有权，还能沾点光，你和杨承祖好图个啥？你知道不知道黄杨两家是世代仇家？黄书记一怒之下取消了大队给公社宣传队的补助，过后才想起来，这个补助黄家就有两份。黑牡丹嫁到黄家不到一年，就和公社、村里的十几个人有染，也得了个"养汉"的外号，黄书记听到了，有时还看到了，但作为公爹，他能说什么呢？巧妙地和儿子谈过一次，儿子大大方方说："一辈不管两辈事，哪家锅底没把黑？"

到了公园门口，黑牡丹花了一角钱买票进去。绿茵茵的垂柳，娇艳艳的鲜花，波光粼粼的湖水，都激起她浪漫的回忆。她和杨承祖曾三次在这里游玩，过了把城市人的瘾。她想起和杨承祖的结交，也颇有城市人的风采。

她娘家在县城东关，距杨承祖所在的农业机械厂只有一箭之地。婆家、娘家离杨承祖都很近，但近在咫尺却无缘相会，见了面点点头，扭身就走。杨承祖孤傲寡言，文质彬彬，一副瓶底似的眼镜遮住了心灵的窗户，显得神秘莫测。黑牡丹时常想：这真是个怪人！我离了男人一天也不能活，他和老婆离婚十几年了不娶，活着还有啥意思？是不是他那个东西不管用？一个偶然的机会，她和他接触了，关系直转而下，迅猛澎湃，溅起朵朵的浪花。她惊异地发现，他那个东西不但管用，而且管大用。她爱屋及乌，再也离不开他了。

大概是五年前的一个秋雨绵绵的日子，黑牡丹回城里看望久病在床的妈，杨承祖看望父亲后回城里上班，两个人在五汉街口的公共汽车站牌下相遇了。"大哥，回城里上班？"黑牡丹眉开眼笑，以演员特有的大方和多情打着招呼。"你回城里？"杨承祖简洁明了地问。黑牡丹就喋喋不休地说起母亲的病和兄弟媳妇如何不孝来。说到痛心处，泪水自自然然流了下来。车来了，两个人挤上去，在最后一排坐下。多年没有和女人坐在一起，杨承祖的心情格外好，话也多起来。东拉西扯一阵后，不知怎么话题就转到演员的化妆和手脚上来。杨承祖说："现在的演员化妆太粗，尤其是女演员，不会画眼，表演就做作，没有灵性。"黑牡丹说："我唱了二十年戏，也还不知道怎么画就有灵性。"杨承祖说："灵性就是角色的个性，个性的外在表现，在眼睛，在手脚。明朝有一位大戏剧家，他写了一本叫《闲情偶记》的书，他说眼睛又细又长的女子，性情一定温柔；眼睛又粗又大的，心思必定凶悍妒忌；眼睛特别灵动而且黑白分明的，大都很聪明；眼睛呆瞪且眼白多眼黑少或白少黑多的，一定愚昧。因此，演员在画眼时，要根据角色的性格，来画眉画眼。温柔的角色，画细画长；凶悍的角色画粗画大，还要画出眉毛的曲线来，如眉如新月，眉如远山……"黑牡丹听呆了，在剧团时，导演和化妆师都没讲过这种理论。她又问："那手脚怎样摆布？我在台上时，常常觉得手没处放，脚不知怎样迈。"杨承祖说："李渔这本书里也有，他说，看女人是上看头，下看脚，就把全身都概括了。指头尖的灵巧，手臂手腕丰满圆润的富贵。假如剧情需要她弹琴拨弦，要是她的手指节凸出，那不就像武士弯弓的扳指吗？假如让她来吹箫，要是她的手臂形状粗蠢，不就成了砍竹子的斧头了吗？假如让她捧杯递酒，接酒的人还不皱起眉头吗？因此，手臂不符合角色，也得化妆。"黑牡丹听着，不由伸出手来，让杨承祖看。杨承祖心一动，大胆地捏了捏她的手，说："太粗壮了，得化妆。"她笑着说："下次演出，你给我化妆。"杨承祖又说："脚更重要，李渔老先生说，直者易动，曲者难行，正则自然，歪即勉强。意思是说一个女人脚的形状对走路的影响。转换到舞台上，就出了艺术。比如，秦香莲在上访路上，易动，脚板就要放直；抒发告状的步步艰难时，脚板就要曲；面对老包时，脚要正；看陈世美，脚就要歪。曲直正歪，四种脚形加手臂造型、眉眼巧配，一个刚烈正直、不畏强权的秦香莲就活生生出来了。"黑牡丹从未听过这般理论，心想还看错了这个不言不语的光棍汉，没唱过戏，却比唱过戏的黄明旺强多了。她对这个中年男子产生了好感，下意识地往他身上靠了靠。车到东关站，下车后就要分手了,她突然提出一个要求,"大哥,你说的那个明朝李什么的书,能不能借我看看?"杨承祖说:"能,但三天内必须归还。""保证按期归还,我这就跟你去拿。""不,我给你送去。""省得大哥跑路嘛!""光棍门前是非多嘛!""你真封建呀,中央正号召改革开放哩……"

杨承祖住在厂里的单身寝室,只有一间房,有点挤,但干干净净,整整齐齐。杨承祖从黑牡丹进屋的那一刻起,就规规矩矩,不苟言笑,他从书柜里找到那本书,给了黑牡丹,黑牡丹翻了翻就放下了,似有心又无意地问:"大哥,你为啥不再找个老婆?"承祖说:"以前成分太高,没人敢跟我,现在想跟我的有一个班,但都不合适。"黑牡丹说:"只有合七合八,哪有合合适适?"说到这里,一个青工推门进来,俏皮地说:"杨师傅,办了一个? 先下手为强啊!"承祖瞪了他一眼:"猴胡说!"青工做了个鬼脸,出去了,把门咔嗒一声碰上。承祖怕说闲话,去开门,黑牡丹挡住他,双手搂住他的脖子,仰起脸说:"大哥,你是个有本事的人,认识你太迟了,迟了十几年。"黑牡丹玩男人,从来都是主动出击,几句麻酥酥的话,几个圪痒痒的动作,就调出了对方的情欲和力量。杨承祖明白了,一时无所适从。黑牡丹吻着他,鼓囊囊的酥胸轻轻地摩挲着他,女人特有的气息冲击着他。四十岁的光棍汉虽火急难耐,但感到羞涩,正要逃避,突然想到他妈是黄家逼死的,血海深仇未报,这不正是报仇雪恨的天赐良机吗? 他呼一声燃烧了,变被动为主动,抱起她来,甩在床上,像十八磅的大锤打炮眼般,向她猛烈砸去,心里反复念道:"干死她、干死她、干死她……"

她没有死,也不会在这种报复中死去。她第一次领略了凶狠猛烈带来的异常兴奋。事后她说:"你是我遇到的第一个真正的男子汉,我活了三十五岁,当了一回真正的女人。你真能干啊,我离不开你了大哥。"杨承祖哭笑不得。他内心深处瞧不起这个女人。这次,黑牡丹在娘家住的时间最长,承祖下班后她就来,缠着他去看电影、去山上玩耍、去水库游泳、划船,或者去大饭店吃山珍海味。当然,所有的开支她都包了,她不缺钱,缺的是承祖这样能干的男人。半个月下来,承祖觉得这个女人除了在床上太野,欲望太强,还是可爱的、可交往的。以后,黑牡丹回娘家的次数多了,住的日子长了,半个月不回就发火,就大声嚷道:闷死了! 住在这山旮旯闷死人了!

大前年,杨承祖不辞而别,去太原学习半年。她到厂里扑了空,弄清地址后,只身追到太原,以妻子的名义和杨承祖玩了个痛痛快快。照了相,划了船,跳了舞,唱了歌,臂挽臂,肩并肩,逛商店,压马路,真真要美死人了! 回来后两个月,她又去,正式提出和黄明旺离婚,和他结婚,小铁梅一样坚定。不料,杨承祖变了脸,给她调了个脊背,任她百般妖媚千般骚,也不转过来,干干地晾了她一夜。从此,再不提这码事了。

走出公园,已近中午。她到一家天津包子铺,吃了半斤狗不理,喝了一碗豆腐汤,才心满意足地回医院给黄明旺打饭。公共汽车跑了四五站还不到,又跑了四五站到了终点,一看站牌,心里惊呼一声:妈呀,坐反车了!

4

七月流火。这是一个对参加高考的莘莘学子来说,既盼又怕的月份,考场的高温似太上老君的炼丹炉一般,留下来的是金丹,流出去的是废渣。早七时,杨超俊就在父亲那里吃了早饭,一根油条,两颗鸡蛋,象征着一百分。然后,二叔杨承望亲自用"伏尔加"把他和他爸、他爷爷送到设在县一中的考场。在森严的戒备下,他一人走进大门,他爸他爷爷和比考生还多的家长们,留在大门外。县委副书记杨承望是"副总监考",急着去教育局开会了。

在迈进考场院大门的一瞬间,杨超俊的双膝突然软了一下,差点儿跌倒。

这是第三次进入丹炉了。当二十天前,他二叔给他报名,领取了准考证,送到他手里时,他犹如看到一条眼镜蛇一样紧张、恐惧。头一年高考,离录取线差四分,回到杨家后他本想让亲爸带他到县城,学一份技术活儿,如开车、电焊、电器维修,然后,赚钱、买房、娶一个漂亮的媳妇,优哉游哉活一辈子。不料,爷爷、爸爸、二叔,牛不吃草强按头,非让他上复习班,考大学。在县一中复习一年,去年高考,远离录取分数线二十多分! 数理化他不愁,语文知识太差了,古文、写作最伤脑筋。于是,家务会决定,不上复习班了，回来后由爷爷给他开小灶，主攻语文。他佩服爷爷的知识，讲古文和写作，比县一中哪个老师都强十倍。但是，激不起他一点儿兴趣来。有时爷爷讲得津津有味，唾沫横飞，他听得淡而无味，昏昏欲睡。他最怕爷爷触景生情，临时布置的作文。写景状物，没有生动形象的词语；论点论据，更是老虎吃天，不知从哪下口。他还怕爷爷讲家史，他认为，修筑镇浃城最蠢，长城和山海关都挡不住清兵的铁骑，何况一个弹丸小城？尚书巡抚的峨冠博带，除了说明那个时代读书人的唯一选择和他们个人的人生价值，还能说明什么呢？20世纪80年代还要所有的人都去"读书做官"吗？只有做官才能体现人生的价值吗？他和爷爷多次提起，和他高考同时落第的一个同学，在家人的支持下，学会了开车，买了汽车，一年还了本，两年净赚了三万多，而他干坐了两年，是不是一种浪费？爷爷说："君子喻于义，小人喻于利。你那个同学是鼠目寸光，急功近利，不可取矣。"就在二叔给他送回准考证的那天，他对二叔说："只有再一再二，没有再三再四，这次考不上，你们像小日本一样，把刀架在我的脖子上，我也不考了！"二叔没有正面回答，二叔讲了他们兄弟俩在父亲的严格教诲、精心辅导下勤奋刻苦学习的往事，讲科技进步与社会发展对每个社会成员的要求，并许诺了他大学毕业后的安排，他才重新捡起紧张的复习。

　　脚步刚踏进考场的门槛，杨超俊就紧张得心跳耳鸣。找到座位，坐下后，心跳加速，耳鸣轰轰，监考老师宣布考场纪律，他一句也听不清，乱纷纷的脑海里突然跳出爷爷多次讲述的杨家一代又一代的达官显贵来。四品大员杨戴文、二品巡抚杨坚、一品尚书杨抒、省教育厅厅长杨煌书。他们像古装剧里的大花脸，双手端着腰带，成扇形向他包抄而来，一个个吹胡子瞪眼睛，对他喝道："你若考不中，就不是杨家的后代！杨家辈辈有鸿儒，你就甘当白丁？"这几张大花脸刚刚隐去，爷爷的笑脸，爸爸的黑脸，二叔的小白脸，又一齐涌来，又一齐说："杨家是书香门第，你可不能给杨家败兴啊！"这几张脸还没有隐去，他就出了一身冷汗，心跳更狂，耳鸣更响了。

　　试卷发下来了，他知道，是他最担心害怕的语文。目光哆嗦着一道道看下去，心里叫苦不迭。语法、古文、作文等都是爷爷反复讲的，当时都明白了,记住了,有的题还演练了几遍,现在咋一道也想不起来?啊,这是第三次高考,如果再次名落孙山,上对不起杨家老祖宗的在天之灵,下对不起爷爷两年来的苦心培养,也对不起爸爸和二叔啊!他突然感到,考场是一片烈焰腾腾的火海,烧灼着他的皮肉吱吱作响,剧痛钻心,他在火海的强烈烧灼中,怎么也迈不开逃跑的脚步。他"啊"一声大叫,从座位上跌下来……

5

"黄书记,你究竟让不让我在煤矿开饭店?告诉你,让开也开,不让开也开!"在杨家大院党支部办公室,白梅气势咄咄,逼着黄明旺表态。为这事儿,她已找了黄明旺三次都没有结果。

黄明旺出院归来十多天了,他在省城批矿的经历,已家喻户晓。通过杨承望的口,又传遍了全县,听说孔书记和孟县长听了,也很激动,多次在各种会议上说,农村改革,脱贫致富,就需要黄明旺这样的精神和毅力。经历了九死一生,黄明旺悟出一个道理,阎王爷随时勾你的命,与其默默无闻病死,不如轰轰烈烈累死。他回来后,在杨承望的陪同下,去见孔书记和孟县长,谈了五年规划三年实现的措施,要了三十万元的贷款和几个焊接技师,煤矿打井和铁厂焊炉同时进行。一矿一厂相连,都在镇泱城东一条山沟里,工人和民工多达百余人。白梅瞄准了这个发财的风水宝地,第一个提出在这里开饭店,村人听说后,与白梅竞争,提出开饭店的人不下几十个,有的早把礼物送进黄家。黄明旺谁也没答应。后来决定集体办,但一时物色不到合适的人选。

此时的黄明旺今非昔比,通了书记县长这层天,还把谁放在眼里?他皱着眉头,不耐烦地说:"两委做出决定,不让个人办,我说了多次,你咋还是胡搅蛮缠?"白梅漂亮生动的脸上挂上轻蔑的冷笑,鼻子哼了一声说:"如果县委领导让我干,你那个两委敢不敢顶?"黄明旺问:"哪个县委领导让你干?"白梅不慌不忙,掏出一封信来,交给他。

这封信是杨承望写的。

那晚,杨承望看着两个冒着热气的白馒头,哭着离开了一品香。高援朝拿出一千块钱来付饭费,白梅立时变了脸:"你寒碜我?我就管不起一顿饭?"高援朝红着脸说:"梅梅,我俩都欠你的情,想起来很是惭愧。这钱不是饭费,是还你的感情债啊。"白梅眼里喷着火,激动得声音都变了调,颤颤地说:"他杨承望欠我的感情债,是一千块一万块能还清的吗?一个纯洁的大闺女,变成了养汉,变成了财迷,为了钱什么肮脏的事都能办出来!"她跑出去,拿过一个账本,摔在高援朝面前:"你看吧,银行存了十万,我缺的是钱吗?如果他杨承望缺钱,我还像以前那样,给他,给他,全给他!"高援朝还能说什么呢?她装起钱,含着泪水走了。当白梅看不见她的身影时,扶着门框呜呜哭出声来。第二天早上,杨承望独自一人去了白梅那间小屋。触景生情,仿佛他俩当年那股浓烈的诱人的味儿还在,他打了一个激灵,就去搂她,亲她。她机敏地闪开,讥讽道:"你们杨家就想复辟,可我白梅没当年那样傻了!"杨承望红着脸说:"梅梅,该报答你了,有什么难处,就跟我说。"白梅说:"给我找个比你强的对象,能办到吗?"杨承望脸红了,尴尬地笑了笑,没有表态。白梅坐到梳妆台前,无人般专心化妆,杨承望对着镜子说:"我知道公安、工商、税务、卫生,经常揩你的油。从今儿开始我不让他们为难你了。以后,有事打电话,写封信都行。如果我再次背叛你,你到县委去,唾到我脸上,我擦都不擦!"表了个硬邦邦的态,他就转身走了。当昨天正为在煤矿开饭店发愁时,她突然想到了他,草草写了几句,派一小姐去了县委,取回了杨副书记的手谕。

黄明旺看罢信,小声问:"你俩又好上了?"白梅脸一黑,怪道:"你胡扯什么?时间就是金钱,你快表个态!"黄明旺有气无力地说:"你请了尚方宝剑,你就办吧,我保证不批第二家,地皮费也免了。行不行?"

白梅的饭店进展神速,河南民工包工包料,不出二十天,就建成一座上下十间两层小楼,上为旅店,下为饭店,简单装潢后,立即开业,取名为"山里红"饭店。在白梅的说服下,黄明旺同意打井的技术员、焊炉的师傅们改在这里吃住,仅这项收入就不是个小数。民工们禁不住饭菜烟酒和小姐们的诱惑,把大把大把的血汗钱洒在这里。村人又眼红得滴出血来。

山里红开业后不久,发生了一件大事,险些弄出人命案来,白梅不得已和杨家进行了一次激烈的交锋。

那是高考结束的第五天,只留下一张白卷的杨超俊,神色恹恹地来到煤矿铁厂工地。他在考场上的突出表现,填补了阳林县高考史上的一项空白,创下了杨家学子数百年来零的纪录。抬出考场,在医院醒来后,爸爸不理他,二叔脸色铁青,爷爷落下两串失望的老泪来。只有杨承亮高兴,回来后拍着他的肩膀说:"贤侄,我有伴儿了!"

走进山里红,一个俊俏的圆脸姑娘迎了过来,笑盈盈地说:"请坐下喝茶,你吃点什么?"杨超俊铁着脸坐下,说:"来一瓶白酒,两个冷菜。"这几天,他孤单,他发愁,他不知道自己这个二十一岁的小伙子,今后的路怎么走。爸爸和二叔在他考场出丑后没有回来,爷爷又逼着他做这次高考的各门试题,准备明年再考。再考,就烤焦了,他坚如铁硬似钢,任爷爷好说歹说,一页书不看,一个字不写。爷爷去河边浇菜了,他翻出二叔带回的酒,一小口一小口品着。起初,觉得嗓子辣,肚子烧,炝出了泪,是自作自受。后来就有了另一种感觉,脑袋晕乎乎轻飘飘的,心里乐悠悠坦荡荡的,力量勇气倍增,仿佛自己是天下第一条好汉,敢上九天揽月,敢下五洋捉鳖。他信手拿过考场上令人生畏的语文试题来,一看就懂,题题会做。妈呀,这样简单的题咋吓住了我?在全县考生面前,丢了杨家值钱的脸面!他放下酒杯,提笔做题,笔尖畅快流利,一会儿就做了三个大题。爷爷回来了,一看他面前放着酒和酒杯,明白了,又是一番对酒的恶毒攻击。但是,当他老人家看了孙子在酒精的刺激下,做好的几个题后,对杨家第三代的崛起,又有了绝处逢生般的喜出望外。杨超俊看见爷爷笑了,大胆地阐发了对酒的重大发现,企图博得爷爷的赞扬。不料,爷爷的脸又黑了,颁布了从今儿始不让他喝酒的禁令。当他第二次趁爷爷不在家,翻箱倒柜找酒时,竟连一个空酒瓶也找不到。他就去陈小小家喝,去三叔承亮住的队部喝,喝了四五次,酒量提高了许多。身上还有爸爸给的几十块零花钱,他决定到山里红潇洒一次。因为山里红离家远,爷爷看不见、听不到,又因为三叔承亮说过,山里红有一位姑娘,水灵灵、嫩鲜鲜、俊俏俏的,看一眼就头晕。

杨超俊贪婪的目光像钩子般紧紧钩着这个圆脸姑娘,她确实美,清纯、鲜嫩,每一寸肌肤,每一根汗毛,都散发着馋人的秀色。二十一岁的杨超俊虽然见过如云的美女,但第一个勾起他勃勃情欲的是她!他又有了酒醉般的感觉。酒菜还没上来,他问:"你叫什么?"她浅浅一笑说:"王沁丽。""多大了?""十八虚岁。""家在哪?""西留小桥村。""谁介绍你来的?""白梅是我姨家的闺女,梅姐叫我来的。""噢,咱还是亲戚哩。""什么亲戚?我咋不知道?""白梅当过我二婶。"王沁丽眨巴着长长的睫毛想了一阵,试探着问:"你是县委杨书记的侄儿?""对呀,我二叔……"王沁丽扭身进了厨房。

不一时,王沁丽端上两盘凉菜一瓶酒,又去招呼别的客人。杨超俊吃着喝着,目光追踪着她。刚喝了五六杯,不够一两,就又有了上天下海的胆量和乱纷纷的思绪。他看着王沁丽绯红生动的脸,三点一线的身材,心想,娶她当媳妇,多美!有了这个念头,异常活跃的脑细胞便演义出听说过未实践过的花烛洞房夜来。脑海中轰轰烈烈激动人心的演义刚结束,又想起陈小小说过他征服黄英妮的故事。陈小小的经验是先下手为强,有了宝贵的第一次就会有十次二十次。陈小小得意的话音刚落,三叔承亮的话又响在耳边:白梅手下的货只认钱不认人,谁出钱就和谁干,要是常到她饭店吃饭,不出钱也让干。他下意识地捏了捏口袋里的钱,心一凉,进出两个字:不够。他想着钱不够时的另一种办法……

大概喝了三两多,怕喝醉了耽误那个迫不及待的行动计划,就不喝了。他高喊一声:"沁丽,结账。"王沁丽走来,笑着说:"慢慢喝吧,急甚哩。"他说:"这半瓶酒放到你这里,我下次来喝,行不行?"王沁丽说:"这里乱,你拿回去吧。"他说:"拿回去爷爷不让喝。"他把身上所有的钱都掏出来,只有七八块,王沁丽只拿了四块,余下退给他。他不要,塞进王沁丽的手里,说:"我喝多了酒不敢回家,怕爷爷骂。你上楼给我开一间房,我睡一觉,这钱就算成床费,够不够?不够下次补上。"王沁丽说:"够,跟我来。"

杨超俊半醉半醒,踉踉跄跄跟在王沁丽身后,出了饭店,沿屋外山墙的楼梯上到二楼。这时,他一半清醒,一半醉,转身望了一眼几十米外的煤矿铁厂工地,工地上的人都忙忙的,没人注意他,他放心了,脸上涌上阴阴的笑。

王沁丽开了门,说:"你休息吧。"转身就走,杨超俊猛地把她抱起来,扔到床上,急不可待地扒她的衣服。王沁丽满脸通红,愤怒地说:"放开我,我喊人了!"他顾不上说话,加快了动作。王沁丽撕开嗓门,大叫着:"救人啊——! 救人啊——!"

这声音十分尖利,工地上的人听得清清楚楚。杨承亮一愣,辨出喊声来自山里红二楼,顺手捞起一根木棍,跑了过去。

6

黄英妮气喘吁吁跑到陈小小家,对陈小小说:"小小,报告你个好消息。"陈小小问:"什么好消息?"黄英妮看了陈小小六十多岁的老娘一眼,不说了。陈小小明白了,对老娘说:"妈,你去给英妮倒碗水。"老娘看不惯英妮母女的做派,一边出门一边没好气地说:"水还在沁河哩。"陈小小补充道:"那你就去沁河提半桶。"老娘说:"饮驴哩?"黄英妮朝着她的背影说:"老娘,你不要恨我,我迟早是你的儿媳妇!"老娘沉不住气,扭过头来说:"天下的大闺女一霜打完了? 就剩下你一个了?"英妮笑着说:"除了我,谁看得起你老人家培养出来的贼汉?"

的确,黄英妮立场坚定地爱上了陈小小。大概是十五岁那年夏天,她感冒了,孤零零躺在家里。爸忙队里的事,不到睡觉时不回家,妈回城里了,走了七天还没回来,瞎爷爷赌气不进她这个家门,奶奶常进来看她,但没有共同的语言和吸引力,她感到从未有过的寂寞、可怕。迷迷糊糊中,有轻微的脚步声传来,不是她家人,家人的脚步声各有特色,她烂熟于心。艰难地睁开眼一看,是陈小小。他是怎样进来的? 大门口二锅头站岗,没听到二锅头报警;隔壁房间是爷爷、奶奶,也没听见二老说话。她知道陈小小是个贼汉,一准是来偷东西的。但她不怕这个贼汉,每逢在上下学的路上碰见,贼汉友好地亲亲地跟她笑笑。她对陈小小说:"我病了,没一点力气,你想偷什么就偷吧。这个家没一个好人,我不告诉他们。"陈小小走到床边,眨巴了几下鬼眼,摸了摸她的额头,低沉、惊讶地说:"呀,发烧哩!"她说:"烧了两天了,今天轻了些。"陈小小说:"我去叫医生来输液吧! 输液来得快。"黄英妮突然激动了。家里人只给她买了一把西药片片,谁也没说输液的事。她感到了除了妈,全家人都不亲她,不爱她。而妈太忙,往往顾不上管她。陈小小又伸手来摸她的额头,边摸边说:"烧,烧得厉害!"十五岁的少女耳闻目睹过妈和好几个男人亲吻、说笑,情窦初开,心里早就痒痒的。陈小小两次摸她的额头,她又觉出更浓的痒痒来。她提出一个大胆的要求:你不要去叫医生,你亲亲我,快,快啊!陈小小愣了一下,弯腰低头,满足了她的要求。她感到亲嘴很好玩,是世上最美好的事。那天,陈小小没偷她家的任何东西,去医院叫了医生来给她输了两瓶液,第二天她就欢蹦乱跳起来。几天后路遇陈小小,她说:"我妈还没回来,你去偷吧,钱在大黑箱里,烟酒在床底下,我给你保密。"陈小小笑着说:"我偷了你,就什么也不稀罕了。"她不解,瞪着眼睛问:"你偷了我什么?我什么也没丢啊!"陈小小说:"我偷了你的嘴!"从那以后,她感觉陈小小这个人不赖,对她好。去年初中毕业后,没考上高中,她就像只自由的小鸟儿,满村飞,常常落在瘦小单薄的陈小小的肩头。亲嘴已不能满足她感情和生理的需要,他俩无师自通,大胆闯入未婚男女的禁区。这时,她才理解了妈为啥和那么多男人亲吻拥抱,打情骂俏,也理解了妈在前几年常常半夜骂爸没本事,是一匹骗了的驴。她对陈小小恩爱有加,时常把家里的烟酒偷出来,供他享受。

老娘出去后,黄英妮说:"快亲亲我,不亲不告诉你!"陈小小就亲她,摸她。玩够了,她才说:"煤矿、铁厂要招二十个高中毕业生,送到太原培训半年,回来后当技术员。你快去找我爸,争取选上。"陈小小叹了口气说:"正阳村的高中毕业生都死了,也轮不上我。"黄英妮说:"你还治不了他?告诉你,这几天往我家送礼的人多啦,有的为到煤矿上班,还送钱哩。钱放在西边那口红箱里。"

黄英妮哼着小调走了,陈小小思谋了一阵,觉得到煤矿上班,工资比公社书记都高,是一块香香的肥肉,就装上一盒英妮给他的好烟。走进镇浃城,走进设在杨家大院的两委办公室,他决定先礼后兵,未来的老丈人给面子,咱就好好干,给他脸上贴金;不给面子,也像对付贺效东一样,给他来个广而告之。两委办公室没有一个人,他返出来朝煤矿走去,他还想和好朋友杨承亮合计一下,怎样使黄明旺同意。刚走到半路,见杨超俊脸上带着道道抓挖出来的还渗着血的伤痕,穿着被撕破了的衬衣,神色慌慌地迎面跑来。陈小小拦住他,问:"超俊,谁打你了?"杨超俊不答,一把推开他,夺路而逃。

<h1 style="text-align:center">7</h1>

王沁丽像一只发疯的母兽,拼命护着自己的贞节。她大声喊叫几声后,用尖利的指甲在杨超俊的脸上抓挖着,又撕破他的衬衣,抓挖他赤裸的胸脯。指甲是女人锐利的武器,但这种武器像程咬金的三板斧,过后就没招了。杨超俊已撕破她的裙子,撕下她的内裤,把她紧紧压在身下。她喘着粗气,反抗着,扭动着,抓挖着,同时也喊叫着,但渐渐乏力,像泄了气的皮球,再也拍打不起来了。她猛地感到下身一阵撕裂般的疼痛,又惨惨地叫了一声……

屋门开着,是毫无经验的杨超俊在急不可待中忘了关?还是压根儿就没想到还要关门?不过,有人替他着想,不妨碍他的醉梦成真。在他仗着美酒与美女的刺激,不顾一切地强占王沁丽,还未得手时,手持木棍的杨承亮,闻声闯进了这个正义与邪恶搏斗着的客房。看到自己的侄子已经撕破了王沁丽的内裤,明白了侄子的行为目的后,杨承亮古怪地笑了笑,迅速无声地退出来,将门咔嗒一声锁上,挥舞木棍,挡住了几个闻声赶来的年轻人。他平静地说:"没事,几个外地人闹着玩哩,都去干活吧。"他把上来的几个人赶下楼梯,自己横着木棍,一夫当关。耳朵捕捉着屋子里的信息,那古怪的笑又挂在满脸的横肉上。大概只过了几分钟吧,听见王沁丽喘息着说:"我,我,我告你!"杨超俊说:"我要跟你结婚,这是迟早的事,你告我干甚?"王沁丽说:"你做梦吧!"门锁从里扭开了,他闪进去,堵住正要出门的王沁丽,又将门关上。见两人事毕,床单上留有一摊血迹,他忽地变了脸,啪啪两个沉重的巴掌打在侄子的脸上。"超俊,你这个畜生,给杨家丢人败兴哩!今儿个,三叔我要抽你的筋,扒你的皮!"说着,又是两个巴掌,超俊的嘴角流出血来。他大概清醒了,带着哭声对承亮说:"三叔哇,我喝了酒,我闯祸了,你打我吧,打吧!但千万猴告诉爷爷、爸爸和二叔!"杨承亮不理他，转身对头发凌乱、上衣撕破、裙子亦破、满脸羞辱和愤怒的王沁丽低声说："沁丽，你是个好闺女，但事情已经办了，告有什么用？现在是80年代，改革开放，这事儿算什么？"王沁丽破口骂道："你们狗日的杨家没有一个正经货，我就要告，让政府枪毙了这个狗日的流氓！"说着，又要出去，杨承亮又挡住她，变脸作色道："王沁丽，你不要驴吃煎饼——不知好歹！正阳村谁敢不听我杨三爷的？我给你指一条明道，生米已经做成了熟饭，你就嫁给超俊。你成了杨家的媳妇，还愁个好工作？还用在这山旮旯儿里受罪？"王沁丽不理他，又扑上去开门。这次承亮没阻拦，放她出去了。

杨超俊酒醒了，后悔了，害怕了，脸色惨白，猛地捂住脸呜呜哭了。杨承亮一拳砸在他的胸脯上，低声喝道："没出息的货，哭什么？今儿个，多亏是你三叔给你站岗放哨，保护了你，要是换了旁人，早就捉奸在床，捆上你送到派出所了！"超俊哭着问："三叔，沁丽要告我，怎么办哩？"承亮说："屁大的小事，就把你吓住了？亏你是杨家的后代！咱杨家男儿辈辈是好汉，出英豪。你知道不知道？你一坤老爷爷一次干了黄家六个女人，那才风流呢！不过，那是旧社会，换到现在，他也不敢。"超俊还在筛糠般颤抖，他说："我也听说过，煌书老爷爷差点把他打死。我，我也少不了顿打。"承亮说："这样吧，你不要回家，出去躲几天，家里的事由你三叔调解。你看，躲到哪儿他们找不到你？"超俊想了想说："城关有一个同学，在济源做生意，开了一个饭店，去他那里谁也不知道。"杨承亮问了姓名地址，说："立即动身，就去济源。"叔侄俩又定了攻守同盟，说是男女双方正谈恋爱，属于心通两愿，但事后女方向男方要二百块钱，男方没有，女方就翻了脸，撕破了自己的衣服，去报案。杨承亮从身上掏出十几块钱来，对超俊说："这是路费，你拿上。不要回家了，直接下河南，没事了我去接你，快走吧！"

在杨承亮的掩护下，杨超俊顺小路急惶惶跑了。承亮又返身上楼，把床上那带血的白床单卷起来，挟在腋下，慢慢走下楼去。他走进一楼的饭店，买了一包大光烟，要了一杯茶，回忆着刚才发生的那激动人心的一幕，思考着自己这唯一的人证该站在哪一方。十几分钟后，见原国亮驾驶着派出所的三轮摩托，带着白梅朝山里红开来。他迎了出去，原国亮刚停了车,就立即汇报:"原所长,这件强奸案是真的,人证物证俱全!"说着,展开那条床单,像打出了一面日本国旗。原国亮收下床单,问:"杨超俊去哪了?"他说:"我让他去派出所自首,你没见他?"原国亮说:"没见,是不是畏罪潜逃了?"他说:"可能跑了,才不大一会儿,应该还没跑远。"

陈小小不知从哪儿钻出来,问原国亮发生了什么事。原国亮不理他,杨承亮故作愤慨,简单说了案情。陈小小对原国亮说:"我十分钟前见超俊来,脸上有抓挖出的伤痕,还渗着血,衬衣也撕破了。我想这小子没干好事。"原国亮问:"你在哪儿见他来?"陈小小突然想起原国亮在三个月前打过他几个耳光,脑子灵机一动,指着城北说:"在那条路上,我问他去哪,他说去城里找二叔。"我说:"去城里到街口坐车,来山上干啥?"他说二叔在山下的化肥厂。原国亮从裤带上摘下对讲机来,命令所里的干警立即堵住城北那条通往化肥厂的小路,杨超俊正走在这条路上。陈小小暗自得意:南辕北辙,你绕地球一周才能碰见杨超俊!

8

白梅怎么也不会想到,七年后的今天晚上,她又走进了杨家小院,她又面对杨家父子们抒发自己丰富的感情。感情虽然丰富,但时过境迁,今非昔比,早已化友为敌了。因而抒发的方式与内容是杨家最不愿入耳,最羞于启齿,最难以接受的。白梅嬉笑怒骂,挖苦讽刺,一字一把尖刀,刀刀刺在杨家的心窝里:"你们杨家真是一个了不起的家族啊,啥光荣的、无耻的传统都有,啥样的人间奇迹也能创造出来,还能轰动全国全县。你们杨家祖坟的风脉好,隔一两代就出个英雄豪杰,也出一个魔鬼恶狼。有尚书巡抚在外为民做主,也有恶霸流氓在家糟害百姓。你们杨家人才济济,各项事业都后继有人,各项事业都兴旺发达。死的不说了,就说活的吧,你家承望不仅是最年轻的县级干部,还是陈世美似的丧良心货;你家承亮是臭名远扬的赖汉;下一辈杨超俊更是长江后浪推前浪,一代更比一代强,不仅是张铁生似的白卷英雄,还是继承杨一坤遗志的大流氓,半个月内创造了两项纪录,在阳林县大名鼎鼎……"

老夫子低着头,承祖、承望眼看着别处,三个人都聚精会神听着白梅的

"报告",满脸挂不住的羞愧和愤懑。杨家欠白梅的旧债尚未还清,新债又添一笔。杨复之老人几乎要落泪了。他在心里自责:都说你老夫子教子有方,教了两年,没教出个大学生,却教出个强奸犯。我对得起谁呀?白梅话虽尖刻,却不无道理,杨家真是一个不甘寂寞,创造奇迹的家族!承祖一支又一支地抽烟,后悔没有把儿子带到身边,没有尽到做父亲的责任,真是子不教,父之过啊!承望一见白梅就心虚,失去了年轻的县级干部的勇气和力量。超俊在考场上昏迷已传遍全县,闻者都知是县委杨副书记的侄子,今天又犯了罪,把强奸犯三个字和县委杨副书记连在一起了。

白梅的感情出现了高潮:"……你杨家蹧了我,害了我,我忍了。我心头的伤口刚结了痂,你们又捅了一刀!沁丽是个黄花闺女呀,她怀着美好的愿望自食其力,她今后要工作,要嫁人,要走的路还很长很长。你们杨家的英雄好汉就把她糟蹋了,她怎么见人?怎么生活?我怎么向我姨交代?今天上午的事发生后,她哭着告诉了我,趁我不注意,就去跳河。不是我发现得早,她的尸体早漂到河头滩了。你们杨家也有跳河的女人,要是你们不理解把一个女人逼到了非死不可的地步,你们还有资格做人、有资格做官吗?"老夫子突然呜呜哭了,老泪在皱纹纵横的脸上簌簌流下。承祖摘了眼镜,擦着眼窝,承望坚硬的脖子扭在一边纹丝不动。老夫子嘴唇哆嗦着说:"梅梅你猴说了,杨家作了孽,杨家要遭报应。只要沁丽撤诉,猴上告,你叫杨家干啥都行。你就看一回干爹的老脸吧……"

白梅一脸冰霜,满眼寒光,对杨复之说:"干爹?你配做我的干爹吗?我看你年纪大了,又一时改不过口来,也怕村人骂我小肚鸡肠,才又叫了你几年干爹。你以为我不知道?当初承望蹧了我,就是你的主意!你真像歌里唱着的那样'右派分子黑良心,咬着牙齿恨人民''地主闯进我的家,狗腿子一大帮',可怜我白梅和沁丽、黄福禄的奶奶姑姑,和杨书记杨承望的妈一样,都没脸活下去,都去跳沁河呀……"白梅哭了,哭得悲悲惨惨,淋漓尽致,把旧恨新仇都化作泪水,点点滴滴如重锤,敲打着杨家父子的心。

杨承望再也撑不起县级干部的架子了,坚硬的脖子软了,支撑不住沉重的脑袋,慢慢低下去,低下去,垂在胸前,潸然泪下。或许,他想起了永远年轻的妈妈,想起白梅给他的百般恩爱,想起高家对他一贯的居高临下,想起跟高援朝没有激情的夫妻生活;或许,想起了侄子犯罪给他顺利的仕途带来的阴影;或许,是没娘的娃泪多,想到王沁丽新的苦难,同情怜悯和自责掀起了感情狂涛;或许没有或许,他只是因愧对白梅而逢场作戏。

这时,杨承亮带着贺效东、黄明旺几个镇村干部来了,没有寒暄,没有说笑,相互间点点头,就把白梅裹胁走了。杨家父子明白了,略略松了口气。果然,杨承亮说:"屁大的一点事,就把你们愁的,我想出了办法,又搬来了援兵。大哥,给我发多少奖金?"他说着,下意识摸了摸裤兜,里边有白梅给他的三十元奖金。承祖冷冷地说:"你当人证、缴物证有功,还不知去哪儿领奖金?"承亮眼一瞪,着急地说:"大哥,多亏我发现得早,放了超俊,如果换了旁人,早当场逮住了。"承祖反驳道:"你发现得早,咋不制止了他?"承亮说:"我发现后,早罢了。听沁丽说,我要告你,超俊说,我跟你结婚,你还告? 所以,我和超俊定好了,他和沁丽是谈恋爱,是通奸,后来沁丽要二百块钱,超俊没有,她就翻了脸。大哥,你不要驴吃煎饼——不知好歹! 为这事我跑了一下午,说通了贺效东、黄明旺,让他们做白梅的工作,白梅再做沁丽的工作,私了,订下这门亲不就平安无事了?"杨复之长叹一声说:"也罢,比公了强,去年严打,强奸犯都判死刑。"承亮走到承望面前,蹲下来说:"二哥,私了有一个重要条件,你给沁丽在县里安排一个正式工作,我已答应了。"承望好像没听见,没有表态。杨复之说:"亮亮,你再去打听打听,看说通了梅梅没有。"承亮说行,就拿上桌子上放的半盒烟走了。

父子三人陷入沉默。杨承祖焦躁不安,汗水直流。他把儿子考场失态、沦为罪犯联系在一起来认识,得出的结论仍是自己失职。儿子四岁时,他妈禁受不住"文革"烈火的烧灼,离异远走,也带走了他可爱的儿子。几个月后,他偷偷去看儿子,不敢进前妻后婚的家门,在一个拐弯处等,等了一个多小时,儿子泪汪汪脏兮兮从家里跑了出来,他一看四周无人,抱起儿子一口气跑到村外。儿子哭诉着:"爸,我要回咱家! 后爸打我,也打我妈。我吃不饱,我饿死了!"他也哭,把身上所剩不多的钱,都给了儿子,又把儿子抱到小河边,洗得干干净净。回来后夜夜做梦,梦中的儿子仍是喊叫着后爸打他,他饿死了。醒来后,泪水浸湿了枕巾。半年后,他又偷偷去看,等了两个多小时儿子才出来。儿子又哭,说是他给的钱,后爸都要了,不给就打。他把儿子领到村里的供销社,买饼干点心水果,看着儿子吃饱,又在供销社寄存了足够儿子吃十几次的钱,才满意地回来。后来儿子上学了,他每学期都把书钱学费给了老师,上初中后起灶,连伙食费都提前缴了。他曾暗暗发誓,把儿子培养成大学生,儿子参加工作后他再结婚,不能让儿子饱尝了后爹的滋味,再饱尝后妈的滋味。他对儿子多的是学习、生活上的关怀,少的是思想道德方面的教育。哎,怎么没想到儿子已二十一岁了,是个大小伙子了,正处在人生最关键的年龄段呢?

"承望你表态呀,叫你回来干啥?"杨复之打破沉默,话音颤颤地问。事情来得太突然了,当承亮带着怪怪的表情,告诉他这个惊人消息后,脑袋仿佛是爆炸了的弹药库,轰轰隆隆,巨响不断。他想到了因贪色而作恶多端的父亲,因受辱而死的妻子,在心里呼叫着:作孽啊,作孽啊!真想操起明晃晃的菜刀,亲手宰了超俊这个逆子!他打发近门侄子杨承宗立马进城,叫回了承祖、承望,共同对付杨家这个突发的大事。在白梅到来之前,父子三人已发生了一场激烈争论。缘于杨家人丁不旺,怜子之情,他和承祖倾向于私了,承望却坚持公了,送执法机关严惩不贷!白梅刚才愤怒的诉说,又似乎动摇了他私了的倾向。他理解白梅,不迁怒于她,但他又深深爱着孙子。只有隔代的亲人,才是真正的亲啊!天下哪个爷爷不是这样?

承望还不吭声,承祖催道:"兄弟,你现在是一言九鼎,决定着超俊的小命,你说呀,咋办?"承望慢慢站了起来,以他惯有的执拗和果断说:"我想了一百遍,公了,报案!"承祖也站起来,以他少有的尖刻讽喻道:"公了,报案,依法办事,好,好啊!你是咱杨家的包公,包公铡了侄子包勉,名扬天下,百世流芳,成了一代又一代清官的人生向往和人民心中的青天。兄弟你不徇私情,不仅要名扬天下,而且还能加官晋爵,像杨抒爷那样官至尚书,同时也赢得了百世流芳的美名。可兄弟你知道不知道,包公是老百姓理想中的青天,他的事迹大多是虚构的,他可能比你活得还潇洒、现实。你是为你的乌纱帽着想,你替爸,替我想过没有?爸年近古稀,把你我都抚养成人,他能承受了杨承望铡了亲侄子的血淋淋场面？我也四十五岁了，日后成家，也不能再生一个，老来让你的杨高养活我？你替超俊想过没有？他偶犯刑律，是酒后失德，已是一失足成千古恨，不恨他就不跑。这个教训够他一辈子接受了。兄弟，我和爸都依你的意志办，都保你的乌纱帽，你就大义灭亲，派公安局去河南把超俊捉回来吧！"

复之和承望都没听承祖说过这么多的话，这么有感情的话。仿佛杨超俊已到刑场，刀斧手已在霍霍磨刀。杨复之竟呜呜哭了起来，承望慌了，走到父亲身边，柔和地说："爸，我不是学包公，铡侄子，我说的公了，是让超俊接受一次有效的教育。你在我们弟兄俩小的时候，就教我俩读《三字经》《弟子规》《幼学故事琼林》。我至今还记得你教我读'苟不教，性乃迁，教之道，贵以专'时说过，凡为人父母，养子贵有善养，而尤贵有善报，若是苟且由他不教，则由他性情胡为乱作，自然日流污下，为愚为庸为贱。你要我俩目不视邪色，视必以正；耳不听淫声，听必以正。在我俩十几二十岁时候，你给我讲爷爷的胡作非为，要我俩引以为戒，永不做害人害己的事。你还说过，谁蹈杨一坤覆辙，国法不管家法管，赶出杨家永不相认。现在，超俊出事了，不能说是您和大哥没有教育，只能说是他不接受教育。如果私了，只能助长他的邪气，日后酿成大患。爷爷不就是这样吗？若当初糟蹋了黄家六个女人，不是私了，而是绳之以法，势必不会酿成以后的败家毁己，也不会给杨家金闪闪的牌子涂抹那么多的黑。爸，哥你也听着，公了，不但是对罪恶的惩罚，更重要的是对罪犯的教育。超俊还小，不能让他逃脱这种惩罚和教育。至于量刑，我可以暗里和法院说通，尽量就轻避重……"

"不，那就更毁了超俊！破罐子破摔的人，还少吗？"杨承祖着急了，发怒了，激动了，声音提高到高八度，他说，"超俊要工作，要成家，背上刑满释放犯的黑锅，谁人看得起他？杨承望，杨书记，你还是替你的乌纱帽着想。你有那么高尚？那么无私？别人不了解你，为兄的还不了解？为了上大学，可以狠心抛弃一心爱着自己的女人，和自己不爱的女人结婚；为了做官，可以在权势面前奴颜婢膝，出卖灵魂，对有杀母之仇的人比对自己的亲爹还亲。如果不靠岳父大人的后门，你在世上不如我这个普通技术人员！

今天,你蚂蚁戴草帽,充大人,你……"杨复之突然站起来,对着承祖的脸,甩去一个巴掌,怒喝道:"住口!天下无不是的父母,世间最难得的是兄弟。兄弟乃手足,何必其豆相煎?你为老大,有失体统!"承祖像儿时做错事一样,嗵一声跪在老父面前,哭了一阵,含着泪说:"爸,你打吧,打我吧,是我太激动了。是我错了,我从来没有对兄弟这样过呀!"杨复之转过身来,对承望说:"东坡曰,过乎仁,不失为君子。过乎义,则流而入于忍。人故仁可过也,义不可过也。承望,一方是亲情,一方是法律,你处于两者之间,掂量着办吧,为父不逼你了。"承望也嗵一声跪下,带着哭音说:"爸,我好为难呀!"

9

不知啥时,陈小小就和二锅头交上了朋友。刚闻到陈小小的气味,还没见人影,二锅头就激动得低鸣浅唱,待陈小小走入它的视野,就嗖一声迎上去,伸出肥大鲜红的舌头来,亲亲热热地舔着小小的手。这时,陈小小就会掏出一小包猪头肉或其他食物,给它解馋。它只顾品尝平素得不到的美味,陈小小就拍拍它的脑袋,溜进了黄家大院。从容不迫地办了要办的事,出来后二锅头还恋恋不舍地送他一程。关系发展到这个阶段,要是它的主人之一黑牡丹的话,早和他私奔了。但二锅头立场坚定,陈小小只能把它哄出十几米远,再远就不走了。因而,陈小小十分佩服二锅头的真诚,叹它明珠暗投,而不忍心把它灭了,卖个零花钱。今天午饭后,陈小小又用小恩小惠拉拢住二锅头,不声不响进了黄家大院。

前几天,陈小小提出去煤矿或铁厂上班的要求,黄明旺鼻子一哼,斜着眼说:"你尿上一泡,看看你是个啥模样。还想到企业上班,我发愁集体的财产丢不完?"陈小小说:"黄书记,你不要门缝里看人,咱小小不是个见财眼红手痒的人,该偷就偷,不该偷送到手边也不要。"黄明旺的话更加毒辣:"狗能改了吃屎?我见了你还不如见了二锅头亲。"陈小小笑着说:"那我就撤出来,让二锅头当你的女婿。"黄明旺火了,举起椅子就要砸陈小小。陈小小转身就跑,边跑边喊:"快来看呀,老丈人打女婿啦!"这天晚上,杨承亮找见陈小小说:"兄弟,你看不看三爷的脸?"陈小小说:"三爷你咋说这种没盐少醋的淡话,咱哥俩的关系是一年二年十年八年? 不是! 是不求同年同月同日生,但求同年同月同日死!"杨承亮说:"够哥们! 咱兄弟俩明说吧,你老丈人说,他不让你到企业上班,怕你报复,偷煤矿铁厂的东西。让我昼夜值班,抓住你就往死里打。兄弟,你猴碰到三爷的枪口上!"陈小小说:"三爷你放心睡大觉吧,我不去你的地盘上活动,不看僧面看佛面嘛!"杨承亮说:"不,不偷集体的,咱弟兄俩吃啥喝啥? 我的意思是,要偷什么,你和我说一声,我给你提供方便。你不要瞒着我干。昨天,黄明旺才同意了让我保护煤矿铁厂,一年给一千块钱。未来的铁厂厂长承宗不同意我保护铁厂。你要偷,就偷铁厂的,给承宗狗日的放放血!"

今天上午,陈小小见黄明旺一家三口,坐煤矿的雁牌工具车上县了,黄英妮眨了眨眼,他明白了。顺利地进了黄家大院,黄福禄两口在午休,院里十分安静。英妮早给他配了门上的钥匙,他顺利进了屋。撬开红板箱,翻出一个纸盒来,把里边的钱尽数拿走。纸盒里还有一张纸,记着送钱人的名字和数目,他也一并装上。从黄家出来,陈小小去供销社买了几张大红纸,去学校找了一个老师,以黄明旺年轻时善于说快板的口气,写了如下一段告示:

村办企业没钱难,正阳青年来捐款。

为了富裕一村人,也为集体渡难关。

这种精神实可赞,这种青年好样板。

等到企业投产后,连本带利一齐还。

下面是捐款人名单,共有二十六人,每人三百至五百元不等,共计八千六百元。落款是:正阳村党支部书记黄明旺。

陈小小又让抄了一份,叫了一个朋友,一份贴在供销社门口,一份贴在山里红饭店门口。然后,他把"捐款"如数交给村委会计、黄福太的儿子黄明方。明方说:"我咋没听明旺说过这件事?"陈小小说:"你是本家兄弟,我是女婿,一个女婿半个儿,他当然先和我说。他上午去县城时,交代了我。"

黄明方信以为真，就收下了。陈小小这天一直在暗中观察自己的杰作产生的效应。见"捐款"的青年们看了公告后，有苦难言，哭笑不得；见黄明旺下午回来，在五汉街下车后，就被村人围住说着什么。——三年后，黄明旺四处做报告，将他如何拒收贿赂，转为集资，说得有声有色。

第一批二十名高中、初中毕业生被选送到省煤炭和冶金学院进修，内有给黄明旺送钱的十四名，但陈小小仍被拒之于外，黄明旺见了他话都不说，好像什么事也没有发生。

10

激烈的鞭炮声在镇阳城东、南两个方向同时炸响，此起彼伏，连续不断。炸得寒冷的严冬热浪腾腾，炸得正阳村人心潮滚滚，几乎家家落锁，奔向东、南两个方向看热闹。

城东，煤矿的主巷道基本建成，选择在今天这个一元复始的、特定易记的、有纪念意义的日子简易出煤；铁厂两座十三立方高炉业已建成，配套设施完备，将用煤矿第一车炭块，点燃通红的炉火，两个小时后，将流出第一炉金光闪闪的"处女铁"。今天的剪彩仪式十分隆重，地区的梆子一团在杨家花园唱大戏；县委副书记杨承望、副县长李志新、县乡镇企业局、煤炭管理局、工商税务局等十几个局办的头儿和贺效东、赵志坚参加剪彩；全镇二十八个行政村的一二把手都来助兴。剪彩仪式又变成了大办乡镇企业的宣传动员大会。杨承望做了富有鼓动性、有文采、有感情的发言，讲了黄明旺半年多来的艰辛，再次把黄明旺抬到了高高的半空。当讲到黄明旺在太原批矿的经历时，讲者垂泪而道，听者掩面而泣……

城南，五汉街上聚集着三五成群的老汉和妇女，看着杨家小院门口放鞭炮和送礼的热闹场面。杨超俊和王沁丽的结婚喜日，也定在这个万象更新的日子。因是杨家在世的第三代人结婚，因看到了四世同堂的曙光，杨复之不听承望在县城承祖处简单办的建议，要在村里办，办得轰轰烈烈，排排场场。老夫子还有说不出口的原因：让村人看看王沁丽俊俏的笑脸，让村人都知道，超俊不是强暴了王沁丽，是事发后杨家所说的谈恋爱出了格、走了火，要不，能喜结秦晋吗？还有，承祖、承望娶亲时，因政治的和其他的原因，没能大办，有失杨家脸面。今次就在杨家第四代人身上补上吧！想到超俊化险为夷，和沁丽喜结良缘，也该感谢镇村两级干部，请他们好好喝一次酒。

那天晚上，在承祖和承望僵持不下的时候，来了一个意想不到的、轻松愉快的结局。晚十一时，杨承亮又领着贺效东、黄明旺等干部们来到杨家。说是经镇村两级党组织的深入细致的思想工作，白梅和王沁丽从派出所拿回了诉状，不告了；超俊和沁丽属于恋爱中的错误，没有触犯刑律，沁丽已答应和超俊结婚。杨复之和杨承祖大喜，感谢镇村两级党组织，也感谢杨承亮的奔走。但杨承望却黑着脸不说话。他明白，化干戈为玉帛，喜结秦晋，是朝着他头上的乌纱帽来的，一旦扩散到社会上，老百姓对他是如何评价？县委和地委知道了，又有啥议论？他本想把侄子亲手送到公安局，以一个高大威严的形象站在世人面前，但看到老父满头银发一脸皱纹，看到酷似老父的家兄已不年轻，心里软软的凉凉的。他不高兴地问："梅梅提了啥条件？"黄明旺笑着说："真是县官不如现管，什么条件你就猴问了，她还是党员，贺书记和我还镇不住她？"他板着面孔说："违反原则的事，不能答应。"贺效东说："这个关我还能把住。杨书记，这件事处理不好就是我的失职。下一步，是你们杨家决定娶亲的日子，我还要来喝喜酒呢。"杨承望看着贺效东媚笑的脸，感到阵阵恶心，他瞪了他一眼说："你把这种点子和魄力，用到工作上，多几个万元户，少几个罪犯，不更说明你贺效东没有失职，把得住关吗？"贺效东红着脸，连连点头："是，是。"干部们告辞回去，走到大门外，黄明旺对着杨承望的耳朵说："梅梅让你去一趟。"

他估计，白梅要开价了，前面的一切都是铺垫，实质性的问题，她不会和贺效东、黄明旺谈的。去？还是不去？去，必然妥协，他一见她就软了；不去，咋向父兄交代？白梅再次翻了脸岂不更糟。年轻的县级干部遇到了他上任以来的第一个棘手的问题，他焦躁不安地在大门外走来走去，走了十几个来回，也没走出关键的一步。老父二次走出来，轻声问："梅梅表了态，两全其美，你不同意？""爸，梅梅让我去一趟，她要开价了，我去不去？""去，立马就去，夜长梦多啊！""她开价太高怎么办？""先答应下来，以后慢慢支付。咱家欠她的太多了。承望，她是个好闺女啊，悔不该当初我目光太短……"

杨承望走进白梅的小屋时，白梅正和沁丽说着悄悄话。白梅的脸色极不好看，怒怒的；沁丽美丽的大眼睛闪着泪光，哀哀的。承望走进来，白梅对沁丽说："这是你二叔，快叫啊。"王沁丽低下头，极不情愿地叫了一声二叔。承望见沁丽这般纯情漂亮，竟动了心，答应了。白梅说："杨书记，仇家结了亲，真像唱了一台戏。"承望说："梅梅，你再叫我杨书记，我就不答应。"白梅说："你以为我是真心叫你杨书记？美死你哩！咱出外走走，我有话对你说。给不给这个脸？"

夏日的夜好凉爽啊，小风儿刮走了一天的燥热，也刮走了心里的烦恼。五汉街静悄悄的，偶尔有一两个窗户透出灯光，好像夜的眼，注视着这对昔日的恋人诡秘的行为。听得清老人们呼噜噜的鼾声和小儿们喃喃的呓语。两人并行着，中间隔着一米多远。谁也不说话，四只脚像识途的老马，走向沁河滩，走到他俩当年第一次接吻的那块巨石旁，才停下来，坐下。好像感觉到了当年的甜蜜，如今的缺憾。坐下后，双方同时往对方身边挪了挪，也好像同时颤动着强烈的欲念和渴望。杨承望心跳着，旧时的感觉、旧时的冲动像烈火般烧灼着他，急于像当年那样尽情地发泄。但他不敢，三个月前在白梅的小屋里遭到的拒绝，深深刻在他的心头，规范着他的行动。沁河唱着歌儿欢欢地流，好像从他俩心里流过，颤颤的痒痒的。他瞥了她一眼，见她拣起身边的小石子，抛在河里，激起朵朵浪花，好像试探着水的深浅，一次又一次。他忍不住了："梅梅，超俊惹下了祸，你我来收场。你做得很好，你开价吧，只是不要太贵，我还得起。"白梅把一块较大的石头咚一声扔到河里，几乎是发怒般地说："开价，开价，你真的把我当成生意人，只懂得捞钱吗？承望哥，我恨你，恨不得把你扔进河里，但我下贱，我还爱你，扔到河里，我还要把你救上来！你，你这个小冤家，咋和我又走到了一块？"白梅哭了，情不自禁地伏在杨承望肩头。杨承望一听她叫哥，心里一阵激动，被她呼出了当年的情爱和勇气来，把她抱到怀里，柔柔地叫着："梅梅，梅梅梅梅梅……"白梅哽咽着说："望哥，我今晚疯了，骂了干爹，骂了你,骂了你们杨家几辈祖宗。"杨承望说:"你骂得好,杨家该骂,杨家欠你的太多了。旧债没还清,新债又欠下了。"白梅说:"骂完后,我觉得非常痛快,七年的怒火都消了。真的,都消了,咱两清了。望哥,你叫我开价,我就开,但你不要骂我下贱,骂我没有骨气,嫌弃我,讨厌我。"承望俯下脸来,要亲她,她推开,异常温柔地说:"你还没表态,表了态,我还是七年前的梅梅。"承望带着哭音说:"梅梅,下贱的不是你,没有骨气的,该嫌弃讨厌的,也不是你,是我。我为了上大学,为了改变人生的环境,狠心抛弃了你……""望哥,设身处地替你想想,就理解了你,就原谅了你。""梅梅,我和高援朝在一起,是同床异梦呀。你占据了我整个心,我能容下第二个女人吗?我这七年来,是高家奴隶,我活着还不如你潇洒自由,我比你还苦啊!现在,是我偿还你的时候了,你就开价吧,什么党纪国法,都是他妈的淡事。他们够腐败了,我还没有腐败一回呢。只要你高兴了,我的心理就平衡了。"白梅直起身来,用手背揩去他脸上的泪,轻轻说:"那我就开价了,你不要嫌贵。"承望说:"不嫌不嫌。"白梅说:"第一,我一个孤女闯世界,坎坎坷坷,磕磕绊绊,那滋味你体会不到的。今后,你要在我为难时,拉我一把。"承望说:"岂止一把,我除了分管全县的经济工作外,就是分管你。"白梅说:"第二,我不可能找到一个好男人了,咱俩成不了夫妻,就以干兄妹相处吧。人呀,真怪,没钱的时候想有钱就是最大的欢乐;有钱了,就想精神上无依无靠是最大的苦闷。但我不知你是不是七年前的望哥,有没有那个胆量。一当官架子就大,脸就阔的人,我最看不起!"承望说:"你说得不对,这几年,我把官场摸透了,一是当官的胆量最大,什么好事坏事都能干出来;二是架大脸阔是装出来的,也分对象和场合,私下里官们最渺小、最卑鄙。你放心,我和七年前比起来,胆量更大,在你面前,也最没架子、最渺小,因为我当官了。现在,我什么也不缺,就缺你这个干妹妹!""望哥,那你就……来吧。"于是,巨石做床天当被,沁河伴奏风儿吹,两团熄灭了七年的烈火,死灰复燃,又熊熊燃烧在一块。杨承望觉得,白梅较七年前更成熟、更风骚、也更动人。

第二天,承祖和承亮去河南济源,把超俊叫了回来。在黄明旺的安排下，王沁丽在煤矿财务科当出纳，杨超俊安排在总公司搞销售。杨承亮两头吃利，对杨复之说，他谈了个对象，快要结婚了，老夫子给了他五百块钱。喜得他逢人就说大伯的好，大骂白梅不够意思，说以后碰到三爷我的枪口上，坚决搂火！——三年后，他撞到了白梅的枪口上，白梅把他扔进沁河，灌了一肚水。他为报复，搂了火，却没打死白梅，反让白梅把他送进了监狱。这是后话。

这时，从煤矿铁厂剪彩回来的头头们，把各色各样的小车停在杨家大门外，簇拥着杨承望回了家。车队的长龙，客人的喧笑，构成五汉街有史以来的一大景观，也构成杨家迁出城外四十多年来最美丽的风景线。杨复之头戴黑缎瓜皮小帽，身着海蓝丝质长袍，架着黑框眼镜，站在大门口迎送来往客人。他远远看见伫立在对面高坡上的黄福禄和二锅头，对侄儿杨承亮说："承亮，去叫你福禄叔下来喝杯喜酒。"

宴席设在一品香饭店，上午十点整，迎亲的六辆小车刚走，亲戚客人们就从杨家小院出来，走到一品香饭店。五间餐厅摆了三十桌，还不够，亲戚本家们转移到山里红饭店。

待众客人就座后，宴会司仪、村委主任张大太报告宴会意义。说是煤矿、铁厂剪彩和杨家娶亲的宴会合二为一，一日双贺。杨家为避闲言，承祖已将三十桌饭钱全部付清，为集体节约了一笔开支。承祖说是为企业剪彩做点贡献，有饭店掌柜白梅作证。请大家痛饮双贺酒、放心酒……酒过三巡后，先是镇村干部逐桌敬酒。杨承望知道黄明旺已转成慢性肝炎，不能喝酒，就劝他别喝，黄明旺说："活着干，死了算，就是癌症，今天也要喝！"众人都劝，黄明旺不听，一口一杯，喝得吱吱响。接着是杨家承祖、承望、承亮三个人结队，逐桌敬酒。再下来是煤矿铁厂临时负责人黄小早、杨承宗等人轮番敬酒。敬酒结束，猜拳行令，地动山摇，好不热闹，震得晋韩路晃晃悠悠。

整十二点，饭店门外鞭炮炸响，喇叭长鸣，音乐骤起。娶亲的车队回来了，众客人放下酒杯，拥出去看。突然，煤矿的工具车从五汉街口高速开来，猛地煞住。一个穿着工作服、满面煤灰的小伙子从车里跳下来，目光逮住黄明旺,大声叫道:"黄书记,井下塌方,三十多工人堵在里面,生死不明!"黄明旺瘦长的身子晃了晃,眼一闭,腿一软,跌倒在地。

在场的县镇乡干部忘了坐车,向煤矿跑去。杨承望跑在最前,突然想起了什么,站住不走了。等张大太扶着黄明旺走过去,小白脸露出一丝阴阴的笑来。

第四章

1

　　黄明光开着崭新的"东风"跑了几趟河南,就厌倦了。头一次,从王村二龙沟煤矿拉上煤炭,下太行山时,堵了车,在山上熬了两天三夜,饿得头晕眼花,不得不从专发堵车财的小贩手里,一块钱买一个烧饼,两块钱买一瓶汽水。这一趟花了五天时间,才赚了三百多块钱。第二次,没有堵车,只用了三天时间就赚了三百块钱,但返到晋城时,被交警罚款两次。一次是超速行驶,罚款五十,他对交警说:"大哥,我刚领上驾照一个月,还不敢跑快车,空车都是中速,你就放了我吧。"交警用地道的晋城话说:"俺日你爸,刚领上本就跑长途?再罚你狗日的五十。"他还要据理力争,交警给了他一个巴掌,他不敢了,乖乖掏出一百块血汗钱,交警问他要不要发票,他随口说要。交警说:"要票再缴三十。"他说不要了,开上就跑。到了东沟,又罚款三十,又说是超速。他在心里骂道:我日你交警的奶奶,你狗日的得了癌症,罚上我的款买药吧! 跑了五趟长途,实际收入不到一千元。按这种速度,三年也还不清贷款。跑长途的苦,真受不了。宁可在家睡大觉,也不想起五更睡半夜,忍饥挨饿了。后来,煤矿铁厂筹建,急于用车,就把他调去,

118

小包干，一天一百块钱。但这钱黄明旺不给他，用来还买车的贷款。没有抽烟喝酒串门钱，活着还有啥意思？三个月过后，白梅向他要借的那一万块钱，他又和哥要，明旺才出面安顿了白梅。他一气之下，不给筹建处用车了，自己开着揽点小生意，赚一百花五十，有时就全花了，花在女人身上，花在醉乡里。

白梅和杨承望死灰复燃后，自然就用不着黄明光了，她借要那一万块钱为名，与黄明光翻了脸，再也不让他上自己的床了。他此时才醒悟了：原来白梅根本就没爱过他，把他作为一个性工具，玩弄了长长七年！愤怒与苦闷中，他又贪上了酒，每天出车回来，或独自喝，或与朋友喝，喝得酩酊大醉，常常误了第二天出车，也常常和货主要酒喝，因酒醉弄出一些撞车、碰墙等事故来，新车伤痕累累，惨不忍睹，收入不够修车。黄明旺和老父串通，卖了车，虽净赔了三千多元，但避免了人车两丢。明旺妈和明旺说了几次，把明光安排到企业，有点事干，学点技术，就不无事生非，心闲生余事了。明旺就把他安排在铁厂搞供销，头一个月还谨慎，第二个月就多卖少报，余下钱买酒喝。黄明光喝酒喝出了功夫，喝到了一个新的境界。只要肚里有酒，脑袋就清清楚楚，没酒，就糊里糊涂。月底交账，他大睁着眼说不清楚，厂长杨承宗说："快拿酒来。"他喝下半斤后，一笔一笔说得清清楚楚。搞了三个月供销，挪用公款一千多元，问他这些钱干啥了，他说："喝酒、搞女人了"。杨承宗把他交给黄明旺，黄明旺把他交给父亲，父亲替他还了欠款，赏给他两拐杖，让明旺把他开除了。从此，二茬光棍黄明光失业了。昔日风度翩翩能说会唱又会开车的黄家二公子，像一条懒狗一样整天在城内城外晃晃悠悠，见酒就喝，醉了就睡，嫌一天吃三顿饭太忙，就取消了早饭。

口袋里没有一分钱，三天没喝一口酒了，他又犯了糊涂犯了傻。晚饭后见白梅从一品香往回走，就拦住了她，眼睛紧紧咬着她挎着的小坤包。他知道，包里是一品香一天的收入，最少有几百块。就乜斜着眼说："梅哎，一日夫妻百日恩，咱俩可不是一日的夫妻，我还救过你一条小命，你就不给一瓶酒钱？"白梅一见他恶心得直想吐，真不明白自己怎么会和这样一个人好了几年。她手伸进包里，正要掏钱，像打发叫花子一样哄走他，突然想到，不能开这个口，不能可怜他，这种人不知足，脸皮厚，有第一次，就会有第二次、第三次，打不走，撵不跑。于是，狠下心来变了脸说："滚你妈的蛋，尿也不给你喝一口！"他早不计较言语的分量了，话再毒值几个钱、几两酒？仍嬉皮笑脸说："你的尿我喝过，你的奶我吃过，你的身我摸过，你的……"越说越难听了，白梅气得浑身哆嗦，狠狠一巴掌打在他的脸上。他也急了，不给就抢，一把抓住她的坤包。两个人就扭打在一起。街人拥来看热闹，明白了是怎么回事，有的责骂黄明光，有的劝白梅给他几块钱算了。这时，杨承亮挤进来，从黄明光手中夺过坤包，给了白梅，拉上黄明光就走。

杨承亮带着黄明光来到路边另一家饭店，要了四个菜，把一瓶酒倒在两个碗里，说了一声干，两个人一口气灌下半斤，黄明光抹着嘴说："痛快，过瘾！"这才开始吃菜、划拳。又是半瓶酒下肚，黄明光才清醒过来，说："三爷，兄弟我刚才一时糊涂，不该那样对待白梅，她是个苦人，你二哥害得她不轻。"杨承亮说："苦人不见得是好人，你和她好了几年，力没少出，汗没少流，还救了她一条命，她怎么说甩了你就甩了你，连一瓶酒钱都舍不得给救命恩人？"黄明光流出一串泪来，痛苦地说："她是要我，一闷棍打得我再也直不起腰来了。和我最好的人，都这样对待我，我在这个世上还有什么价值？活着不如死了！"杨承亮说："她也是个忘恩负义的货，你不能白救她一条命，白让她耍了你七年！明光哥，你还是个男子汉吗？"黄明光腰一挺，眼一瞪："躺下一条炕，站起一垛墙，响当当一条男子汉！""那就好，你要……"杨承亮对着黄明光的耳朵，如此这般一说，黄明光一拳擂在饭桌上："三爷，就按你说的办！"

2

杨承望刚进家门，父亲就问："今次回来干啥？"承望说："处理煤矿事故。""县里就来了你一个？""还有几个局长，下午就来。我先回来听听您的意见。""县里的意见是啥？""还没最后定下来，根据有关法规，要追究黄明旺的刑事责任。""有那样严重？""一次死五人伤三人，是重大事故。他兼矿

120

长，要负领导责任。据调查，那批不合格的坑木，是他批准用的，技术员、安监员都不让用，他说，立木顶千斤，没事，出了事他负责。"老夫子长叹一声："唉，这娃不懂装懂，承望，能不能宽大处理？""能，他是改革者，有保护改革者这一条。但我不想保护他。""为啥？""一来，我抬举得他够可以了，也该狠狠地给他一巴掌了；二来，我永远忘不了，我妈是谁害死的！"杨承望说着，眼里喷出一团怒火，小白脸刷地红了。变得狰狞可怕。杨复之琢磨着儿子的话，注视着儿子的表情，一眼就把这个年轻的县委干部看得透亮。他没有立即发表意见！脸色变得十分严峻，背着手在屋里走来走去。儿子没有忘记母仇，虽说只吃过母亲几个月的奶，母亲的形象早已暗淡，但他仍有情有义，耿耿于怀。这好啊，如果一个人不爱或忘记了母亲，他就是一个没有感情的冷血动物，他就不会爱家爱国，爱自己所从事的工作。他看着儿子仇恨未消的脸，心里涌起一股热浪，仿佛看到了永远年轻的妻了，他激动得落泪了。"爸，您哭了？"承望问。"哦哦，承望，一提起你妈，我就忍不住……""爸，现在是为母报仇的时候了，母亲有遗言，让儿雪耻，儿怎能错过这个天赐良机？我一年来抬得他高，就是让他跌得痛。跟法院打个招呼，判五年没问题！我妈在天之灵，也会笑出声来。"老夫子说："承望，害死你妈的不是明旺啊！""爸，我知道，害死我妈的是他大伯黄福太，保护罪犯的是他父亲黄福禄。兄债弟还，父债子还，让黄福禄余生永不安宁，永远痛苦，不也一样吗？"老夫子坚决地摇了摇头："不，不能！要三思而行。让我想想，让我想想。"

　　杨复之倒了一盅酒，慢慢喝着。每当思绪纷乱，理不出头绪时，他就喝一盅酒，使脑细胞活跃起来。他早不贪酒了，醉汉的帽子几乎是和地主、右派的帽子同时摘掉的。一杯酒喝了足足五分钟，才慢悠悠地说："承望，为官之道，曲折崎岖，做昏官易，做清官难。你愿做昏官，还是清官？"承望说："当然是做杨抒爷那样的清官。"杨复之说："做清官，你就得听我的。第一，清官，或有作为的官，眼光长远，忍得下耻辱，受得下气。我早就给你们弟兄俩讲过韩信受胯下之辱，张良有进履之谦的故事，如果你是韩信或张良，掌权后会把那个少年和那个老头杀了，因为你内没度量，外没眼光；第二，国人有仇人恩待的美德,通过感化,消解矛盾,是一种有效的教育方式,达到了化敌为友的目的。冤冤相报,几时终了?父债子还,子债孙还,孙债重孙还,有没有安定之日?第三,黄明旺是个直肠子,鲁莽汉,胸无韬略,当村书记似乎难以胜任。但咱村没人才,矮子里面选将军,他的吃苦精神、无畏勇气、不太贪的品质,还是可取的。企业刚上马,有了效益,再换一个,只顾自己发财,可就苦了村人;第四,有些当官的为报私仇,以权压人,以法整人,不可取。以一个常人的心态,取人度事,猴把自己放在不可一世的位置上。水能载舟,亦能覆舟……"

杨承望竖起耳朵听着,像儿时听爸讲古文一样认真。他不仅佩服爸的学问,更佩服爸的谋略,他把爸讲的这几点反复思考几遍,心里觉得清凉凉的、宽敞敞的,刚才的火气仿佛吱一声冒完了。他说:"爸,我还不成熟,为人和做官的真谛,知之甚少。我只想到有权了,又抓住了他触犯法律的把柄,就狠狠整他一下,为母雪耻,没想更长更远。您说,在处理煤矿事故上,我该怎么办?"杨复之说:"该你带头的猴退缩,不该你出面的你猴带头。况且在本乡本土,更要谨慎。一个干部,如果家乡的人反他骂他,他就完了。""爸,这样办吧,我不分管安全,我就撤出,等到他们做出决定后,我再表态。给明旺的处分重了,我设法减轻,争取保住他的职务。您说呢?"杨复之笑了笑,说:"你自拿主意吧。以后还要学会打一巴掌揉三揉,但不该打的千万猴打。""那我现在就回去。""你吃罢饭回吧。""不,下午局长们来了,我就被动了。"

杨承望刚出门,就碰上了黑牡丹来找他。她扑通一声跪下,哭泣着说:"承望兄弟,你再救救明旺吧!"承望扶起她来,问:"明旺哥怎么了?"黑牡丹说:"听说县里要法他,他吓坏了,几天吃不下饭,肝病又犯了,不吃药,等死哩。他说,临死也要见你一面,有重要的话对你说。"承望问:"有什么重要的话?"她说:"大概与煤矿事故有关,只听他哭泣着说,冤枉啊,这个事故不是我造成的!"杨承望看了父亲一眼,见父亲微微点了点头,就和黑牡丹一块朝黄家走去。

十几天不见,黄明旺又瘦了几圈,脸色死人般蜡黄蜡黄,眼窝深陷,颧骨突出,胡须像荒草般疯长,整个人形都走样了。他靠在被垛上,有气无力地向县委副书记杨承望叙述着煤矿事故的原因:"……我一看那三大车坑木,有的只有小碗口粗,还不直溜,有的是从房上拆下来的旧货,木质已疏松。我不要,说,不能做坑木,用上会出事。他说:'你怎么这样笨?和好的掺到一块用,不就没事了?买三四车好坑木,要花多少钱?你拿得出来吗?'我还是不收,他就发火了,大声嚷着说,'杨家要撤你,我三番五次说情,才保住了你这顶小乌纱,你就不给我这点面子?'这样,我就收下了,还对管生产的副矿长说,挑好的用,掺杂着用,不能用的猴用……"承望问:"他和你说这些话时,谁在场?"明旺说:"就我俩,没旁人。""你一方给他多少钱?""他提出,一方比好坑木低十块,我接受了。""他在付款单上签字了没有?""没有,盖了他老丈人的名章。""当时谁在场?""大队会计黄明方。"黄明旺又说:"煤矿出事后,他也吓坏了,来家说,千万猴暴露我推销的坑木,一切责任你都承担下,我尽力保你,大不了撤了你。过后,我安排你到镇企业办当主任。你要是供出我来,谁保护你?"承望问:"说这话时,谁在场?""就我俩,但这次我操了个心,用你给我爸的小收录机把他说的都录下来了,你听听。"明旺从被子下拿出小收录机来,放了一段,与明旺说的基本一样。承望说:"保护好这盘磁带,有它,你的责任就不大了。明旺哥,你得住院治疗,现在就跟我走,我安排你住县医院。"黄明旺还没表态,黑牡丹就喜着说:"早该住院了,咱现在就坐上承望兄弟的车走!"明旺说:"县里来调查处理事故,我走不开。"承望说:"我让他们去医院找你。"

　　杨承望的伏尔加开到黄家大院门口,拉上黄明旺和黑牡丹走了。杨承望没走,出现了新的情况,他要听父亲的意见,他还要等县里的局长们来后,做重要指示呢。他还想在夜深人静的时候,去白梅的小屋里浪漫一回。曾经沧海难为水,白梅的感情与风情使他对包括高援朝在内的任何女人都失去了兴趣。回到家里,他对父亲说:"出现了新的情况,今天不走了。"他把黄明旺说的新情况,给父亲讲了一遍,向父亲讨主意。杨复之不假思索地说:"他和黄明旺有本质的不同,如果对黄明旺是拉的话,对他就要打!他是共产党中的败类,早该清除。惩恶扬善,不能手软。这时候,就该用你手中的权力了。"

3

每天早上七点半,杨超俊骑着父亲为他结婚买的"幸福"大摩托,带着如花似玉的小媳妇王沁丽去上班。穿过五汉街时,杨超俊骑得飞快,两顶鲜红的头盔、两副黑亮的墨镜,加上风驰电掣的速度,王沁丽紧紧抱着杨超俊的娇态,村人既眼红又不满,说好说坏的都有。陈小小对村人的评价不屑一顾,扬着头说:"哼,你们懂啥?这就是80年代的青年,现代派!"说罢,暗暗想,她比黄英妮美多了,难怪超俊冒着犯法的危险也要干了她。想着想着,就走火入魔了,下了一个不能告诉人的决心。

到了煤矿铁厂所在的沟里,超俊去总公司销售科上班,沁丽去煤矿财务科上班。中午不回来,在山里红饭店吃饭。然后,再叫两个年轻人打一会儿扑克,再上四个小时班,就又骑着幸福回家了。这小日子过得也还潇洒。十九岁的王沁丽早不恨使她失去贞节的杨超俊了,这归功于表姐白梅的巧舌如簧和现身说法。杨家大小人都对她不错,家务事爷爷包了,不让她动手。这老汉特干净,家里收拾得清清亮亮,饭菜做得有滋有味,谈古道今,说啥知啥;公爹虽是光棍,但在城里当工程师,乡村企业常请他去讲课和维修机械,哪一趟不赚几百块钱?刚定亲就给了她一张存单,五千块,惊得她倒吸了一口冷气。妈呀,有这一笔钱,爸妈就再也不用因没钱给虎生生的两个儿子说媳妇而哭丧脸了,两个哥再也不骂爸妈没本事了。当她和梅姐拿着这笔钱,和家里人说明了这门亲事是如何定下的时,大哥笑着说:"当闺女的迟早要做媳妇,迟早有那一回,你哭什么?"二哥说:"一次赚五千,生意兴隆,咱家有你这个俊闺女,财源就茂盛了。"果然,不出三个月,两个哥就定了亲,结了婚,家里从此平安了。二叔是县委最年轻的副书记,还和梅姐好,答应给她找工作转户口。她是小学毕业,怕干不好,就谢绝了。在农村,没管束,多自在!出口气也清清爽爽。超俊太爱她了,打定亲后,就和她形影不离,甜甜蜜蜜。早知他是个痴情汉,何必把那件事张扬得轰轰烈烈尽人皆知。大哥说得对呀,当闺女的迟早有那一回。那一回的感觉是鱼刺卡在喉咙,咽不下,吐不出。现在感觉多美呀……

王沁丽下午上了班,坐在财务科胡思乱想,刚任命三天的新矿长黄小早走进来,拿着一张单据,要提三百块现金。打开抽屉,数出三百块,锁住抽屉后突然觉得不对。中午下班时,还有两千多现金,扎了三捆,现在怎么少了两捆?她急了,在三个抽屉里翻找,出了一身汗,也没找出来。心跳着,手抖着,核定了现金库存,整整少了两千!她慌了,正要哭,正要叫,突然想起和超俊那次大喊大叫的结果来,就冷静了许多。她不计划立马报案,查找查找后再说,真的找不到了,悄悄赔上。杨家会给这笔钱的。她二次开了抽屉,细心地找,没找到现金,却找出一张条子来。上面用铅笔写着:

　　　　不要慌,不要乱,
　　　　不要喊叫和报案,
　　　　不要告诉第二人,
　　　　晚上八点你一人,
　　　　准时报到沁河滩。
　　　　如果不是这样办,
　　　　以后这事就不断。

　　署名是一个悄悄爱上你的人。她明白了,这人不是真偷钱,是吓唬她,是想和她办那种事。她顿时轻松了,擦了擦汗,在心里骂道:你狗日的吓得我不轻,你有那个意思,就和我说嘛!晚上见了先打你狗日的几个耳光再说!她在心里猜想那个狗日的是谁,想来想去,除了陈小小、黄明光和财务科科长延长明外,再没有别人了。陈小小是惯偷;黄明光没钱,常来财务科游逛,打着哥哥的旗号借了几次钱,都没理他;延长明一见她就淫淫地笑,在没人的时候还亲她摸她,自己虽看不起他,但又不能惹他,就悄悄地和他办了几回。除了这三个人外,杨承亮见了她就古怪地笑,她一叫三叔,他就不笑了,扭头就走。三叔是赖,但没听说他有流氓行为。整个下午,王沁丽就在这种疑疑惑惑猜猜测测中度过了。

晚饭后，王沁丽对杨超俊说，梅姐让她晚上去，超俊要和她去，她怎么也不让，超俊提出送她，到了就回来，她还是不让。爷爷表态了："超俊，让沁丽一人去吧，你抽空看几本书多好？"她这才解脱了，独自出了门。在一品香和白梅说了一阵闲话，快八点时，她抄近路下到沁河滩。正在东张西望，一个瘦小的人影晃悠悠走来。正是陈小小！等他走近了，她气呼呼地说："你害得我心跳了一下午，我真想打你两个耳光！"陈小小说："我爱你想你，不用这个绝法，就勾不出你来。打是亲，骂是爱，想打你就打我吧，我不还手。"她急着说："快给我钱来！"陈小小说："不昧你的钱，一分也少不了。咱还没办事呢，来吧？"说着扑上来，抱住就亲。她扭了几扭，以示反抗，也是对自己的良心有个交代和安慰，嘴里说不不不，双手却紧紧抱住了他的腰，舌头还密切地配合着。一阵寒风刮来，俩人同时哆嗦了一下，她说："找个地方吧，野河滩还灌进风呢。"陈小小搂着她，来到不远处一个废弃的泵房里。事毕，陈小小说："我想你不会来，没想到你来了。还开通，不保守。"她说："我是为我活的，啥好就来啥的。"陈小小说："这事是男人想捅（通）哩，女人想开哩。你这人不错，够开放的，就是超俊看得你太紧了。"她说："这是看的？全凭自觉。小小，钱呢？你不要弄了我，又讹我。"陈小小说："放心吧，明天上班后你就看见了，钱还在抽屉里，一分不少。少了一分，你就报案。"

回到家里，超俊黑着脸问："你究竟去哪儿来？"王沁丽说："我没跟你说？你明知故问。"超俊说："我才从一品香回来，白梅说你早走了。""是呀，梅姐给了我她家的钥匙，我去给她洗了几件衣裳。""你伸出手来我看看？洗了衣裳手是白的。"她不让看，超俊就硬拉，两个人拖拽起来。沁丽红着脸骂道："你这个强奸犯！我告诉你，我去疯来浪来，你能管住？"超俊说："脱了裤检查检查！"沁丽说："你想得美，谁检查过你？"两个人言来语去，手来脚去，就打了起来。杨复之早听到了，也听清了，这时才走进来，一把拖开超俊，以他惯有的口气训道："阴阳和而后雨泽，夫妇和而家道成。结婚方盈月，就饶舌，就拳脚，还成家道吗？"超俊说："爷爷，一辈猴管两辈的事，我是第三辈了，你还管？"杨复之顾不上之乎者也了，气愤地说："你生在杨家,就是第五辈第六辈,我还管!"

这时,白梅进来,秋风黑脸。王沁丽抢着说:"梅姐,你给我找的好男人,刚去给你洗了几件衣服,他就怀疑了,要脱了我的裤检查。"杨复之的脸腾地一红,赶紧出去。白梅眉一吊,眼一瞪:"杨超俊,你是全县赫赫有名的人,说话可要算数。咱现在就去医院检查,查出沁丽有问题,贴你五千块跟你离婚,我再给你找一个黄花闺女;查出来没问题,你说怎么办?"超俊脸扭在一边,一声不吭。白梅催道:"走呀,你怎下了软蛋了?好吧,你不去,我跟沁丽去。"说罢,拖上沁丽就走。

王沁丽在白梅家吃住了三天,杨超俊去请了六次,她都没有回来。第七次痛哭流涕,发誓赌咒,以后不管沁丽和谁好,都不管了,沁丽才同意回去。临走,白梅对着沁丽的耳朵说:"要是陈小小再缠你,你就按我说的那样办。"沁丽说:"不,我要跟他悄悄地好!"

4

一个月后,黄明旺出院了。虽没根治,但好了许多,一顿能吃一碗饭。身上有了力气。也许是精神作用吧,煤矿事故处理得比较理想,也大出他和村人的意料。县纪委副书记、高援朝的哥哥高建国亲率专案组来镇里调查,查清了贺效东推销给煤矿劣质木料的事儿,还根据群众举报,查出了贺效东五万多元巨额存款。1985年的五万存款可不是个小数啊!加上新盖的"听涛斋",贺效东是正阳镇干部中第一个先富起来的人。撤销了贺的一切职务,交司法机关处理,女镇长赵志坚代理镇党委书记;正阳村党支部书记黄明旺,在住院前几天宣布不兼任矿长,但难逃煤矿死伤八人的干系,给予党内警告处分,仍任村党支部书记。住院期间,黑牡丹四处打探,村人来看他就问,都说是杨承望保了他,不然,头上的小乌纱早飞到别人的脑袋上了。黄明旺又一次激动得哭了,出院后,专门拜访了杨承望,掏心摘肺般说:"永生不忘兄弟的两次救命大恩,知恩不报非君子。这辈子还不清,下辈子当牛做马也要还清!"

黑牡丹不愿回去。一个月来和杨承祖如胶似漆,忙于身心的欢愉,承诺了给他拆洗被褥,却又没来得及拆洗,就对黄明旺说:"到我娘家歇几天再回吧？回去后就忙、忙、忙，顾不上休息、吃药，不几天就又把你累垮了。"黄明旺知道她的意图，讥讽道："混了一个月还不过瘾？有本事你勾引住他兄弟，我给你俩铺床叠被，也光荣自豪，也敢在大街上说，我和县委副书记是一个战壕里的战友！"黑牡丹长叹一声："唉——咱没有白梅嫩，人家看不上，勾引了几次，连个笑脸都不给。明旺，杨家对你这样好，你还吃醋哩？"黄明旺说："我不知道你是个什么东西？睁一只眼，闭一只眼，也够意思了吧？"黑牡丹说："我可不领这个情，你有本事，我还找别人？我嫁给你，不是图了守活寡！"黄明旺没好气地说："你猴说那么难听，我先回，给你三天时间，第四天必须回来。"黑牡丹扑哧一声笑了："你这人就有这一个优点。我给他拆洗一下被褥，就回去了。"

回去后的第一个晚上就不安宁，一直折腾到半夜。

送走来看他的乡亲，已是晚十一时。躺下后，刚睡着，二锅头就一阵紧似一阵地吼。仄耳细听，有激烈的敲门声，还有一个女人尖利的叫门声："爸，开门，快开门！"呵，是英妮。上午回来，英妮说，她这几天晚上和白梅做伴，白梅和叔叔臭了，睡下就说叔叔这几年学坏了，又馋又懒，三十多的人了，不务正业，让家里人好好教育教育他。难道明光闯下啥祸了？他起床穿衣，开了大门。英妮扑进他的怀里，哇一声哭了……

一连两个晚上，黄明光搅得白梅不得安宁。

昨天晚上睡下后，一品香一个服务员焦急地来叫她，说是厨房失了火。她蹬上裤子披上衣服就跑，英妮也随后赶去。火势不大，只烧了厨房那间的顶棚。待扑灭后回到家里，发现屋门大开着。白梅急着问："英妮，你走时没锁门？"英妮说："屋门、大门都锁了呀！"白梅进屋查看，发现平素放钱的那口箱子的锁撬开了，一千多块现金没了，其他未动。谁干的？陈小小？陈小小从未来过她家，也从没偷过她；黄明光？极有可能，他和她要钱，她不给，他就抢，他知道现金放在哪里。和刚才饭店失火联系起来，他是用了调虎离山之计。他没钱，急疯了；她又不和他好了，也气疯了。白梅说："英妮，你看好门，我去派出所报案。"

原国亮组织干警连夜侦察，发现笨拙的案犯留下了不少的线索。天亮

128

后走访了附近群众,有一人看见着火前几分钟黄明光在一品香周围游逛。人证物证吻合,是黄明光无疑了。原所长要拘留他,白梅说:"爸瞎了,媳妇死了,哥病了,他也怪可怜的。我先跟他谈谈,他不承认,再拘留不迟。"但是,白梅找了一天,没见他的踪影。

今天晚上,白梅去山里红饭店结账,嘱咐黄英妮看好门,没事不要外出,除了她,谁叫门也不开。英妮说:"你叫我来跟你做伴,叫对了,真的是我叔烧你偷你,他见了我,就不敢了。"英妮看了一会儿闲书杂志就睡了,酣睡中突然被撬窗户声惊醒。这个闺女的胆子特大,要看看究竟是不是她叔,就没吭声。只见黑影子进来,没有开箱开柜,脱下裤子就钻进了她的被窝。这时她才啊一声大叫。黑影子捂住她的嘴,低声发狠地说:"你这个破货,我救了你,也敢杀死你!你去报了案,以为我不知道?"说着就压上身来,粗鲁地说:"我今晚要日死你,让你发财,发一口棺材吧!"黄英妮急了,用尽全身力气,猛地翻起来,给了他一记重重的耳光,大声喊道:"黄明光,你听我是谁?我是你亲亲的侄女啊!"黄明光愣了一下,几秒钟后才发狠地说:"你不是黄家的种,你妈嫁过来八个月就生了你,你是一个杂种!那个破货不在,我就收拾了你这个杂种!"就又扑上来,又把英妮压在身下。英妮真急了,知道白梅的枕头下压着一把水果刀,就抽出来,对着他的肚子捅去。这时,白梅回来了,拉开灯,见黄明光跪在床上,捂着流血的肚子,她就哈哈哈笑着说:"好啊,捅死这个流氓,我去坐牢……"

"爸,我捅了叔叔一刀,我害怕,怎么办哩?"英妮哭了,身子颤抖不止。黄明旺还没回过神来,早已闻声起来的黄福禄夫妇也怔了。奶奶把英妮抱在怀里,安慰道:"妮妮不要哭,不怕,不怕。"黄福禄仰面长叹:"作孽啊,作孽!报应啊,报应!"黄明旺这才问:"你叔现在在哪儿?"英妮说:"还在白梅姨家里。"黄明旺说:"英妮,水果刀是捅不死人的,你不要怕。就是他死了,也是活该。"英妮天真地问:"爸,我真的是我妈嫁给你八个月后生的?不是你的亲闺女?"黄明旺安慰道:"不要听你叔瞎说,你是我的亲骨血。你睡吧,我去看看你叔。"黄福禄说他也要去,明旺说:"黑更半夜的,你去干甚?"

黄福禄说："我去看看这两个不要脸的。""你能看见了？""看不见也去，黑不黑对我一样。"

黄明旺搀扶着父亲，来到白梅的小屋。只见黄明光靠在白梅的床上，腹部包扎着一条白带子，浸出了鸡蛋大一片血。白梅不在，黄明光面无表情，睁着无神的眼睛看着刚进门的父兄。父亲问："明旺，他死了没有？"明旺没回答，问明光："梅梅去哪了？"明光亦不答，把脸扭到一边。明旺又问："你黑更半夜来这里做甚？"明光还是不答。黄福禄火了，抢起拐杖朝床上狠狠打去，打在黄明光的胸部，离刀口只有四指远。黄明光猝不及防，疼得哎哟大叫一声。黄福禄破口大骂："你这个畜生，败坏了家规，糟蹋了妹妹，还要糟蹋侄女，你还有脸活在世上？英妮没有一刀捅死你，我打死你！"又抢起了拐杖，明旺伸手夺下。

白梅带着一个医生匆匆进来，都不说话了。白梅打着手电，医生重新包扎后，对黄明旺说："黄书记，刺破了腹膜，没伤内脏，几天就好了。你看，去医院，还是回家？"明旺说："伤得不重就回家吧。"医生说："每天换一次药，我明天下午去。再见。"

"新老两位书记，你们听着，"白梅送走医生后说，"这一刀，是我捅的，与英妮无关。该坐监牢，我去。但我得把话说明，为甚捅了他一刀。你们都知道，他救过我一命，我感激他，这几年我对他不赖，他花过我多少钱，吃过我多少饭，喝过我多少酒，只有天知道。去年，他买汽车，我还借给他一万块。可是，他越吃越懒了，越来越不像话了，跟我要钱，我不给他，他就抢；抢不上，就偷。昨天黑夜，他在一品香放了一把火，等我去救火时，他就撬锁入室，偷了我一千多块钱。我报了案，派出所连夜侦破，人证物证齐全，就要逮他，他跑了，一天都不见他。今晚，我刚睡着，他摘了窗进来，把英妮当成我，正要奸污时，英妮认出了他，就叫他叔，说我是你亲亲的侄女。他骂英妮是杂种，要收拾了这个杂种。说着就按倒了英妮。我实在忍不住了，就捅了他一刀。刚才，我去派出所报了案，一会儿警察就来了……"

黄福禄哆哆嗦嗦站起来，喊了一声："梅梅啊！"就晃了晃，倒了。明旺赶紧把他扶起，他紧闭着眼，只有悠悠一丝气。明旺和白梅都慌了，手忙脚乱地掐人中,做人工呼吸,明旺的嘴对着他的嘴,吸出一口浓痰,他才呼吸畅通了,慢慢睁开了眼。

黄明光像个局外人,依然躺着,翻着白眼,一动不动。黄福禄靠在明旺怀里,哧呼哧呼喘息了一阵,断断续续说:"梅梅,我,我,我对不起你妈,对不起你。我老了,活不了几天了,我也不怕世人耻笑,我也不怕你骂我。我,我是你亲爸,亲爸呀!你,你和明光,是作孽,作孽啊……"

仿佛一颗炮弹轰来,都懵了,聋了,呆了,哑了。三个人六只眼像追光投射在黄福禄晦暗黝黑、沟壑纵横的老脸上。黄福禄张着大嘴,喘着粗气,瞪着瞎眼,朝白梅站着的方向看着,似乎等待白梅脆生生、亲滴滴地叫他一声爸。然而,耳边却想起明旺愤怒的责怪:"爸,你气糊涂了,你胡说什么呀!世上哪有你这种没病揽伤寒的人?"黄福禄咳嗽了一阵,吐出一口浓痰来,仍喘着气说:"梅梅,你,你就认下我吧……"白梅哇一声哭了,哭得泪水滂沱,东倒西歪,死去活来。躺在床上,一直不吭声,装死猪的黄明光也突然哭出声来。黄明旺双手捂脸,发出啊啊两声长号。

白梅的哭声渐渐小了,没了,化作抽泣。她仰起泪花花的脸来,立眉瞪眼,咬牙切齿,像个女鬼般可怕。她声泪俱下道:"没想到,做梦也没想到,你是我想了、盼了、找了三十年的亲爸!还没想到,做梦也没想到,你竟敢在三十年后认我!黄福禄,我从来没有叫过你的名字,我一直尊重你,但现在知道了你是我的亲爸后,我不尊重你了,我这一辈子,也不会尊重你了,更不会叫你一声爸!黄福禄,你知道你的无情,你的绝义,使小儿寡母遭受了多大的苦难,流了多少屈辱的泪啊!小时候,我不懂事,谁让我叫爸,我就叫,那些人虽不是我的爸,但敢做我爸,他们抱过我,亲过我,爱过我,给过我吃的穿的和玩的,给过我短暂的父爱。你这个给了我生命的亲爸,抱过我一次吗?爱过我一次吗?我吃过你一口糠,穿过你一寸布吗……"

原国亮带着两个干警走到门口,听到白梅悲痛欲绝的哭诉,摆了摆手,没有进去,站在门外听着。

白梅的泪又哗哗流下来,带着哭音继续诉说:"妈没丈夫娃没爹,过的是一种什么生活,黄福禄你知道吗?村人骂妈是养汉,骂我是杂种,我懂事后,最讨厌妈那种生活方式,最不想听养汉这两个字。我和妈吵。我劝妈,妈只是哭,没有还口。后来我懂了,妈要活下去,妈要把我养大成人,她一个无援无助、体弱多病的女人,除了出卖肉体,还有什么可出卖的呢？是生活逼迫她,也是你逼迫着她呀！当妈病了,没钱买药,没人陪她去大医院治病,妈哭,我也哭时,我想,如果有个爸,我们两个女人,就不受这般为难了……妈死了,我还不知道爸是谁。我想,那个人一定伤了妈的心,要不,妈怎能临死都不告诉我呢？啊——"白梅又哭了,哭得喘不上气来,粉脸憋得通红。

黄家父子仨也哭了。哭的方式各不相同。黄福禄有泪无声,黄明旺有声无泪,黄明光有声有泪。哭、泣、号都有。好似黄家乐户用特殊的器乐为白梅伴奏,悲哀的艺术效果达到了黄家乐户百年来的最高水平。因为是感情的真实流露,不是表演。

原国亮他们也在门外抹着眼泪。

黄明旺听不下去了,制止道："白梅,你猴说了,你吃了苦,我们知道就行。"黄明光在床上道："说,说下去,这就是一个老共产党员、老革命做的好事！"黄福禄气喘吁吁地说："梅梅,你说,说吧,把肚里的苦水倒完。"

白梅任泪水小溪般流淌,沿着她的思路往下说："妈死的那年,我才十六岁,没人供我念书,我就退学了。我真想念书啊,有知识才能做个人上人,人上人就不是妈那种谁也看不起来的,谁也在人前人后臭骂的养汉。但是,我没有爸,谁供我念书？这时,我不思念那个神秘的爸了。我恨他,我在心里骂他,盼他早死,盼他断子绝孙。那时我一个十六岁的闺女难活呀,不大不小,地里的活干不动,你当队长的黄明旺,一天只给我记六分工,秋后分红,一个工十分,三毛钱,我一天才赚一毛八分,一年才五十多块,刚够吃粮钱。生活苦,事小,天天提心吊胆地活,事大。在地里、家里、路上,总有地痞流氓、不三不四的人打我的主意。我想,谁让你没爸呢,有爸,爸会保护你,你还怕什么？这时,我更恨那个爸了,赌咒发誓,一旦知道了他是谁,先朝他脸上唾两口,一口是我妈的,一口是我的;再送他两个脆生生的巴掌,一个是我妈的,一个是我的。以后,我遇到了婚姻波折,生意风险,人生的种种艰难,而没有一个亲人给我一点点力量时,更坚定了我唾他、打他耳光的决心。我想,他的自私、无情和卑鄙,会付出代价的。这不是应了吗?兄妹私通,叔叔强奸侄女,还有你的眼瞎,他媳妇的死,无孙绝后等等,就是老天爷对你的惩罚!"

黄福禄突然哇哇大哭起来,像上了威虎山的小炉匠,自己打着自己的脸。哀哀地求告:"梅梅,我对不起你妈,更对不起你。我本来是要认你的,但我有我的难啊。我是快入土的人了,你就原谅了我吧!"白梅被怒火烧灼得扭曲了的脸十分难看恐怖,她咬着牙说:"黄福禄,现在,是实现我的誓言和决心的时候了,你做好接受的准备吧!"说着,她挽起袖子,扬起手来,一步一步朝黄福禄走去……

5

赵志坚和黄明旺陪着杨承望,登上了镇浍城西边的天坛山顶峰。坐下来休息,擦着脸上脖子上涔涔的汗,接纳着凉丝丝的小风,杨承望问赵志坚:"赵书记,知道这座山为啥叫天坛山?"刚去掉代理二字的女书记浅浅一笑,摇了摇头。又问黄明旺:"明旺哥,你是土生土长的本地人,你知道吗?"黄明旺红着脸说:"我也不知道。"赵志坚讨好地说:"杨书记,你是全省高考文科状元,你一定知道,你就给我们讲讲。在这里工作,不知这里的历史,也是一种失职。"

杨承望眯眯一笑,指着眼下的镇浍城说:"我家祖宗建造的这座小城,是全省保存完好的名胜古迹。我们坐着的这座天坛山,是善男信女们朝拜的圣地。西北十里外的望川村开明寺,不仅是隋代建筑的佛教寺院,历史最为悠久,而且是明代末年晋东南最著名的书院,培养出一批时代骄子。有文字可查的就有三个尚书,一个巡抚。一是屯城的张慎言,明末吏部尚书、著名诗人和书法家;二是湘峪的孙居相、孙鼎相,一为户部尚书,一为湖南巡抚。在当时,开明寺书院赫赫有名,高平知县把儿子送来开明寺,结果高中进士,也是尚书。说到这里,我插一点别的,不是题外话。望川的村委主任刘二土是个聪明人,他去北京化验了开明寺的泉水,是一种含多种人体需要的微量元素的优质矿泉水,计划办矿泉饮料公司。这个点子很好。我接着说历史。我们对面是可乐山,山下上、中、下三庄,明清时叫白巷里,出了十五个进士,科举入仕的密度,泽洲府第一。最有名的是明代万历年间吏部尚书王国光。王国光与天坛山有密切的关系。下面,我就说说天坛山和王国光。

"咱正阳村原名叫老槐树,据我老爷爷杨煌书先生考证,在春秋战国时就发现、开采煤炭,秦汉时开始冶炼铸造,隋唐时初具规模,明清时形成高潮。冶炼铸造业已形成了市场,犁铧锅鏊等生产生活用具闻名海内,来这里做生意的客商很多,有'沁河扁舟云集,八方客商过往'的繁华。

"天坛山寺庙,是唐代修建的。由当地的善男信女和来小城做生意的客商捐资。为什么客商捐资修庙? 因为他们久居小城,经年不回,只好祈求神仙保佑家人平安,也保佑自己发财。当时,只有一座'轩辕庙',供黄帝、炎帝两尊神像,两位祖师爷有求必应,十分灵验,经常拯救百姓于水火之中。于是,南北客商和当地民众又自愿捐款扩建,又塑玉皇大帝和王母娘娘金身,成为儒佛道三教合一的寺庙。在明万历前,天坛山叫天南山,因为王国光的姥姥家在山下的刘善村,某年,接近年关时,王国光和万历皇帝请假,回家给姥姥做寿,皇帝和王国光关系密切,就说,朕久闻晋地阳林县物华天宝,人杰地灵,欲幸而不能。这次,朕与你同去。于是,万历大驾亲临刘善村,与王国光共为姥姥做寿。不料,天降大雪,封山堵路,万历帝不能起驾回朝,便在村里过年。因每年大年初一,当朝天子必须在京城天坛祭天地、祖宗,以求五谷丰登,国泰民安,万历帝就在天南山设坛祭祀,遂将'天南山'改为'天坛山'。天子回朝后,从国库中拨来银两,大规模扩建寺庙,从而吸引了秦晋豫鲁浙皖苏闽八省的善男信女,三月十五的庙会,热闹非凡,香烟缭绕,长此不绝,延续至今。前些天,刘善村的原有庆、韩拴劳和张东祥找我,说是要复修、扩建天坛宫,开辟旅游胜地。这个设想很好,我原则上同意……

"天坛山名字的来历,当然是传说。史书记载,万历帝没有来过咱们这里。但我今天讲这些并非发古之幽情。赵书记、明旺哥,正阳不仅是经济之乡,而且还是文化之乡。在明清时闻名全国,可近百年来,因为历史的原因,正阳落后了。现在,历史又给了我们发展的机遇,我们能错过这个机遇,再落后一百年吗?"

赵志坚忽地站了起来,像江竹筠一样昂起宁死不屈的脑袋,铿锵有力地说:"杨书记,我就不相信,共产党搞经济搞不过封建官僚!你给我五年时间,我一定让正阳超越历史,再创辉煌,闻名全中国!"赵志坚表了态,黄明旺也耐不住了,站起来表态:"兄弟,五年计划三年一定要实现!"杨承望把黄明旺拉到自己身边坐下,对赵志坚笑了笑,摇着头说:"赵书记,五年是不是太长了?要只争朝夕啊。明旺哥早走在你前头了,将了你一军。巾帼岂让须眉?"赵志坚脸一红:"明旺有你这个大后台,要钱有钱,要人有人,我靠谁呢?"杨承望站起来说:"一靠改革开放的历史机遇,二靠正阳这块资源丰富的风水宝地,三靠正阳优秀的文化和经贸传统,四靠……"赵志坚再次表态:"我也来个五年计划三年实现,今晚就开党委会专门研究。杨书记你不要走,就参加会议,做做指示。"杨承望答应了。

三个人的话题转到了正阳村今年计划上的两个企业上。黄明旺外强中干,中气不足,少气无力地说:"煤矿投资一百二十万,铁厂投资七十万,按现在一矿一厂的收入计算,四至五年才能还了贷款。按计划今年新上的两个企业,最少需要三百万,银行还敢贷给咱?"承望硬邦邦地说:"只要银行还在共产党的领导下,就得贷给你!这就看你敢不敢要了。"赵志坚插嘴道:"有什么不敢?只要没有装到你的口袋里,你怕什么!明旺,正阳村是全镇的红旗,这面红旗只能迎风飘扬不能倒!我负责搞一百万贷款,前半年建起铸造厂,生铁就地加工转化,不比卖原材料强?"杨承望说:"不,还用去年的办法,两个厂同时上马。上电厂迫在眉睫,全县电力太紧张了。没有电这个先行官,企业再多,也是一堆废铁。电厂的资金我负责落实。赵书记,你从镇里抽调一批懂行的帮助村里筹建,一个月以内,拿出方案来。明旺哥,这样安排行不?"黄明旺一跺脚,天坛山晃了一晃:"撑死胆大的,饿死胆小的,干!"

杨承望看着正阳村边十年前劈山改河造下的几百亩平坦肥沃的滩地,脸色突然严峻起来,像想起什么不愉快的事来,严峻变为痛苦,又像要把痛苦甩掉,眨巴着眼睛说:"企业不能建在山里,水呀、路呀都不方便。你们研究研究,铸造厂和电厂建在滩地怎么样?临河傍路,啥也方便,也有宣传作用。"黄明旺犹豫着说:"村里人多地少,怕老百姓不同意。"赵志坚立即表态:"行,就按杨书记的指示办!"黄明旺不表态,杨承望说:"有钱了,还愁吃粮?"黄明旺迟迟延延说:"我考虑考虑。"赵志坚不满地说:"有什么考虑的?"黄明旺这才说:"就依兄弟你说的办。"

这天夜里,在镇里开完党委扩大会后,已是子夜时分。县委副书记杨承望婉言谢绝了镇干部的挽留,披着漆黑的夜幕,摸进了白梅的小屋。

6

黄福禄大病了一场,这几天才见轻,能拄着拐棍走路了。

那天晚上在白梅屋里,要不是派出所所长原国亮及时进来,白梅的巴掌早落在他的老脸上了。原所长铐走了黄明光,也警告了白梅,他在明旺的搀扶下,回到家里。躺下后就没有起来,哮喘病发作,一躺就是三个月。他不敢奢望白梅来看他,白梅也没有来看他。若不是明光和她弄出违反法律的、震动全村的、超越伦理的、他无法接受的龌龊事儿来,他是不会突然揭开白梅的出生之谜,更不会对着儿子和白梅的面,将这一秘密公开。他有一副铁打的硬心肠,几十年来,从不为私情所动。偶然有一丝恻隐之心,也是瞬息即逝。

十几年来,白梅妈病西施般的模样,第一次在眼前晃动。一会儿是妩媚多情,笑吟吟的;一会儿是哀哀怨怨,愁眉苦脸的;一会儿是怒气冲冲,恶毒可怕的。她是黄福禄一生唯一的红粉知己,除了老伴和她,黄福禄没有和第三个女人有过肌肤之亲。黄福禄在病床上反思了多日,这才认识到,当时,为了一个共产党员、支部书记、战斗英雄的名誉,对她是太无情了。他在心里说,但我也不是一块冰冷的石头,梅梅成人后,也曾培养扶植过她呀,入团、入党、当劳模、推荐上大学,哪一件好事,不是我这个亲爸给她办的?是她丧失了阶级立场,和杨家搅和在一块,才真正伤了我的心,打消了帮她、认她的念头。下台后,无职无权,认她就失去了意义。几十年来,谁敢朝我脸上唾,朝我脸上打?地主杨一坤敢,那是阶级斗争;梅梅敢,那是我自作的。将心比心,她也该唾我、打我。人啊,怎么光长前眼,不长后眼呢？

三个月内，黄家发生了三件大事。一是派出所拒绝说情，把黄明光送到县司法机关。据说，以抢劫罪、纵火罪、强奸罪三罪并罚，最低判五年徒刑。黄明旺找见杨承望，痛哭流涕，在杨承望的干预下，只判了一年劳教。二是黑牡丹得知黄明光差点儿强奸了女儿，第二天就匆匆回来，与黄明旺弟兄俩大闹一场，坚决离婚，后在村干部和老夫子的调解下，不离了。三是此波未平，又起一波，英妮坚持与陈小小结婚，黄家哪能同意。于是，黄英妮与黑牡丹一齐绝食，逼迫黄家让步了。在三月十五天坛山庙会，正阳村人山人海那一天，黄英妮和陈小小热热闹闹结婚了。这三件大事，黄福禄不听不问，权力下放，任明旺处置。家里走了两个人，黄家大院一下子就寂寞了。听说明旺又要贷三百万，上两个企业，黄福禄冰冷的心突然热了，火烧油煎般沸腾起来。这不是一家一户的小事，这是全村三千多口人的大事，退下来也要管，眼瞎了也要管！管不住别人，就管自己的儿子。听不听在他，说不说在我！

明旺每天来看他一次，他每天唠叨一次："明旺，你对我说实话。""爸，我几时瞒过你，说过鬼话？""你依实说，再上两个企业，是不是承望的主意？""是，也不全是。全国都在发展乡镇企业，这是改革开放的大趋势。镇村两级党组织经过反复论证，承望当然支持。""明旺，你还嫩，一不懂阶级斗争，二不懂咱农民是干什么的。咱先说阶级斗争。没文化的阶级敌人不可怕，因为他们是蛮干，是拼命，如杨一坤，如蒋介石的八百万军队；有文化的阶级敌人最可怕，因为他们有智谋，不直接和你刺刀见红，绕着圈子把你打倒。如杨复之这样的人。他在暗中磨了几十年刀子，终于磨出了两个大学生，一个掌了技术权，一个掌了党政权，阶级敌人的后代掌了权，本身就是复辟。一是要做阶级报复，打击贫下中农；二是要把革命事业引上邪路……"黄明旺扭过脸，捂着嘴无声地笑。黄福禄的管眼看不见，依然认认真真地讲着。他翻开他时常读的、已经残缺、卷页、陈旧的《马恩列斯语录》《毛主席语录》说："恩格斯在这里说，一个阶级的任何新的解放，必然是对另一个阶级的新的压迫。毛主席在这里说，阶级斗争，一些阶级胜利了,一些阶级消灭了,这就是历史,这就是几千年的文明史。拿这个观点解释历史,就叫历史唯物主义,站在这个观点的反面,就是历史的唯心主义。明旺,你听清了吗?"黄明旺连声说:"爸,我听清了。"黄福禄放下语录本,说:"咱再说农民是干什么的。一句话,以粮为纲。为啥?因为这是三十多年来,毛主席指引的革命路线。偏离了这个纲,一是政治错误,二是经济犯罪。去年贷了那么多款,今年又贷,牛年马月能还清?羊毛出在羊身上,企业砸了,又害了一村人!我有这方面的教训。咱正阳村的当务之急,是把村后那几百亩滩地垫起来。土地下户前,我领导着村人垫了五百亩,不是土地下户,各管各,失去了集体的优越性,那五百亩滩地,早垫起来了。人均增加几分耕地,多打几百斤粮食,就是对革命的贡献,就是正路……"

黄明旺站起来要走,黄福禄说:"你听不进去?"明旺说:"爸,不在其位,不谋其政,你就猴操心了。"黄福禄也站起来说:"社会主义的江山,是我们这些老人跟着毛主席打下来的,不能坏在你们这一代人的手里!"

7

黄明旺不想听老父的过时皇历,出了家门,刚进城门,就碰到了杨承宗,被杨承宗拖到他家。他不愿和杨承宗打交道,承宗这人太直,认死理,不看情面。要不是看杨家的面子,他是不会让他当铁厂厂长的。当然,老夫子和承望都没有明示或暗示过。但企业里不安排杨家一个人,尽是黄家掌权,村人有意见,杨承望也不会满意的。贺效东说:"杨书记有看法,不支持你,你就吊在半空了,上不去,下不来。"他和贺效东翻来覆去想,把杨家在村里的党员们想了个遍,只有承宗有能力挑一个厂的重担。他知道,承宗是和他谈新上企业的事。在支委会上,他就第一个站起来反对,没听他的,他会甘心?

果然,一进家门,承宗就直闯闯地说:"明旺,咱俩同岁,赤着屁股长大,关系也不错,为了大家,为了你,我还坚持我的观点,企业要稳步发展,不能一哄而上,更不能盲目追求进度。五八年放卫星,七一年劈山改河,七六年人造平原,给全村人带来了多少灾难?五八年,咱俩都在正阳农业中学读书,都参加了"大跃进"。那时的一桩桩一件件,今生今世忘不了!想来都可笑,但却笑不出来……"

于是,俩人你一言,我一语,回忆着那一个特殊的年代,发生的特殊事儿。

那时,杨承宗的父亲杨新才是合作社副社长、黄福禄的副手。这是个有文化、有心计的人,当年发生的大事,都记在日记里。为杨承宗多年后温习这段历史,提供了最原始的资料。这年1月25日,县委发出《开展农业大跃进,提前九年粮食亩产达到四百零五斤,棉花亩产四十斤指标的决定》,发出了大搞积肥、打旱井、搞水利、种高产作物和各行各业支援农业的号召。新任县委宣传部科长的高青云背着行李来正阳村蹲点。杨新才对提前九年产生了怀疑,拿着文件问高青云:"高科长,提前九年不结合实际,这个指标是不是太高了?"风华正一股股往外"冒"的高青云脸一黑,训斥道:"你这人不了解国际国内大形势。现在英美帝国主义向我们挑战,我们就要赶上他们,超过他们!"3月,县委又做出了全民办企业,小型多样办工厂的决定。高青云对黄福禄说:"咱们要办一个全县最大的钢铁厂,让'大跃进'的红旗永远飘扬在正阳乡!"黄福禄说:"行,党叫干啥就干啥!"杨新才指着县委文件说:"高头让办小型的,咱就先办一个小的,一没技术二没钱,办什么大的?"高青云火了,一拍桌子:"毛主席号召我们,钢铁元帅升帐,十五年超英赶美。你男子汉大丈夫,长了一双女人的小脚,照你这种速度,一百五十年也赶不上英国。右倾,真右倾!"当天,高青云和黄福禄召开了支部大会,发动全体党员和杨新才大辩论,党员们七嘴八舌像七八挺机枪,一齐朝杨新才扫射。高青云摇头晃脑说:"杨新才长了一双老太太的三寸金莲,在'大跃进'的征途上跑不快。我们不给他戴右派分子的帽子了,但不希望他占着茅坑不拉屎。请大家推选一个脚大的、跑得比高鼻子英国人还快的党员,和黄福禄同志一道带领正阳人,迅速掀起'大跃进'的高潮!"杨新才的脑袋嗡地一响,出了一身冷汗,心说完了,完了。党员们叽叽喳喳议论着,你推我,我推你,谁也不愿当这个领头羊。因为他们知道,没有长高鼻子,更跑不过英国人。他们还知道,不能和老革命黄福禄比,也不愿和他共事。有了成绩,是黄福禄的,有了错误,是自己的。于是,有人站起来说杨新才的好话，说其他人如何如何不行，让杨新才接受教训，带过立功。很识时务的俊杰之士高青云便不坚持自己的意见了，严厉地批评了杨新才。因黄福禄还兼着乡里的职务，还在跑全乡的工作，高青云就限杨新才一个月内，办起全县农业合作社中最大的钢铁厂来。否则，戴帽、撤职！他不怕撤职，正不想干了，但他怕戴帽，五类分子的帽子，像孙猴子头上的紧箍咒，除了如来佛，谁也摘不下来。

为办全县中农村最大的钢铁厂，黄福禄和杨新才一天时间就拿出了方案：在村东现在办铁厂的那条沟里，建二十座土高炉，日产生铁五万公斤，比县营铁厂的产量都高。每座高炉投资最低三千元，共需投资六万元。加上买煤炭、矿石等，还需流动资金二万元。高青云听了很是兴奋，除把厂址改在村边公路旁的水浇地外，其余未动。合作社只有三千元公积金，缺口太大，高青云从县里搞来三万贷款，黄福禄带上民兵，背上锈迹斑斑的三八大盖，挨家逐户要"股金"，一户五十元，有钱出钱，没钱用粮食、牲畜、木料顶。摊派没商量，不给就斗争。正阳村鸡飞狗叫，驴蹦马跳，人哭猪嚎，二十座小高炉群上了五百多人，解放前炼过铁的老师傅们都上阵了。一天三班倒，炉火熊熊，浓烟滚滚，煞是壮观。入夜，站在远处看，二里长一片通红，好似银河落凡。第一天，炼出生铁三万斤，高青云、黄福禄、杨新才带着百余人抬着生铁，敲锣打鼓，去县委报喜。第二天，全县农业合作社大炼钢铁现场会，在正阳村召开。高青云、黄福禄在会上介绍了经验，县委第一书记把一面特大的红旗庄重地交给黄福禄。黄福禄把红旗插在镇浃城的箭楼上，从此，谁也没有能力夺走这面红旗，它在正阳村高高飘扬了八个多月，直到第二年初大闹钢铁"降温"时……

这年9月27日，上孔铁厂放出一颗一炉日产生铁一千〇八十公斤的"大卫星"，高青云指着城头的红旗对杨新才说："明天这面红旗就插在上孔了。"杨新才找见黄福禄，两个人研究决定，立即派人用大红纸写上一炉日产生铁一千一百二十公斤的"最大卫星"，敲锣打鼓，送到县委。不几天，应朝铁厂放出土高炉日产一万三千五百六十公斤的"特大卫星"，消息传来，正阳村立即放出日产一万三千八百四十公斤的"巨大卫星"……地委、县委在正阳村召开"钢铁卫星上天现场会",没有那么多钢铁怎么办？高青云出面联系,把应朝、嵩峪等县办铁厂的生铁拉来,堆成一座小山,晋东南十六个县市几百名代表,佩服得五体投地。黄福禄被地县乡三级党委、政府授予"劳动模范""炼钢先锋""优秀党员"等光荣称号,披红戴花,四处传经送宝。还在全县大炼钢铁积极分子代表大会上,向全国青年发出向钢铁进军的倡议。这时人民公社成立,黄福禄被选为公社党委委员,兼正阳大队党支部书记,两个月后又选为县委委员;高青云荣升县委宣传部副部长;杨新才还坐在老位子上没动。

二十座土高炉远不如黄、高二人风光。全县炼铁,炭块稀缺,黄福禄下令,砍伐村东北卧虎山上千余亩森林。那一大片森林已有几百年历史,战争年代被国民党部队砍伐了几百亩。为服务于大炼钢铁,卧虎山剃了光头,一下子矮了许多。至今,仍没有戴上帽子,仇视着正阳村。冬天,地、县组织技术人员来化验、收购生铁,没有一块是合格的。夜深人静时分,黄福禄和杨新才趴在小山似的生铁堆上,号啕大哭……

次年,土法炼钢纷纷下马,但上马时的投资无人过问。高青云帮助贷的三万元,银行每年从粮棉油预订金中扣除,整整扣了十年;而黄福禄带着民兵从家家户户搜索的"股金"却无力偿还了。土地下户时吵了一阵,新支书说:"我那时还穿着开裆裤哩,谁去你家要的,你和谁要吧。"老实巴交、忍辱负重的农民,怎忍心去和刚下台的黄福禄要呢？他能拿出来吗？

杨承宗说:"我爸死前,给我讲了当时咱村的'大跃进'、劈山改河,把这本日记交给我,说了一句意味深长的话:'要站在正阳的土地上思考一切。'"黄明旺说:"我爸也提醒我,不要走五八年的老路。但我认为,改革开放和'大跃进'有根本的不同。'大跃进'是无计划、盲目性,不尊重科学。我们没有走'大跃进'的老路。"杨承宗说:"有相似的地方。一是盲目干大的,咱没有那个力量;二是追求高速度,没学会走就跑;三是作为带头人,你的荣誉感太强。你服不服？"明旺说:"你说的这几条都站不住脚,我根本不服！"承宗给明旺续上茶,说:"理是越辩越明,咱今天煮茶论英雄。谁胜了,就依谁的办,行不？"明旺说:"不行,已定下的不改。我爸说过,他最佩服拿破仑,拿破仑有一条铁的规矩,不收回成命。明天就测量定厂址!"

英妮每天来探视爷爷,她正和奶奶、她妈闲聊。忽听爷爷一声喊,英妮从隔壁跑过来,问:"爷爷,叫我有事?"他说:"你爸现在在哪儿?""在河边滩地。""在滩地干甚?""测量规划修电厂和铸造厂呢。""什么? 在滩地修工厂?""是呀。""快快,领我去看看。""你的病才好,不能着了凉,就猴去了。""不不不,我要去,我要去!"他说着站起来就走,英妮只好给他穿上一件厚衣服,戴上口罩,搀扶着他,出了大门,向河滩走去。老伴不放心,在后边跟着。二锅头也不放心,也在后边跟着。

走走,喘喘,歇歇,不断有人和他打招呼,向他问候。一个和他同龄的老汉拉住他干柴一般的手,着急地说:"老书记,快劝劝你明旺吧,他在滩地修工厂,一下就占了二百多亩好地! 咱村人均三分地,以后喝西北风?"他问:"真的要占滩地?""不信你去看看。"他又艰难地往前走,腿一软,不是英妮扶得快,就跌倒了。到了滩地,听到明旺拍电报一般的快语:"明天就把煤矿的铲车调来,挖根基。"张大太说:"你真老外,挖根基不是铲车,是挖掘机。"明旺问:"哪有挖掘机?"大太说:"县建筑公司、公路局都有,不知借不借。"明旺说:"找咱村的杨书记,他敢不借?"大概是明旺发现父亲来了,大声喊:"爸,你来干甚?"说着跑过来。黄福禄喘着粗气说:"来看看你吃祖宗、坑后代!"明旺说:"爸呀,我知道咱村人多地少,我也知道滩地是你的血汗,是你的光荣。但要发展工业,能不占地吗? 总不能把工厂修到空中吧?"黄福禄喘着粗气问:"要占多少地?"明旺说:"两个厂占一百七十亩,路占六十多亩。"黄福禄说:"工厂不能修在煤矿那条沟里?""不能。""为甚?""一言半语说不清。爸,你身体不好,见不得着凉,快回吧,这些事你猴管。""没人叫我管,我也管不了,我只问你两个问题,第一,非占滩地不可? 不能变了?""对,非占不可,不能变了! 你老人家早就告诉我,要学拿破仑,不收回成命。""第二,占滩地是不是杨承望的主意?"黄明旺迟延了一会,没有正面回答:"爸,从投资、效益、宣传角度上说,工厂建到滩地利多弊少。"黄福禄再没理明旺,转身对英妮说:"扶我回去。"

回到村口，又遇到了刚才那位哭诉的老汉，他像未下台时一样，口气硬邦邦地说："你通知四九年以前入党的老党员、原先的贫协委员，立即到我家开会！"

8

这是黄明光送到看守所的第一天。

号子里关着十二个犯人，他是第十三个。水泥地上铺着一层麦秸，再铺上自己的行李，就是床位。他来得最迟，床位排在最后。警察把他带进来，锁上铁门后，犯人们你一言他一语，问他叫什么名字，从哪里来，犯了什么事。他懒得回答，倒在自己的铺位上。内里一个黑瘦的三角脸认出他来，尖声道："你不是正阳村黄家老二吗？有名的光棍汉、懒汉、醉汉。这个地方不是正阳村，你牛什么？快给老大进贡，怎连这个规矩都不懂！"他真的不懂，老大是什么人？进什么贡？他求助的目光看着三角脸，突然认出来了："你是三庄的保太吧？我开拖拉机时，去给你家送过煤。"保太对他眨眨眼，指着第一个铺位上仰面躺着的那个白胖子说："带着什么好东西，先孝敬老大。"他看着白胖子说："老大，没有什么好东西，有一盒烟，也叫警察没收了。"老大没理他。晚饭是一个窝窝头，一碗菜汤，他端进号子里，刚要吃，老大咳嗽了一声，保太就夺下他手里的窝窝头，给了老大。他饿极了，不敢和老大要回来，知道他是这里的头，就把保太的窝窝头夺过来。刚咬了一口，老大咳嗽了两声，几个犯人放下碗，扑过来。脱下他的袜子，塞进他嘴里，脱下他的裤子，把他的脑袋按进裤裆里，他出不来，坐不起，喊不出。一直到睡觉时，老大咳嗽一声，才把他解放出来。但还没有完，仅仅是个序曲。饿得、弯得头晕眼花，全身酸困疼痛，他揉着眼，活动着四肢，愤怒的目光射向老大，真想和他拼个你死我活！只见老大抽着烟，喝着酒，朝他眯眯笑着。顿时，勾起了浓浓的烟瘾和酒瘾。从那天晚上在白梅屋里被派出所抓走后，三天了，没抽一口烟，没喝一口酒。他朝老大扑通一声跪下，祷告道："大爷，给我喝口酒吸口烟吧！"老大仍是美滋滋吸着喝着，轻轻一声口哨，十几个人一齐起来解手。然后，保太把他领到尿桶旁，要他"服水土"。他不懂，保太比画着说，噙上一口尿，仰起脸来，朝上喷，尿珠儿只准落在自己的脸上，如果落在别人的脸上，有几个人，你喝几口尿。他为难了，也领教了这个特殊环境中，这些特殊人的厉害，迟迟延延不低头，老大又轻轻一声口哨，几个犯人如狼似虎扑过来，把他的脑袋按进尿桶里……这次"服水土"直到喝下第十一口尿，没有落在别人脸上一滴，才告结束。中间吐了几次，后来想吐却吐不出来。铺位只给他留了一尺，只能侧着睡，不能翻身。他一夜睡不着，默默流下悔恨的泪。同时暗暗发誓：出去后第一件事，就是杀了白梅！

一天的饭是"两圪蛋（两个窝窝头，午晚各一）一汤"，汤是白菜汤，有几粒米，没有一丝油。头三天的窝窝头都孝敬了老大，饿得他只有悠悠一口气。直到第四天进来一个新犯人，他才不"服水土"了，也有资格吃自己的"两圪蛋"了，铺位宽了一尺，可以仰睡，可以翻身。但执行孝敬老大，让新犯人"服水土"的事儿，轮到了他，他不愿干，又必须干，只好咬着牙干。三个月后，他前头的犯人都判刑走了，他荣升老大，可以睡七尺宽的铺位，可以享受老大的一切待遇。起初不忍心，但想到自己也受过那般罪，也该享受这般待遇，心里就平衡了。

又进来一个犯人，一看是贺效东，他乐了。他从不与这个表姐夫来往，不是他清高，是贺效东看不起他来；他也因贺效东与嫂子黑牡丹私通，与爸站在一个立场上，替哥憋着一口气。可以料到，他一定是得罪了杨家，或是旧债，或是新仇，杨承望才把他送到这里来休养一段。这是一条大鱼，不炸出他的鱼肝油来，这个老大白当了！他威严地咳嗽了一声，乱纷纷打探案情的狱友们立时安静了。"老贺！"他大叫一声，"你他妈的也有今天？你因甚进来了？"贺效东一看是他，像在职时一样，脸一黑，眉一皱："你嘴巴干净点，我不当书记了，还是你的表姐夫！"他哈哈一阵大笑，然后又咳嗽了一声。于是一个小弟兄开始工作了，动员贺效东给老大进贡。贺效东不解，像他当初一样，问谁是老大，进什么贡？执行任务的小兄弟朝黄明光努了努嘴，又搜开了他的身。贺效东明白了，恶声恶气地说："你问问他黄明光敢要我的贡？他是什么老大，是我的小舅子，懒汉、醉汉、光棍汉！"黄明光轻轻打了一声口哨，几个犯人扑上去，把贺效东身上的钱和粮票、手表、钢笔等全部搜出来,恭恭敬敬送到他面前。他一看贺效东穿戴得整齐干净,对一小兄弟耳言几句,几个人又把贺效东按下,扒了他的衣服,给他送过来。他脱下自己的脏衣服,扔给贺效东。接着是吃晚饭,是服水土,一直折腾到半夜,贺效东满面泪光,跪在他面前,他让叫大爷,贺效东就叫;他要小便,让贺效东张开嘴,贺效东就张开,他尿进贺效东的嘴里,让他喝下去,还问他味道好不好。贺效东说,好,好极了,比老白汾都好……

第四个月零二十天,他判了一年劳教,高兴得一口气喝了一个新犯人孝敬他的一瓶酒。他知道,这样好的结局一定是哥活动的结果,哥一定找了杨承望。出去后,第二件事就是报答杨承望。正在醉乡中胡思乱想,狱警叫他,说是有人来探监,快去接待室。他想,四个月来,没人来看望他一眼,是谁呢?是爸?不可能,他伤透了爸的心;是妈,也不可能,妈想来,爸不让,妈就来不了;是哥,一定是哥,以后再不听哥的话,浪荡下去,我就不是黄家的后代!第三件事就是洗心革面,重新做人,再不能进这个不是人来的地方。

到了接待室,大睁着眼睛,四下搜寻,没见哥的面,却见一个打扮得花肢招展,用复复杂杂的目光看着他的女人。啊,是白梅!他忘了自己的第一个誓言,心一热,鼻一酸,泪水就流下来。白梅脸色严峻,目光锐利,看着他说:"把你送进来,是为了挽救你,你以后的路还很长,等到你犯了死罪,一切都晚了。除了你,黄家的人,我一个也不认!但认你有个前提,就是你必须悔过自新。如果你能做到,出来后,我帮你办一个小企业,一年就成了万元户,还帮你成家。做不到,就随你去吧!"白梅说罢就走。他急了,大喊道:"白梅,不,梅妹,哥听你的!"白梅返回来说:"你用什么保证?"他说:"用我的人格和良心。"白梅说:"你没有人格,良心被狗吃了。"他立马咬破中指,在淡黄的桌子上写下一个鲜红的"人"字。白梅笑了,笑得亲,笑得甜,笑得纯洁真诚。隔着冰冷的铁栅栏,他流着泪,轻轻地说:"一切从头开始吧。"

第五章

1

　　十八个老党员、老贫协聚集在黄家，在前任支部书记黄福禄的主持下，开着一个热气腾腾、义愤填膺的特别会议。黄老书记带领大家先学了两段毛主席语录。一是"没有贫农，便没有革命。若否定他们，就是否定革命。若打击他们，就是打击革命。他们的革命大方向始终没有错"；二是"我们已经取得了伟大胜利。但是，失败的阶级还要挣扎。这些人还在，这个阶级还在。所以，我们不能说最后的胜利。几十年都不能说这个话。不能丧失警惕"。

　　接着黄老书记带头忆苦，还是"文革"中反复忆的那一段：杨一坤一次奸污了黄家六个女人。大概有十年了没有机会温习这段珍贵的历史，黄福禄讲得热泪盈眶，但包括老伴在内的十八个听众，没有一人掉泪。会场效果远没有"文革"初忆苦思甜时那么激烈、动人，也是出乎黄老书记意料的。黄福禄忆罢，让别的老党员、老贫农忆，但没有一人呼应。大家低着头吸烟，不知老书记为什么开这个会，开这个会是为了什么。难道是几年没主政了，想再过过当书记的瘾吗？他着急地大声说："你们都哑巴了？都忘本了？忘记了过去,就是背叛!"他想起黑牡丹唱的那首忆苦歌来,一唱大家就哭,效果很好,就离开会场,来到隔壁,对黑牡丹说:"我今天开一个忆苦会,你去给大家唱唱那支《天上布满星》的歌,跟以前唱时一样,要哭出来!"黑牡丹不知公爹的意图,说:"爸,什么时代了,还唱这种歌?"他说:"不管什么时代,都不能忘了过去! 你去,快去!"黑牡丹去了,他对大家说:"你们听听《天上布满星》,就会想起过去! 明旺家的,给我唱!"黑牡丹几年没唱了,也想过过唱歌的瘾,站在当屋,调整了一下情绪,开口就唱——

> 天上布满星,月牙亮晶晶
> 生产队里开大会,诉苦把冤伸
> 万恶的旧社会,穷人的血泪仇
> 千头万绪,千头万绪涌上我心头
> 止不住的辛酸泪挂在心头

她没有流出泪来,眼里也没有泪花。黄福禄在心里喊道:你哭呀,你怎不哭呢?

> 不忘那一年,爹爹病在床
> 地主闯进我的家,狗腿子一大帮
> 说我家欠他的债,又说欠他的粮
> 地主狠心,地主狠心抢走了我的娘
> 可怜我那爹爹把命丧

她还没哭,黄福禄却哭了,像他爸第一次给他讲杨一坤作恶时一样,也像他在十几年前忆苦会上讲这段历史时一样,泪水涟涟。可怜我的奶奶姑姑啊……

> 不忘那一年,苦难没有头

走投无路入虎口,给地主去放牛

　　半夜就起身,回来落日头

　　地主的鞭子,地主的鞭子抽得我鲜血流

　　可怜我这放牛娃,向谁呼救

　　她还没哭,唱得也没以前那样生动,催人泪下。黄福禄此时已是一把鼻涕一把泪,泣不成声了。

　　不忘阶级苦,牢记血泪仇

　　世世代代不忘本,永远跟党闹革命

　　黄福禄站起来,扬起泪花花的脸,情不自禁地跟着儿媳唱了起来。嗓门儿苍老,却字正腔圆,极有感情,韵调把得很准。

　　不忘阶级苦啊,牢记血泪仇

　　不忘阶级苦啊,牢记血泪仇

　　……

　　哈哈哈! 大家笑得前俯后仰。一个老汉高声叫道:"老公公、儿媳同台演唱,好不好?"大家高叫道:"好——!""再来一个要不要?""要——!"

　　黄福禄大怒,把桌上一个茶杯猛地摔在地上,大家才不笑了,不闹了。这么严肃的会议,怎么用这样的态度来对待? 莫非我下了台,没权了,也没威信与威风了? 但我有三个勋章九个枪眼,有战斗英雄证书! 这就是老本,县委书记也没有的光荣! 不是我们这些人出生入死打天下,有你们哈哈大笑的今天吗? 他又一拍桌子,对着老汉们喝道:"笑笑笑,我看你们能笑几天! 同志们呀,咱们今天学习毛主席语录,唱不忘阶级苦的歌,是要提醒大家,不要忘了阶级斗争,不要忘了社会主义的江山,是毛主席领导着咱们这些老汉们打下的! 可现在一切都反过来了,地主娃削尖了脑袋,篡夺了党政大权,开始阶级报复了!"

霎时,大家寂静了,昏花的老眼放出严肃、警惕的光,左顾右盼,好像阶级敌人就在他们身边。黄福禄这才平静下来,喝了一口茶,缓缓而道:"为啥今天叫咱们这些老朽们开会? 第一,咱们都是国家的有功之臣,提着脑袋干过革命! 第二,姜还是老的辣,中央有顾问委员会,就是怕年轻的领导人把不住方向,把国家的船翻了,才让老同志来监督。我们就是正阳村的顾问委员会。没有人任命咱,是咱自己任命的。咱们打下了这个天下,有资格监督坐天下的人! 你们说是不是?""是,是呀!"老汉们这才激动了,异口同声。黄福禄说:"咱书归正传。你们看到了吧,自土地下户以来,农村多乱? 离毛主席的革命路线越来越远了,离资本主义越来越近了。不以粮为纲,办什么企业,还要占咱滩地的保命田! 这些都是现象,本质是地主娃当权后,扇阴风,点鬼火,开始了反攻倒算……"

黄福禄越讲越激动,是他下台后几年来,最激动的一次。一经他挑明,老党员、老贫协们都气愤得坐不住了,纷纷站起来发表自己的意见。有的说,还要以阶级斗争为纲,不能让阶级敌人的阴谋得逞;有的说,根据正阳人多地少的实际,还要以粮为纲,发展经济的正路是垫起村北那几百亩滩地……

会议达成如下几条决定:一是根据列宁在十月革命后说的"我们十分之九的注意力和实际活动都是而且应当是放在这个基本问题上:推翻资产阶级,建立无产阶级政权,根除资产阶级复辟的任何可能性"。根据毛主席以阶级斗争为纲的一系列教导,不仅自己,而且还要教育子女、发动群众,擦亮眼睛,严密注视阶级斗争的新动向,如若杨承望以发展经济为由,破坏以粮为纲,强占滩地,就要和他做坚决的斗争;二是力阻不切合正阳实际大规模办企业,尤其不能把企业办到滩地。为保滩地,豁出老命也值得! 三是立即去镇党委反映阶级斗争新动向,要求成立正阳村顾问委员会。

会后,黄福禄佩戴着已经生锈的三枚奖章,在老汉们的搀扶下,朝镇党委走去。

2

镇党委书记赵志坚热情接待了老党员、老贫协们。对老同志们的革命热情,给予了高度的评价;对老同志们提出的阶级斗争新动向,赵书记以党的八届十一中全会精神,做了详细、耐心的解释;对老同志们提出成立顾问委员会,也做了组织原则上的说明;对企业占耕地,做了投资等方面的解释。除了成立顾问委员会外,老同志们对赵书记的观点都不服。

大概是忙碌了大半天,着了凉,这天晚上,黄福禄就又病倒了,发高烧一天一夜。但当务之急——企业占滩地的事,仍在脑海里翻腾。

那五百亩平展展的滩地,种啥长啥,旱涝保收,人见人爱,是他为村人办的一件实事好事,值得子孙后代传扬。正阳村有史以来就是人多地少,在劈山改河造地以前,人均半亩地,滩地造成,一下子增加了五百亩,人均二分半,一年两收,结束了吃返还粮的历史,每年还向国家交售五万公斤爱国粮、一千公斤爱国棉,公分值提高到一工八毛。春天,看着绿油油的青苗;夏天,看着金黄色的麦浪;秋天,看着狼尾巴一样的谷子;冬天,看着鲜嫩的老麦,真比喝了二锅头还醉人啊!每当想到滩地永远是绿色,永远飘着五谷的清香,他心里就乐悠悠的,真想唱几句上党梆子。可眼下,这一点欢乐保不住了,今年占二百,明年占三百,后年就没了。人是为信仰、为想头活着,没了信仰,没了想头,只有难受,不如死了!

"我死了没有?他妈,我死了没有?咋不回答我?英妮,爷爷死了没有?"

几分清醒,几分昏迷,清醒时也不说话,思维固执地停留在沁河滩。

山西省第二大河流——沁河,流经正阳村时被阻,绕镇洓城拐了一个大弯,与流经村中的东河合流,从村南浩荡而去。1970年,北方地区农业学大寨会议后,县委、县革委分别做出《关于深入开展农业学大寨群众运动的决定》,举办"基层干部路线学习班",派出"毛泽东思想宣传队",以大批判促进学大寨,制定出"达纲要""过黄河""跨长江"的奋斗目标。正阳村的目标是"跨长江",规划是"劈开一座山,顺直沁河弯,造地一千亩,产量超江南"。这个规划县委高度重视,首期拨款五十万元,作为劈山经费。公社革委组织了以武装部长贺效东为总指挥,黄福禄为副总指挥的劈山工程指挥部,于1970年10月,打响了劈山战役。全村近两千人,参加劈山的上了一千多。那时,四十四岁的黄福禄像打足了气的皮球,劲头很高。拿出1958年"大跃进"时,跑步进入共产主义的劲头来,向着"造地一千亩,产量超江南"的目标迈进。谁有抵触情绪,谁消极怠工,就以大批判的锐利武器,打得他片甲不留。一千多人拼死拼活,干了三年,用小平车、铁锤钢钎和血肉之躯,从天坛山南部打开了一个巨大的V字形缺口,把沁河抻直了,留下赤裸的河滩。第四年开始打坝造地,又干了三年,打坝千余米,造滩地五百亩。以后,县里不拨款了,大队又拿不出来,弹尽粮绝,再加上不学大寨了,土地下户了,他也下台了,工程不了了之。一算账,投资方面,除县里拨款八十万元外,大队贷款三十万元,粮食补贴六百万公斤。正阳大队背上了三十多万元贷款、三百万公斤粮食的巨额外债。但人均增加了二分半宝贵的水浇地,解决了吃粮的大问题,民意反映比大炼钢铁好多了,黄福禄每当看到这五百亩滩地,就笑开了花。这是他心中的一块绿洲啊!

笑到第三个年头,黄福禄再也笑不出来了。改河的负面效应,成为威胁正阳人生活与生命的没牙老虎,隐藏于默默无语的东河。东河从正阳村中穿过,把村子劈成两半。明清时,东河是长流水,碧波细浪,清澈见底。两岸古老的建筑多是二层小楼,下层是各种店铺,沿石阶可下河里提水或浣洗。似江南水乡,为阳林县八大景之一。闻名于晋豫陕的"小城集市"就在这里。不知从啥时起,东河变成季节河,旱季无水,雨季浪滔滔。泥沙乱石冲进沁河,借助沁河巨浪而下,不知冲到了什么地方。而今,沁河改道,东河在雨季暴发的泥沙乱石,失去了沁河的推力,便淤集于河道,且以年两米的速度堆积,三年下来,河床已提高了六米,埋了石阶,埋了半截民房。十年过后,河床将高出正阳村,再过十年,正阳村将成为深埋于泥沙中的"地下村庄",再过更长的时间,就将成为考古学家追踪的热点。这时候,正阳人才后悔不该劈山改河,他黄福禄从马恩著作中,看到了恩格斯老人家说过的一段话:人类对大自然的一次次所谓征服,其结果只能是换取大自然一次次报复!

村人结队来找黄福禄,要求采取补救措施,挽救正阳村。黄福禄无计可施,带众人去找公社革委主任贺效东。这位因劈山改河造地有功而连升两级、先进事迹上过《人民日报》的年轻干部立时火了,放开嗓门说:"谁否定劈山改河,就是否定农业战线的大好形势,一定严惩不贷!谁制造紧张空气,立即绳之以法!""文革"刚结束,人们心有余悸,兴冲冲而来,蔫乎乎回去。然而,大自然的残酷报复,没有因贺效东的权力而收敛,沙石还是以年两米的速度堆积。黄明旺上台后,在老父的催促下,去地区找着杨承望,杨承望带回一名水利专家。专家勘察了两天,说唯一的办法是还沁河以故道,恢复生态平衡。但不能把山口垒住,滩地复原为河道,那样将减少几百亩水浇地丰产田,也是一个巨大的损失。如果在镇洪城北打一条地下涵洞,引沁河水走东河,就可冲刷泥沙,降低河床,保正阳平安。黄明旺嗫嚅着问:"投资多少?"专家计算了一阵说:"大概六百多万吧,百年大计,少了不行。"黄明旺的舌头吐了半尺长……

黄福禄听了明旺的汇报,心里猛一阵绞痛。当年投资连粮食计,不过二百万,如今的赔偿竟是当年的三倍!当时,他的眼睛可见度很低,在孙女的搀扶下,来到了滩地。看不见,用耳朵听,用鼻子闻。他听到了,一些村人在背后议论:"人没前后眼,老书记当年也是为咱正阳人好,没有这几百亩好地,咱现在还吃返销粮。有了这几百亩好地,子孙后代也不愁吃饭的大事了。"他听了心里暖洋洋的。是呀,口中有粮,心里不慌,脚踏实地,喜气洋洋。这五百亩滩地的价值,不是六百万块钱能买来的啊!正是小麦灌浆的季节,淡淡的麦香钻进鼻子里浸入肺腑里,他感到香极了,美极了,伸手摘下一穗麦子,送到口中,有滋有味地咀嚼着,又抓起一把油浸浸的土,放在鼻子下闻着,也觉得香甜异常。这时,大自然的报复在他心里渐渐淡化,取而代之的是一片充满盎然生机的绿洲,在正阳村世世代代永不退化的绿洲。他想,也许后人们在他百年之后评价说,这是战斗英雄、党支部书记黄福禄的功劳啊!从那天开始,凡遇到不顺心的事,他就在心里描绘着滩地的丰收景象,瞎眼就光芒四射,让老伴拿过唢呐来,吹一支《得胜调》。滩地冲刷了他下台后的失落感。

第七天,黄福禄的病轻了许多,又能下地走路了。中午,英妮来送饭,说是她特地给爷爷做了个红烧肉。黄福禄吃了一块,说不错。二锅头低叫着,他就把送到嘴边的第二块丢在地上,二锅头半空里接住,吃下后满足了,静静地卧下。黄明旺进来,说:"好香,在门外就闻着了。我害肝炎,不多吃肉,爸,我尝尝吧?"黄福禄没理他,叫了一声二锅头,把碗里的肉全倒在地下。二锅头兴奋得摇头摆尾,呜呜地叫。黄明旺说:"唉,我还不如一条狗!"

3

大型挖掘机轰轰隆隆从五汉街驶过,惊动了杨老夫子。他走出家门一看,挖掘机朝滩地开去,滩地上聚集着一大群人。他纳闷:人和机器都进了滩地,要在滩地上干什么?闲暇无事,他就锁上门,也去滩地看热闹。到了方知,要在滩地盖工厂。一向见怪不惊,城府极深的老夫子,心咯噔一跳,脸上的皱纹颤抖了几下。滩地是刮金板,村人的命根子,占了滩地,三千多张嘴吃什么?他在乱纷纷的人群中寻觅村干部,见黄明旺和张大太被几十个村民围着,大多数是老党员,吵得正凶。走过去一听,一耳了然。争吵的焦点正是在不在滩地建厂。黄明旺坚持在滩地建厂,说出诸多好处来;村人不让在滩地建厂,也说出诸多理由来。谁也说不服谁,双方都吵红了眼,唾沫喷在对方的脸上。他插不上嘴,在一边旁听。几个老汉走过来,激动地向他表达自己的意见,并要他出面,和当县委干部的儿子通个气,制止村干部们胡来。他点头答应。

黄明旺挤出包围圈,跳上挖掘机机头,大声喊道:"大家猴吵,静一静,听我说。同志们呀,改革开放大办乡镇企业已给我们正阳村带来了天大的好处。过去我们没有一个企业,人均只有四分地,有吃的没花的,端着金饭碗讨吃。去年在县委镇党委,尤其是在我们村的大干部杨承望同志的大力支持下,一年办了一矿一厂。投产后效益很好,一下子就摘掉了穷帽子。今年我们还要大干一年,新建一个电厂一个铸造厂。明年再大干一年,再建两个厂。三年建成五千万元村,家家成为万元户。要实现这个宏伟目标。当然要占土地。这笔账好算,一亩地打一千斤粮食值一百多块钱,二百亩地才值两万多块钱。建成工厂经济收入是土地的一百倍,要买多少粮食……"

乱哄哄的人们不听他算账,有的起哄喊口号,有的尖声打口哨,还有的人在大骂黄明旺你狗日的滚下来,我们首先要吃饭,老天大旱天下大乱,有钱买不来粮食,你的工厂有尿用? 黄明旺讲不下去了,气得蜡黄的脸变成赤红,对挖掘机司机下了命令:"家有千万,主事一人,猴听他狗日的们瞎乱,给我挖!"司机点火发动,加大油门轰了一阵,朝白灰线框内开去。人们啊啊叫着跑到车头,阻住了去路,司机停了车。张大太在黄明旺耳边说了几句,黄明旺不骂了,和张大太并行着,朝村里走去。

滩地绿汪汪的麦苗被践踏得东倒西歪,断腿折腰,有几个老人蹲在地头失声痛哭。

黄明旺刚进村,老夫子迎上去,恭恭敬敬地说:"黄书记,我有几句话,不知当说不当说。"黄明旺一躬腰,强挤出一丝笑来说:"大伯,你猴叫我黄书记,折煞我了! 有什么话,我洗耳恭听。"老夫子说:"众愿须顺,众怒猴犯。滩地是老百姓的心头肉,你们当干部的就忍心剜却老百姓的心头肉?"黄明旺转过身来,对张大太说:"你先走吧,我和大伯说罢就去。"张大太走后,黄明旺低声说:"大伯呀,你不知实情,占这几百亩好地,我也不忍。夜黑来,我爸跟我谈了一个晚上,把'大跃进'、劈山改河的事儿都对我说了。我虽然不同意他的看法,也不照过去那样办,但不能放过改革开放和承望在县里工作的机遇,让咱正阳人永远受穷。我原计划把工厂建到煤矿那条沟里,但承望不同意,他主张建在滩地,说是路水电好配套,也有教育意义,建到山沟沟里一来投资大,二来谁也看不见。镇党委同意承望的意见,把占地手续都替咱批下来了。承望对正阳村、对我的支持太大了,我能不听他的吗?"老夫子问:"办批地的手续,承望知道不知道?"黄明旺说:"就是他签的字呀!"老夫子抬起头来,看了看天,天上仲春的太阳很是耀眼,有几朵淡淡的云,在慢悠悠飘。刮来一阵小风儿,云朵的飘速加快了,离太阳越来越远。大概是风的缘故吧,老夫子哆嗦了一下,思谋了一阵说:"你能不能迟几天动工?"明旺说:"看这局势,不是几天,不采取强硬措施,怕动不成工了。"老夫子说:"就说这几句,你忙吧。"

老夫子的脚步走在回家的路上,走了一段,突然两腿沉重起来,小腿抽了筋一样疼。他突然想起十年前承望在劈山工地受贺效东和黄福禄的欺辱,曾恶狠狠说过:"贺效东和黄福禄想干个大工程,树碑立传,加官晋爵,名扬后世,我要有几吨炸药,就炸了它!"莫非这小子……

老夫子穿过五汉街,走到晋韩路公共汽车站牌下,看有没有熟人进城。等了半个多小时,见有村人过来,问清是进城办事,就让他去给承望送个口信,说是他病了,有时间回来一趟。

等儿子回来,从没有这般焦躁不安。老夫子一会儿在小院里踱步,一会儿出大门外看看。到晚饭后,还不见人影。直到晚九点多,大门外才传来小车的刹车声。杨承望大步进屋,在门口就急着说:"爸,你病了? 我真忙啊,要不是早回来了。"老夫子黑着脸问:"你把车开进村里了?"承望说:"天黑,没几个人看见。"老夫子加重语气说:"人不见天见,勿因善小而不为,勿因恶小而为之。快开出村外!"承望苦笑了一下,说:"我今天不走了,这就把车打发回去。"第二次进来,承望急着问:"爸,我看你气色很好,不像有病。"老夫子说:"不是我有病,就是你有病。""爸,这话是什么意思?""承望,我问你一件事,你要说实话。""爸,我什么时候对你说过假话?""我问你,在滩地建工厂是你的主意?""你听谁说的?""你猴管我听谁说的,有没有这件事?""有,开始我不同意。但村镇两级党组织定下的事,我怎好干涉? 就同意了。""为甚要把工厂建在滩地?""因为投资小,比在沟里建少十几万呢。""还因为甚?""还因为隔河就是公路,来来往往的人都能看见,对宣传正阳、宣传产品,很有好处。酒好也怕巷子深嘛!""还因为甚?""没了,就这两条现实的原因。""不对,还有。""爸,你今天咋了?""我今天病了,全村人都知道。"承望反应很快,明白了老夫子的意思,问:"在滩地建厂的事,村人知道了? 都说了些啥?""都说,咱村出了个大干部,百亩好地保不住。黄福禄带着一批老党员、老贫协,去找镇党委,说在滩地建工厂,是你的主意,是阶级斗争的新动向,是地主娃复辟反攻……"

杨承望没想到村人,尤其是黄福禄对在滩地建厂,有这么大的意见,还

155

上纲上线。心说，早知是这样的结果，来个突然袭击，形成事实，看他们还有什么话说！这是个教训，以后要把任何事都想得复杂点。老夫子说："承望，咱村人多地少，有滩地就有粮吃的自给自足，就有人心不乱。当然，你会说，企业的收入不可与土地比，有钱就啥也不愁了，还买不来粮食？这是肤浅的认识，这是画饼充饥，说服不了最讲实际的农民。个中道理，我想你是明白的。如果你连这个道理都不明白，或者是出自一种羞于告人的目的，你就不配做一个副县长！"承望心一跳，看着父亲深邃的老眼，心说，还是父亲老辣，一眼就看穿了我的内心。他不敢麻痹了，认认真真听着。老夫子继续说："《左传·哀公元年》说，臣闻国之兴也，视民如伤，是其福也。其亡也，以民为草芥，是其祸也。两千多年前的士大夫，都知爱民是福，你这个大学生、共产党员，还不如一个士大夫？《左传·襄公三十一年》，有子产不毁乡校的小故事，你读过没有？""读过。""乡校是什么？既是学校，又是乡人议事的地方。子产为何不毁乡校？他的原话是什么？"杨承望背道："……人朝夕退而游焉，以议执政之善否。其所善者，吾则行之；其所恶者，吾则改之。是吾师也，若之何毁之？我闻忠善以损怨，不闻作威以防怨……""你还能背下来就好，我以为你忘了呢。子产执政二十余年，使处在晋楚双重压迫下的弱小郑国获得安定，并受到各国尊重，其重要的一条就是爱民如子。你执政一年就要毁地绝粮，在家乡筑怨作威，其危害比杨一坤还大！""爸，你猴说了，我不该同意他们这个规划，我错了。我现在就去跟赵志坚、黄明旺说，办企业不许占一分耕地。行不行？"

杨老夫子不放心，眼看着承望走进了城门，半个小时后，又看着他从城里出来，朝黄家走去。他心一热，这娃聪明听话，知错就改，是个帅才。刚才我的批评是不是过火了？儿子大了，有思想，有面子，以后点到为止，切不可把他当小娃看待。他站了一会儿，就要回去，突然想起一件事来，向前走了几十米，隐于一暗处，静静等待着。大约一个多小时后，当承望从黄家出来，走近白梅的小屋，四顾一番，见无人注意，就要走进去时，他闪出来，一把拖住他。回到家后他说："八年前是我错了，八年后是你错了。因为你身份变了，就要忍痛割爱，断了那条路！"

4

哧啦——哧啦——哧啦——杨超俊瞪着眼、用着力,在院子里的磨石上磨着一把杀猪刀。老夫子问他磨刀干甚,他头也不抬地说:"爷爷,一辈不管两辈事,我是三辈了,你就猴管。"老夫子生气了:"什么时候也是这句没劲的话,只要你是杨家的后代,四辈五辈我也管定了! 把刀给我!"杨超俊不给,老夫子冒着危险去夺,爷孙俩在院里家里兜着圈子。孙子腿脚灵活,冲出爷爷的围困堵截,跑出大门就不见了。老夫子知道孙子是个不明事理的愣头青,怕他闯祸,就去煤矿找杨承亮。他早就观察到,超俊怕承亮,也听承亮的。承亮是个什么货色? 近朱者赤,近墨者黑,他十分担心超俊被承亮同化了。

杨超俊磨刀,是想杀陈小小。

陈小小和王沁丽的私情败露,是杨承亮透露给杨超俊的。

昨天中午,杨超俊小两口在山里红吃罢饭,照例叫两个年轻人打几圈扑克,挨到两点半上班。刚打了几把,矿长黄小早进来,沁丽说:"小早叔,你来打吧,我去和梅姐说句话。"黄小早接过来就打,沁丽看了超俊一眼,自自然然出去了。那天,白梅在山里红,超俊没有一点疑心。大约一个小时后,杨承亮进来,对超俊说:"白梅和沁丽在二层三号,叫你去。"超俊把扑克给了承亮,就出去了。上到二层,走到三号门口,忽听里面传出沁丽熟悉的呻吟。杨超俊大怒,一脚踢开两扇门,见是陈小小替他操劳,上去就打。机灵的陈小小从他胯下钻出,哧溜跑了。他刚抓住沁丽的长发,沁丽就一头撞在他胸口上,把他撞了个大仰八叉。沁丽骑在他身上,骂道:"你是个什么东西? 强奸犯! 再干涉我的自由,咱就离婚! 世上两条腿的狗没有,两条腿的男人,一抓就是一大把!"——因那个使他后怕,也使他庆幸的强奸案,他在王沁丽面前,怎么也抬不起头来,刚结婚就落下个"妻管严";也因王沁丽在他眼里太漂亮了,一提离婚二字,他就像放了气的皮球,瘪了。王沁丽昂扬而去,他躺在地板上充气,一会儿就气鼓鼓的,重新蹦起,班也不上了,回到家里磨刀。

老夫子跟杨承亮回到家里,不见了超俊。承亮说:"大伯,你猴担心,我知道超俊去了哪儿,我保证不出事。"老夫子问究竟出了什么事,承亮怕他难受,就编出一段轻松的瞎话来。

杨超俊在陈小小家附近徘徊,手提着寒光闪闪的杀猪刀。杨承亮走过去,一脸威严,怒喝道:"给我刀!"超俊不给,杨承亮一个耳光爆响在他的脸上。他悚了,乖乖把刀给了承亮。"没出息的货!"杨承亮骂道:"杀人偿命,你赔得起吗?杨家威风百年,过去出过尚书、巡抚,现在出过满肚文章的老夫子、县委书记和工程师,也出了你这个怂包!你杀了陈小小,政府枪毙了你,是小事;给杨家抹了黑,给老夫子、县委书记、工程师带来麻烦,是大事!"杨超俊说:"三叔啊,我咽不下这口恶毒气!"杨承亮说:"男子汉大丈夫,小肚鸡肠!那个东西是米面?陈小小吃了,你就要挨饿?有本事,你去找黄英妮算账!"杨承亮甩下这句话走了,杨超俊的脑子唰地一亮,有了主意。

晚上,杨超俊来到陈家。陈小小好像什么事也没发生,端茶点烟,十分殷勤。黄英妮卖弄风情,和杨超俊开着骚骚的玩笑。陈小小说:"超俊兄弟,今天中午的事,没有跟你打招呼,是我不够意思。我知道你咽不下这口气,要报复,你就提条件吧,我满足你。"超俊说:"我已磨了刀,要杀你。现在我问你,愿不愿死?"黄英妮啊一声大叫,急着说:"有什么过不去的,还动刀子?"陈小小无事一般,淡淡一笑:"我今天中午,和沁丽高兴了高兴,让超俊逮住了。"英妮长吁了一口气,对杨超俊说:"扯淡,沁丽多了一个朋友,是好事啊,想要什么,叫小小去偷。"超俊说:"以眼还眼,以牙还牙,我要英妮。小小,我跟你不一样,明人不做暗事。给不给?"陈小小问:"长要还是短要!"杨超俊说:"短要。"陈小小笑着对黄英妮说:"我出去办点事,你好好招待超俊。"黄英妮说:"你放心,保证让他三通四满意,过后还要来。"

黄明旺和陈小小翁婿俩边喝茶水边闲聊。陈小小亲切地说:"爸,有什么事,你就跟我说,我这人不成材,办不了大事,小事倒不求人。"黄明旺突然想起一件事来,正好能用上小小,就说:"听说,有几个村干部告我,组织群众签名,但不知是谁牵的头,有多少群众签了名。"小小说:"告状材料送到了哪一级?"黄明旺说:"镇里县里都有。""爸,我去取回来吧?""你取得完？我只想知道是谁在兴风作浪。""好来，你迟睡一会儿，我去镇里把材料取回来。""你要小心啊，现在才八九点钟。""没事，两个钟头后，你就知道是谁在拆你的台了。"

从黄家出来，陈小小回去，没开大门，翻墙进去，在窗外听了听，英妮和超俊还没结束，正在兴头上，就对着窗口说："超俊，你狗日的是老母猪拱住萝卜窑了？"超俊说："你去找沁丽吧，她在白梅家。"陈小小又翻墙出去，去了白梅家。没人，又去了一品香，沁丽和白梅都在。他一个眼色，沁丽出来，两人回到杨家，见老夫子没睡，说了一阵今天发生的事儿，再出门一看，老夫子睡了，就接住中午未完的事儿，继续干。因在家里，怕老夫子听见，两个人都控制着感情与力量。沁丽说："真没意思，还不如到外边爽快。"

镇委大院还没有全部熄灯，陈小小从后院进去，上到二楼，来到纪检书记老马的办公室门外，看见黑着灯，听听没有人，就掏出一件物什，往门缝一插，门就开了。他进去后，锁上门，不到十分钟就出来了。从进到出，没碰见一个人。

黄明旺扔给陈小小一包烟，就颤抖着手，急不可待地看起告状信来——

关于阳林县正阳村党支部书记黄明旺办企业占耕地的紧急反映
省、地、县、镇党委：

我们正阳村三千二百多口人，耕种着一千零七十亩土地，人均零点三三亩。其中一半是山地。有沁河滩五百亩高产田，是全村人的命根子。村党支部书记黄明旺，为了出名、省事、好看，硬要占用这五百亩好地办电厂和铸造厂。我们不反对办企业，但坚决反对办企业占了我们的口粮田。如果上级党委不制止黄明旺的罪恶行为，我们将集体去北京告状！

另外，黄明旺在办企业、招工过程中，有收贿行为。群众反映，建铁厂收工程队贿赂三千元，煤矿招工一人收贿五百元，共计收贿两万多元。

正阳村共产党员张大太等十四人(签名盖章)正阳村革命群众延天乐等一千六百七十人(签名盖章)

5月8日

黄明旺看完,原文抄下,把信给了陈小小,说:"在哪儿取的,送回哪里,千万猴让公社干部发现了。"陈小小说:"你放心吧,你不说,谁也不知道。"陈小小走后,黄明旺在肚里骂开了张大太:"好你大太狗日的,急于抢班夺权,发动党员、群众告我;好你狗日的延天乐,我计划提你当电厂筹备处土建组长,你当面是人,背后是鬼,看我怎样收拾你们这些王八蛋!"

<h2 style="text-align:center">5</h2>

电厂和铸造厂的筹建,并未因群众不让占用滩地而缓建或停止;黄明旺也未因村人集体告他而格外小心。他派出两支小部队外出考察电厂设备和铸造项目,一支以他姑表兄弟、曹玉凤的弟弟曹玉龙携县电厂管设备的工程师等几人,前往京津唐考察电厂设备;一支以他叔伯哥哥黄明义携县农机制造厂工程师杨承祖等几人,前往闽粤一带考察铸造项目。因煤矿、铁厂效益很好,村委有钱了,每人带旅差费一千元,比他去批煤矿时,风光多了。

送行宴会安排在一品香,白梅特意做了当地传统名菜"八八",镇党委主要领导和村里两委干部都来送行。大餐厅摆了三大桌,女书记赵志坚做祝酒词,这个三十五岁的女强人满口"文革"余韵和火药味,讲得激动人心:"同志们,战友们,当今经济战线是谁的天下?是我们农民的天下,乡镇企业的天下!去年赴南方参观,我们开了眼界,下了决心,只用了一年时间,我们正阳村就办起两个大企业,打遍全县无敌手!今年,我们宜将剩勇追穷寇,再办他妈的两个,打遍晋东南地区无敌手!明年,还有两个,打遍山西省无敌手!农村是个广阔的天地,天高任鸟飞,海阔凭鱼跃,我们就要大显身手,敢上九天揽月,敢下五洋捉鳖,敢把正阳镇、正阳村的战旗插上珠穆朗玛峰!另外,黄明旺同志是实干家、改革家,为了乡镇企业的发展,为了正阳村家家都成为万元户,差点儿去见马克思了。县镇两级党委支持他、保护他，谁告他，谁就是不和县委、镇党委保持一致，我们决不允许这种无政府主义在正阳发生、发展！好了，我就简单讲这几句。"接着，黄明旺发言，他受了赵志坚的感染，话不多，却句句有力："我们的目标是三年实现五千万，家家成为万元户，为了实现这个目标，我豁出去了，不怕告状，不怕打倒，不怕离婚，不怕累死，不怕老爸不认我这个儿子！家丑不怕外扬，老爸天天骂我，说我是劳民伤财，我不悬崖勒马，他就不认我这个儿子。我认为我们不是搞'大跃进'，更不是劈山改河，是有计划地科学地发展工业……同志们出去很辛苦，尤其是帮助我们考察的两个工程师。我代表正阳村三千多口人，感谢你们！"

宴会结束，派煤矿铁厂两个工具车。把外出考察的同志送往晋城火车站。临行前，敲锣打鼓，鸣放鞭炮，激动得出去考察的人流下了泪。

村镇干部们往回走，黄明旺拉住了张大太："大太，我今天太高兴了，没喝酒，却醉了。走，咱弟兄俩回一品香坐坐。"俩人进了包厢，服务员送进烟茶来，出去后，黄明旺说："今天高兴，说几句心里话吧。大太，你说咱搞这么大、这么快，是不是'大跃进'？是不是劈山？""不是，和'大跃进'、劈山，有本质的区别。你分析得对，咱是有计划地科学地发展，派人外出考察，不就说明了这点？'大跃进'和劈山，谁出去考察过？明旺哥，我真佩服你的胆量和谋略。""大太，你说，咱把工厂建到滩地对不对？""对呀，建到山里多投资十几万，又看不见，图了个甚？""这么说，你也支持我在滩地建厂？""我早在两委会上表态了，现在再表一次，坚决和你保持一致！""兄弟你说，有人告我，告了什么？我知道了，好改。""明旺哥，我咋知道？""你真外气，对我不负责。还有，是谁告我？这人也不够意思，当面锣对面鼓多好？""明旺哥，你真有意思，莫非你怀疑是我告你？""不不，我怀疑你就不会跟你说这些。大太，你要有个思想准备。"张大太一愣："准备什么？""准备接我的班，当一把手。""哈哈哈，笑话，我能吃几碗干饭，拉几斤稀屎，你不知道？""你猴谦虚了，大太，我身体不好，一受累肝就疼，吃什么药也不顶用。办起这两个厂，我就不干了，去哪个厂看大门，有碗饭吃，就知足了。多活几年比甚都强。""也是，明旺哥，你要注意休息，有事你交代我，我一定办好。"

"那就靠你老弟了,我已和承望说过,重点培养你。从明天开始,咱俩分头跑贷款,我跑地区,你跑县里,一人贷五十万。""啊呀,明旺哥,我没办过这号事,怕完不成任务。""没办过学嘛,给行长的回扣是百分之五至百分之十,我今天就跟煤矿打个招呼,给你准备三万,你拿现金去打通关系⋯⋯"

张大太高高兴兴去煤矿拿了三万现金,给了老婆一万五,自带一万五去了县里。他没有想到,他钻进了黄明旺的圈套,付出了沉重的代价!

6

正阳村风一样传递着一个令人咋舌的新闻:白梅投资六十万,要在五汉街建一座集饮食、住宿、娱乐于一体的四层综合大楼!

上午八点,在村人羡慕与嫉妒的目光中,白梅坐着租来的小汽车,带着四个从外地雇来的漂亮姑娘,进城了。小车直接开进县城最豪华的阳林宾馆。她一个月前就在宾馆包租了一个套间,经常与杨承望在这里幽会。有关综合大楼的一切细节,早和县委杨副书记讨论了十几遍。今天来,是落实批地手续和贷款。进了套间,她拿起内部电话,通知刘经理准备一桌一千元左右的酒菜。刘经理为难了,在电话中说:"咱宾馆开业以来,还没有做过这样高级的菜,省长来,一桌也才六百元左右。"白梅不满地说:"你这样经营,是老农民种地,多种薄收,顶多赚个肚儿圆。这样吧,你立即派车去晋城采购,一切费用都是我的。必须有龙虾、海参、鱿鱼、王八、燕窝、螃蟹、牛鞭。晚七点开席。"打完电话,她在事先买来的精致请柬上,写上土地局长,农行、工行、人行行长的大名,分给四个姑娘,嘱咐道:"不仅要请到这几位大头目,还要在今晚吃饭前,加深感情。懂吗?"四个姑娘一齐笑着说:"懂了!"白梅拉开坤包,拿出一沓钱来说:"每人先发二百,完成任务后,再发三百。"姑娘们高高兴兴去执行任务了。

小县城刚兴起跳舞热,比较高档的舞厅,只有"迷你"一家。白梅给"迷你"老板挂了电话:"今晚我包了'迷你',不许卖一张票!"然后,才给杨承望挂电话:"一切都安排好了,你不必出头露面,给三个行长打个招呼就行了。"杨承望说已打了招呼,关键是人行赵行长,这老头很怪,刀枪不入,请不来他,其他几个行长就会打折扣。

白梅认识赵行长的司机，一个电话就调来了他。这人是个好色之徒，刚进来就抱她亲她。白梅说："王师傅，有羊赶得上山。帮我请来赵行长，我派十八岁的姑娘伺候你。"王师傅说："不行，我就要你，想你几年了，每次路过一品香就把不稳方向盘。"白梅无奈，心里厌恶，却不得不装出欢喜来，与他上了床。一番云雨过后，王师傅问："是不是想贷款？"白梅说"是"。"贷多少？""最少三十万，转告赵行长，回扣是百分之十。"王师傅哈哈一笑："老头一听回扣就发火了，一发火，你一分也贷不出来。""好，不提回扣，送一个姑娘伺候他几天行不？""更不行，快六十岁了，早就刀枪入库，马放南山了。""那你说他是金刚童子功？真的刀枪不入？"王师傅得意地说："我睡了你，了却了一桩心愿，也该帮你一把。给你透露一个绝密消息，老头很讲迷信，爹妈死去十几年了，还没进坟，干柩着。原因是怀疑祖坟出了毛病，一连三辈赵家的男人都活不过六十。他今年五十八了，最怕迈不过六十岁的门槛。他最相信锅风景，送几次厚礼都被拒之门外，请不动。如果你能请锅风景去给他看看祖坟，一百万也能贷出来。"

刚说到这里，电话铃响了。是去人行的公关姑娘打来的，说是赵行长撕了请柬，把她赶出门来，怎么办？白梅说："你回来吧。"放下电话听筒，白梅对王师傅说："请锅风景，我只有六分把握。我现在就回去联系，你告诉赵行长，下午三点听我的电话。"

白梅驱车急匆匆回到五汉街，在杨家小院门口停下。进了屋，就叫干爹。老夫子忙问："梅梅，你跑得满头大汗，有甚急事？"白梅未曾开言，泪水先行，哭得死去活来。老夫子急得再三问："出了什么事？承望欺负你了？有什么，你就对干爹说，干爹替你做主！"哭够了，白梅才说："干爹呀，没爹没娘的闺女，在这个世上难活呀。遇到难事，谁肯帮我一把？我也不怕你耻笑，我做沁丽的工作，不告超俊，变坏事为好事，就是为了有困难时，你杨家能帮我一把。我和承望哥又好上了，一是我贱，世上男人，就看上了承望哥，谁也不入我的眼；二是也想让承望帮我一把。我没想到，我和承望哥好，会给他脸上抹黑，会影响他做官。从你不让承望哥去我那里以后，他就不理我了，八八大席也请不动。"说到这里，白梅又哭了，哭得说不出话，喘不上气来。

老夫子一阵心痛，产生了强烈的同情与怜悯，也流出了一串老泪。心说，君子成人之美，我是不是又错了？这闺女总的来说不错，但一个人活得太艰难了，也真需要帮助。他像慈祥的父亲一样，走到她身边，抚摸着她柔软黑亮的头发，亲亲地说："梅梅，只要你干爹活一天，就帮助你一天。是不是缺钱？我一月八十多块退休金，还存了两千多，都给你。"说着就要去拿，白梅拉住他，说不缺这点钱。"那你缺多少？"白梅哽咽着说："干爹，缺几十万哪。"老夫子说："我知道你要盖大楼，你也想得太大了。"白梅说："大？不大！干爹啊，你想想，我三十多岁了，青春已过，名声又不好。高不来，低不就，早死了结婚这条心。到老来，谁养活我？趁现在年轻，现在的政策好，多赚点钱，老来就不发愁了。村里大办企业，一年上两个厂，三年六个，一户安排一个工人，一年就增加收入一千多。加上来来往往的流动人口，就出现了一个持续不下的消费高潮。这时候饮食、服务、娱乐业最赚钱。谁下手早，谁得利快。干爹，你说这时不干，啥时干？"老夫子听她这么一说，也改变了自己的观点，连声说："正是时候，正是时候。"

白梅见时机已到，硬挤出几滴泪来，哀哀地说："是时候却眼巴巴看着错过了，我一个孤女，干啥也难呀。"老夫子说："梅梅，有甚难处，你就说，我帮不了，让承望帮你，他也该为你出点力了。"于是，白梅说出贷款的艰难，加油添醋说了赵行长如何把她从办公室撵出来，又如何探到赵行长三番五次请不动锅风景的事。"干爹呀，我知道你和锅爷关系不薄，咱村除了你，谁也请不动锅爷。但也想到你小心了一辈子，没有把握的事，从来不干，更不求人。锅爷不一定给你面子，你也不一定给我面子。是不是？"

老夫子皱着眉，在小屋里走来走去，走了五六个来回后，舒展开眉头，对白梅说："梅梅，这样办吧，你通知赵行长来，咱三人都去东山。锅老如果给我面子，答应了赵行长，你的事就不愁了；如果不给我面子，他赵行长也看到你出了力，或许大发慈悲，贷给你一部分。"白梅知道，老夫子出马，就有八分把握，掩不住内心的欢喜，笑出声来。突然觉得失态，就倏忽止住，对老夫子说："干爹，你帮了我的大忙，我一定重谢你！"老夫子说："不敢,不敢。"

从杨家出来,已近中午。白梅等不到下午三点,又驱车回到县城,直奔人行。正是下班时间,一眼就看见了王师傅,她跑过去,说了情况,喜得王师傅眉开眼笑,急忙去向赵行长汇报。不到五分钟,干瘦的赵行长下了楼,笑着说:"小白,走,中午回我家吃饭。"

"复之,这位是你的干闺女吧?""是啊锅叔,小名叫梅梅,大号白梅。""闺女,你是复之的干闺女,就是我的干孙女。""锅爷,你老人家肯收我做干孙女?""有甚不肯的?""那我就拜干爷了!"白梅说着,双膝跪下,咚咚咚,连磕三个响头,脆生生叫了一声:"干爷!"哈哈哈,锅风景爽朗地一阵大笑,对白梅招招手:"干孙女,过来,干爷给你看看相。"白梅坐到锅老身边,锅老说:"去年在城门口见你,我一眼就看出你是个大富大贵之人,今儿个给你细细看看。"锅老问了生辰八字,捏了捏白梅的手,端详着白梅的五官说:"苦尽甘来,十年后发达,非常人可比。再过五年,才有姻缘。"白梅啊一声大叫:"四十五岁才结婚?"锅老说:"命中注定,无可奈何。然婚姻美满,也非常人可比也。""干爷,我最近在干一件大事,不知干成干不成?"锅老说:"磨难多多,然左右逢源事竟成。"

白梅问这问那,不时和锅老套近乎,一张灵巧的嘴说得锅老笑眯眯的,像一个天真烂漫的孩童。锅老没看赵行长一眼,急得赵行长坐卧不安,不时给白梅和杨复之使眼色。杨复之干咳了一声,说:"锅叔,我带来一位客人,是县银行赵行长,和承望关系不错,也帮过你干孙女的大忙。你给他看看吧?"锅老朝赵行长瞥了一眼,赵行长赶紧站起来,点头哈腰,自我介绍。锅老问:"你几品官阶?"赵行长按杨复之事先嘱咐的说:"用现在的级别说,是科级;按过去的品阶,是九品,不入流。"锅老又打量了他一眼,闭住眼说:"你来过几次,是请我看坟地。我早说过,不出山,你回去吧。"杨复之知道,锅老一闭眼,就是封口,急了,求告道:"锅叔,我以后再不给你找麻烦了,你就给他看看吧。"锅老还是不睁眼,白梅往他身边靠靠,撒娇道:"干爷,赵行长是你干孙女的大恩人,没有赵行长支持,你干孙女哪能富贵起来?干爷,孙女给你跪下了。"说着就跪到锅老脚下。杨复之也说:"锅叔,你老偌一生不求人,除了给家长跪,没给旁人跪过,'文革'中斗我,也是如此,按下就起来。现在六十多岁的老侄也给你跪下。"锅老这才睁开眼,不让杨复之下跪,把白梅拉起来,一声长叹:"一个侄子是文昌星,一个孙女是福贵星,天上人间都有位,我一个阴阳人岂敢让你俩下跪?"他眼盯着赵行长说:"你找对人啦,没白跑这趟。说吧,坟地有何应验?"

赵行长感激地看了杨复之和白梅一眼,才说出对坟地的疑心。锅老问了一些坟地的情况,对赵行长说:"你村离这里远否?"赵行长答:"不远,二十多里。""那你明天驾一辆马车,天亮就来这里接我。"赵行长说:"有小车,半个小时就到了。"锅老说:"坐不了汽车,去年坐承望的车去正阳,吐了一路。赵客官,我十多年不出山了,看我侄子和孙女的面子,也看你是个正派人,不是个贪官,就跑这一趟,保你赵家男子长寿。"赵行长激动地说:"锅爷,谢谢你!"说着掏出几百块钱来,放在锅老面前的古式方桌上。锅老闭住了眼。

返到五汉街,放下杨复之,白梅坐赵行长的车重返县城。她对赵行长说:"赵行长,今晚我请客,农行钱行长、工行孙行长都去,只有你撕了请柬。不给我这个面子?"赵行长哈哈一笑:"我是看不惯你手下那个姑娘,在办公室就要脱裤子。今晚本来有事,但我一定去你那。老钱、老孙不支持你,我收拾他们!"

7

闷热的夏夜,地势低洼的沁河两岸没有一丝风,树不摇,叶不动,村人大多在街头巷尾纳凉,到十二点后,才回屋睡觉。已是半夜两点,张大太家仍是灯火通明,烟雾缭绕。张、延、陈三大家族八九个头面人物,时而窃窃私语,时而慷慨激昂,发泄着对黄明旺极大的不满,策划着一场即将震惊太行山南麓的重大事件。

矛盾的焦点是争夺村办企业的领导权。已投产的两个企业,煤矿矿长黄小早,是黄明旺的堂叔;铁厂厂长是杨承宗,杨承望的本家哥;正在筹建的两个厂,厂长已内定,电厂厂长是黄明旺的内弟曹玉龙;铸造厂厂长是黄明旺的堂弟黄明义。黄、杨、曹三大家族把持了四个企业,张、延、陈三大家族靠边站,世间哪有这么不公平的事! 你们黄杨曹家的人,比我们张延陈家强吗? 呸! 强了个耳朵! 张家出过户部尚书和大诗人张晋,延家出过巨商大贾"延半县",陈家出过三进士一总督。老子们的祖宗,不比你们的祖宗差,后代更比你们强。张家最大官是某省副省长;延家一青年正在美国读博士;陈家有人在中央某部当司长。你杨承望芝麻官,你黄明旺芝麻皮,有针尖大一点权力就任人唯亲,一人得道,鸡犬升天,还是个共产党员吗?

延家的智囊人物,外号"毒药罐"的延长乐一拍桌子,咬着牙关,阴沉沉地说:"趁他不在家,串通党员们,选下他来! 这是民心、党心、党员之心,造成事实,上级党委也没办法!"好主意! 众人一齐喝彩,唯张大太双手托着脑袋不吭声。延长乐又说:"全村五十多个党员,咱张延陈家就有十六个,咱在座的人中就有七个。你们七个党员先联络好咱三家另外九个党员,然后,十六个党员每人联络一至两个党员,就占了党员中的大多数。大太你主持召开支委会,无记名投票,一下就把他选下了。再选新书记,当然就是大太你的了。大太,毛主席说过,农村这块阵地,无产阶级不去占领,资产阶级必然占领。趁黄明旺不得人心的时候,干下他来,是咱正阳人的福……"

张大太有难言之隐,想干下黄明旺,自己当书记,但党的组织原则又不许他这样干。前任书记就是眼前这个善于出谋划策的延长乐的亲哥延有乐,也是他张大太的妻表兄,有乐在前台,长乐在后台,肥了延家,苦了大家。没多长时间,被公社党委撤了。如果按刚才延长乐策划的办,能成了,他也不怕;流产了,他张大太就是在支部内搞阴谋、闹分裂的罪魁祸首,鸡飞蛋打一场空,再也翻不起来。从古到今,成为王侯败为寇。大太,大太,大太,你快表态,快表态,快表态……众人都催他,耳边乱哄哄的,他没了主意,他汗流满面,他觉得胸中聚集着一块快要爆炸了的气团。众人又说,黄明旺吃贿赂,占滩地,安排亲信,巴结贺效东和杨家,已激起了民愤。你现在不下手,以后没下手的机会了! 是的,黄明旺自打办企业以来,有功有过,村人的评价是过大于功,三七开账。但杨承望支持他,莫名其妙地支持他,先后两任镇党委书记也支持他,都是实实在在的支持。老百姓有意见顶啥用？他照样用手中的权力满足各种欲望。从煤矿财务上透露出来，他在不到两年内，以跑关系贷款、搞设备、供销为名，报销白条十几万元，难道这些钱都用于集体？他没下了自己的腰包？手指缝漏下的，也够个万元户！还是当一把手好啊，当二把的，一把吃了肉，高兴了给你一根骨头一口汤，不高兴了，你眼巴巴看着流涎水。干！就照延长乐设计的方案干！他正要表态，蓦然想起明旺这次出差前跟他说的话来，重点培养他，接他的班。是心里话，还是开空头支票？是心里话，就等，不过两三年的事，他身体不好，不能长干。前人栽树，后人歇凉，到时正好吃肥肉。他走出门外，四周看看，钻到阴影里撒了一泡尿，又仄耳细听了一阵，才回到屋里，口气粗粗壮壮地说："打死皇帝是死，车轱辘压死也是死，说不定打死皇帝还能坐龙廷呢。咱来排排队，第一，咱三家的党员中，谁好当汉奸，咱就严格封锁消息，不让他知道；第二，党员中谁跟谁的关系好，谁就去做谁的工作；第三，说干就干，事不宜迟，咱们九个人分分工，我提个方案，大家看行不行……"

　　鸡叫了，天明了，新的一天将要开始。这天是晴是阴呢？

8

　　黄明旺住在地区二招，肝病又犯了，高援朝带他去和平医院找了一个肝病专家，开了二十服中药和几种西药。他谢绝了高援朝让他住在高家的好意，仍住在招待所，每天早晚自己动手煎中药，边吃药边跑贷款。他拿着地委副书记高青云的信，跑遍了几大银行，见了正副行长十几人，都答应贷，都说要去考察，却又迟迟不去。他跑贷款跑出了经验，大凡说这种话，就是有门，有门的时候就要追在屁股后催，猴松了劲，一松就泡汤了。今天是星期日，行长们不上班，他吃了早饭吃了中药，已是上午九点多。星期天也得跑，咱农民没有星期天。他就来到一个行长家里。行长住的是独家院，院里栽满花草，魏黄姚紫，争芳斗妍，清香怡人。白发飘逸，十分潇洒的行长正在欣赏自己的杰作，见他来了，笑着说："来得正好，帮个忙吧？"他巴不得听到这样的话，就像说，贷给你五十万，够不够？于是，他蜡黄的脸激动得绯红，用他惯有的快节奏说："行行行好好好你快说！"行长说："这些花肥力不足,急需土壤改良,我借了一辆平车,咱俩去老顶山上搞一车含有腐殖质的沃土,好不好?"好好好我一人去就行了庄稼人拉一半车土算甚?我去过老顶山我知道路。""也行,不用两个小时就回来了,我给你做午饭。"

黄明旺高高兴兴拉着平车往老顶山走去。凭他的经验,只要不客气用你,就是要给你办事。心里想着美事,脚步越走越快,不到一个小时,就到了老顶山下。上到半山,选定一块落叶厚土质好的地方,刮去表层,装了小山似一车。美滋滋正要下山,一个臂戴红袖章的老头走来,拦住他训道:"这山上的土是随便拉的?这是老顶山公园,一草一木一锹土,都不许动。把土倒回去,缴五十块罚款!"他一听傻了,掏出烟来,给老头,老头不要,怒吼道:"快把土倒回去!""老叔,你听我说,这一车土,不止五十块,值五十万……"黄明旺唱过戏,感情丰富,用他随时能哭的绝招,又一次取得了胜利。老头不罚款了,也不叫他倒土了,还帮他把满满一车土送到山下。

前面是慢上坡,他躬腰蹬腿,气喘如牛,大汗似雨,上了不到三分之一,浑身乏力,肝区疼痛,后坠力拖拽着他猛一下扎进路边的水沟里,从车上翻过,重重跌在地堰上。腰部和额头剧烈疼痛,一股温温的液体从脸上流下,手一摸,是鲜红的;嘴里咸咸的,唾出来也是血。休息一阵,慢慢站起来,活动着腰腿脚手,还能动,没大问题,他放心了。肝又剧烈地疼,用平车把顶着,额头的汗流进眼里嘴里。大约过了一个小时,肝不太疼了,他把空车拉到路上,心想不能空着回去,再上老顶山拉,见了那个大叔咋说?能把一车土安全拉下山来?琢磨了一阵,脱下上衣来,摊在地上,把含有腐殖质的黑土,一把一把捧进衣服里,一包一包倒在车上。又过了一个小时,才装好。望着那段上坡路,又发愁了。不断有人骑车经过,求了一个又一个,没人理他。直到下午两点,一帮中学生过来,才帮他上了坡。好了,以后就是平路,他一手拉车,一手按着肝区,慢慢拉到行长的大门口。

院门紧闭着,他不敢敲,也不想敲,怕行长的家属看到他的狼狈相。把平车放好后,默默地转身走了。刚走了几步,院门吱一声开了,回头一看,是一个烫卷曲发的妇人,大概是行长太太。太太同时看见了他,追上来问:"你是不是上午去拉土的?"他说是。"妈呀,你受伤了?""我肝疼,摔倒了。"

"快回家给你包一下。""不不。"他像做贼一样,落荒而逃。太太在后面高叫着:"老李让告诉你,明天上午去银行找他!"

回到二招,他浑身无力,没有食欲,倒下就睡,一直睡到第二天凌晨。

这时,正阳村阴谋发动"政变"的那几个人,刚走出张大太家里。

9

黄明旺带着地区银行考察项目的人,高建国带着县纪委调查"政变"的人,几乎是同时到达正阳村的。

历史就善于创造奇迹,引起世人关注的正阳人,在20世纪80年代的今天,又制造了一个阳林县建党半个世纪以来,第一个未经上级党委批准,就召开支部大会,撤换党支部书记的特大新闻。全村在家的五十四名党员,除黄福禄坚决抗议这种违反组织原则的行为,愤愤然离开会场,受他影响,又走了五个老党员外,其余四十八名党员,以无记名投票的方式,三十一比十七,选下了黄明旺;选上了支委、铁厂厂长杨承宗。张大太一个美梦没做完,天就亮了。始作俑者延长乐,在选举结束后,就再没有露面。选举结果连夜汇报了镇党委,镇党委连夜请示了县委孔书记。孔书记在电话上果断地表态:这是非法行为,不仅无效,还要认真调查,严肃处理!

黄明旺得知后冷笑了一声,流下两行清泪,陪同地区银行的同志们考察贷款项目去了。他出去带的三万现金,除花了几百元差旅费、医药费,余下都交回煤矿。他问张大太贷了多少,张大太说:"去县里跑了几趟,三万元现金都送出去了,贷款还没最后落实。"黄明旺又问:"都送给谁了?"张大太说出几个行长的名字来。

除黄明旺外,五十三名党员集中在支部会议室,人人过关。但是,正阳村的党员大多数骨头很硬,舌头也很见功夫。人人都讲得头头是道,讲党内民主的重要性,讲黄明旺如何腐败,讲到选举的具体情况,不是记不清了,就是没注意。只有和黄明旺关系好的十三个党员,讲了实情,但是对谁在幕后策划、组织,却一无所闻。一连三天,调查的进展不大。张大太主持了选举大会,不是避重就轻,就是一言不发。他暗自庆幸,没有按原计划选上他,实在太走运了!杨承宗迷迷糊糊就当了党支部书记,屁股还没挨到交椅边上,就坐空了,摔得生疼生疼。这还不算,莫名其妙成了调查组的重点对象,真是哭无泪笑无声。

送走地区银行的人,黄明旺又要去县里跑贷款,黄福禄拉住了他:"我不反对你为集体卖命,你爸想卖,也没那份精力了。你最好是帮助县纪委查清这件政变案,再去不迟。"明旺说:"我不在家,两眼一抹黑,有力出不上。"黄福禄对着他的耳朵,说出一番话来。明旺说:"那我就试试。"

黄明旺与高建国密谈后,走进了支部会议室。高建国宣布:"张大太同志,你的态度比较端正,经黄明旺同志要求,你帮他筹备企业,这里有事,我们通知你再来。希望你一如既往,有什么情况和我们个别谈,和大家共同谈都可以。你走吧。"张大太沉不住气,脸上立马就现出笑来,走时还回头看了大家一眼。就在这一瞬间,黄明旺看到有几个党员把火毒毒的目光,喷在张大太的脸上。他心中有数了。

黄明旺以他少有的亲切,拉着张大太的手,出了杨家大院,走在狭长的街巷里,熙熙攘攘的人群中。不时与他耳语几句,又哈哈一阵大笑。村人好生奇怪,三五成群地议论着。来到黄明旺家里,他向张大太谈了在地区贷款的经过,又一本正经地与张大太研究新上企业情况。张大太无心听这些,急于表述自己在这场"政变"中的"清白",就说:"明旺哥,都怀疑是我日鬼,选下你我干,天大的冤枉!那天晚上,大部分党员来找我,要求开支部大会,给你和我提意见。你不在家,我能不听党员们的意见? 就同意开会了。谁知,会一开就变了调,我没有经验,掌握不住会场,就出了这码事。真是跳到黄河也洗不清呀!"黄明旺说:"兄弟,我不怀疑你。我走前,专门和你谈了,重点培养你,我身体不好,把这个班交给你。你得了实底,还干这号蠢事? 但有人把这个屎盆往你头上扣,说是你开黑会、搞串联……"张大太急了,打断黄明旺的话说:"谁敢瞎说,我日他八辈祖宗!"黄明旺笑笑,说:"大太,旁人说,我不相信,你们张家的党员说,我能不信? 有的是你叔,有的是你哥,还有延家的党员也是这样说,我还能不信?"张大太的脸红一阵黑一阵,脚手乱动,坐立不安,出了几口粗气后,恶狠狠骂道:"我日他延家、陈家的祖宗,把老子当枪使,反过来出卖老子!"骂完后不吭声了。第一个目的已经达到,黄明旺暗中关了袖珍收录机,又带着张大太出了门,在大街上招摇过市。两人各自心怀鬼胎,却亲亲密密,走着,说着,笑着。

下午,支部会议室坐满后,高建国突然宣布:"姓张、姓延、姓陈的党员留下,其余散会。但不许外出,等候通知。"这批党员刚走,黄明旺挽着张大太的肩走进来。张大太请示说:"高书记,我是张家的,我参加不?"高建国说:"你过关了,你就猴参加了。"张大太又是笑着出去了。

这天下午的会非常奇怪,没有一个县镇干部参加,张延陈三姓的党员们坐了一下午干板凳。

晚上,张大太捂着流血的脑袋来找黄明旺,说是今晚给儿子做生日,近门本家一个也请不来,都骂他是叛徒。前任支部书记延有乐是妻表兄,他请来了,却借口企业占滩地的事,和他大吵大闹,拎起酒瓶来说:"我今天就是要惩治你这个甫志高、王连举!"一酒瓶砸在他脑袋上。黑牡丹给他做了简单包扎,他不走,似乎有话要说。黄明旺说:"大太,你还没有跟高书记讲你们开黑会的情况,他们咋骂你是叛徒?"张大太说:"把我惹急了,我就真要当一回叛徒!"黄明旺说:"好!这样的叛徒是无产阶级的叛徒、革命的叛徒、贫下中农的叛徒、各级党委欢迎的叛徒、正阳人民喜欢的叛徒!走,我陪你去找高书记,你把肚里的黑水水吐光了,你就轻松了,还是好同志嘛!"大概是张大太不想当这样的叛徒,口气突然硬了起来:"我们没有开黑会,找高书记谈什么?真的没有!没有,打死我也没有!"黄明旺变了脸,指着张大太的鼻子说:"张大太,你敢保证没有开过黑会?"张大太也站起来,加重语气说:"敢!要是开过,你开除我的党籍!"黄明旺的脸变得狰狞恐怖,嘿嘿冷笑一声,说:"开除党籍太轻了吧,等待你的是监狱!"张大太吼道:"我是谷地的麻雀——吓大的,没犯法,你送不进我监狱!""你没犯法?自己安慰自己哩。大太,咱俩共事多年,我真不愿看着你戴着手铐走出正阳村。你儿子才八岁,你老爹老娘六十多了,他们受得住吗?实话对你说吧,我派你去贷款,批准你带三万块现金,打通关节。但你财心太重了,去县里走了一趟,银行的门都没进,就把三万块钱下了腰包。根据你提供的名单,高书记派人查清了,他们连你的鬼魂都没见!"张大太急了,又要洗刷自己,黄明旺拦住了他："你猴嘴硬。我再透露一点，煤矿那三万现金崭崭新，号码都不乱。你老婆去信用社存了一万五，是不是事实？"张大太愣了，眼光慌乱，六神无主，鼻沟里的汗珠簌簌滚下。他哆哆嗦嗦点燃一支烟，几大口就吸了半截，扑通一声跪在黄明旺面前，哭音颤颤地说："明旺哥，我见财起意，一时糊涂。只要你保下我这一次，我都说，把开黑会、搞串联说得清清楚楚！"

10

割了麦子，准备种秋，五百亩滩地人欢马叫，犁地的，上肥的，忙忙碌碌，喜气洋洋。今年滩地又获大丰收，亩产真正"跨长江"，达到了六百公斤，加上秋粮，亩产可达双千斤。正阳人今年又不为吃粮发愁了。

电厂和铸造厂的筹备，万事皆备，只欠厂房了。黄明旺在地区搞了一百万元贷款；杨承望在县里搞了一百五十万；赵志坚也没说空话，搞了五十万。还差五十万，急得黄明旺抓耳挠腮。有人出主意说，求白梅吧，她有办法。黄明旺在一品香徘徊了几次，没勇气进去。最后一次白梅发现了，走出来说："看你鬼鬼祟祟的像个特务，盯我的梢？你还没这个资格！"黄明旺不敢以兄长自居，从父亲说破她的出生秘密后，见了她心里总是疙疙瘩瘩的，说不清是一种什么滋味、什么感情。真想认她这个妹妹啊，可她心肠太硬，一个笑脸都不给，这就难住了黄明旺，就限制了黄明旺，就只能暗里做不图回报的贡献。她要盖大楼，他就无原则的支持，想在何处盖都行，用人用水用电，一路绿灯。换了别人，行吗？见白梅也是用疙疙瘩瘩的目光看着他，他尴尬地笑笑，说："真不好意思跟你张嘴，能帮我贷五十万，我就感谢不尽。"白梅说："猴说五十万，一百万也行，但你要出双倍利息，干不干？""为甚要双倍利息？""因为我要请行长们、股长们吃饭，还得送礼，给回扣。轻了办不了，吃饭送礼就白费了。""可以付双倍利息，但三天内贷款必须到位。""咱丑话说到前，先付利息，后贷款。""好，一言为定。"第三天，白梅真的拿回了贷款批件。黄明旺先付了她一年的利息，在白梅的要求下，以村委的名义，给她打了欠条。半个月后，所有设备都拉回来了。

黄明旺和赵志坚来到县委，见了杨承望，说到两个企业的选址，杨承望拿出一大张早已画好的远景图来,看得他俩心醉神迷。在镇泱城雄伟的背景下,辽阔的沁河滩一字排开五六个工厂,一根根高大的烟囱刺破青天,一座座宽大的车间错落有致,电厂的水池潮起七彩虹霓,铸造厂的化铁炉淌出火红的铁流,机电厂闪烁着电焊的弧光……沿沁河大坝是一条笔直平坦的公路,各色车辆从各个工厂进进出出;东北方向的山沟里,隐约可见一股黑烟飘浮,几辆汽车进出。杨承望指着远景图说:"厂址选在滩地,就是眼前这个美景;选在沟里,就是冒黑烟、跑黑车这个地方,很隐蔽,但适合战备要求。选沟里,还是选滩地,因众所周知的原因,我不管,也不该我管,镇村两级党组织决定吧!"黄明旺要图纸,他不给,锁进公文柜里。黄明旺和赵志坚低声商量了几句,提出租两部大型挖掘机,明晚就用,杨承望立马就给城建局打了电话。放下电话说:"联系好了,啥时用都行,租金也很低。"

按赵志坚、黄明旺的计划,次日上午,村委租了两辆面包车,送老党员、老贫协去武乡八路军总部纪念馆、黎城黄崖洞参观,时间三天,老同志们高高兴兴走了。

这天子夜时分,熟睡中的正阳人有的被机械的轰鸣惊醒,又迷迷糊糊睡着了。天亮起来,突然发现,滩地被挖得沟壑纵横,新土像新坟般排列,煞是寒心。几个老人爬在土丘上,像死了亲人一样,大放悲声……

三天后,老同志们回来。刚下车就听到滩地被占,一齐朝滩地涌去。只见新鲜的黄土覆盖了葱绿的麦苗,地上堆满水泥、钢筋、砖瓦等建筑材料,几百名民工在黄明旺的指挥下,干得正欢。黄福禄咳嗽了一阵,吐出几口殷红的血,身子晃了晃,一头栽在地上。

黄明旺闻声赶来,就地抢救,十几分钟过后,黄福禄苏醒了,眼窝里满是泪水。黄明旺也哭了,边哭边说:"爸呀,企业要办好,投资少,哪有不占地的好事?你当了一辈子干部,怎不知当干部的难?黄家在正阳村当干部,不比从前了,更难呀。爸呀爸,你说娃糊涂,偏离了毛主席的革命路线,娃说是你糊涂,在改革开放的大形势下,转不过弯来。爸啊爸,你是革命的有功之臣,你猴做改革开放的绊脚石。土地下户,你已错过一次,发展乡镇企业,你还能再错一次?"

黄福禄喘着气,吃力地抬起手来,照明旺的脸打了一下。看得出来,他是用了劲,但落到明旺脸上,却如羽毛轻拂一般。

11

杨复之在滩地被占的那天早晨,去了县城,住在承祖家里。承望执意要安排他住阳林宾馆,他像锅风景一样,闭着眼睛不说话;承望又请他去宾馆吃饭,他动也不动。承望急着说:"爸呀,你既当爹,又当娘,还当老师,把娃培养到县级干部,有权又有钱,总得给娃一个孝敬、报答的机会吧?"杨复之说:"虽说是百善孝为先,孝是做人之根本,然有志男儿,忠在孝上。修身、齐家、治国、平天下,方是男子汉的本色和气概!"承望笑了笑说:"爸,我正在修齐治平四方面下功夫呢。"杨复之瞪大老眼,怔怔地看着承望,好像不认识这个年轻的县级干部。杨承望受不住这种目光,满面通红,把头扭在一边。

老父是无事不进城,进城必有事。杨承望惴惴不安,生怕父亲挑剔他为人与做官方面的毛病。儿时,每逢做了错事说假话,父亲不愠不火,用他那深邃尖利的目光看着他,他受不了这种目光,就低着头说了实话。然后,父亲之乎者也,讲一番子曰或古人云,再让他复述一遍,就没事了。父亲从没打过他一巴掌,更没骂过一句粗话,他却极其敬重和佩服父亲,言听计从,不越雷池半步。当了县委副书记后,他的价值贵重了,脸面值钱了,自尊心随之强烈起来,觉得自己不是小娃了,再也不能接受父亲这种目光、这种训示了,不必什么都向父亲说,来自亲人的批评,也是一种耻辱。基于这种认识,他才把心灵的门窗关闭得严丝合缝,在关键的问题上,或者,涉及隐私处,连父亲也密不昭示。他还觉得,父亲平生珍视、崇尚的儒家传统文化,由此而派生出来的做人的准则、认识世界的目光,在20世纪80年代显得陈腐,有时甚至是天真可笑的。如果说他深恶痛绝的马列主义阶级斗争文化过时了的话,那么,父亲奉若神明的孔孟儒家文化更是该进博物馆的老古董了。这就是他这几年来的思考和突破。

杨复之看了承望一阵,才收回目光,压住心火,尽量平平静静地说:"昨天黑夜,滩地被强占了。黄明旺怕老党员和老贫协们以死抗争,来了个调虎离山,让他们出去旅游三天。他们走的那个晚上,挖掘机就开进来了。"杨承望也平静地说:"哦,真有这事?爸,那次你和我谈过后,我就不让他们占滩地,滩地是村人的命根子啊!他们对我也是阳奉阴违。"杨复之问:"承望,你真的不知道这事?""爸,我对你还不说心里话?""承望,世风日下,人心不古。说假已成了一些人的精神癌症。我分析过这种现象,你们弟兄俩听听对不对。越是口口声声、拍着胸脯说'我对你还不说心里话?'或者一脸忠厚老实,一脸真诚神秘,对着你的耳朵说'说句心里话吧',我就敢肯定,他说的是假话。真诚的人,说心里话时,是不需要表白的,也不需要故作真诚状。你们说对不对?""对呀,爸。"弟兄俩异口同声。杨复之接着说:"这种情况极其普遍,这种谈话的方式几乎充满了人与人之间。上级对下级、下级对上级、男人对妻子、儿子对父亲,都有可能用这种方式谈话。最后,连'说句心里话'这个句式本身,也成了假话。是什么心理因素,造成说假的公开和合理?为啥抛弃了忠信诚义?为啥对最亲的人都要在'说句心里话'的谎言下,真诚地、大胆地、无所顾忌地说假话呢?承望,你是大学生,又是大干部,你水平高,你给我回答这个问题。"

　　杨承望淡淡一笑,一脸轻松地说:"爸,你算是把当今的人际关系吃透了。这是一种可怕的现实,也是一种无奈的选择。报喜不报忧、爱听恭维话、爱戴高帽子,是国人的普遍心态。比如说,报产值,像'大跃进'时一样,谁报得高,谁有成绩,提拔谁。有的地方,以产值提干部,一个乡镇产值超五亿,一把手就可提为副县级;一个县产值超五十亿,县委书记就可提为副地市级。这样,做官意识就逼得县乡的书记们,虚报产值说假话。那盖着公章的统计表,比人与人之间交谈时挂在嘴边的'说句心里话'更有欺骗性!为啥?因为盖上公章,就是受法律保护,法律有时保护了虚假……"杨复之打断他的话说:"你说的是社会通病,我同意这种观点。我问你,为啥父子之间,不涉及家庭问题,更谈不上提拔,儿子要对老子说假话?"承望一怔,笑了笑说:"爸,你是不是说,我对你说了假话?"杨复之反问:"你说过吗?"承望也反问:"有那个必要吗?""那么,承望,我问你,黄明旺力主工厂办到滩地,真的不是你的主意?"承望大大咧咧地说:"我早跟你说过了,我知道这事,但不是我的主意。在你眼皮底下,我还去找赵志坚、黄明旺,做了坚决的制止。但他们阳奉阴违,是我始料不及的。"杨复之寒凛凛的目光又戳在儿子的脸上:"大型挖掘机是谁联系的?""我不知道。""那张远景图是谁授意画的?""什么远景图? 我没见过。"杨复之的嘴唇哆嗦着,久久说不出话来。半天才痛苦地说:"承望,初入官场,最忌营私舞弊,失去民心。子曰,老者安之,朋友信之,少者怀之,才是人之志耳⋯⋯"

杨承祖歪着脑袋,在心里惊呼道:兄弟啊,在恩重如山的老父面前,打开你阴暗的心扉,接受有见识的老父送来的一抹做人与做官的阳光吧! 见父亲难受得说不出话来,兄弟又锁死了话题,他看着承望说:"兄弟,一个把自己包裹得严严实实的人,内心必有难以启齿的隐秘。对着真人不说假话,对着亲人更不说假话。但是,当坚持说假话不说真话时,假话也是真话。因此,我相信你说的是真话。"杨承望苦笑着说:"当一个人对着真人或亲人的面,说了真话,而真人或亲人不相信这是真话时,这才是最大的痛苦。哥,你能理解吗?"承祖说:"大可不必,说真话是幸福,说假话未必是痛苦,更不是罪过。林彪就说过,不说假话办不成大事。"杨承望说:"哥,我对爸说假话,是要爸给我办什么大事⋯⋯"

眼看着弟兄俩就要吵起来,杨复之摆了摆手,看着承祖说:"承祖,不要多说了。对亲人说假,不妨碍仕途,也不会造成不良的社会影响。但是,纸里包不住火,五百亩滩地潜伏的危机,会给说假的人严厉的惩罚! 承祖,子曰,信近于义,言可复也;恭近于礼,远耻辱也;因不失其亲,亦可宗也。你能理解吗?"承祖说:"爸,我不太懂,你给我讲讲吧。"老夫子长长地出了口气,讲道:"中国文化提倡仁、义、礼、智、信,'信'是什么? 为啥要立'信'?因'信近于义',义者,宜也⋯⋯"

第六章

1

五汉街北口与镇淏城旱门、去煤矿铁厂和滩地工业区的三角带,耸立着白梅新盖的四层综合服务大楼。一楼左为饭店,右为商,各有四大间门市。原来的老客户都来这里吃饭和批发烟酒副食;二楼和三楼是宾馆,设有高中低三等客房,提供住宿和接纳过往的司机和来正阳谈生意的客商;四楼辟为娱乐场所,设有歌舞厅、录像厅以及乒乓球、台球、羽毛球等活动室。大楼瓷砖贴面,洁白放光,楼顶高竖"白天鹅宾馆"五个霓虹灯大字,四周彩灯镶嵌,各有一个造型如少女翩翩起舞的大"舞"字。夜幕初降,各色灯光大放光彩,四面八方看得清清亮亮。这般风光,这般气魄,在80年代中期的农村,是一大罕见的景观。

综合服务大楼投入使用一年,生意十分火爆,原来的老客户、各路司机,吃饭和住宿都安排在这里;村里五大企业的青工,也把血汗钱送往这里;县城和附近分标的大款和青年们,为不在家人的眼底惹是生非,云集这里肥吃海喝,狂嫖豪赌;黄明旺有意照顾白梅,凡来正阳的客人,不管是上级领导,还是各路客商,都在这里招待,也只有在这里招待,客人才心满意足;杨承望还把县里不大不小的会议拉在这里召开,一年时间就达十几次之多。投入使用一年后结账,白梅都大吃一惊:净赚二十六万!以这般速度,不到三年就收回了投资,白捡一幢大楼!于是,她把一品香以一万元的廉价转让给劳教期满的黄明光;把山里红以八万元的高价卖给了煤矿。她集中精力经营白天鹅,成为阳林县第一个有一百万元资产的个体大老板。1987年3月,白梅被选为县个体工商协会副主席。杨承望说,相当于副局级。

白梅的经营手段极为简单,一靠姑娘们的脸蛋,二靠杨承望这把保护伞,三靠村办企业的支持,四靠偷漏国家税款。非法经营的成分很重,但你查不住,没证据,干瞪着红眼没办法。连杨承亮这种唯恐天下不乱的人,都抓不住她的把柄,何况他人!

这天晚上,是杨承亮第四次来寻衅闹事,还带着亲密战友陈小小。他已经瞄准,下午黄明旺送来四个谈煤铁生意的南方客商。从外表看,这四人年轻英俊,穿着打扮不俗,必是风流情种无疑。果然,一进饭店就见四人每个身边偎着白天鹅的一位姑娘,她们给各自的服务对象夹菜斟酒,客人亲切随便,胳膊搭在姑娘的肩头。有一个姑娘还坐在客人的大腿上。杨承亮突然想起人们给白天鹅的姑娘们编的顺口溜来:

> 摸摸手,捏捏走
> 顺着胳膊往上走
> 爬雪山,过草地
> 终于到达目的地。

他决定跟踪追击,抓住白梅的把柄,狠狠敲她一笔。他俩也要了几个菜一瓶酒,并提出配两个陪酒姑娘。饭店负责人是一个四川女人,大概有三十多岁,是她带来十几个非常开放、非常能干的川妹子,提高了白天鹅的知名度,为白梅广开财源。她认识杨承亮,妖媚妖娆地一笑说:"三爷,你没出陪侍费,要啥子姑娘?"杨承亮这才明白了,要姑娘还得出钱。咬咬牙,掏出一沓钱来说:"多少?""一个三十元。"杨承亮给了六十元,立即有两个小个子川妹坐在他和陈小小身边,精心服侍。他暗暗伸手在姑娘的大腿上摸了一把,姑娘仰起脸来,对他亲亲地笑笑。他越来越胆大了,动作更加下流,姑娘没有丝毫的反抗。他头次在白天鹅长了见识。饭菜还没有吃完,那四个南方客商已结账离座,拥着四个姑娘上了楼。他也不吃了,结了账,拉着身边的姑娘尾随而去。南方客商没回客房,径直上了四楼,他们也跟着上去。头前的姑娘引导,走进了球类活动室,南方佬带着各自的姑娘打起乒乓球和羽毛球来,他给陈小小一个眼色,也走了进去。管理球类活动室的姑娘拦住他们,甜甜地笑着说:"每小时每人五块,先付钱后打球。"杨承亮又出了二十元,心疼得针刺一般。杨承亮不会打球,胡乱玩了不到半个小时,南方佬们出去了,他们亦放下球拍。杨承亮没忘要钱,对收费的姑娘说:"不到半个小时,退我一半钱。"姑娘说:"不到一个小时,按一个小时收费。"他就要要赖,见南方佬进了舞厅,怕误了大事,朝姑娘脸上唾了一口,拉着陈小小他们也进了舞厅。这里的姑娘更漂亮,南方佬掏出几张钱来,打发走原来的四个姑娘,各自选了一个合意的,拥着走进了灯光朦胧昏暗的包厢。杨承亮、陈小小学着他们的来,对原先的两个姑娘说:"没事了,你们忙吧。"一个姑娘说:"咋没事了?你还没给我俩服务费呢。""在下面给了六十嘛!""那是陪酒费,打球费一人三十元,请先生给吧。"杨承亮啪啪两个耳光打去,说:"这就是钱!"姑娘哭着走了。他们在一群姑娘中,各自挑选了一个,也进了一个包厢。刚坐下,就有服务员端来咖啡、香烟和口香糖。他不知道,这里的规矩也是先收费后跳舞,当他把一个姑娘抱进他的怀里,姑娘向他要一个小时五十元的费用时,他身上只有十多元,陈小小来时没带钱,两个人都慌了。姑娘笑盈盈地说:"那就请先生走好,下次来玩,别忘了带钱。"他说:"明天专门来送,谁不认识我杨三爷?你们的白经理,是我二嫂,她妹子嫁了我侄子,关系嘛,大大的好。"这时,舞厅里彩灯闪烁,音乐骤起,他怕失去了跟踪的南方佬,不耐烦了,猛地推开向他要钱的姑娘,急匆匆出去了。

　　四个南方佬各拥着一个漂亮的小姐翩翩起舞。杨承亮是个乡巴佬,还没认识到跳舞的伟大现实意义和深远的历史意义,再加上舞厅刚下乡,还没勾起三爷的兴趣,以至现在他还是个舞盲。看着男女舞伴搂着贴着,在音乐声中步调一致地跳着,他着迷了。随着跳舞的人越来越多,四间大的舞池像沙丁鱼罐头,舞伴们难以侧身。他思谋着,一夜要收多少钱呀?一人一小时五十,十人一小时五百,这里最少有六十多人,一小时就是三千。妈呀,比开煤矿都强!突然想起今晚的目的来,双眼瞪得鸡蛋大,就是看不见那四个南方佬。他问身边的陈小小,陈小小说光看跳舞,忘了。他俩下了舞池,在沙丁鱼中寻找,妨碍了舞伴们的兴致,这个踢他一脚,那个抗他一肩,他恼羞成怒,却无暇发泄,心里憋着鼓鼓的气。两个人从舞厅出来,下到三楼,挨房间查找,有的开着门,进去一看,不是;有的关着门,他蹲下,陈小小踩着他的肩,从天窗上往里看。正在看着,突然他腰部被狠狠地踢了一脚,钻心地疼,他哎哟一声,倒在地上,陈小小重重摔下来。

抬眼一看,白梅带着七八个娘子军,怒目而视。杨承亮揉着腰部,龇牙咧嘴;陈小小的后脑勺摔破了,沾了满手血,也疼得哼哼唧唧。白梅一声大喊:"把这两个贼汉送到派出所!"七八个娘子军一齐动手,扭胳膊按脑袋,用绳把他俩捆得结结实实。怕他俩喊叫,惊动了客人,用客房里的枕巾塞住他俩的嘴,两人的鼻子哼哼着,摇头晃脑,不知是什么意思。

押着他俩没有去派出所,走到了沁河边。白梅一声令下:"推到河里,喂了王八鱼虾!"娘子军们就把他俩推到了沁河里。两人同时用鼻子呜呜哇哇,大概是求白梅饶命。他俩在浅水滩挣扎,到了岸边,又被推下水中。白梅厉声道:"赖汉承亮,贼汉小小,你们听着,村人怕你们,你姑奶奶不怕!姑奶奶上没老,下没小,单身一个打天下,还没遇到对手!你杨承亮是什么东西?六亲不认,唯钱是命,还有一点点人味吗?没有!你活在世上,还不如黄家的二锅头!我的生死簿上,早记下了你的罪行!今天晚上,你唾我的姑娘,打我的姑娘,还想破门入室,偷客人的钱财!告诉你,白天鹅宾馆时时刻刻注意着你,没你下手的空!你陈小小贼心不死,啥人也偷,连你老丈人也不放过,你还算人吗?英妮瞎了眼,咋相中了你这个狗东西。我下次逮住你,剁了你的三只手!今天,没送你俩去派出所,不是怕你俩,是给你俩一个改过的机会。我敢把黄明光送进监狱，也就敢把你俩送去。不信，咱走着瞧！姑娘们，下去，灌狗日的们一肚水，洗洗这两副黑心肝！"姑娘们扑通扑通下了水，提起他俩的脑袋，又按下去，如此三番五次，灌得他俩昏昏沉沉，口鼻喷水……

白梅率领娘子军得胜回府，杨承亮和陈小小像两个落水狗般爬上岸来。在河边的石块上磨断绳子，哇哇吐了一阵，才轻松了。歇息了一阵，杨承亮咬牙切齿道："三爷何时受过这恶毒气？不收拾了这个养汉，三爷我就没脸活在世上！"陈小小叹了一口气："唉，算了吧，我还叫她姑姑哩。我再找她的麻烦，英妮就要找我的麻烦。"杨承亮阴沉沉地说："你能咽下这口气？你洗手不干了？"陈小小说："英妮怀上了娃，我快做爸了，还干？下辈还是贼汉，村人就要刨我家的祖坟！"杨承亮抓住陈小小的领口，威胁道："陈小小，你强奸了杨家的媳妇王沁丽，我家大爷、二爷和老夫子能饶了你？只要二爷一句话，你就是贺效东、黄明光一样的下场！"陈小小嘿嘿一笑："三爷你搞错了，是通奸，不是强奸。"杨承亮说："杨家要毁你，总有办法！你小子真没良心，你偷贺家，派出所扣住，是谁逼贺效东放了你？我只求你跟我干这一次，以后咱俩都金盆洗手。我还要成家，背上赖汉的恶名，谁嫁给咱？"陈小小说："咱陈小小江湖中义字当先，就跟你干最后一次。你说，怎么报复养汉？"杨承亮讲出一个办法来，吓得陈小小"啊"一声大叫。

2

黄福禄和老党员、老贫协们，中了赵志坚和黄明旺的调虎离山计，一多半滩地被占，最痛心的当然是黄福禄了。一气之下，黄老书记吐了血，黄明旺硬背着他去医院检查，查出了肺结核。几个月来，黄福禄在家治疗，病情日趋好转。每逢明旺来看他，就把脸扭到一边；黑牡丹送来好饭，他不吃，喂了二锅头；明旺出差，买回罕见的南方水果，他看也不看，吼叫着让老伴扔出去；英妮给他做了羊皮背心，他也不穿，派老伴送了回去。黄明旺背上了沉重的思想包袱。不解开因观点不同，郁结在父亲心中的疙瘩，气死了老革命，担上不忠不孝的罪名，党性和良心都过不去！

大年初一,村人来家拜年,黄福禄才下了床。几个月没动,路也不会走了。中午,黄明旺认认真真地哭了一场,哭得跺脚捶胸,声嘶力竭,黄福禄紧绷了几个月的脸才松弛下来。明旺承认了占滩地的错误,但没有暴露是杨承望的意图,父亲才开启尊口,说话了:"如果今天不是大年初一,我决不理你!你小子听着,哄我,骗我,不听我,我都不计较,儿大不由爹嘛!再说,你也该独自走路了,不能总让人扶着。但是,你的脑袋是长在别人头上,你的脚长在别人的腿上,你是一个木偶,不会自己跳。这就危险了,别人卖了你,你还不知道,还帮人家数钱哩!是不是?"黄明旺赶紧说:"是,是。县里镇里的领导干涉太多,我不敢不听。"黄福禄一拍桌子说:"有什么不敢的?明光说得好,正阳村的书记不是上了咱黄家的土地证!干一天,就要在毛主席的革命路线上走一天!我不搞土地下户,不削弱集体经济,不给资本主义私有成分一寸土地,撤我的职,我也不搞!"黄福禄艰难地喘息着,黄明旺赶紧给他捶背。"明旺啊,没有主心骨的人,是忘了自己姓甚名谁。我告诉你,你姓黄,也不姓黄,你姓共;你叫明旺,也不叫明旺,你叫贫下中农。从你往上六辈,是赤贫户,是杨家的乐户,是在清明、十月一,连先祭奠自己祖宗的权利都没有的赤贫户啊!可你忘了,忘光了!没有共产党、毛主席,咱翻不了身,当不了家,做不了主,更当不上干部。你说是不是?""是啊爸,我记着呢。""你忘了,忘光了。你分不清阶级阵线,和地主子弟密谋划策,硬是把正阳村的革命和生产引上了邪路……"

黄明旺不敢和父亲辩论,耐着性子听着。黄福禄逼他表态,他思考了半天说:"从企业拿出一笔钱来,在河滩再垫五百亩地,补上企业占的耕地;以后只巩固,不发展企业了,以粮为纲,以工为辅。爸,这样干行不?"黄福禄长叹一声说:"也只有这样了。"黄明旺拍着胸膛表示,以后,一定听取老革命的意见,坚定不移地走毛主席的革命路线。从那以后,几乎是每天黑夜,父亲逼他学习马恩列斯毛语录,他哭笑不得。

家有老父唐僧般喋喋不休地念紧箍咒,外有杨承宗有空就和他争论。承宗是诚心的,意见是有,但不闹情绪,不影响工作。两个人到一块,就讲"大跃进",讲"文化大革命",讲劈山改河,要他吸取历史的教训,不要跟得某个领导太紧,不要给老百姓带来灾难。杨承宗低沉缓慢地说,"你再蹦得高,也是个农民,你今生来世,都离不开正阳村。因此,你要多考虑村人的利益。国家干部腿长,这里干不下去,换一个地方,照样做官。"黄明旺想,这话也许有偏见,但今天确确实实有"大跃进"的味儿。为啥一年非上两个企业?为啥三年必须建成五千万的村,实现家家万元户?不能稳扎稳打,收回一个企业的投资,再上一个企业吗?一个产品打开市场,有了资本积蓄,再办新的企业,有了钱不是还银行利息,是给老百姓谋幸福,多好!真的三年内能实现了家家万元户?这一连串的问题,有高深的理论,他这个初中生搞不明白。他请教大学生杨承望,杨承望讲了两个观点:一是为落实20世纪内达小康的宏伟目标,必须大干快上;二是历史是螺旋式发展,总有相似和延续的特点。这两个答案说服不了他,小康没错,大干快上也正确,但如何大干,怎样快上,是值得研究的,不能走现在这样的路。第二个观点他更不服,如果今天是昨天的延续,明天和今天一样,社会就不会发展,老百姓永远达不到小康。杨承望说,这是理论家考虑的,不是你我的事。你作为一个党员,要和县委镇党委保持一致,县委镇党委说怎干,你就怎干!

3

黄明旺最怕燠热的6月出差,一出去就犯病。头次差点儿死在太原街头;第二次在长治犯了病,又栽倒在老顶山下的水沟里;第三次和新任村委主任兼铁厂厂长杨承宗去苏州催款,肝炎再次发作,住了一个月医院才回到家里。从此,他发誓6月不出门,有天大的事也不出门!但是,今天,1988年6月9日,他不得不自食其言,到武汉去推销生铁铸件,到株洲去推销制砖机。一个月前,派出三支人马,都没拿回满意的订单和定金。他要亲自去厂家了解产品质量,去市场考察销售情况。他这人事无巨细,不是自己亲身体验的,总放不下心来。五个企业,除煤矿电厂不愁销售,铁厂不是卖不上好价钱,就是要不回货款;铸造厂与南方几家大厂签订了供应电扇底座、缝纫机架、下水管等合同,厂家以质量问题为由再三压价;建材机械厂的"省优"产品、固字牌制砖机,打不开市场,销售量占年产量的十分之四。

他能不着急吗？

这次出差，比前几次牛皮多了，坐着县委副书记杨承望新换的桑塔纳轿车。有凉丝丝的空调，不热，省了坐火车转汽车的冲锋陷阵和旅途劳累，还带了铸造工程师杨承祖。承望兄弟对咱真好呀，派车时说，不图排场图气派，厂家见黄总经理坐桑塔纳，就不敢小看，这是形象的力量。反之，你像叫花子，产品再好，也瞧不起你来。就是和承祖坐在一个车里别扭，有那一层恶心的关系，生理上就产生一种厌恶和排斥。但不带他来又不行，咱是外行，对方刁难，在技术上鸡蛋里挑骨头，你说个啥呀？他和杨承祖没话说，半躺着想心事，总也跳不出企业的圈子。

三年上了五个企业，按五年规划三年实现的目标，只差一个企业。不是黄明旺胆子小，不敢上了，是银行体制改革，块块变为条条，县委副书记杨承望说话不灵了，正阳村旧的贷款未还清，尚欠地、县各银行六百多万，哪家银行也不敢贷给。账怕细算，正阳村人均贷款两千多元，除还了银行利息，只赚了个工人工资。每户以一个工人年收入一千元计算，一户增收千元，足足补起了五百亩滩地的损失。但产品销不出去，贷款利息还不了，工人工资发不下，一年粮食半年吃完，老百姓遭了罪，我黄明旺就是罪魁祸首啊！

初占滩地后，为不使老同志和村人闹事，赵志坚对黄明旺说："四个厂房的根基都下上，日后省得麻烦。"黄明旺说："对，一锹是动土，两锹也是动土，一肚气好生！"几乎占用完五百亩滩地，建成电厂、铸造厂、建材机械厂后，他黄明旺打破了他父亲保持的黄家做官最高纪录，被县委认命为正阳镇党委副书记，当选为县人大代表、晋东南地区劳动模范。杨承望说，你和县里的副局长平级，还比他们多了人大代表和地区劳模两顶乌纱。他没有退路了，死心塌地和杨承望保持一致，把自己的思考深深埋在心底。当杨承望转达了县委的意见，要在正阳村召开全县乡镇企业现场会时，他同意了，并为大会成功支付了八万元食宿费。当然，肥水没流外人田，这笔经费转到了白天鹅宾馆的账上。

到了武汉，驶上雄伟壮丽的长江大桥时，黄明旺朝司机小刘大叫："停停,长江大桥真美啊,咱下去看看!"小刘笑道:"桥上不能停车,咱住下后再来看吧。"他问去哪儿住,小刘说:"杨书记指示,住高档宾馆,最好请厂家来吃一顿,他就不小看咱了。"黄明旺只顾看街头美景,停车后才发现,到了东湖宾馆。小刘得意地说:"这是毛主席来武汉时住的地方,咱也享受享受主席待遇。"他急着问:"睡一夜多少钱?"小刘说:"咱住中等的,大概三百多吧。"他心疼地说:"不行,住三十块的!"小刘不理他,办了住宿手续,领他穿过林荫大道,花园小径,进了一幢别致的小楼。他独住一个套间,杨承祖和司机住一个双人间。刚进门,面带微笑的服务员就送进茶水来,和他亲切简短交谈了几句。踏在毛茸茸的地毯上,极不自然,唯恐自己的鞋不干净;埋进柔软的沙发里,也不自然,心想自己不配;坐了近二十个小时车,腰酸腿困,想躺躺,一看那张黄铜龙凤席梦思床,更不自然。站起来隔窗望去,湖水浩渺,快艇飞梭,游船点点,他仿佛来到仙境,觉得头有点晕……这晚,他躺在黄铜龙凤席梦思床上怎么也睡不着,从床上下来,躺在地毯上,才沉沉入睡了。

吃罢早饭,小刘说:"你这形象不行,一看就是个北方土老帽,我给你打扮打扮。"不由分说,就把他拖进了美容美发厅,他在镜子里看着一个中年妇女给他推剪吹烫,美容皮肤。个把小时后,他认不出自己了,哪来的这个风流小生?小刘又把他拖进商店,给他挑选了花格、纯白两件衬衣,红黑两条领带,淡黄、灰白两条裤子,一副茶色平光眼镜。回到房间穿戴起来,在穿衣镜前一看,他惊叫一声:"妈呀,比香港老板都抖!"然后,小刘一个电话,摄影师来了,给他照了几张不同姿势的照片。一个小时后送来,他孤芳自赏,越看越美,张开大嘴笑着。——谁也没想到,照片中那张他最满意的标准像,一年后,装进镜框里,围上黑纱,悬挂在"黄明旺同志永垂不朽"的横幅下。

第二天早饭后,小刘和杨承祖对黄明旺进行了集中培训,从外在风度、举止言谈到谈判的实质问题——质量和价格,进行了多次操练。黄明旺演过戏,普通话也说得不错,很快就进入了角色。杨承祖模拟厂商,小刘充当黄总经理的秘书,三人一本正经地你问我答,把预料中厂商提出的问题都拟好了答案。唯一不满意的是黄明旺说话太快,尽管克制着慢了许多,还是没有大经理应有的斯文。午饭后,三人不休息,开着车调查市场,把这几个厂家的产品价格摸了个透。小刘忙里偷闲,给黄明旺印制了精美的名片,上面写着真真假假的头衔:山西省劳动模范、山西省企业家协会理事、晋东南地区特级劳模、阳林县人大代表、正阳镇党委副书记、阳光农工商总公司董事长兼总经理。背面是英文。杨承祖的名片头衔是:中国铸造协会理事、山西省铸造协会常务理事、晋东南地区机械制造厂总工程师、高级工程师、阳光铸造厂特邀技术厂长。黄、杨二人哭笑不得,小刘说:"社会就认这个,再说,为了推销产品,一切都是合理的。"这天下午,小刘把三份请柬送到了这三个厂家。黄明旺说:"刘师傅,你真能干呀。你要来我们村,我把总经理让给你。"小刘说:"我这几刷子还是跟杨书记学的,你要跟杨书记出门,那才气派,什么事也能办成!"黄明旺听了,对杨承望更加佩服。

第三天上午,三家厂商陆续来到东湖宾馆,小刘接进他和杨承祖的房间,说是黄总正和武钢一个处长谈生意,十点钟就结束。一厂商问:"你们拉住了武钢?"小刘说:"我们这次来,就是武钢邀请的,要不,我们能住进东湖宾馆!"胡诌乱侃一阵儿,不觉到了十点,电话铃响了。小刘接起,点头哈腰说:"是,是,黄总,我带他们下去。"说罢,头前带路,下到二楼黄明旺住的套间。

在客人进门的瞬间,黄明旺就要站起迎接,突然想起事先操练的步骤来,坐着不动,只是微笑着。待客人走近了,才缓缓站起,伸出手来,有分寸地握了握,做了个优雅的请的动作。客人坐下,殷勤的小刘沏茶点烟,黄明旺把自己的名片双手送给客人。然后,背靠沙发,慢悠悠地说:"刚和武钢谈罢,诸位久等了。请海涵。"一客人看了名片,又看着黄明旺纹丝不乱、乌黑发亮的头发和花格衬衣黑领带说:"黄总经理年轻有为啊!"黄明旺抱拳而道:"年近不惑,虚度半生。惭愧,惭愧。"一客人问:"贵公司多大规模?"黄明旺看着小刘说:"刘秘书,把总公司概况给客人看看。"小刘拉开精致的公文包,把印制精美的小画册,给客人发下。接下来,进入实质性谈判,客人说你们的铸件质量不过关,砂眼太多,压力也不够。黄明旺文雅地嘿嘿一笑,转头看着杨承祖说:"这是我们特邀的铸造专家杨总工程师,他在山西铸造界赫赫有名。杨总,你把咱厂的质量鉴定情况给客人介绍一下。"杨承祖先给客人发了名片,说了几项技术指标,从自己的公文包里拿出几张质量鉴定书、免检证书,双手递给客人。客人们只是瞥了一眼,就放到一边。看来,他们并不关心质量问题。黄明旺心中有数了。果然,客人提出价格问题,如果一吨降低五十元,有多少要多少。黄明旺笑着说:"以你们这个价格,我不出山西就销完了。刚才武钢也没这样压价呀!"客人又说,依你们现在的价格,成本太高,我们没有利润。黄明旺说:"刘秘书,你给客人算算成本账。"小刘胸有成竹地报出这几个厂的主要产品价,各部件的成本价以及利税。但他们概不认账,异口同声,一吨不压五十元,坚决不要。看来,他们是商量好的。黄明旺心说,上门生意难做呀。谈判一时陷入僵局。

小刘看了看手表说:"买卖不成仁义在,我们黄总中午请客。诸位,请到小餐厅。"三个客人谦让了几句,就客随主便了。在小餐厅的洗手间,黄明旺等到只剩一个客商时,低声说:"郭科长,你带头把下压幅度锁死在一吨二十元,我按咱两家的合同,每吨给你个人二十元。"郭科长想了想说:"中,我要你三千吨。"黄明旺:"不中,你最少要五千吨。十万元好处费,我给你现金,一次付清。"郭科长伸出湿淋淋的手,说:"一言为定!"黄明旺握住他的手说:"说一不二!"

饭菜很丰盛,备有五粮液和啤酒两种。三位客人不善白酒,啤酒也是抿着喝。黄明旺违背了事先制订的言行大纲,突然向客人提出挑战:"咱双方各派一人比赛喝酒,你们赢了,我每吨降价五十元,你们输了,我每吨降价十元,一家要我五千吨,行不?"郭科长第一个响应,和另外两个客人叽咕了几句,对方就派郭科长出来应战。黄明旺对杨承祖说:"我不能喝酒,刘秘书还要开车,不敢喝酒。这个光荣而艰巨的任务,只有你老兄来完成了。"杨承祖说胃疼,不能喝。黄明旺说为了家乡的利益,你就贡献一个胃吧。杨承祖一再坚拒,黄明旺主意不变。这边退却,那边进攻,小刘说话了:"杨总,你就喝吧,这也是爱的奉献。"杨承祖这才勉强上阵。不猜拳,不敲杠,郭科长和杨承祖一杯一杯比着喝,小刘和另一个陈厂长裁判。谁知郭科长酒量不小,一杯半两,喝到十几杯还喝,黄明旺着急了,心想莫非他不给我帮忙?他摘了茶镜,看着郭科长,郭科长给了他一个会意的目光,突然低头哇一声吐了一口。小刘把他扶到卫生间,出来后,宣布输了。杨承祖又喝了两杯,才停了下来。黄明旺又把酒满上,对客人们说:"谁来?我和他比!"没人应战,他也就不勉强了。

饭后,三个客人商量了一阵,郭科长说:"黄总,这样吧,酒场没正话,咱就不以比酒论生意了。我们三家看出了你们的诚意,愿和你们长期合作。既然长期合作,咱双方都让一步,你每吨降价二十元,我们一家要三千吨。如果你们没意见,下午就签合同。"黄明旺满脸放光,正要说好啊,小刘盯了他一眼,他才收了笑,故作吃亏状,说:"每吨降价二十元,我没利润。为咱长期合作,我就吃这一次亏吧!"

杨承祖回去后,钻进卫生间,哇哇地吐,吐出了胃液,吐出了血。见黄明旺幸灾乐祸地笑,气愤地说:"今儿个吃了你狗日的亏,真难受啊!"黄明旺说:"你和我老婆好受了几年,也该难受一回了。"

一吨降价二十元,黄明旺没有吃亏。按这个价格,每吨可盈利一百二十元。因为自己的铸造厂用自己的铁,自己的铁厂用自己的炭,原材料不报税,还省了运费,成本就降低了百分之十。三个厂家订货一万一千吨,够铸造厂生产一年,盈利一百三十万元,加上投产以来已盈利部分,就收回了铸造厂的投资。更重要的是拉住了郭科长,明年的销售有了底儿。十万元算什么?一个硬关系就可打开一个大城市的市场。黄明旺心里热乎乎的,真想唱几句梆子。

到了株洲,只有该市农机公司一家客户,在武汉用的给好处费、比喝酒,在这里都行不通。公司分管经理是个军队转业干部,果断地付给黄明旺十五万元欠款,制砖机一台不要。理由很简单:质量不行。面对刀枪不入的经理,黄明旺没和杨承祖与小刘商量,说:"宋经理,能给我提供一个购买固字牌制砖机的客户名单吗?我立马去做调查,回去就改进工艺。"拿着宋经理提供的名单，他拧着小刘、杨承祖和他跑了五天，走访了十几家用户，掌握了固字牌制砖机因南北方土质差异而忽略了的设计问题。他对杨承祖说："你帮我解决了这个问题，我奖你两万！"杨承祖说："回去以后，不出五天，就可攻克这个难题。"当两个月后，黄明旺带着改进了的部件和十台适合江南水乡土质的新型制砖机，来到株洲，给旧用户免费更换了新的部件，把农机公司积存的十台旧机换成新机时，感动了这个公司的领导和职工，愿和阳光建材机械厂长期合作，在湘省独家经销固字牌制砖机。当下签了一百台合同，并预付定金百分之二十。

星夜匆匆而归。车到信阳地区，正是午夜。前方百米处突然闪出几个人来，在明亮的车灯下，可见这几人手持棍棒和匕首。哎呀，遇到车匪路霸了！小刘惊呼着，放慢了速度，杨承祖已吓得哆嗦起来。黄明旺突然大喊一声："冲过去，压死他！"小刘把油门一脚踩到底，小车像箭一般呼啸而过。黄明旺坐在后排，回头看去，已有一人躺在路中。一路不敢停留，到了郑州加油时，黄明旺发现，双手还紧紧抱着装有十五万元现金的提包。

4

后半夜，没有月光，天地间黑沉沉、静悄悄的。杨承亮和陈小小拉着平车，朝铁厂所在的山沟里走去。杨承亮说："小小，你记住了吗？库房在北边第二间房，我稳住上夜班的，你听到喝酒划拳，就抓紧偷。弄好了，赶天亮，咱就能偷三次。妈的，给狗日的杨承宗一个教训，看他离开我的保护行不行！"陈小小说："干这一行，不能贪，见好就收。今晚，偷两次就是一吨，一出手就是二百多块。要是明天他们没发现，咱再来。"

杨承亮早就对本家哥杨承宗憋着一口气，在暗里生着法子报复。铁厂投产后，承亮提出，他保护铁厂，每月收取保护费一百元，保证不出任何偷盗、哄抢以及民事纠纷等事故。杨承宗冷笑一声说："你连自己都保护不了，还保护铁厂？想得倒美！"承亮说："我保护煤矿，已制止了五起哄抢事故，抓住七个偷炭的。从那以后，再没人去抢、去偷了。滩地的三个工厂在建设阶段，也是我保护，一黑夜就抓住三个偷水泥、钢筋的。还制止了两起讹诈事件。宗哥，铁厂没有我的保护，损失大哩！只要挂上三爷的招牌，你就睡大觉吧!"杨承宗忽地站起来,眼一瞪,对杨承亮吼道:"你是谁的三爷?"吓得杨承亮就跑。从此,再不提保护铁厂的事了。铁厂也没有发生任何事故。杨承亮不甘心,一为报复杨承宗,二为弄个零花钱,就费了几个月工夫,摸准了铁厂人流的规律,子夜至天亮,只有上夜班的工人,工人们在炉前,照看不住几十米外拐角处的库房;库房里的铁,只保管两至三天,就拉到了铸造厂,或者卖了。

到了铁厂,杨承亮头前走了,等着热风机的轰鸣声中传来猜拳行令声后,陈小小拉着平车大胆地走到库房门前。陈小小用自造的"万能钥匙"打开锁,从容不迫地往平车上搬铁。装了大概有半吨,拉上就走。回程是慢下坡,不费力就拉到了大路上。早有一家个体炼铁户开着机动三轮车在等待。

这次,他们偷了三趟,卖了三百块钱,对半分了。

次日刚上班,保管发现了失盗,慌慌张张报告了杨承宗。杨承宗问:"你还跟谁说来?"保管说:"刚发现就来汇报,没有跟第二个人说过。"杨承宗看了现场,又找昨晚的带班长了解了情况后,对保管说:"猴声张,锁也猴换,从今天晚上起,你我如此这般……"

杨承亮一天去铁厂转了几回,没听到有失盗的消息,他放心了,又让陈小小今晚上再干。陈小小说:"这你就老外了,要是失盗的事吵得尽人皆知,咱今晚再干,一准得手;要是不声不响,无事一般,正说明有了防备。咬人的狗不露头,也不叫喊。你懂吗?"杨承亮说:"你是专家,就听你的。"陈小小说:"三爷,我看这样吧,今晚也不能闲着,没人把人民币给咱送到手中。去电厂干一下吧?我早就瞄准了,库房里有核桃粗的电缆,割上几十米,剥了皮卖铜丝,一斤就是十几块钱。"杨承亮同意了,说:"我先去侦察一下,选好路线。"

又是子夜时分,杨承亮在门房与值班员喝酒,陈小小翻墙进去。不一时,拖出几十米电缆来,扔过墙头后,他又翻出去,用劲往外拖,忽觉像是被卡住了一样,分毫不动。他正要二次翻墙进去,一道强烈的手电光照在脸上。只听杨承宗说："送到派出所！"

杨承宗看着干警们审讯陈小小。陈小小铁嘴钢牙，只承认偷了这一次，更不承认和别人共同作案。杨承宗对警察们说，打！贼汉生得贱，非得巴掌练！警察们就铐起陈小小来打，打了十几分钟，他还不承认。杨承宗又亲自打，陈小小还是不承认。一直折腾到天亮，陈小小还是那几句话。

杨承亮来了，不理杨承宗和警察们，斜着眼问陈小小："你为甚来了这里？"陈小小说："我去电厂偷来，被抓住了。""你和谁偷来？""就我一个。""老实说！不然，三爷我抽你的筋，剥你的皮！""真的啊，三爷，二人不做贼，我从不合伙。""你为啥去电厂偷？""电厂不属三爷你的保护范围。""铁厂也不是三爷我保护，你咋不去偷？"陈小小说："想去，还没去。"杨承亮对警察们说："我二哥说过，要文明执法。你们打人不对，我要去县里告你们！"杨承宗沉不住气了，站起来说："承亮，你去告吧，他们没打，是我打来，你就告我！"杨承亮问陈小小："谁打你来？"陈小小说："承宗叔打来。"承亮打了声口哨，说："宗哥打来，我就不告了，你白受了。"杨承宗走近杨承亮，说："这里不关你的事，你滚！"承亮说："我滚，我滚。"就走了。

在黄家，杨承宗向黄明旺汇报了铁厂和电厂失盗的事，陈小小在派出所承认的和自己的怀疑。黄明旺半天不吭声。女婿做了案，老丈人咋处理？深不得浅不得。深了英妮和她妈不依，陈小小一急之下，说出他曾派他去镇党委偷告状材料，我的脸往哪搁？浅了杨承宗和村人有看法。还涉及赖汉杨承亮，如果陈小小承认了和杨承亮共同作案，借风点火，惩治一下赖汉，不无好处，但陈小小不承认，又没当场逮住，就无从下手了。这时，黄福禄进来，问清煤矿电厂失盗情况，对明旺和承宗说："好办，把他俩交给我处理。"明旺问："爸，你有什么好办法？"黄福禄说："对这些人，打不是办法，送派出所也不是办法。还得用毛主席的大批判，交给革命群众，高帽一戴，口号一呼，他有啥说啥，再不敢了。当年就是用这个办法，教育了小小他爸大狗的！那时候没有派出所，比现在有派出所稳定多了。"杨承宗说："老书记，时代不一样了，不能用那时的办法。"黄福禄说："不论在啥时，用毛主席的办法没错！"黄明旺突然开窍了：何不让父亲用用老办法，借此改变一下他的观点,他以后也不逼我走阶级斗争和以粮为纲的老路了。他笑了笑说:"爸,那就把小小和承亮交给你了。"黄福禄大喜:"你现在就通知,今晚召开群众大会!"

黄福禄兴高采烈地忙了一下午。先是通知了老党员、老贫协,在今晚的大批判会上踊跃发言,上纲上线,触及灵魂,用毛泽东思想的锐利武器,批判贼汉、赖汉的罪行;然后自费买了白纸,在老伴的帮助下,糊了两顶高帽,找人分别写上:"盗窃犯陈小小""同案犯杨承亮"这几个大字。接着又去派出所联系,今晚要提出陈小小,开批判大会。原所长哈哈大笑一阵说:"老书记,你的脑袋是不是出了毛病?"黄福禄气呼呼地说:"你们青年人的脑袋才出了毛病! 不走毛主席的革命路线,把这个社会搞得乱糟糟的!"原所长说:"老人家,现在是依法治国,执法部门独立办案,不能把犯罪嫌疑人交给你;更不能像过去一样,动不动就开批判会,打棍子,戴帽子,无限上纲。"黄福禄问:"你猴讲大道理,你那一套以法治国,越治越乱。你到底给不给人?""不是不看你老革命的面子,是法律规定不能给你。"黄福禄抢起拐杖,要打原国亮,原国亮笑着躲开。黄福禄气哼哼地走了,刚出门,背后就响起哄堂大笑。

黄福禄刚出派出所大门,就迎头碰上杨承亮。对他说:"你这个地主阶级的孝子贤孙,不要跑,今晚开你的斗争会。"杨承亮问:"我犯了哪国的王法? 我为啥要跑? 你有什么权力批斗我?"黄福禄说:"你和陈小小合伙偷盗,挖社会主义的墙角,不该批你?"杨承亮说:"你这个老不死的,爬到棺材边了,也不死,害了我杨家老的,又害小的。我告诉你老家伙,你杨三爷不是十年前的娃娃了,还中你老不死的奸计!"老革命黄福禄何时受过这等侮辱,他火了,抢起拐杖就打,杨承亮一把夺过,咔嚓一声,折成两截,扔得远远的。对黄福禄说:"老家伙你听着,三爷我今天哪儿也不去,专等你的批判会。我现在就去放出你的孙女婿来,和他一块上批斗会。你能斗了你三爷,三爷我从你的胯下钻过!"黄福禄气得全身颤抖,说不上话来,扶着院墙直喘粗气。

回到家里,见黑牡丹和英妮母子俩正和明旺吵。他一听,是逼明旺去派出所带回陈小小来。他气不打一处来，把本来该出在杨承亮身上的气，通通发泄到儿媳和孙女身上："操你妈！吵吵吵，一天三次吵！我的眼瞎了，你们的眼也瞎了？找女婿不找个好的，专找贼汉！你不嫌败兴，我还嫌骚气难闻哩！"

打黄福禄下台后，正阳村再没开过批判会。男女老少都来看热闹，村委会议室挤不下，黄福禄就让把会场搬到院子里。有大批群众来，他就高兴。把杨承亮、黑牡丹母女给他的不快，忘到了脑后。晚饭后，他情绪亢奋，就等着开这个会了，只有些担心开会时派出所方面配不配合让陈小小到会上来。想不到几个老同志来请他，说是派出所已放了陈小小，他们做了杨承亮和陈小小的工作，他俩痛痛快快答应了接受批判。看来，大批判这一武器还是深入人心的，有威力的，群众喜爱，敌人害怕。他不满意的是，干部们一个也没来，这么重要的会议，怎能不来呢？来学点革命经验，不无坏处嘛！我们这些老同志死了，你们就不革命了？非常满意的是，老党员、老农会、老贫协们，除了几个卧病不起的，都来了。还和土改、学大寨、"文化大革命"那时一样积极热情。有这些老革命，就有毛主席的革命路线代代相传！

一老汉请示道，黄书记，开始吧？黄福禄中气十足地说，开始！像他在台上开会那样，有人主持会议，有人维持秩序。主持会议的一个老党员宣布："静一静，现在，革命大批判会正式开始，批斗贼汉陈小小、赖汉杨承亮。现在，由老书记黄福禄讲话！"黄福禄站起来，手里拿着一册小红书。他威严地咳嗽了一声，看了大家一眼，放开嗓门说："首先学习一段最高指示。毛主席教导我们说：凡是反动的东西，你不打他就不倒……"一段最高指示没有学完，众人就笑了起来。他又咳嗽了一声说："笑什么？严肃点！"待大家不笑了，才把最高指示学完。他简单介绍了杨、陈二人的盗窃案，大声喊道："把陈小小、杨承亮带上来！"就有两个老汉把二人带进会场。两人戴着纸糊的高帽一进场，会场就爆发出惊天动地的大笑。在笑声中，二人向大家做着鬼脸，手舞足蹈地表演起"二鬼摔跤"来，众人的笑声更雄壮了。黄福禄气得怒发冲冠、咬牙切齿,连连大吼:"猴笑,静一静!"但杨、陈二人不听他的,还在表演;大家也不听他的,继续大笑。老党员、老农会、老贫协们一齐维持秩序,大家才静了下来。黄老书记批评了大家,也批评了陈、杨二人。接着,由两个盗窃犯交代。先是陈小小交代。他油腔滑调地说:

　　　我叫陈小小,爱好偷东西。
　　　娶妻黄家女,大号叫英妮。
　　　黄家好坟地,辈辈出书记。
　　　我要好好干,争取当书记。
　　　……

　　刚说到这里,众人又笑,淹没了陈小小后面的台词。黄福禄拍着桌子大叫,会场才安静了。黄福禄让陈小小端正态度,好好交代,陈小小说:"爷爷,你是个好老党员,一辈子大公无私,革命态度最坚决。但是,你思想僵化,在改革开放的年头,还搞过去那一套,就不得人心了……"黄福禄打断他的话:"今天是批判你,还是批判我?"陈小小笑着说:"咱互相批判吧。"众人又是大笑。还有年轻人高叫道:"说得好,说得好,再说一遍!"主持会议的那个老汉把陈小小拉下去,宣布让杨承亮交代。杨承亮开口就说:

　　　我叫杨承亮,生在地主家。
　　　从小思想好,揭发我大爸。
　　　喜欢黄书记,在此表扬咱。
　　　奖我十块钱,教我再揭发。
　　　……

　　还是大笑,还夹杂着掌声,谁也制止不住。黄福禄呆了傻了般坐在台上一动不动。会议主持人又把杨承亮拉下去,宣布让大家揭发批判。先是几个老汉十分气愤地、上纲上线批判了一通,不时引起哄堂大笑。后来,就没人批判了。台下的杨承亮叫道,没人批判,我就走! 黄老书记,同意不同意? 黄福禄不表态,谁也不敢放他俩走。有一个青年人站起来批判了:"现在,是粉碎'四人帮'第七个年头,全国人民都在解放思想,改革开放,依法治国,保护人权。可我们却在这里践踏人权,搞'文革'中极'左'的那一套。全面否定'文革',怎就没有把黄老书记为首的这些老左们头脑中的极'左'路线否定了? 陈小小杨承亮作了案,国法治裁,批判会能代替了法律?"突然,杨承亮高叫道:"谁说我作案了? 我没有!"又一青年站起来说:"今天的批判会暴露了一个重要的问题,以黄老书记为首的老汉们,不读书、不看报、不了解形势发展到了什么程度。像毛主席批评的那样,是桃花源中人,不知有汉,何论魏晋? 今天,干部们都没有来,来了该批评他们。不组织老同志们学习时事,学习邓小平文选,还用'文革'中那一套来对待群众。黄书记,该批判的是你,你再这样干,就不是撤职的问题,是开除党籍的大问题……"

老革命黄福禄哪经过这般阵势! 昔日,踩一脚,正阳村抖三抖,谁敢说个不字? 没想到今天是自己亲手拉响的手榴弹,没有扔出去,在自己脚下爆炸了。爆炸的强烈震荡,使他目瞪口呆,张皇失措,剧痛钻心。一时没了主意,情不自禁地流下一串老泪来,泪珠儿在明亮的电灯光下闪着晶莹的光。任大家向他开火,他不挪不动,失去了强烈的自尊心和保护意识。主持会议的那个老汉也始料不及,不知怎样扭转这种局面。他见黄福禄在流泪,自己也哇一声哭了。

这时,赵志坚、黄明旺和杨承宗进来,大家才不批判黄老书记了。赵志坚站在台上,表扬了黄福禄等老党员对工作的热情,批评了陈小小的盗窃行为。其余啥也没说。然后,黄明旺扶着父亲回了家。人们突然发现,老书记弯腰驼背,步伐艰难,比刚才进会场时,老了许多。

5

换了店主没换店牌,一品香还是一品香。只是店门口多了一个广告牌,白底红字:

何为一品香,一品是三口。

一口不觉香,再做不计酬。

二口不觉香,放下筷子走。

三口不觉香,路过莫回头。

　　顶着父亲反对的压力,一万元买下一品香包括服务员在内的一切,黄明光讨了个大便宜。村人说,这个便宜只能黄明光讨,别人没门。谁有黄明光这般优越的条件? 谁能讨了白梅的便宜? 因此,当白梅盖起白天鹅宾馆,放风要转让一品香,有人出到三万元,也没如愿时,就理解了。其实,白梅一分钱也没要,黄明光也拿不出这笔巨款来。

　　劳教归来,白梅履行了自己的诺言,给了他除性爱外的一切。昔日的光棍汉、懒汉加醉汉,像小儿学步,晃悠悠站起来了。杨承亮、陈小小等朋友准备了接风酒,他恶心得要吐,皱着眉头说我戒酒了。陈小小讥讽道:"甚时太阳从西出来了?"杨承亮挖苦说:"狗改得了吃屎?"他没答话,拿过一把小刀来,咬着牙在胳膊上划了一道,鲜红的血一滴滴流下。然后,猛一扬手,小刀嗖一声飞出,从杨承亮、陈小小两颗脑袋中飞过,叭一声插在门板上。贼赖二汉吓得抱头鼠窜,从此与他绝交。

　　一品香的生意远不如白天鹅,但地理位置优于白天鹅,加之名扬数百里晋韩线,食客仍然不少,一天平均纯收入近百元。不到一年,就能还了本钱。虽然白梅再三表示不要,但他决定还她。一万元买下,已讨了便宜,还能贪得无厌? 接手开业那天,派出所来人警告:"如果容留妇女卖淫,你当二进宫!"他点头哈腰说:"请政府放心,一进宫的滋味都受不了,还敢二进宫?"当下他就给小姐们立下章程:发现谁有这方面的问题,立即解雇! 小姐们提出,没有这方面的服务,客人来吃饭的就少了,我们的收入也上不去。他不信这个理,以饭菜质量高、价格低,服务态度好吸引顾客,但结果是效益不高,从外地雇的小姐们也陆陆续续走了。又一个月下来,日均收入十几元。黄明旺陷入了法律、罪恶和金钱的矛盾中。

有人在场，白梅啥也不叫，没人时，才偶尔叫黄明光一声哥。说话做事正正派派，既像小妹妹，又像大姐姐。经过那次撕心裂肺的事变，两个人都成熟了。已是晚上十一时，白梅坐在自己宽大舒适的办公室里，对一筹莫展的黄明光说："哥，去年我去了一趟南方，真正开了眼界，无娼不富，是生意真经。想发财，就要冒险，但必须有保护伞。你既不想冒险，又没有保护伞，只好做小本买卖或者转让。你说呢？"黄明旺双手抱着脑袋，沉思了半天才说："支撑着干一年半载，还了你本钱再说吧。"白梅眼一瞪："谁要你的本钱？要钱就不给你。心闲生余事，没事就拴不住你的心，改不了你以前的坏毛病！"黄明光苦笑着说："梅妹，败家子回头金不换，穷死饿死，也不做以前的黄明光了。前几天见了老夫子，他送给我两句话，渴不饮盗泉水，热不息恶木荫。""我也劝你一句，再不要喝盗泉水，息恶木荫了。""你能把我改变了，但咋改变不了自己呢。"白梅的脸一红，不言语了。隔了一会儿，大大咧咧一笑，扭转话题说："我琢磨透这样一个公式：贷款＋公款＋消费＋冒险＋保护伞＝暴发户。这几项条件我都具备，何不利用几年？收回这幢楼的投资，我就正正派派做人，老老实实经商。"黄明光说："我不敢冒险，我赔不起了。我想把一品香转让出去，我还干老本行，开车。"白梅说："你要转让，不能低于三万。"

黄明光憋着一泡尿，急慌慌下了楼。转到白天鹅后墙，解开裤子就尿。猛听到一声啊呀，就见两个黑影从脚下跳起就跑。惊得黄明光再也尿不出来。他犯疑了，是谁？在干什么？从黑影的姿势看，是两个男人。打着打火机一看，脚下啥也没有。这时，他才松了一口气，尿出了后半截。二次上楼，白梅正在洗脸刷牙，准备睡觉。他说了这个情况，白梅问："这两人是什么身材？"黄明光说："一高一低，一胖一瘦。"白梅沉思着说："我知道是谁了，我多加小心。你回吧。"

6

杨复之老先生从白天鹅烟酒副食部拎着两瓶酒，弯腰驼背，步履蹒跚走出来。街人交头接耳，低声议论，老夫子又喝上了，他有啥愁的？唉，家家都有一本难念的经。杨家嘴严，从不家丑外扬，老夫子没说，咱也能猜透几分……给村人的印象是，老夫子从承望高升后，并不开心，更不得意，好像有难言之苦。你瞧，他的腿脚不利索了，直挺挺的腰弯了，眼睛昏花，气喘咳嗽。像风中残烛，东倒西晃。有识之士判断说，老夫子发愁，不是家灾，就是国难！

回到家里，老夫子切了一盘黄瓜，调了一盘凉粉，关住大门，自斟自酌。常将家国愁，付于醉乡中。一斤醉，一两亦醉，在醉乡中飞天入地，与祖先对话，阴阳沟通，神游宇宙，一览众山小，天地唯我大，是何等的气魄！快哉！然而，今天的酒却没喝出如此的气魄和快哉来。

蒙眬的醉眼无意中落在对面墙上，墙上挂着超俊和沁丽笑眯眯的结婚照。昔日把这帧照片挂在自己的卧室，是让第三代人的喜悦，填充老朽孤独的心，抬头一看就没了寂寞，有了希望。近来一看，恶心得要吐。他走过去，伸出手，把照片摘下来，塞到床下，这才痛痛快快咽下一杯酒。是什么时候对沁丽产生了厌恶感？是新婚蜜月期间。洞房就在隔壁，淫声浪语破壁而来，立体化的音响效果，搅得老夫子心头火起：老夫也有年轻时，老夫也曾风流过，老夫没有孙子那样贪，前后两位夫人，更没有孙媳那样浪。喜笑不于声色露，美在含蓄朦胧中。用心来体会，是美；用声来发泄，是丑。美丑不分，是畜生！蜜月过后，他把这一人生的宝贵经验，曲折含蓄地传给孙子，孙子懂了，却不同意他的观点，孙子说，何必压抑自己？该笑就笑，该哭就哭，该吼就吼，该叫就叫。反之，就是虚伪，就是自我摧残。爷爷，咱家也太挤了，开春后，盖新房吧？不久，他又发现了沁丽和小小通奸，一见沁丽，像吃了一只苍蝇。女人第一是贞节，贞节就是女人的命。黄福禄的奶奶和姑姑、超俊的奶奶，失去贞节就死，死得悲壮，死得值得，虽死犹生。某一日，他当着超俊和沁丽的面，讲了张春绮的死，还没讲完，超俊就拦住了，说没意思，沁丽嘴一撇说，甚时代了？还讲这些老封建！死了谁，苦了谁，她死得轻于鸿毛！老夫子奉若神明的精神，被年轻一代看得一文不值。还有一次，饭后闲谈，超俊让爷爷讲个故事，他就说："五代时，有一个当官的叫王凝，在任上死了。其妻李氏和孩子去收尸，中途投宿，店主不纳，就拖着李氏的胳膊甩出店门。李氏的肌肤被丈夫以外的男人接触了，十分痛苦,就用斧子砍下了那条被玷污了的胳膊,保持了纯洁的肉体。这就是'断臂投地'的典故,中国妇女的美德。"孙子、孙媳突发一阵大笑,沁丽问,这个女人是不是有神经病? 老夫子气呼呼地说,你才有神经病!

喝了二两,由超俊夫妇想到了承祖,老夫子长叹一声,灌下一大口酒。正月十五,承望接他去城里看红火,突然在拥挤的人群中发现,承祖拉着黑牡丹的手! 他惊得魂灵出窍,老眼直冒火星。记得这几年,有时承祖回来,黑牡丹来家托他往娘家捎东捎西,他没在意,人际交往,谁不求谁呀。原来,他俩早有一手! 晚上看罢戏,承望安排他住下,他悄悄去了承祖的单身宿室,一听,黑牡丹在说话,转身就走。第二天中午,承祖请他吃饭。他说:"昨天晚上,想来你这里住,怕你这里有人,就没来。"承祖说:"没人呀,爸,你咋不来?"他注意到,说这话时,承祖面不改色。肯定了心中的疑虑,他更痛苦了。痛苦的不是儿子和仇人的儿媳勾搭,那仇早化解了,是他一向认为老实听话,作风如他一般正派的长子,有他的精神遗传,文化承续,如果辈辈都有这样的好接班人,杨家必然长盛不衰,出现第二个百年辉煌!《易》曰:主器者莫若长子。在传统的中国家庭,长子就是顶梁柱啊! 然而,杨家的顶梁柱虫蛀了,内空了,在他百年后,大厦将倾! 有作为的男人,受不了寂寞,顶不住诱惑,必然成就不了大业。名门之后,文化之人,头上戴着两顶黑帽,不能在讲台上传经布道,兼济天下,那就自珍自爱,独善其身吧! 他三十七岁上成为光棍,战胜了生理的需求和环境的诱惑,老方丈一般修炼,终成正果,是他引以为自豪的。

——那是回乡后的前几年。不满四十岁的他仍残存着青春的英气,文化人的潇洒。城内城外的老百姓,没因他头上的两顶帽子而鄙夷他,小看他。同龄的妇人们还是以前那样,见了他热情异常,偶尔还开几句骚骚的玩笑。给在外的亲朋写封信,春节写副对联,或者亲朋们的回信认不得,都来杨家小院求他。他自然是有求必应,服务态度一贯的优良。他成了正阳村老百姓的"文化佣人"。承宗妈是本家嫂子,却小他几岁,一次找他写信,写毕不走,说:"兄弟,过去写信,要给润笔费的。我没钱,能不能用别的顶?"他说:"我从不要润笔费,都是一村人,谁不求谁呀?"她笑着说:"你就没求过我,你真的没事求我? 你还不老,我也不丑,我也能给你解解饥渴。"
说着,脸红了,燃着火苗的目光大胆看着他。他明白了,哆嗦了一下,浑身
就燥热鼓胀起来。啊啊,离婚几年,还没沾过女人的身,无论白天黑夜想到
这码事,心火欲火就熊熊燃烧,就默念着圣人的格言:淫人妻女祸在子孙、
男女授受不亲⋯⋯用文化的力量,战胜欲望的要求。一直到心平气和,意
念全无。现在,她羞羞的、骚骚的,百般娇媚。是满足一次,还是坚保贞
节? 当地流传着一句不干净的俚语:天上降下黄表一张,小叔睡嫂理所应
当。小叔与嫂子通奸,不受社会与良心的谴责。传出去也无所谓。他在犹
豫,她已关住了大门,进屋后就火一样贴上他。他突然想到他是个文化人,
为人师表,应堂堂正正,给世人,也给后代留下一个洁净高大的形象。于
是,他对她说:"嫂子,你回吧,我感谢你的好意,但我不能,永远不能⋯⋯"
类如此事,在那几年里,常常遇到。他心如枯井,难起波澜。因而,有的女
人见了他,尊敬地叫一声大哥,为他的人格力量感动;也有一些女人没达到
目的,编排出难听的演义来,他听了一笑了之。

　　——三年困难时期,白梅她妈来家借三块钱,他本来没了工资,寄存在
锅老风景家的一千大洋,打发死者,再次成亲,供弟弟和两个儿子读书,业
已花光。但不能让人张开嘴合不上。他说:"妹子,你回吧,某某人欠我几
块钱,我这就去要,要来就给你送去。"她走了,他去借了三块钱,给她送
去。她说一个月内归还,但过了两月,她无力归还,来到杨家小院,对他说:
"大哥,没钱还你,也没甚报答你的。你一个光棍汉,太苦了。你要是看得
起我,你就来吧。"说着,她解衣宽带,露出了白白的乳房大腿。他黑着脸,
怒喝道:"你把我杨复之看成什么人了? 以小人之腹度君子之心! 要坏我
半世清白?"白梅妈哭着走了,留下一句话:"大哥,你是天下第一个好人、正
派人!"

　　——弟弟复兴死后的第七天晚上,杨家小院就剩了他和弟妹、侄子承
亮三个人。为避光棍寡妇之嫌,睡觉时,他挟着被子走出家门。承亮妈在
门口挡住了他:"哥,回去,我有话和你说。"他回去后,承亮妈饱含泪水说:
"哥,长兄如父,你对复兴尽了心。复兴死了,摆在我眼前的路有两条,一是

为了亮亮,我不离这个家,但大伯哥和兄弟媳妇长住一院,也不是长事。你是正人君子,但也有不安好心的人编排你。我的意思是,咱俩搭个伙,过起这个家来。这事不稀罕,哪儿也有。你要是愿意,烧了仨月纸,咱就去领结婚证;二是我再走一家,带上亮亮。但我真正舍不下你呀哥。"说着就靠在他肩上。他暗自思量。她虽小我二十岁,但人好,这也两全其美,我已年过半百,也该有个家了。又一想,如若这样,村人会不会议论说:"他俩早就相好?因在复兴结婚后不久,黄福禄曾说过,杨家大少爷和二少爷伙了一个老婆!真的和弟妹搭了伙,黄福禄的恶意攻击,就成了真事。瓜田李下,谨慎为好。一时拿不定主意,他把承亮妈的头从自己肩上挪开,说:"弟妹,太突然了,让我考虑好了,再答复你。"说罢就又挟起被子,要走。承亮妈执意挽留,说:"你不愿意,也不要走,我是老虎,能把你吃了?"他还是硬着心走了。她一死,他后悔不迭,不该那个晚上,没有果断地决定下来,给她一个满意的答复。不至于她那几天忧虑恍惚,从桥上掉下去。

就这样,为了心中那块净土,那个信念,他在漫长的人生旅途中,近乎残酷地自戕,终于完成了自身人格的塑造,形成了自己鲜为人解的道德观念。不因片刻欢愉坏了自己的声名,声名值千金;也不因此坏了对方的家庭,造成几多人痛苦;更不给不守妇道的女人们可乘之机。这是他在传统文化熏陶下,最宝贵的人生体验。《孟子》曰:富贵不能淫,贫贱不能移,威武不能屈,此之谓大丈夫。

正月十六,面对满面羞红的承祖,他直言不讳,你和黑牡丹几时好上了?承祖的目光躲躲闪闪,脸扭到了一边。他威严地一声低喝,莫非你还骗老夫不成!承祖低下了头,半天不吭声,突然抬起头来,高声说:"爸呀,开头,是为妈报仇,后来就真的好上了。""胡说,哪有这种报仇方式!""爸,从今天开始,我和她绝交!""苦心教你四十年,我的心血白费了。杨家靠给你,我死不瞑目!"以后,承祖和黑牡丹断了没有,他不想过问。

更痛苦的是,曾引以为骄傲的杨家后起之秀、有着杨家高贵文化血统的县委副书记杨承望。昔日,盼他做官,复兴杨家;今日,怕他做官,毁了大家。承望与白梅的死灰复燃,超越了老夫子的道德观,他看出次子的渺小和卑鄙来。承望力主企业占滩地,则暴露了小子的心里阴暗。知子莫如父,他把承望看得通体透亮。你对黄福禄在劈山工地对你的迫害,有刻骨的恨,你更对黄家逼死你妈有难消的仇。前一种恨,是时代的使然,不能记在黄福禄名下;后一种仇,说明你是个孝子。但你的人生价值、你的身份,决定了你做的应是良臣,不应是孝子。在滩地被占后的几天,他问了黄明旺,问了赵志坚,虽然黄赵二人应负占滩地的主要责任,但你杨承望的启发和暗示,却起了主导作用。官大一级压死人,不仅是权力的重量,还是利益的选择。赵志坚要升官,黄明旺要保住小乌纱,村镇发展要得到你杨副书记的支持,就要领会你杨副书记的意图,既按你的意志办了,又没给你挂名,你小子真会玩人呀!可怜正阳人不知实情,把面临饥荒威胁的罪责,记在黄明旺的头上!纸里终究包不住火,一旦真相大白,你杨承望还有脸回正阳村吗?滩地是村人的命根子,是稳定人心的秤砣子,如果你连这个都不懂,还做什么官!滩地被占两年了,杨承望很少回正阳,老夫子明白,一是怕他说教;二是怕他阻拦和白梅的幽会。今年初,杨承望突然回来小住几天,开了一个村人不欢迎的现场会。据说,花了村里近十万元钱,鼓起了白梅的腰包,老百姓却心疼得滴出血来。老夫子看透了,这个社会聋了,杨承望聋了,听不进老百姓的话,也听不进他爸的话。灾难即将来临。

别人给自己强加的痛苦,是过眼云烟,不是真正的痛苦;儿孙给自己带来的痛苦,常驻心间,才是真正的痛苦。因为,儿孙是自己的心血,心中的太阳。心血枯干了,太阳被天狗吃了,还有什么可留恋的呢?

他从下午喝到晚上,也才喝了半斤酒,但他醉了。天亮后,村人发现,他背靠杨家祠堂明代的砖墙,手持酒瓶,睡得正香。想必昨天晚上,他又和杨家的祖宗对了话,受到了某种启发和提示。不信,你看,他在醉乡和梦乡里,笑得多甜!

7

杨老夫子在家喝酒的这天晚上,黄福禄独自站在大门外,看着灯火辉煌的白天鹅宾馆和门前冷落车马稀的一品香饭店,心里也是油煎般难受。

从那个被年轻人打得落花流水、一败涂地、连招架之力都没有的批判会后，他觉得丢人败兴，没脸见人。大门不出，二门不迈，闭门想心事，找答案。他金戈铁马，烈焰熊熊的一生，何时受过这般窝囊气。果真是虎落平阳被犬欺，凤凰落地不如鸡？是我跟不上形势，还是形势走火入魔了？他大惑不解。

眼下闪烁着霓虹灯的白天鹅宾馆，说盖，就有人贷款支持，有人让给最好的地段，有人给予一切方便。在听说白梅要盖大楼时，他就对明旺说："正阳村确实需要一栋综合服务大楼，但只能集体盖，不能私人盖。"明旺问："为甚？"他说："集体投资，集体经营，是发展壮大集体经济，为全村人谋利益，大河有水小河满嘛！私人投资，私人经营，是削弱集体经济，是助长两极分化，培养新的地主资本家。我们共产党人不能打倒地主资本家后，再培养地主资本家！那样，革命几十年，不是白革了？成千上万革命先烈，不是白送了性命！打太原时，我那一个连一百〇八条好汉，打下来后只剩了十七个勇士。我甚时想起来，甚时流泪啊！"说着，他的眼里就滚出了泪珠。"明旺啊，你是一把手，你要把住这个关！"然而，明旺不但没有把住这个关，还给了多方面的支持。他急了，又兴师问罪，明旺说："爸，党的政策允许发展个体，党支部就要支持，这是其一。其二，梅梅是你的亲骨血，你没有尽到责任，只有父债子还了。"他一拍桌子："这两条都没理！都是废话！发展个体要有尺度，个体要造原子弹，你也支持？正因为梅梅是我的亲骨血，更要严格！无产阶级是解放全人类，最后解放自己；共产党员要大公无私，公而忘私！"明旺点头称是，实际上却当成耳旁风。

现在的白天鹅，靠妇女卖淫、靠偷税漏税、靠村办企业发财、靠杨承望保护。这不就是一个资本主义的活典型吗？杨承望支持她，不全是因为以前的老关系，用马列主义观点来分析，用阶级斗争的眼光看，杨承望就是扶植资本主义，就是复辟！唉唉唉，党为啥要用杨承望这种人？为啥要扶持个体？我年轻时好糊涂啊……要不是我说出了梅梅的出生之谜，我就要去和她辩论，制止她走资本主义的路！即使像那天的批判大会，我也不后悔！我是个老战士，战士的性格就是战斗！战死也光荣！

管状目光从白天鹅收回来，落在对面的一品香。好似在望远镜中看，也能看清这个"碉堡"。灯光明亮，却显得冷清，远没有白天鹅红火。门前没有车辆，进出的人也不多，看来生意不好，清灰冷灶。好，好啊，这就是现实给搞个人发财的个体户们的一个沉重的打击！但愿这个打击再重点，再宽点，连白天鹅一起打掉！

不争气的明光劳教回来，就又与梅梅贴到了一块。这一对小冤家呀，我怎么说呢？听明光说，梅梅去看守所看过他，她只认明光这个哥，除此外，黄家的人一个不认。好啊，谁让你认？你生下来我就不认你！你当铁姑娘，为集体出力流汗时，我还没有认你，你搞资本主义，我更不想认你！你走邪路不说，还给了明光一个饭店，让明光跟你一块走邪路！真真可耻！更可耻的还是不争气的明光，人的话不听，鬼说一溜风。我说，别人搞资本主义，不听我老革命的；可黄家的人，必须听我的，不能搞个体，不能走资本主义的路！明光，我说过几次了，你就是不听。如果你执意不听，要一品香，也行。但我和你哥都不给你投资。除此外，还有几条。一是不能雇人，雇人就是剥削；二是不能像梅梅那样，为了赚钱搞歪门邪道；三是把一品香收归集体，你为集体干，盈利全部上缴，集体给你计工分。咱黄家跟别的人家不一样啊，咱是革命之家，英雄之家……

黄老书记又一次失望了，深深地失望了。亲生儿子不接受他的革命传统教育，接受了一品香，黄家也有了走资本主义道路的人！我的话有谁听呢？

坡高风大，他打了个激灵。猛然，他意识到，不是他的话村人不听，子女们不听，也不是青年们非要在批判陈小小、杨承亮的大会上，扭转了斗争的大方向，把矛头指向了他；更不是他黄福禄没了权力，没了威信，个人的力量有多大呢，而是覆盖这个社会的天变了。毛主席老人家担心的资本主义、修正主义在中国的大地上，开始复辟了！黄福禄，你这个失去统帅的老战士，能把全村人、全国人都当成敌人来打吗？

天寒，他的心更寒，刺入骨髓的寒。他觉得再活下去，没有多少滋味了……

8

正阳村处在高度的兴奋、激动和忙乱中。全民上阵,迎接省委领导莅临正阳,成为压倒一切的头等大事。煤矿、铁厂加大了生产任务,停止销售,让煤铁堆成山,乌金耀太阳;铸造厂、建材机械厂亦停止销售,加班生产。未出厂的制砖机只有十几台,形不成规模,坐镇指挥的县委副书记杨承望从县营南关建材厂调来三十多台,换上固字牌商标,摆在库房;铸造厂成品亦不够,杨承望又从外厂调来。老汉老太太们打扫卫生,扫帚伸到每一个阴暗的角落,五汉街临街的屋墙,全部白化,就连路边的树木也刷上一米高的白灰,再加一个红边。老百姓窃窃私语:这阵势和大闹钢铁时开的现场会一样样的啊!那时铁不够,高部长不也是从外地调来一批嘛!

三天前,赵志坚就接到县委办通知,省委周副书记,在近期内,来正阳视察乡镇企业。县委认为,省委领导来我县视察企业,是对我县各项工作的关心、支持和推动。因此,要把迎接省委领导的到来,作为当前一项政治大事来对待,作为正阳镇当前的中心工作。县委分管经济工作的杨副书记,坐镇正阳,从各方面准备。放下电话不到半个小时,杨承望就到了正阳,路过五汉街,看了老父,即把小车放回,徒步走进城内。

他脸上带着得意的笑,和乡亲们打着招呼。半个月前,他去省里参加乡镇企业座谈会,在会上介绍了正阳村三年办了五个企业,产值达到三千多万元,人均增收五百元的先进经验,当下引起主席台上周副书记的注意。周副书记又让他补充农村党员在经济建设中的作用,他便有声有色汇报了黄明旺批煤矿、跑贷款、推销产品的坎坷经历,听得几百人的会场一片抽泣,一片唏嘘。当然,他适当插入自己的作用,起了画龙点睛的艺术效果。中午,周副书记给大家敬酒,第一个走到他面前,学着老人家的口气说:"小杨,你做出了很大的成绩,我敬你一杯酒!"他一仰脖子,灌下这杯酒,简单表了个态,周副书记非常满意,让他尽快搞个材料,直接送给他。当晚,杨承望一夜没睡,用生花妙笔写了一份激动人心、催人泪下的材料,中午就送到了周副书记手里。完全是他的作用,周副书记才来正阳视察。

黄明旺的汇报材料十分重要,要和他在省里的汇报相吻合。杨承望亲自执笔,每天晚上写到半夜。三天后送到黄明旺手中,黄明旺看着看着就哭了。心说,兄弟,你又帮了我一把,写得比我干的都激动人心。

按县委布置,有看头、有听头、有想头,请来了省地县三级记者,安排在白天鹅的高级房间。省报发半个版,要一万元;地报发一个版,要八千元;县报不甘落后,也要三千元。黄明旺没经过这阵势,又舍不得出钱,来请示杨承望。杨承望说:"除了县报,都给!"拍电视专题片的搞出了预算,半个小时的片,成本三万元;在省台播放,收费六万,再加劳务费一万,共计十万元。黄明旺搔着脑袋说:"太贵了,太贵了!"杨承望说:"你光算经济账,不算政治账。咱正阳的经验宣传出去,在全省乃至全国开花结果,要产生多大的经济效益?精神物质互为转换嘛!你这一炮打响了,省劳模的帽子,就稳当当戴到你黄明旺的头上了!"黄明旺这才开了脑筋。于是,写大标语的、画广告的、写材料的等等都来要材料费、劳务费,这个费那个费,黄明旺再不请示杨承望了,一一照付。到省委领导来的前一天,已付出各种费用三十多万元,还不算十几个人在白天鹅的食宿、娱乐费。白梅不狠狠宰一刀,就不是白梅!

为有看头,停止销售,住在正阳发煤的、催铁的、提铸件和制砖机的客商们着急了,组织起来,集体抗议:不按合同规定时间发货,逾期一天,一家赔偿一千;逾期十天,中止合同!黄明旺急了,找不见杨承望,找见了赵志坚。赵志坚听了汇报,黑着脸说:"停止销售是县委的决定,你怕赔钱,找县委去!"黄明旺也瞪了眼,你站着说话腰不疼,以为我不敢找县委!当下,就在赵志坚的办公室给县委孔书记挂了电话。铃声响了半天,没人接。又叫孟县长,孟县长指示:一切按杨副书记的指示办。黄明旺跑出镇党委,脑袋唰地亮了,直接朝白天鹅奔去。

9

杨承望真的在白天鹅宾馆。但不是和白梅厮混,是白梅请不来拖来的。为遮老父和村人的眼,他俩在老夫子干预后,就约定:幽会不在正阳村。

在白梅办公室坐着的还有:派出所新任所长赵林、贼汉陈小小和黄英妮。陈小小在杨承望父子来到之后,二次复述了他掌握的、即将发生的紧急情况:他和杨承亮在白天鹅跟踪南方客商,被白梅发现,受了娘子军的污辱后,杨承亮怀恨于心,决定报复。他拉陈小小和他合作,炸毁白天鹅,陈小小一方面害怕,不干;另一方面将为人父,欲金盆洗手,更不想干。于是,杨承亮威胁利诱,陈小小妥协了。杨承亮从煤矿偷出两包炸药一盒雷管,在一个月落星稀的夜里,和陈小小来炸白天鹅。不料,被人尿了一头一脸,惊跑了。陈小小劝杨承亮算了,打白梅两个耳光就出气了,何必冒坐监狱之险?杨承亮说,我家二爷是县委书记,一句话三爷我就过关了,坐什么鸟监狱!你不干,我宰了你!说着,就把明晃晃的匕首顶在陈小小咽喉上。陈小小仰起头来,果然咽喉处有一豆大的黑痦。杨承亮说,这几天准备迎接省里的大干部,全村人都忙,正是下手的好机会。他决定今天晚上十二点动手,陈小小答应了,但内心十分害怕。案发后,杨三爷有杨二爷保,像杨超俊一样平安无事,我陈家没出过大干部,谁保我?杨承亮是赖皮,把罪过全推在我陈小小头上,脑袋搬了家,还没出世的儿子,就没亲爸了呀!他着急了,把这个万分火急的情况告诉了黄英妮。英妮果断地说:快去派出所自首!他有前科,不敢去派出所,英妮就带着他来告诉白梅。白梅叫来了派出所赵所长,赵所长说他不敢逮杨家的人,好逮难放。白梅派人去镇里请杨承望,请不来,就亲自出马,拖来了。

陈小小刚说完,黄英妮就哭着对白梅和杨承望说:"姑姑,二叔,小小虽偷过电厂,但他这次自首投案有功,千万猴逮他呀。姑姑,我快生了,逮了他,谁伺候我?二叔,你就放了小小吧!"白梅拉着黄英妮的手,安慰道:"小小没事,没罪有功,你回吧,要注意身体啊。"杨承望知道她妈和哥的关系,也动了恻隐之心,表态说:"党的政策是坦白从宽,小小属从宽对象。你回去吧,我们和小小还有事。"黄英妮抹着眼泪挺着大肚走了,杨承望拉着赵林的手,来到白梅的卧室。杨承望说:"赵所长,在封建社会,在包公手里,尚能王子犯法与庶民同罪,我只是一个七品芝麻官,还是秕的,你就不敢动手逮我的叔伯弟弟?"赵林笑着说:"就是逮,也要征求你杨书记的意见。"杨承望如此这般一说,赵所长高兴得一拍大腿:"还是杨书记不徇私情,秉公执法,主意高妙!"

外间传来黄明旺急火火的喊叫："杨书记在不在？我有急事!"杨承望和赵林从里间走出来，黄明旺急着拍了一阵"电报"，杨承望说："第一，对客商说明情况，取得他们的谅解和支持，等待发货的这儿天，食宿、工资咱包了。还说不通，给点好处费。第二，软话说够了，来几句硬的，中止合同嘛，由他!"

　　月黑夜，星斗闪烁，可见模糊的人影。杨承亮和陈小小隐避在沁河边一片树林里，脚下躺着两包插上雷管和导火线的炸药。陈小小故作害怕，牙齿咯咯打战，哆哆嗦嗦说："三爷，大丈夫能屈能伸，君子报仇十年不晚，咱咽下这口气吧。"杨承亮一个直勾拳打在他胸口，低声喝道："你下软蛋了？三爷我哪点对不起你？一旦逮住，要杀要剐三爷一人顶，决不供出你陈小小! 你的任务是站岗放哨，没人，给我亮一下手电，有人亮两下。只要点着导火线，咱就胜利了。""三爷，上次去炸，有一个人出来尿，惊了咱。这个人会不会跟白梅说？如果说了，她就会提高警惕，报告派出所，咱就钻进罗网了。""你猴想那么多，赵所长可不像原所长那样负责。快十二点了，走啊!"陈小小唉了一声，拿着手电先走了。

　　陈小小沿着树木、房屋的阴影，闪挪腾跃，来到白天鹅后墙。四周一看，没见赵所长和其他警察，犯疑了。莫非他们等不及，撤走了？他们撤了，我也跑! 刚转过房角，赵所长一把抓住他领口，对着他的耳朵说："按原计划行动!"他放心了，返回后墙，朝河边小树林亮了一下手电。几分钟后，一个黑影出现在他面前，边点导火线，边说："分头跑，你南我北!"陈小小得令，拔腿就跑。但已迟了，强烈的手电光射来，刺得他睁不开眼。几个黑影猛扑上来，死死压住他俩。导火线刚点着就被切断了。

10

　　省委领导来，地县领导陪，五汉街停放着十多辆高级小车，正阳人大开眼界，认识了什么是奔驰、皇冠，什么是红旗、奥迪。更认识了什么是威风和派头：前后警车保护，四面警察林立，不让老百姓近前，更要严防告状的"轿"前喊冤。村里几个"不同政见者"早几天就写好了诉状，告黄明旺占滩地、收贿赂、吃工程队回扣等等。不慎风声走漏,此刻被集中在派出所学习法律。延长乐大叫着:"赵所长,我们关在这里,是犯了什么罪?"赵所长说:"一没关你们,瞧,大小门都开着;二没给你们定罪,犯罪的帽子是随便扣的?""那我们怎失去了自由,不许离开派出所?""你们何时失去了自由?在这里是集中普法学习,每个公民都应学法懂法。今天你们这一批,明天他们那一批,轮流培训。"延长乐长叹一声:"罢罢罢,男不跟女斗,鸡不跟狗斗,民不跟官斗。咱服气了!"

滩地三个企业彩旗遍插,迎风招展。院墙白底红字,电厂写的口号是:傲立太行山,追赶世纪潮。建材厂和铸造厂写的广告分别是:固字牌制砖机,发财致富好帮手;生铁铸件质量高,价廉物美品种多。对面的拦河大坝上,竖起一堵砖墙屏风,挡住了倾倒在沁河里的工业废渣。屏风上画着各种产品和等级证书、销售网络图。如此精美的外观设计,是请县里的几名画家,在一周内突击完成的。为此付出了数万元人民币。

省委周副书记精神抖擞,满面喜悦,走在前头,左边看看,右边瞧瞧。黄明旺和杨承望左右陪伴,周副书记的眼睛看到哪里,黄杨二人就介绍到哪里。后面紧跟着地、县、乡三级领导和有关人员。约有二十多人。摄像记者面对周副书记退着走,把美景人物尽收镜框。周副书记在销售网络图下站住了,仔细看了一阵,问黄明旺:"小黄,你三下株洲,打开了市场。在这个地区,制砖机年销售多少台?"黄明旺本想以实说一百多台,见杨承望向他眨了一下眼,随口说:"去年是一百二十台,今年增加到了二百二十台。"周副书记又问:"占产量的多少?"黄明旺脑子迅速一转:"三分之一强。"周副书记指示道:"要扩大生产,占领两广和闽浙。"周副书记看着网络图说:"生铁铸件没打进大上海?"黄明旺不知如何回答,看了杨承望一眼,杨承望说:"周书记,上个月才在上海做了市场调查,开了订货会,下月发第一批货,但数量不大。"周书记说:"大上海机器制造业最发达,占领了这个大市场,就是栽了一棵摇钱树。"

在电厂,周副书记问:"厂子建在沁河边,咋不用沁河水发电?"黄明旺依实说："咱有煤矿,细煤卖不出,堆放时间长了,极宜自燃。加上用煤发电成本……"杨承望打断他的话说："火力发电,固然成本高,但能保证正常生产。沁河一遇天旱就断流,影响生产。"周副书记对乡镇企业自办电厂,减轻国家电网的压力,做了很高的评价,对地委书记说："要推广正阳村的经验,首先在你们地区开花结果。"地委书记说："地委行署决定,收罢秋,就在这里开现场会,掀起全区大办乡镇企业的高潮。"黄明旺暗暗叫苦:千万猴开! 一个领导来,就折腾了十几天,花了几十万;一群领导来,咱可受不了!

在建材机械厂,周副书记看着满库房的成品,没有表现出杨承望期待的高兴和表扬来。周副书记皱着眉头问:"产品积压,是不是销路不好?"黄明旺脸一红,没法回答,求助的目光看着杨承望。杨承望极其机灵,随机应变道:"不是,销路很好。车皮紧张,产量又大,一个星期不发货,就积压下了。"地委书记不满地说:"可以用汽车送嘛!"黄明旺反应过来,抢着说:"汽车运送成本高,不合算。"周副书记不问了,杨承望高悬着的心,才放下来。心想,有的领导是外行,好日哄,有的领导是内行,就要依实来。以后,要摸清脾性,千万猴干出力不讨好的事。

在铸造厂、煤矿和铁厂,周副书记兴致勃勃,问了贷款、技术、产值和利润,农民生活水平等情况,讲了全省乡镇企业发展势头和特点,对正阳村,尤其是对黄明旺给予了高度的评价。周副书记和地、县委书记协商,借黄明旺半个月,到晋西北贫困山区去讲讲共产党员的艰苦奋斗、无私奉献精神。地县书记们高高兴兴答应了。周副书记拍着黄明旺的肩膀,笑着说:"小黄,第一次听小杨汇报你的事迹,我掉了眼泪。我想,全省的农村党支部书记,都像你这样,不仅老百姓能尽快富起来,咱们省也能富起来!"已近中午,杨承望见周副书记情绪很好,就说:"县委去年就报黄明旺为省劳模,不知为什么没批下来。"周副书记对身边的秘书说:"回去后查查,要尽快批下来。"然后,又表扬了杨承望。地委书记谦虚地笑笑:"不要表扬他了,他原来是我的秘书,以防他骄傲。"杨承望的脸突然红了,红得像山桃花。他激动了,差点流出泪来。周副书记这句话,就是他扶植黄明旺三年多来的目的和希望,他的心血没有白费。他突然想到,还要打黄明旺这张王牌,陪他去晋西北做报告！

11

"黄明旺事迹报告团"由省委某部一名处长带队,省扶贫办、乡镇企业局、阳林县委各一名负责人参加。原计划用十天时间,走十个县,一个县讲一场。没料到,黄明旺讲红了,讲到激动处声泪俱下,效果特好。有的县硬是挽留,一场讲罢再组织一场。回到省城,又在省委党校讲了一场,副厅级以上干部参加,省委书记和省长也来了。这样,一走一个多月,黄明旺急着回来,却又回不来,有时讲着讲着,就想到村里,生产、销售怎样? 货款都要回来了吗? 迎接周副书记花了三十多万,赔了外地客商延期发货款四万,加上县里开的现场会,五十多万务了虚,妈呀! 走神了,台下就嗡嗡起来,他苦笑着收回神来,却又忘了讲到哪里。

总算回到了地委,结束了这次不平凡的旅行,该回难舍难忘又揪心的正阳村了。杨承宗负责全面工作,这一个多月来顺利吗? 承宗老实,人缘好,可干企业与南来北往的客商打交道,使不上老实人。没几条鬼心眼,几个鬼点子,几种鬼办法,你干吃亏。武汉、株洲是他建立的关系户,他不在也没问题;可河南、山东、江苏的几个老鬼,实在不好应付。上次因迎接周副书记,迟发了八天货,硬要了四万元。你不给,他就中止合同,扬长而去。承望说得轻松,中止合同,由他! 真是站着说话腰不疼。建立一个讲信用的客户,一千元能出来吗? 这四万元花得冤枉,早知日哄不了周书记,就不听杨承望的瞎指挥。正常营销,车来人往,说不定周书记还要表扬哩! 那个南方客商就讥讽他:"黄老板,你是政治家,不是企业家。企业家像你这样热衷看领导的脸色,早玩完了!"

在杨承望家里吃了饭,黄明旺苦着脸说:"兄弟,你去跟书记、专员说说,千万猴在咱正阳开现场会呀,工夫误不起,钱也花不起。"杨承望不满地说:"你这人,本位主义真严重! 开现场会,树典型,出经验,以点带面,推动全局,是我党的优良传统和最有效的工作方法。你钻进钱眼出不来,只算局部的经济小账,不算全局的经济大账。我早给你讲过,咱正阳多花了几十万,可咱正阳的经验大面积开花结果,全区全省,要多收几千万、几亿万。无产阶级就是解放了全人类,最后解放自己;共产党员就要先天下之忧而忧,后天下之乐而乐!作为个体的人,像你,要有不怕牺牲的奉献精神,作为一个单位和小集体,也要有不怕牺牲的奉献精神!为了全局为了整体,就是牺牲了咱正阳一个村,也是值得的!明旺哥,你是党员,你是党的支部书记,你是县、地、省三级劳模,又荣获全国五一劳动竞赛奖章,你的特殊身份,不允许你有这种光算经济小账,不算政治大账的错误思想!"黄明旺被杨承望这一套新鲜的理论镇住了,头上滚下豆大的汗珠来。他实在辨不清这套理论的是非,觉得有理,像《龙江颂》,舍卒保车,舍车保帅;觉得没理,也可和《龙江颂》挂钩,不到发大水的生死关头,你牺牲什么呀?他正要讲自己的观点,突然想起,省劳模刚批下,是承望兄弟的功劳,我再计较小集体的得失,对不起承望兄弟的栽培,对不起周副书记的关怀。正阳村该做奉献,做吧!

杨承望拨通了地委书记的电话,高兴地对黄明旺说:"明旺哥,康书记让咱去他家里坐坐,走!"黄明旺的心里再次产生了受宠若惊的感觉,我一个小小的村干部,省委、地委书记都接见,不好好干,不做出牺牲和奉献来,对得起谁呀!

在地委书记家里坐了不到半个小时,他就深深地后悔了。书记说,不能墙内开花墙外红,晋东南地区十六个县,你一个县讲一场,把正阳村发展乡镇企业的经验,把你的奉献精神讲透。地委计划发一个文件,主题是学习正阳村党支部,做黄明旺似的好支书。你明天就出发,由组织部吴副部长和承望陪你。黄明旺突然感到肝部剧烈疼痛,强忍着没让康书记看出来。

离开正阳村第四十七天,黄明旺回来了。刚进家门,就累得躺下,喘着气对黑牡丹说:"快去叫承宗和明方来。"黑牡丹说:"去哪叫呀,广东客骗了一百万块的铸件和制砖机,他俩去追了,走了快一个月了还没回来。听说,他俩给县公安局发了电报,公安局也去人了,不知回来了没有。"黄明旺大叫一声,吐出几口殷红的血。

第七章

1

　　股东满三个月后,沁丽走出杨家小院,才得知超俊哄了她。前一次离家,他不是去地区煤管局培训学习,而是和英妮下南方推销铸件和制砖机了。自从怀上股东后,沁丽变得娇气了,自私了,爱吃醋了。她像一只母老虎,凶恶狠毒地对超俊说:"你再和英妮好,我就割下你那个不值钱的玩意来,当红萝卜炒菜吃!"超俊斗不过她,发誓赌咒和英妮一刀两断,但也要她和小小改邪归正。她也爽快地答应了。没想到,超俊当面说人话,背后做鬼事,耍大了,在五汉街疯不够,下南方疯了!夫妻俩一个被窝睡,一个锅里吃,还能一点信誉也不讲吗?英妮已经看不起小小了,如果英妮挑拨超俊离婚,他也敢。但她赔不起,可爱的小股东不能生下来就没有亲爸!她像一只误吃了灭鼠灵的猫,无目的地踉踉跄跄地跑,仿佛只有跑,才能减轻腹中的灼痛。在完全无意识中跑回了家里,一看睡在床上的股东,才清醒了。

　　股东安稳地睡着,白生生、肉乎乎的小胳膊小腿伸展着,小小的茶壶把儿昂昂挺起,怪雄壮可爱的。她抱起股东,娃啊,颤颤地叫了一声,就哇哇

214

大哭起来。股东醒了，也尖尖细细地哭，用吃奶的小劲儿踢腾着。她撩起衣襟，给股东喂奶，才发现还戴着乳罩。她一把拽下来，扔在床上，把乳头塞进股东的嘴里。

目光盯着床上的乳罩，乳罩被奶水浸洇得黄黄的、硬硬的。臭美！她恶狠狠地骂了一声。刚生下股东，第一次喂奶，超俊说："你的姿势不对，不能让儿子吊在奶头上，要让他的嘴和你的奶头呈直角平行状。"她不懂，问："为啥？"超俊说："奶头不耷拉，保持上翘、坚挺。"她说："生了娃，还讲究啥？姑娘时是金奶子，做了媳妇银奶子，生了娃娃布袋子。"超俊固执地说："不，要会美容养生，女人在丈夫面前，要永远保持生动、诱人、新鲜的魅力！"他还说，"要改革传统的喂奶方式，不直接喂，把奶吸出来，用奶瓶喂。""不，不！"她大声抗议："那样喂奶，我还是他亲妈吗？你不懂，当娃的小嘴吸着我的乳头，我的奶流进娃的肚里时，我感到幸福极了！"今天想起来，超俊话中有话。难道我生下股东，魅力消失了？他对我不感兴趣了？不爱我了？他回来后，一定跟他谈谈，好好谈谈。超俊知道，她不是他奶奶那种视贞节如生命的人。他俩一向认为，性爱是生命的乐章，和自己喜欢的人上床，是件最高兴的事儿。但为了股东，为了这个家，两个人都不能走得太远。

超俊是爱股东的。满月那天，村里几家办了一个股份制铁厂，超俊和爸爸、爷爷要了五千块钱，成为几个股东之一。回家后，他眨巴着鬼眼说："沁丽，我给咱娃起了个好名字，特殊、有趣、意义重大。你猜猜。"她说："爷爷早起好了，叫杨正寰，这个名字就好。"超俊摇着头说："不好，不好，又是读书做官论。我起的是'股东'。""股东？不好，多难听！""好，今天，咱家成了一个小股东，咱娃长大了，要成为全县、全省、全国的大股东！"沁丽明白了，同意了，抱起儿子，亲亲地叫了几声股东，又说开了笑话："我这个名字太俗，你也给我改改吧？"超俊琢磨了一阵说："叫盈利吧？"她说："爷爷知道了又要反对，财迷心窍，光想钱，不做官了？"他笑着说："你再生个娃，咱叫他'管官'——管官的官！爷爷不就高兴了吗？"两个人笑得前俯后仰，喘不过气来。她心里舒舒坦坦，心想，有了娃真好啊，夫妻关系更甜蜜了。从那天起，她按超俊说的，改革了喂奶办法，挤出奶来就戴上乳罩，还读了一本叫《女人，永远保持你的魅力》的书。她刻意打扮，要在超俊眼里胜过英妮，每天都是生动、新鲜、漂亮、性感。

然而，当她得知超俊和英妮背着她下了趟南方，她的心血白费了时，怎能不痛苦呢。

超俊回来得很晚，沁丽母子已睡下了。他习惯地走过来，弯下腰，亲了亲熟睡的儿子，也捎带着亲了一下沁丽，转身朝书房走去。股东出生前一个月，他俩就分居了，他在只有一个书柜、几十册书的书房里睡，躺下后看半个小时外国文学，他崇尚外国人的生活方式。

沁丽赤裸着进来，大大方方躺在他身边。她决心和他谈谈，文谈，不用武谈。达不到预期的效果再让步。朋友间还劝赌不劝嫖，何况夫妻呢。超俊笑着说："主动出击，忍不住了？"她一语双关："忍了几个月，够可以了吧，哪个女人有我的忍耐力强？"超俊说那就来吧。还是那套熟悉的程序，但沁丽感觉到超俊是在做假，是在敷衍，没有往日的热烈、专注和真情。她逮住他下身的棒槌儿，软得像一根皮条。她心一沉问："几个月了，这玩意儿没闲着吧。""没闲着，但也不是天天忙。""你还老实，在哪儿忙？""还在英妮那堆肉上。""你发过誓，不和她来往了，怎放了屁？""我急不住了，就去找她。""你为啥要告诉我？""夫妻间要光明正大嘛，何况我还爱你。""爱我，这玩意儿为啥没劲？""还没找到感觉。""你慢慢找吧。"

是推心置腹交谈的时候了，但沁丽放弃了这个机会。这个产后已经康复旺盛情欲的少妇，一贴到男人的肉体上，那份需要就迫不及待地汹涌而来。让那个可耻的英妮滚蛋吧，不要在此时此刻破坏我们夫妻的欢乐！她收了心，紧紧抱住超俊，用自己火烫的身子，温柔的手，灵巧的舌头香甜的嘴，帮助超俊找感觉。超俊热烈地响应着，把她幻化成英妮，才找到了感觉。三五分钟后，当沁丽热乎乎的乳汁挤到他胸膛上，一股浓浓的奶味扩散弥漫，包围了他时，他走出了梦幻，真真切切感觉出是沁丽不是英妮时，兴趣大减，像一个拙劣的小说家，还没展开波澜壮阔的情节，就草草结了尾，令读者大大失望。"你偷懒，你应付我！"沁丽按下热血激情，扭动着臀部,双臂紧扣着超俊,提出强烈抗议。"我闻到一股奶味。"超俊说,"下次洒点香水。""哪个奶娃的没有奶味?你是心里没有我,只有英妮。"超俊说:"她太性感了,谁也挡不住她的诱惑。""你非跟她好不行?""就跟她一个好,没有第二个。""我改变不了你?""暂时还不可能。"她沉默了一会儿,叹了口气说:"那你答应我两个条件。一不许离婚,二不许领进这个门。""可以。沁丽,你跟小小好,我可从来没有干涉过。我想,不管男人还是女人,多一个人爱是好事。你看法国人多潇洒,夫妻互不干涉,床头柜上一人一部电话,是谁的谁接,即使一人不在,铃声响了,另一个也不接。到了礼拜天,各自去和自己的情人相会。"沁丽说:"你是说,咱也这样?""对,互不干涉。"

说了半夜的话,超俊突然坚挺起来,说找到感觉了。但感觉没有延续几分钟,沁丽的高潮刚涌上来,感觉就消失了。他纳闷,为啥和英妮在一起,就没有这种现象?沁丽在他屁股上狠狠拧了一把,小肚一挺,把他掀下来。她心说,这种事不能靠他了。但靠谁呢?

2

这是一个萧瑟的秋天。人均只有三分地的正阳人,早就细收细打,颗粒归仓了。往年这个时候,收了滩地的秋庄稼,种老麦。人们忙忙的、喜喜的,尤其是青年人,舍不得脱下刚流行的西装,依然结着鲜红的领带,穿着锃亮的皮鞋,肩挑大粪,口唱山歌,扁担悠悠,歌声悠悠,惹得大姑娘、小媳妇满眼火苗,老汉、老太太一片臭骂。今年轻松了,滩地没麦种,企业开不了支,三五成群聚在一起,吸着劣质香烟,评说国家大事,村里大事。

这是一个个萧条的车间。因县里的现场会,省里领导来视察,开支了五十多万元,广东客骗走一百万元,釜底抽薪,没了流动资金;讨回的货款,到了银行信用社,扣了贷款,根本到不了总公司的账上。山沟里,煤矿铁厂还支撑着,为逃避银行信用社扣贷款,实行现金销售制,所有收入转到铸造厂、机械厂,作为流动资金,也流不上几天。电厂三分之二的发电量与国家电网合并,利润不大,且是以季度结算,到银行后就回不来了。这时,又出现了销售困难,不得不用重赏之下,必有勇夫的办法,以百分之十的提成促销,才把积压的产品变为现款。黄明旺急得团团转,逼杨承望去搞贷款。

杨承望已帮正阳村在县里贷了四百多万元,无颜再向各银行施加权威了,拉黄明旺来到地区,在乡镇企业局搞了五十万元无息贷款,高兴得黄明旺差点叫他一声爹!

晚上,杨承望设家宴招待黄明旺,不知不觉,话题说到开现场会上。黄明旺说:"兄弟,你饶我一命吧,现在开现场会,真的不是时候。咱缓一年,生产销售好转后再开,不仅有说服力,花个十万八万,也能拿出来。"杨承望说:"不是我非开这个现场会,周书记去咱村视察时,地委康书记和你亲自定了,已列入了地委后半年工作规划。""兄弟,你在地委工作过,你去跟康书记讲讲,把咱村的实际情况说透,地委肯定会取消这个现场会。"杨承望突然一脸严肃,郑重其事地说:"千万猴把实际情况泄露出去!明旺哥,正阳这面红旗在全省迎风飘扬,正起着巨大的教育、引路作用。尤其是你,新批下来的省级劳模,典型和带头作用更大。如果把实际情况泄露出去,你从天上跌到地下不说,周书记、康书记的脸往哪搁?难道省委、地委的决定错了?现在的你,已不是正阳村的黄明旺,而是全省、全区的黄明旺。好比陈永贵,他是大寨的吗?不是,他是全中国的!"黄明旺蜡黄的脸上冒出一层细密的汗珠,思想还是没转过弯来,连声说:"不开不开不开!"杨承望突然发火了,黄明旺从没见过他发这么大的火:"早知你是扶不起来的阿斗,上不了桌面的狗肉,我费几年的力,扶你干啥?我为正阳人,出了多少力,受了多少难,别人不知道,你黄明旺不知道?!我为了啥?还不是想让乡亲们过上好日子!还不是想让你黄明旺出人头地,风风光光做人,做一个名扬四海功勋卓著的人!你只看到了开一个会花了几万块钱,比花你的还心疼,你就没看到精神变物质后,正阳村以外增加了多少经济效益?共产党员胸怀全世界,你只怀了几个企业,还办不好?!实话告诉你,村人早把你告到了中纪委,不是县委保你,杨承望保你,你早进监狱了!煤矿死伤五人,没有追究你的责任;咱村发生'政变',我让高建国全力保你;总公司的账目一塌糊涂,你屡次收贿……你想过吗?你能继续当书记,还评上省地县三级劳模、全国五一劳动竞赛奖章获得者,是谁在上头做了工作?你……"

杨承望激烈愤慨的一席话,像巨人手中的一条鞭子,雨点般落在黄明旺的身上,在凌厉猛烈的抽打中,愧疚、自责、忘恩负义等情绪扭结在一起,涌上黄明旺的心头。他越想越惭愧越痛苦,就抽泣起来,泪珠儿小太阳般折射出明亮的光。仰起泪花花的脸,他说:"承望兄弟,现场会你就开吧,想怎开,就怎开。我一个农民,啥也不懂,正阳村以前靠你,以后,还要靠你。我黄明旺这堆肉交给党、交给你了。"说着又哭了,仿佛不是开现场会,是上刑场。杨承望感觉到自己过火了,态度软下来,也挤出几滴眼泪,拉住黄明旺的手,亲亲地说:"明旺哥,我脾气不好,我错了,不该对你发这么大的火。可我这个芝麻官也不好干啊!地委定了在咱村开现场会,你突然变了,不开,上头领导者嚷谁?不嚷你黄明旺,嚷我杨承望啊!你放心吧,这个会不花咱村一分钱。"黄明旺本想说,时间就是钱啊,企业不景气,大小干部都忙,有的抓生产,有的搞销售,有的跑资金,哪有时间和精力筹备现场会啊!就是刚出院的病人,也要时间来恢复。但他没说,也计划咬紧牙关,再不说这类不和党委保持一致的话了。蓦然,他想到父亲的喋喋不休和杨承宗的忠告,胸中电闪雷鸣,好像明白了什么,但这个什么却如闪电流星,一纵即逝。

3

沁丽惊异地发现,生了孩子,康复以后,体内那种要求愈来愈强烈,比新婚后都来得迅猛。当股东吮吸着她的乳头时,肉肉的小手小脚在她身上踢腾触摸时,她就情不自禁地激动、颤抖,而且很长时间驱之不散。恰恰这时,超俊的感官失聪,怎么也找不到"感觉"。因此,她时常在超俊不在家的时候开门睡觉。她开了大门,老夫子关上,待老夫子睡了,她再开开。她希望哪个男人闯进来,不管是强奸还是通奸,满足她的要求,哪怕一次也好!

晚秋的夜,凉飕飕的,股东睡了,还含着她的乳头,她突然觉得浑身燥热,又想起那个事来。她不想独守空屋,更怕夜的寂寞。超俊去南方推销铸件和制砖机,已走了三天。上次去,以百分之十的提成,净赚一万三千,分给黄英妮一半,把另一半缴了她,她再没追究他和英妮的事儿。那一张张一百元割耳朵大票,比什么都可爱,没有英妮,他能赚来?这次去,他带没带英妮,她没问,他没说。忽听门扇有轻微的响动,走进一个人来,她一惊一喜,拧亮床头的台灯。

来人是陈小小。她刚要说话,小小指着窗外,轻轻嘘了一声。

她明白了,是爷爷老夫子没睡。老夫子不明着干预她的行为,但时常讲道德与贞节,虽之乎者也,但她也能听透几分。每次她都充耳不闻,老人渐渐厌倦了,不耳提面命了,脸色却越来越难看,见了她话都不说,气呼呼的,她不在乎。这时,她对陈小小说:"你没去推销产品?"陈小小坐到她身边,搂住她的肩膀说:"咱没超俊的文化高,能说会道会算账。提成再高,咱没本事赚不来。"她问:"英妮在家干甚?"他说:"你不知道?去当超俊的公关小姐了。"她的脸倏地黑了,小小的满不在乎,她感到恶心。她变脸作色道:"把自己的老婆送给别人,还有脸说出来?""我操!"小小依然大咧咧地说:"谁管谁呀,牛吃草鸡吃谷,各人自有各人的福,也有各人的爱好。只要猴像承亮那样干犯法的事,被公家判了刑,失去自由,爱怎活怎活。这世道绑捆得人太紧了,没地种,没班上,没钱花,咱再给自己捆上一道?"陈小小的脸突然暗淡下来,是想到好友杨承亮了。赖汉杨承亮被重判六年,在审讯中将爆炸罪一人承担,说根本就没有陈小小的事儿,那晚是偶尔碰上的。陈小小为此感动了许多天,骂自己是汉奸、特务、狗日的。杨承亮送到外地劳改煤矿后,陈小小专门去看了一次,感动得杨承亮流下泪来。

沁丽很是赞成陈小小的观点,见小小黑着脸,不说话,想心事,没那个意思,就勾引、挑逗说:"小小,你明知超俊不在家,还来干甚?我看你是没安好心。"小小说:"不是今天没安好心,对你早就没安好心。"沁丽说:"我怀上股东后,就改邪归正了。你不要以为超俊和英妮好,你就有理由和我恢复以前的关系。"小小说:"你不和我恢复以前的关系,我就走。"说着站起来。沁丽扑哧一声笑了,体内那种欲望突然而至。她对小小说:"猴惊了股东,咱去书房说话。"小小隔着玻璃朝外望去,说:"老夫子还没睡。"沁丽说:"管他哩!"

次日晨,曙光初现,陈小小出来,刚想顺着来路从墙头翻出去,见大门开着,老夫子的屋里黑着灯,就大摇大摆从大门走出去。刚迈出门槛,就见老夫子站在惨淡的月光下,一脸冰霜,对他说:"百善孝为先,万恶淫为首。

淫人妻女,报在子孙。年轻人,切记,切记!"

4

公元一千九百八十八年十一月十日,晋东南地区乡镇企业现场会,在阳林县正阳村隆重开幕了。为会议的成功,正阳人又付出了金钱和时间的代价。

首先要美化、硬化环境,县委决定,从煤矿到滩地工业区,经五汊街到晋韩路,二公里土路必须改扩建为柏油马路,便于与会人员参观。黄明旺问:"谁投资?"县镇领导说你正阳村受益,你说谁投资?黄明旺说:"正阳现在没钱啊!"杨承望瞪了他一眼:"又是钱钱钱,不算政治账!"黄明旺立时软了。由县领导出面,解决了十万元贷款。黄明旺发动村民,路基没花贷款,以劳动日的方式,记在村民的往来账上。只花了路面投资六万元。杨承望坚持办展览,全面反映正阳村改革发展的历程,未经黄明旺同意,从县文化馆调来三名美术师、摄影师,昼夜突击苦干十天,大功告成。第一幅大照片就是杨承望上任之初,在村里做报告,点燃正阳村改革开放的烈火。然后是杨承望和县里其他领导在正阳视察工作的一组照片。整个展览突出了黄明旺、杨承望两个人。验收合格,结算账目,刚好四万,黄明旺叹了一口气,把修路贷款所剩部分,一笔转入文化馆账上。城内明清时代的残垣破壁一时难以拆除,县镇领导认为村容不整,有碍观瞻,必须刷上白灰,写上标语。于是,发动村民刷墙,请学校教师写标语。沿路山地堰边的桑树,叶落枝枯,又一县领导说:破坏风景,砍了! 铸造厂和机械厂因流动资金困难,时产时停,也因急于销售,产一批卖一批,没有积压,也就看不到大批产品,杨承望再次调来外乡镇产品。不过,接受了上次的教训,没有调那么多。

地委副书记高青云来检查现场会准备情况,一进正阳村就掩盖不住内心的激动。他看到地边有人砍桑树,就停下车来,走过去。一问是因"破坏风景"而砍伐,火了,对陪同他的县委孔书记说:"瞎指挥! 阳林是北方蚕桑大县,栽还来不及,还砍!"孔书记也火了,立即撤了砍桑人马,并要追究瞎指挥者的责任。进了镇泱城,见成群的村民在刷墙壁,高副书记问清了,又是一顿训斥:"白灰能掩盖了历史？劳民伤财！一片白墙红字,还是正阳村吗?"在建材铸造厂,高副书记看到从城关拉来的制砖机还没换上正阳的商标,更为这种弄虚作假的作风而愤怒:"这是谁的主意？八路军哄共产党？可耻!"在场的县镇领导哑口无言。还有,高青云继续找毛病:"你正阳村从古到今人多地少,明清时期出了大批商人,走南闯北,就是家里没地,逼迫的呀！现在你们可大方,河滩几百亩地都占了。无商不富,无农不稳,农民们没了粮食吃,要造共产党的反啊……"

黄明旺似乎抓到一根救命稻草,刚要向高副书记表达什么,杨承望的目光像刀子一样戳去,他伸出的脑袋又缩回去了。高青云说:"同志们呀,在正阳召开发展乡镇企业现场会,是个大好事。典型引路的工作方式没错,但弄虚作假、搞形式主义、摆花架子、占好地办企业就错了。我党的优良传统是实事求是,违背了这个原则,就给党的工作和人民生活带来不可估量的损失。在正阳,五八年'大跃进'、七一年劈山改河的教训是深刻的,值得我们永生永世记取！我建议,你们在交流经验时,要加上按经济规律办事,实事求是这一条。现在,把借来的产品送回去,把砍桑树、刷墙壁的人撤回来,把倒在沁河里的废渣清理掉,不能污染下游,明旺,还有什么困难,什么要求,跟我讲!"

黄明旺的困难很多,要求也有,要对高青云说的更多。但一看赵志坚、杨承望和其他县干部们铁着脸,没有笑容,没有鼓励,他的心凉凉的、哀哀的,比死了亲人还要悲痛。他真想跟高副书记好好诉说一番,然后在高副书记面前大哭一场！

赵志坚低声请示杨承望:"杨书记,让高书记看看展览吧?"杨承望果断地摇了摇头。

会场设在铸造厂的大库房,全区各县分管经济的副书记、分管工业的副县长、乡镇企业局局长和部分乡镇党委书记参加,共计一百二十多人,食宿安排在白天鹅宾馆。会期三天。省委原周副书记刚升任省委书记,向大会发来贺电。贺电写在大红纸版面上,竖在主席台中央。不知什么原因,地委高副书记没来。第一天的会议由地委康书记主持，武专员做经济工作报告。下午，阳林县委孔书记交流经验后，黄明旺登台了。这是一出重头戏，当黄明旺细长干瘦的身子出现在主席台上时，台下立即爆发出雷鸣般的掌声。

经过南请北邀几十场报告，黄明旺已不怯场了，相当的老练，做报告的速度也把握得不快不慢，随感情的起伏抑扬顿挫。也亏他年轻时唱过戏，说哭就能哭出来，说半哭不哭就能边泣边说，且感情充沛，清清楚楚，催人泪下。以往，每逢做报告，就兴奋，就眉开眼笑，就有强烈的自尊和自信。但今天失去了这一切，肝疼胆虚，中气不足，坐椅子如坐针毡。材料是杨承望给他写的那份讲演稿，又充实了新的内容，但没有高副书记要求的那几点。杨承望不让加，说老头子的认识偏颇，跟不上形势了。

"各位领导、同志们，我首先代表正阳村党支部和全村三千多父老乡亲，欢迎你们来正阳村检查指导，并祝大家身体健康，万事如意！我们村的改革和发展，是在县委、镇党委的直接领导下，在县委副书记杨承望同志的大力支持、具体帮助下……"他念到杨承望这一句时，没有了以往的亲切和感激，心里突然油煎般难受。念着讲稿，毫无感情，心口错位。想到了这次现场会，在这个时候开，真不是时候，真是不情愿。资金紧张几近山穷水尽，又为现场会支付了二十多万元。你杨承望说，这次不花正阳一分钱，可到花钱的时候，你又忘了你的诺言。只要企业办好了，这笔开支不算什么，仅仅二十万，也塌不了天，但经不起这种折腾啊！三十多个村干部、企业干部，生产销售都放下，整整忙碌了一个多月，损失多大……

"……就在我为了贷款，跌得头破血流，腰腿扭伤，加上肝炎复发，躺在地区二招难受得吃不下睡不着，还得强支撑着熬中药，默默流泪时，后院起火，村里发生了'政变'。四十多个不知真相的党员，以无记名投票的方式，选下了我。当我带着地区银行考察项目的同志回来后，才听到了这个消息。我长叹一声，流出两行委屈的泪。我想，党员中一多半不信任我，是我的问题……"他心口又一次错位，心说，真是我的问题有多少？我为了无限忠于杨承望，占了全村人的保命田，几乎气死了老父亲。啊啊，莫非是他杨承望公报私仇,真搞复辟,以这种方式气我老父？杨家人有文化,城府深,借刀杀人不见血呀……

"有人说,我三年上了五个企业,是搞'大跃进';贷款八百万,最终苦了老百姓。还有人说,黄明旺是为了出名、做官。我现在扒出心来说,大家也可以查账,八百万贷款,是真,没有贷款,你拿什么启动？但是,三年来已还贷五百万,现有固定资产一千万,正阳村三年赚了五百万！不冒风险,不加压力,就失去了机遇,就永远甩不掉穷帽子！我一个农民,一个普通共产党员,只想老百姓过上好日子,只想给国家多做贡献。我做多大的官……"哎呀,他心里惊叫一声,想起杨承宗的多次提醒来。突然明白了:有人在这个材料里,突出自己,在展览里突出自己。非要五年规划三年实现,非要我虚报产值,不报亿元,也报五千万,就是放卫星呀;名义上树我,实际上树他;逼我开现场会,弄虚作假,和五八年那次现场会,有什么区别？有人是踩着我的脖子往上爬呀！在这个材料中,还贷虚报二百万,产值虚报一千万,利润虚报一百万,不就说明这一切吗……

黄明旺看着材料念,疙疙瘩瘩,停停想想,屡次走神,杨承望和县委领导们极不满意。代表们也交头接耳,喊喊喳喳议论。突然,见他弯下腰来,双手按着肝部,五官扭曲,龇牙咧嘴,密匝匝的汗珠从黑瘦的脑门上浸出来。在大家惊讶的目光下,身子一歪,从椅子上跌下来。

杨承望半躺在小车里,闭着眼睛,像是睡觉。三天的现场会,他操透了心,出尽了力,生怕有一丝的纰漏,引起地委领导和与会代表的疑心和不快。还好,除黄明旺肝疼休克在主席台上,不但啥纰漏也没出,反给了他一个表现的机会。抬走黄明旺后,地县领导碰头后决定,由他代黄明旺做未完的报告。他拿起黄明旺的讲稿,调动全身的艺术细胞,把后半截讲得有声有色。原稿中他专门塞进有关他的功绩,读到这里,他没有跳过,离开稿子,简单说明,一举两得。既表现了自己的功绩,又表现了自己的谦虚。那风度,那口才,那感情,那年龄,没说的,镇住了满会场的人！

五年的绞尽脑汁,忍辱负重,含辛茹苦,就是为了这一天啊！对正阳村,对黄明旺,他只有仇恨,没有感情。忘不了杨氏家族土改以来的种种磨难;忘不了青少年时代在这儿洒下的屈辱血泪;更忘不了一个年轻的县级干部远大的政治抱负。感谢历史给予的宝贵机遇,天降大任于斯人;感谢老父亲在煤矿事故后,不让他法办黄明旺的深谋远虑,使他把黄家玩弄于自己的股掌之中,既复了家仇,又创出了政绩,铺平了仕途。也许,从此失去了家乡老百姓,在他们眼中杨承望的形象可恶可恨,但对他又有什么大碍呢? 老父的观点是为官不能失去家乡的民心,他不敢苟同。踏入仕途,四海为家,何必固守一隅? 毕竟不是尚书、巡抚的时代了,老死客乡后,遗骨返故里。时下是为官不能失去上级的关心——悠悠万事,唯此为大,克己复官也!

一个月前,地委某领导私下透露,明年三月,县乡换届,阳林县孔书记回地委工作,孟县长升任县委书记,县长的人选有二,内中有他,又恐年少资浅,要他近期内做出深得领导欣赏的政绩来。于是,他瞄准了现场会。在给地委领导当秘书的几年中,他发现领导最有兴趣的是开现场会,现场会就是政绩,就是广告牌,就是你发现培养了典型,出了经验。现场会和典型模范人物的影响最大,报纸上有名,电视里有影,广播里有声,下级称道,上级关心。回阳林五年来,他在乡村、县城、国营、二轻各树了一个典型,但哪个典型也没有黄明旺这个典型听话。于是,他几乎把全部精力用在培养黄明旺、正阳村这个典型上。今天,如愿以偿。康书记临走时,对他说:"小杨,你成熟了,放开胆子,迈开步子,干吧,20世纪末,能不能实现小康,就看你们这代年轻干部了!"话里有话啊,前程光明啊! 今年,我三十九岁,明年四十岁当县长,仍然是全区全省最年轻的县长,干一届,当县委书记是磨不推自转! 我当了县长后,要在国营、二轻、乡镇三大块企业全面改革,不能像现在这样不死不活;我当了县长后,给正阳人办几件实实在在的好事吧,老父说过,打一巴掌揉三揉;我当了县长后,是不是和高援朝离婚,和白梅结婚呢? 白梅一来可爱,二来有钱,权钱结亲,是当今最佳的婚姻结构。今天走时,他对白梅说:"为了明年当上县长,需在省里、地区活动活动,但没有活动经费。"白梅说:"我给你准备十万,够不够?"他说:"够了,够了。"心里甜蜜蜜的。

在县委政府综合大楼前下了车,杨承望朝二楼的办公室走去。心里想着自己是县长了,就没往西边自己的办公室拐,走到东头县长办公室门前。掏出钥匙来,插进锁眼,转了几圈开不开。又换了一把,还是开不开,心想怪了,锁出了毛病?正在想钥匙和锁的关系,门从里边开了,孟县长走出来,正要发火,见是他,不解地问:"杨书记,你这是干啥?"杨承望这才清醒了,红着脸说:"对不起,对不起,我开错门了。"

<h2 style="text-align:center">5</h2>

超俊和英妮从南方回来后第三天,小小和英妮带着童装、童车等一大堆礼物,来看股东,也是来感谢超俊。这次在超俊的导演下,英妮施展女性特有的魅力,先推销自己,后推销产品,走了三省两市,销出制砖机二十多台、铸件一百多吨,按总公司规定,两个人得了三万多元销售奖金。超俊给了英妮两万。说是多劳多得。小两口哪见过这么多钱,高兴得手忙脚乱,不知怎样感谢超俊才好。

沁丽亲亲地拉着英妮的手,在书房里个别交谈。由于两家之间有了那种关系,这两个女人感到颇为亲切。沁丽第一次发现英妮确实很美,大大方方的,野野俏俏的。沁丽说:"人的感情就是怪,不能牛不喝水强按头。我家超俊的心里有了你后,十天半个月都不碰我一下。"英妮说:"我家小小也是,搂着我还叫你的名哩。沁丽姐,男人们没有一个老实的,吃着碗里的看着锅里的。""是呀,咱女人也要活泛点,花开能有几日红?英妮妹呀,你真能干,一次就得了那么多奖金。你介绍介绍经验,是怎么推销产品?""你没问超俊?""公事我从不插嘴。""唉,真正不能说出来!""你真的跟人家睡了?""不睡谁要你的产品?""一天赚一千,睡也值!""那我下次出去带上你。""哎哟,我没你漂亮,连自己卖了也不值两万!"

超俊和小小逗着股东玩,股东坐在小小带来的童车里,小小让他叫爸,他不会叫,憨憨地笑着。小小用胡茬在股东粉嫩的脸上轻轻摩擦,股东痒得咯咯大笑。小小说:"超俊,你答应我一个要求,让我当股东的干爹吧!"超俊说:"好啊。两个爹,两个妈,股东真幸福。""说话算数?""我一会儿就宣布。""还没跟沁丽说哩。""她已离不开你了,巴不得有这种关系。"

中午,四人拥着穿戴一新的股东,坐在餐桌边,超俊宣布小小夫妇是股东的干爹干妈,四个人高兴得拍手欢呼。英妮抱起股东来,亲得没法儿说,高兴得流了泪。她去年怀胎六月,不慎流产,时刻盼望有个儿子,就对小小说:"咱啥时有个儿子呢?"小小说:"有了儿子,也请超俊和沁丽当干爹干妈。"沁丽笑着说:"咱两家这种关系,你有了儿子,也不知是谁下的种。"小小说:"反正叫我爹。"超俊说:"我讲个故事。一个女人和三个男人好,生了个儿子,不知是哪个男人的。儿子要起名字了,三个男人都争着姓自己的姓。女人思谋了一阵说,姓郭吧,你们三人的姓都有了。三个男人不解,女人指着姓高的男人说郭字左边上半,是高字的一半。指着姓李的男人说郭字左下半,是李字的下半。指着姓邓的男人说:郭字右边是你邓字的耳朵。三人大喜,接受这个姓。该起名字了,三个男人讨论了半天,起了个'春'字,春天的春,皆大欢喜。"小小不解:"这春字怎么说?"英妮责怪道:"春字头不是'三人'吗?下面那个字还用解释?"小小明白了,笑着说:"我操,太绝了!"

接着,四个人喝酒。小小端起一杯来,说:"为咱共同的儿子股东健康,干杯!"四个杯子碰到一块,各自干了。超俊端起一杯说:"为咱五人亲如一家,干杯。"四个人又碰,又干。小小说:"光喝酒没意思,咱唱支歌吧。"沁丽说:"必须唱和咱两家有关的、高兴的、幸福的。"超俊喝完一杯酒,满脸放光,说:"我先唱,一支现成的歌,只改了两个字。你们听——"

世上只有情妇好,
有情妇的男人是个宝。
投进情妇的怀抱,
幸福享不了。

超俊唱这一段时,眼看着英妮。他刚唱完,小小看着沁丽,英妮看着超俊,四个人开始了小合唱——

世上只有情人好，

没情人的男人（女人）像根草。

离开情人的怀抱，

幸福哪里找。

唱着、笑着，吃饭、喝酒，如入无人之境，完全没把隔壁的老夫子放在心上。老夫子在院里咳嗽了几次，没人理他，就再无声息了。不知不觉，到了晚上，四人打开了麻将，一直到深夜。英妮对小小说："我累了，咱回吧。客走主人安。"沁丽说："咱两家是亲戚，客不客的外气！"小小说："我操，你嫌外气，我就不走了。"超俊看了沁丽一眼，沁丽点了点头，超俊说："干脆，就在这里睡吧。"小小问："咋个睡法？"超俊说："自由组合。"沁丽问："股东到哪？"英妮说："先跟你吧，等我生个闺女，股东就不孤单了。"

这一夜好生热闹，惊得股东哭了两回；老夫子摔得门扇啪啪响。

6

转眼到了腊月。前两年这个时候，正阳村农工商总公司会拿出一笔钱来，从河南购进白面大米，每户免费发一百斤白面，一百斤大米，以补企业占滩地的损失；各厂矿又给职工分发粮油，一年的工资也早兑现了。今年做不上前两年的好梦了，企业近半年没给职工发一分钱，快过年了，还不发吗？煤矿的职工除管理人员外，井下大多是四川、安徽籍民工。从腊月初三开始，外地民工罢工了，不结算后半年工资，不上班；本地职工更强硬，不给钱给炭。于是，大小车辆开进沟里，光天化日下哄抢煤炭，派出所的警察都制止不住这股风潮。铁厂职工都是本村人，受煤矿的影响，也罢工，也哄抢生铁，没抢到的抢设备，设备拆得七零八散。建材机械厂、铸造厂也发生了哄抢风。电厂厂长曹玉龙精明，不知从哪儿搞到几万元现金，给一个工人发五百，暂时稳定了工人的情绪，坚持正常生产。电是先行官，电不能停。

这股哄抢风发生在一天之内，好像有人串联似的。

几个厂长来到镇卫生院,围在黄明旺的病床边,诉说着各自的艰难,向黄明旺要钱。黄明旺瘦得皮包不住骨头,穿上黄大衣,戴上帽子口罩,坐着工具车来到沟里。刚下车,一股冲冲的北风刮来,寒气从领口灌进,他打了个冷战,一个趔趄猛地倒下,黄小早赶紧把他扶起来。煤场上,还挤着哄抢煤炭的工人,黄明旺在黄小早的搀扶下,爬上一辆小四轮,喘着粗气,用尽浑身力量喊道:"工人兄弟们,听我一句,十天之内,我把欠你们的工资全部结清,你们不要抢了,不要抢了……"没人听他的,依然乱哄哄的,有人在装炭,有人在喊叫:"你算什么共产党员?你是哪个党的支部书记?你光图出名、做官,不管老百姓的死活!"一个愣头青跳上小四轮,立眉竖眼吼道:"滚你妈的蛋吧,不要误了老子装煤!"一拳朝他胸口打去,他晃了晃,从小四轮上栽下来。立时,有人高叫:"打死他,打死他!"便有人拥上来。黄小早一看形势不对,和几个厂长架着黄明旺就跑,钻进工具车里,一溜烟开走了。黄小早在车里说:"这种势头,只有赖汉杨承亮能制止。可惜他不在。"黄明旺说:"把我送到县里,找咱村的大干部杨书记!"车到滩地工业区,又被拦住,有人竟打出条幅来,上写:"我们要过年,没有一分钱。"

黄小早扶着黄明旺来到县委,不巧,杨承望去地区开会了。黄明旺咬着牙说:"找孔书记、孟县长去!"

孔书记耐心听了黄明旺的汇报后,问:"两次现场会和周书记来,你们开支了多少?""六十多万。""南方客骗走的一百万,追回了多少?""公安局去催了几次,一分也没有要回。"孔书记沉思了一会儿,打电话叫过孟县长来,说:"正阳村五个企业发不了工资,群众过不了年。他们支持了两个现场会,开支了几十万。你想个办法,给他们解决二三十万,让老百姓过个年吧!"孟县长愁眉苦脸:"年底都要钱,财政早空了。这样吧,我和农行联系,贷三十万行不行?"黄明旺说:"我们还欠农行三百多万,能贷出来?"孟县长说:"这你就别管了。"

有三十万贷款来发工资,虽说不够,但也能稳定一时,过年后怎么办?据说,村里一半农户过年后就没粮吃了。这是大事呀!没钱没粮,我还当什么书记! 黄明旺想到了那被占的五百亩滩地,深深后悔了。在心里说:

爸啊,悔不该没听你的,钻进了杨家的圈套。咱没文化,又吃了个大亏!又想起被南方客骗的那笔巨款来,肝部一阵刀绞般疼痛。他又后悔不该出去做报告,他在家,完全能避免了上当受骗。

那是他从晋西北做报告回到地区的第二天。由于南方的销售网络都是他一手建立的,其他干部知之甚少,也由于他走后,流动资金一时困难,等米下锅。这时,来了两位广州客商,住在白天鹅宾馆。客商出手大方,请杨承宗、曹玉龙他们吃饭,一次就是几百元。内有一人拿着黄明旺在武汉印制的名片说:"我是你们黄总的朋友,在武汉我们住在一个宾馆。黄总身体不好,你们要多多关照啊!"谈到生意,广州佬说:"今年暂时定你们一百三十万的货。明年你们的制砖机我们包销!"说着打开密码箱,亮出满满一箱人民币来。说是先付三十万现金,然后货到汇款。杨承宗他们既想做这笔生意,拉住这两个财大气粗的客商,为明年的销售开一条路,但又恐上当受骗,货款收不回来。饭后,他们开了两委会,专门研究发不发这批货。会议形成的决议是:货要发,款也得收回来。可把这两个人的工作证、身份证扣下,也可派人去催款。于是按会议决定办,发货后,派村委会计黄明方和派出所一干警随广州客南下收款。到了广州,两个客商陪黄明方他俩好吃好住好玩,说是火车到站就办汇票。等到半个月后,突然不见了陪同他们的客商,到火车站一问,货早提走了。按货主地址去找,那家工厂说,已把货款付清了,并让他们看了有关手续。到现在,公安局、法院都去追款,旅差费花了好几万,那两个客商躲着走,有时连人都找不见。

黄明旺突然想,杨超俊几下南方,对推销产品极有兴趣,也有经验,让他常驻广州,说不定能找到这两个骗子,追回一部分款来。

回到五汉街,他进了杨家小院,不料,女婿陈小小在场。说了心中的想法,陈小小说:"爸,我和超俊俩人去,不管用什么办法,追回这笔款来!"黄明旺说:"你不是吹大话吧?"陈小小说:"愿立军令状!""那好,一百万全部追回,奖你俩十万!"杨超俊说:"空口无凭,定个合同吧!"黄明旺说:"走,到村委定合同。"

腊月二十七,杨超俊和陈小小带着一男一女两个不满十岁的孩子回来,说这就是一百万元货款。黄明旺明白了,吓得肝又疼了,责怪道:"你们这是犯法呀,给正阳人找麻烦!"杨超俊说:"黄叔,这叫以毒攻毒,不用这个绝法,货款你就猴要了。你等着吧,明天一百万就回来了。"对着黄明旺的耳朵,他说了几句悄悄话,带着孩子走了。看来,他俩已治服了这两个孩子,不哭不闹不说话,乖乖地跟在他和陈小小身后。

黑夜,陈小小和黄英妮把孩子秘密转移到东山一个亲戚家里,杨超俊已通过杨承望和县公安局取得了联系,制定了具体催款办法。

次日中午,一辆广州警车和一辆县公安局的警车开进正阳村,在派出所赵所长的安排下,住进了白天鹅宾馆。一时,正阳村热闹了,人们团团围着白天鹅。有愤怒的村人冲进去和广州的警察论理,还有人放了广州警车的气,说不给货款,你们就在这里过年吧!

黄明旺在病房里接见了两地的公安人员,门口堵着激动愤怒的正阳人。第一轮谈判开始了,双方对峙,各不让步。广州警察的观点是:"欠款不违法,有供货还款合同,劫持人质犯法,必须立即释放人质,并交出罪犯。"黄明旺的观点是:"还款合同是一张废纸,我们四下广州,有时连人都见不上,这是典型的诈骗行为,已触犯刑律。你们广州人犯法在前,先还了货款,或者,交出骗子,我们立即放人。"广州警察掏出手铐来,要铐黄明旺,县里的警察笑着夺下,和气地问:"他犯了什么法?"广州警察答不上来。就有村人进去,摩拳擦掌,要打广州警察,被赵所长制止。这时,医生进来输液,礼貌地请走了警察们。晚上,县里警察陪着广州警察又去谈判,被医生挡在门外。

第三天,腊月二十九,县里的警察回家过年,配合解救人质的任务,交给了正阳派出所。广州警察又去见黄明旺,又被医生挡在门外;要去村里调查,被赵所长吓住:"去村里调查,你们的人身安全我不负责!"随车来的两个女人急了,又是哭闹,又是给赵所长磕头,赵所长说:"你叫我爹也没用,快还欠款吧。这里的人很野蛮,什么样的事也能办出来。"这时,服务员送进一张条子来,上写:"妈妈,我要回去。这里的饭不好吃,他们还说:不还钱就要杀了我们。快救我俩回去!"接着是两个孩子的名字。两个女人传看后,抱在一起哭得死去活来。四个广州人说着当地人不懂的粤语,讨论了好大一阵,一个警察用广州普通话对赵所长说:"他们先付出五十万,领走孩子,春节后,还清另五十万。行不?"赵所长说:"我去请示黄总。"半个小时后,赵所长满面春风回来,说:"黄总答应了,一手交钱,一手领人。"于是,一个小时后,展开了一场"激动"人心的交接仪式。

交接仪式在白天鹅门外,上千村人围得水泄不通。广州警察把一张汇票交给赵所长,赵所长又交给信用社林主任,林主任验明正身后,对赵所长说:"不假,是真的。"赵所长又把汇票交给广州警察。赵所长一声高叫:"带孩子!"黄英妮拉着一个孩子出来,孩子扑向妈妈,广州警察把汇票交给黄明方。另一个女人急着问:"我的姑娘呢?"黄明方说:"再拿五十万来,还你姑娘。"四个广州客方知上当了,你看我我看你,说着谁也不懂的粤语。他们互相吵了一阵,广州警察对赵所长说:"没带够钱,再给二十万放人,行不?"赵所长还没表态,黄明方大叫一声:"不行!加上三万去广州催款的旅差费,少了一分也不行!"警察翻译给那个女人,女人呼天抢地哭了。哭了一阵,打开随身带的密码箱,底朝天倒在地上,全是现金。广州警察一捆捆拾起来,对赵所长说:"一共五十二万,山穷水尽了。放人吧?"赵所长又一声高叫:"带孩子!"黄英妮从人群中拉着一个姑娘挤进来,母女互相叫着正要相会,黄英妮一把拉回女孩,对那个女人喊道:"还没给钱呢!"那个女人疯了一般,从警察手中夺过密码箱来,狠狠摔在赵所长身上。她去抱孩子,黄英妮还不给,又叫着:"还没验票呢,是假的怎么办?"林主任开始验票,验了一个多小时,验出二十万假钞来,黄英妮抱起孩子就跑,那个女人跺脚捶胸,喊叫着谁也听不懂的粤语。一个广州警察气得一巴掌甩在那个女人泪水花花的脸上。

腊月三十晚,大年的鞭炮成片炸响后,从广州来的二十三万电汇,才送到赵所长手中。广州四位母子团圆,正要踏上归途,赵所长说:"且慢,带来二十万假币者留下。"话音刚落,三个本地警察上去,给那个女人带上寒光闪闪的铐子。

杨超俊和陈小小领到了十万元奖金,两家人高兴得合并过年。

大年初一,杨氏家族的亲戚本家们去给老夫子拜年,发现家门大开,炉火已熄,水缸结冰,人走屋空。在陈小小家找见超俊,一问三不知。杨承宗借上陈小小的摩托急奔县城,见了正在值班的农机厂副厂长兼总工杨承祖,杨承祖大惊失色,手指哆嗦着拨通在长治过年的杨承望家的电话,一问老父没去,浑身瘫成泥一堆。

8

大年三十晚上。

杨超俊和陈小小在家里分钱,王沁丽和黄英妮在一旁喜滋滋地看着,贪婪的眼睛充血,滴滴涎水串成线。"妈呀,在广州住了二十天,偷了两个孩子,就赚了十万!这么多钱一辈子也花不完呀,真要美死人了!在正阳村,除了白梅,就是咱两家最富!"

老夫子走进来,满头白发抖动着,满脸皱纹抽搐着,对超俊说:"君子爱财,取之有道。不义之财非思非占。超俊,把这钱送还大队!""爷爷,这哪是不义之财,事先定了合同,盖着大队的公章。还有,我俩在广州担惊受怕,忍饥挨饿,跟踪侦察,巧设圈套,明躲暗防,付出繁重的体力和脑力劳动,冒着进局子的风险。多劳多得是社会主义的分配原则,定了合同,就具有法律效力。这钱受之无愧,心安理得!"老夫子说:"此言差矣!乘集体之危,发众难之财,不义也;偷人之子,使人忧伤,不仁也;鸡鸣狗盗,万里行窃,非礼也;巧言令色,阴谋圈套,非智也;合同要挟,图谋私利,非信也。仁义礼智信,做人之五常,你占哪条?"超俊、小小等四人,突然爆发出一阵大笑,笑得前俯后仰,涕泗横流。老夫子明白这种笑的内蕴,立时满面通红,五官扭曲,无比义愤。超俊止住笑,说:"爷爷,你说的是哪朝哪代的话?我们不是生活在古代,你却是桃花源中人。如今改革开放,一切都在变化。悠悠万事,唯此唯大的不是礼,是钱!我知道,你不爱鲁迅,根本不看他的著作。鲁迅有一句名言,以眼还眼,以牙还牙。也就是以其人之道,还治其人之身。对广州客那样的社会骗子,在法律显得软弱的时候,就要用鲁迅的战斗方法!"老夫子近几年一直和孙子冲突、辩论,他奉若神明的儒家学说观念,被孙子用时尚观念和实际行动打得落花流水。他知道说服不了孙子,这钱也退不回去,但他还要说。他就是这样一个顽强的斗士,不仅固守着自己的精神家园,永不退却,还企图在家里构建一个不受社会污染的古色古香的小世界。他最后一次问孙子:"这笔不义之财,你退不退?"超俊笑着说:"爷爷,你把我当傻瓜了?"他瞪了孙子一眼,挺了挺腰,转身出去。

外面此起彼伏的鞭炮提醒了老夫子,今天是大年三十,欢乐之夜。他这才想起来,看了一下午的"西洋景",不知沁丽包好饺子了没有。往昔过年,承祖在家,一应年事,都是承祖安排,不用他老人家亲自动手。今年承祖值班,做饭之事,只好靠沁丽了。平素,沁丽时常忘了做饭,他时常做好了,叫她来吃。唉,这世道,这年轻人,怎说呢?返身进了厨房,清灰冷灶。怒冲冲出来,刚要进去叫沁丽做饭,忽听超俊说:"年头岁尾,大发其财,这个年咱两家合并过,来个四人同床,龙飞凤舞,共贺新春!"陈小小激动地一声高叫:"好呀!"又低声说:"我真不想在你家过夜,老夫子一摔门,我就软了。"沁丽说:"今晚到你家去。"英妮说:"现在就走。"超俊说:"给爷爷包好饺子,咱就走。"沁丽说:"他没手?有什么功劳还得我天天侍候他,他还不痛快,说咱这也不对,那也不好,学他那个傻老婆,跳了沁河,他就高兴了!"听到这些污言秽语,老夫子的脑袋轰地一响,跌跌撞撞走出了院子。

寒风飒飒,夹杂着浓烈难闻的火药味儿。五汉街各家各户灯明火旺,一片辉煌。为数不多的几家有电视机的,正在看春节晚会,发出阵阵舒心的大笑。没电视机的家开着收音机,飘出悠扬动听的歌声。街上没有行人,只有一只狗在灰渣堆上咯嘣咯嘣满嘴香甜地吃骨头。狗的咀嚼声勾起了老夫子的饥饿感,肚子里叽咕叽咕一阵乱叫。他咽下口水,继续无目的地走着。月色朦胧,辨不清路的状况,他差点儿绊倒。心说,是人间的灯火太明了吧,闭月羞星,月不亮星不明。是哦,怎不是呢?这几年哪有一轮皓月朗日?国事纷乱,没了章程,五百亩滩地说占就占;一百万货款说骗就骗;十万奖金拿来就拿;现场会不辨虚实,说开就开,费用还得村里支付,难道国家开得起会,出不起钱?老百姓永远是羊身上的毛啊!家事无序,没了廉耻,男人乱窜,女人养汉;不避老幼,群宿群奸;不习女德,不尊长者;亲生儿孙,各怀鬼胎,忠言逆耳,一意孤行……

前面灯火辉煌,收音机放出最高音量,也是春节文艺晚会。这是白天鹅的商场,开着门还在营业。他突然闻到一股酒香,就走进去,买了一瓶酒,让营业员帮着打开,边走边喝。又想起曾祖杨笑溢喝酒的名言来:

老夫逢酒便高歌,舞醉诗狂得意多。
功名休问几时成,诗酒且图今日乐。

老爷爷啊,孙儿今天才理解了你人生的追求,生命的价值。当初你一定是背上了某种包袱,有长久不解的忧愁,才爱上了酒;你是如何走向超然和洒脱的? 今日是大年夜,你给孙儿讲讲吧!

他不知不觉走进杨家祠堂,背靠明朝的青砖、清朝的瓦,一边喝酒,一边和笑溢公对话。笑溢公告诉他,子孙不足忧,各自有追求。社会在转型,文化大换班。因嫌纱帽小,就要不择手段向上爬,此乃时下的官文化;道德观念在嬗变,自然没有贞节观,此乃时下性文化;铜臭熏天,鸡鸣狗盗,此乃时下利文化;不敬老者,口出秽言,此乃没文化……总而言之,光辉灿烂的儒家文化在下一代心中,没几人尊崇了! 复之,正阳人即将遭受一场新的磨难啊……

第一声开门炮炸响,惊醒了酒醉后的老夫子。他怕村人发现了他,又引出一段闲话来,就拎着酒瓶走出城外。这时,东山头的云朵酒醉了般绯红,西山头稀疏的晨星暗淡无光。他不想回家过年了,超俊和小小合并过年,还有心思照看老朽? 沁丽横眉冷对,言语污秽,他一听就恶心。如果孙子心里有他这个爷爷,昨晚就把他找回去了。可是,没有。昨晚四人一床,放荡不羁,想到就要呕吐! 去城里找承祖吧,让他管教管教儿子。但今天是大年初一,他又值班。不去了。他突然想起锅风景来,东山正是隐居处,何不去东山静下心来,反思几天? 眼不见为净,给不肖子孙杨超俊一记耳光吧! 于是,他摸黑朝东山走去。

一路上自问自答,回忆与曾祖的对话,老脑筋闪进一抹光亮:呀,笑溢公说得对、有理,儿孙嬗变,道德沦丧,原来是文化的嬗变! 光芒四射的儒家文化正如现在西山头的星斗……

9

大年初一上午十时,杨承祖在陈小小家找到了儿子和儿媳。当时四人正在打麻将,杨承祖不由分说,拧着超俊的耳朵回到杨家小院,沁丽怕丈夫吃亏,也抱着股东赶紧回了家。家里聚集着杨氏家族十几个远近本家和亲戚,像审罪犯一样审问超俊。杨承祖问:"昨晚你是什么时候见你爷爷最后一面的?""吃晚饭前,大约六点多钟。""你们吃了饭没有?""没有。""做好饭了没有?""没有。""你和沁丽干啥来,连饭也顾不上做?""分钱来。""就那十万奖金?""是。""分罢钱又干啥来?""没干啥,去了陈小小家。""走时给你爷爷做好了饭没有?""饺子馅是现成的,爷爷会做。""你和爷爷吵嘴来没有?""大过年的吵什么嘴呀,绝对没有!""你爷爷走前告诉你没有?""面都没见,告诉啥呀!""你说的可是真话?""没半句瞎话!""那你说,你爷爷为啥在大年三十晚上失踪?""你问我,我问谁呀? 你当儿子的还不孝敬老子,我当孙子的替父尽孝,还不够可以?"杨承祖走到超俊面前,啪啪! 两个耳光打在超俊脸上:"你爷爷要有个三长两短,我拿你是问!"王沁丽扑过来,一头朝杨承祖撞去:"打吧,这个年不过了!"众人拖住,才没有撞上。杨超俊口鼻流血,自知理短,不敢还口。大家商量了一阵,决定分头寻找,主要地点是沁河里、河头滩、祠堂、祖坟和村里村外为数不多的几家亲戚朋友家。谁也没想到东山锅风景处。

中午,杨承望坐着小车回来,再次审问超俊,超俊铁嘴钢牙,还是那几句话。杨承望深知老父的脾气,不受了奇耻大辱,不会在大年夜出走。超俊知情,但超俊不说,超俊不说,就找不见老父。如出个万一,全县人用怎样的眼光看我? 他和承祖在门外商量了一阵,回来对超俊说:"走,跟我去找你爷爷!"超俊出了大门,和二叔上了小车。小车直奔县城,进了公安局的大门。超俊这才醒悟过来,吓得在车里大叫:"二叔,我说,我说实话!"杨承望咬着牙说:"进去再说吧,连三年前的强奸罪一块坦白!"

下午,杨承望带着超俊和警车、警犬回到五汉街。村人涌来看热闹,羞得县委副书记杨承望满面通红,恨不得找条地缝钻进去。一行人回到家里,警犬嗅了老夫子的鞋袜,正要出去,白梅骑着摩托闯进来,对杨承望说:"不要兴师动众了,我猜想干爹去了锅爷家,就骑摩托上了东山。干爹果然在,但我好说歹说,就是不回来。"杨承望这才放心了,打发走警察、警犬,对承祖、超俊和沁丽说:"咱都去东山,请爸回来过年。"说着,两行热泪哗哗滚下。沁丽抱着股东从家里出来,白梅说:"你过来。"沁丽笑着走过去,冷不防,白梅扬起手来,啪啪啪左右开弓,打在沁丽生动漂亮的脸上。沁丽哭着说:"姐,你打吧,你打吧。爷爷跑了,是我的过呀……"

颠颠簸簸到了东山,锅风景家的大门紧闭,两只狼狗一左一右,对着杨承祖一行人狂吠。谁也不敢近前,就锅爷锅爷地喊,喊了半天,无人出来。承祖、承望又喊:"爸呀,全家人都来接你回家,回去后,我磕头请罪。"还是无人答应。超俊急了,去赶两只狼狗,狼狗扑上来,撕破了他的裤子,吓得他回过头来,没命地跑。承祖、承望突然哭了,哭着说:"爸呀,咱回去吧。你这样对待儿孙,谁能受得了啊!"门开了,锅风景的儿子小锅风景出来,对他们训道:"大年初一,就在我家门外号哭,多不吉利! 要哭,回你杨家去哭!"说罢,转身进去,大门又关上了。

杨家子孙不敢哭了,也不敢喊叫,就跪在地上抽泣。杨承祖悄悄在股东的屁股上拧了一把,股东突然尖尖锐锐地哭了,哭得很响。沁丽哄不住,就捋起衣服,当着众人的面,露出丰硕的乳房,塞住他的小嘴。股东不哭了,杨承祖又拧,股东挣开,哭得更响了,地动山摇。这一招果然有效,大门又一次开了,小锅风景又出来,对跪着的杨家子孙说:"复之兄有话,叫你们回去,各自思过。"说着,扔下一张纸片,又回去了,仍把大门关上。超俊拾起纸片,看了一眼,给了他爸。上面写着:"官不官,民不民,子不子,孙不孙。家已不家,国将不国。对照《十三经》,各自思过,幡然醒悟,方是杨家子孙。"

10

正月十五闹罢红火,正阳村就闹开了粮荒。起初是三三五五的村人拿着口袋去向黄明旺借粮,黄家的粮也不多了,顶多吃到三月,他把缺粮户的名字登记下,说:"你们放心吧,共产党不让饿死一个人,咱村还出了一个县太爷,就是他坚持在滩地办企业,群众没粮吃了,他能不管?"村人这才知道了占滩地的真相。于是,大批村人在黄福禄等几个老党员、老农会、老贫协的组织发动下,集结在镇党委大院静坐,举着横幅竖条,上写:我们要吃饭! 严惩强占滩地的罪魁祸首、反攻倒算的地主子弟——杨承望! 赵志坚吓慌了,关着门给杨承望打电话。杨承望命令迅速解决不过夜,就是高价粮,也得买,一户暂发二百斤,粮钱由他解决。赵志坚迅速落实杨副书记的指示,从三个镇办煤矿调钱调车,至下午三时,四大卡车白面大米拉回来了,即速发下。但群众的情绪还没有平复,提出一个个尖锐的问题:我们种地的白吃国家的粮,能咽下去吗? 一户二百斤能吃几个月? 要吃多少年? 让杨承望说清楚,为啥非占滩地……

黄明旺陷入了新一轮苦恼。这和上次"政变"的性质不一样,上次是个别人搞阴谋,这次是八百多户村民普遍缺粮,而缺粮又和企业效益紧紧相关。如果企业效益好,工资福利能按时发下,就掩盖了五百亩滩地潜在的矛盾。可企业的效益几时才能好起来? 广州客骗的一百万要回来了,但除了十万奖金,全扣了贷款。还欠银行三百五十万,不多,亦正常,但管理上不去,技术上不去,销售上不去,死水一池,鱼虾不活,拿什么创利润? 黄家的几个本家、亲戚作为企业头头,也太不争气了。黄小早在煤矿只顾自己发财,现金买炭,多有克扣,职工屡次上告,有凭有据,不处理不行,处理也不行。贪婪的黑牡丹把黑手伸到了煤矿,两年就要了好几万,把小早叔逼急了,岂不是自挽绳索自上吊? 铸造厂厂长黄明义,他大伯黄福太的儿子,把十万资金借给小舅子办铁厂,第一炉铁就没有流出来,和炉炼成了一疙瘩,干赔了十万,打死他也拿不出一万块钱来。总公司会计黄明方,与小早、明义勾结,三人在大年初一拜年时,给他拿来五万。他问:"年前没有一分钱,发不下工资,急得我像热锅上的蚂蚁。现在就有钱了? 这笔钱是从哪儿来的?"明方笑着说:"你猴管从哪儿来的,放心花吧,一百辈也出不了问题。"他火了:"把这五万走了账,归了公。以后,谁敢日鬼,贪污挪用,我就向对张大太一样治他!"黄小早说:"明旺,你为大家,累了一身病,图了个甚?你把企业的大权给了咱黄家,图了个甚?这笔钱你不要白不要,要了也白要。"黄明旺看着五万元现金,像看见一条眼镜蛇一样,打了个寒战,肝部又沉闷地疼了起来。黑牡丹把钱接过来,剜了他一眼,骂道:"驴吃煎饼——不知好歹的货!你死了,我们还活哩!"他去夺钱,黑牡丹一甩,把他摔在地上。小早他们乘机就走。肝疼,无力,爬不起来,叫不出声。

这几天,闹粮荒的村人几乎都来找他,一直折腾到半夜,他顶不住了,又住了医院。他是县人大代表,县里通知他正月二十开人代会,他去不了,也不想去,托赵志坚请了假。忽闻杨承望要出任县长,一股复复杂杂的感情涌来,说不清是高兴、鼓舞,还是嫉妒、气愤,头晕眼黑,昏过去了。醒来后问看护他的黄明光:"今天是二十几了?"明光说:"二十四了。"他急着说:"明天大会选举,我要上县开会,投杨承望一票!你快去把煤矿的工具车调来。"明光不去,劝他安心治病,他眼泪哗哗地说:"上山打虎亲兄弟,明光呀,有几句话我告诉你,你知道就行了,猴跟旁人说。咱黄家不是杨家的对手,爸说得对呀,人家卖了咱,咱还帮人家数钱哩。他杨承望凭甚当县长?就是凭咱村和我这个典型、模范、几次现场会!爸和我的病,企业不景气和眼下的粮荒,都是杨承望一手造成的呀!兄弟,我知道我的病,活不上几天了。你记住,第一,猴跟杨家打交道,是蜜糖咱也猴吃;第二,以后有了娃,千万要供他读书;第三,告诉咱的近门本家,以后猴当典型、模范。"黄明光当时没有想到,这几句话成了哥的遗言!这时,他抱着哥哥哭了,心里暗暗发誓:不报父兄之仇,永不为人!

大会选举的那天,正阳村几百名群众打着横幅标语,来人代会提要求。要求解决吃粮问题,要求人大代表杨承望说清楚为啥要占正阳人的保命田,要求县里补偿两次现场会和周书记来视察正阳村所受的经济损失。然而,还没走到会场,还在大街上行走,就被全副武装、荷枪实弹的警察挡住了……

开始在选票上画叉画圈了,气息奄奄的黄明旺在杨承望的名字下,画了一个大大的叉。开始唱票了,杨承望名下的"正"字越来越多。当大会执行主席宣布,杨承望同志当选为阳林县人民政府县长,台下响起经久不息的掌声时,人大代表黄明旺一阵剧烈的肝疼,从座位上跌下来,抬到医院抢救时,已气息全无,永别了这个人世。

11

黄福禄听完明光转述明旺的遗言后,强忍着不让泪水流下来。他什么话也没说,擦干眼窝的泪水,让明光扶着他,走到大门外明旺的灵棚里,坐在棺材头,揭开盖在明旺脸上的白纸,看着明旺蜡黄的脸,雕塑般久久不动。这时,本该哭,诉说白发人送黑发人的巨大痛苦,但他只有仇恨没有泪水。亲属们惊天动地的哭,也没能勾出他的泪水来。心中却掀起狂飙——

明旺娃呀,你看到了吧?杨家复辟了,篡夺了县长的大权!此风一长,咱贫下中农完了!你死得屈呀,但也不屈。说屈,是你没有阶级斗争经验,没有革命警惕,指导思想是感恩戴德,以报明主。岂不知,杨家给你的是拌着砒霜的蜜糖;也不料,杨承望是踩着你的肩膀往上爬呀!过去,地主阶级就是这样日哄穷人,榨干你的血,达到他的目的后,一脚把你蹬开。现在,也还是这样。这就是阶级本性,狗吃屎,蛇咬人,谁能改了?上头硬说是阶级矛盾基本消除,战略转移,以经济建设为中心。放松了阶级斗争这根弦,才使阶级敌人有机可乘。说你死得不屈,是你太自信了。多少次提醒,苦口婆心,你就是不听。三年办五个企业,我说,步子迈得大了,闪了你的腰不说,还给村人造成祸害,还是搞农业保险。你说,这是承望的主意。我说,那就更要慎重,地主娃不安好心。你说,村办企业赚了钱,他拿不走一分!现在倒好,连你的小命也拿走了。企业占滩地,我就知道是承望的主意,你咬着牙不承认,还说我僵化保守。可结果呢?你后悔了吧!开第一个现场会时,我说,猴开,杨承望要捞政治资本。你说,爸,你太敏感了,开现场会,提高了咱正阳村的知名度,也推动了全局,他捞的,没有咱捞的多。我说,你太敏感了,和杨家这样的老谋深算的有文化的人打交道,不敏感就要吃亏。外出讲用,你说是承望陪你去。我说,那就更不能去,你是给他脸上贴金……明旺娃呀,你哪次听了爸的?等你明白了爸说得有道理,后悔没听爸的,就迟了呀……

明旺娃呀,咱不说你死得屈与不屈,你死得值!你的死,说明了不走毛主席革命路线不行;说明了阶级斗争依然存在;说明了中国革命还得依靠贫下中农;说明了党的农村经济政策还是以粮为纲好。但是,有多少人在学毛主席著作?有多少人在走毛主席的革命路线?有多少人看透了阶级斗争是长期的、复杂的,有时甚至是激烈的、你死我活的?有多少人在用人问题上,严格把关,坚持依靠贫下中农?有多少人在以粮为纲上,舍得投资,下大力气来抓?天塌了呀,不仅仅是咱家的天塌了,正阳村的天塌了,是全中国的天都快塌了!古语说,天塌有大个子顶着,可现今的社会是各顾各,毛主席老人家过世后,就没有董存瑞、黄继光、雷锋、焦裕禄这些大个子了,等着死吧!

明旺娃呀,四十多年来,咱黄家没有得意几天,最终没能斗过杨家。连你我在内,杨家欠咱黄家四条人命!爸在这个世上,是酒囊饭袋造粪机。爸的一片好心,一肚忠心,一腔热心,社会不承认,成了驴肝肺。在阳间,没了爸的用场,爸就随你去,到阴曹地府,以咱父子为首的贫下中农,再和杨家为首的地富反坏右斗,再斗四十年!到了那边,你要听爸的指挥呀!

明旺娃呀,你等等,爸随后就去了……

黄福禄颤巍巍站起来,在明光的搀扶下,回到屋里。村人和亲戚们都进来看他,说着各式各样的安慰话。黄福禄摆了摆手说:"你们出去吧,让我静静地歇歇。明光,你朝外关上门。"黄明光把客人们带到隔壁,朝外关上了门,黄福禄又从里边关上。他吃力地打开箱子,喘着气换上过年时的新衣,带上那三枚军功章,从缸旮旯找出给果树打的农药来,嘴对瓶口,咕嘟嘟喝下半瓶,踉踉跄跄爬到炕上……

黄福禄自杀的消息,风一样传遍全村。正阳人惊呆了,大惊失色,都是大张着嘴说不上话来。待反应过来后,成群结队,第二次来黄家吊唁。

灵棚里并排着两副棺材,父子二人安安静静地躺着。为革命事业,黄老书记斗争了一辈子;为全村人富裕,黄小书记奔波了大半生,都累了,太累了,那就安安稳稳地休息吧!然而,村人暂时还不想让他们安息,几百上千人齐刷刷跪了一地,哭声地动山摇,此起彼伏,经久不息!老人们都说,这是正阳村有史以来的头一场丧事。哭了整整一天,到天黑时,才稍稍安静了。突然,两个女人的哭声由远而近,尖尖锐锐,嘹嘹亮亮。走近了,才听出,一个是贺效东的前妻曹玉凤,一个是张大太的媳妇延小莲。两个女人跪在灵棚前哭得死去活来。贺效东判了五年有期徒刑,"听涛斋"没收归公,曹玉凤和他离了婚。曹玉凤是哭姑夫,也是哭自己的命运。而延小莲和黄家不沾亲不带故,又和黄明旺有仇,她为何哭?原来,张大太以贪污公款三万元的罪行,判了三年,村人都说是黄明旺公报私仇。你听,两个女人哭得多动人!曹玉凤哭道:"姑夫、表哥走得好,没有连累任何人,今后玉凤怎么活呀,年纪轻轻守活寡。早知他不是个好东西,当年何必嫁给他……"延小莲哭诉道:"老书记呀你是好人,为了革命挂了花。不像有的阴谋家,临死叫上他亲爸……"在黄家主持丧事的杨承宗听不下去,在延小莲的屁股上狠狠踢了一脚。有几个后生扑上来,按住延小莲就打。没人劝,没人拉,都说该打该打!延小莲顾不上哭了,从一个后生的裆下钻过,落荒而逃。

突然一阵骚动,人们叫喊着:"老夫子来了!老夫子来了!"众人看去,果然是离家两个多月的杨复之老先生。黄明光依当地风俗,跪在老夫子面前磕了一个头。大概是没想到这位老冤家来吊唁,磕罢头后,愣怔怔的,不知说什么才好。杨复之拿着一块黑挽幛,在杨承宗的帮助下,挂在院墙上。上写一副挽联:

征战沙场多壮哉
治理乡梓真廉也

横批是:管眼炯炯
村人窃窃私语:写得好,准确概括了老书记的一生。
杨复之走到灵棚前,在黄福禄的棺材前弯下腰,深深鞠了一躬,颤声道:"兄弟,你先走一步,我随后也去!"说罢,背着手,低着头,走了。出了大门,才流出两行老泪。杨承宗追出去,问他回不回家,他说:"回东山。"杨承宗劝他回家,他问:"何处是家? 家在何处?"不等承宗回答,挺直腰杆,昂昂走了。

追悼会十分隆重,县委、县政府来了十几辆小车,浩浩荡荡进了正阳村。村人瞪大眼睛,也没见杨承望。有人大胆问:"杨承望咋没来?"县里的同志说:"杨县长上省城开会了……"

次日上午出殡,黄家没有想到,村人也没有想到,几乎是家家关门落锁,来给两位书记送行。村人自发组织了乐队,细吹细打,从家里一直送到坟上。黄明光的泪眼偷偷在人群中搜寻,没见白梅,心里忽悠悠打了个颤儿,掉进了冰窖……

死者入土,活者回去。唯有二锅头仍卧着不动。黄明光去揪它的耳朵,它发怒了,汪一声,血口獠牙,吓得黄明光退了几步。他又叫了几次,二锅头干脆闭上了眼。

三天后,当陈小小和黄英妮第三次去给二锅头送食物时,发现前两次送的还在,二锅头已死了。

第八章

1

新任县长杨承望对正阳村党支部书记的人选,极不满意。因是支部大会选出来的,他权力再大,也没法更改,只能朝赵志坚发脾气。

赶着鸭子上架,四十二岁的杨承宗被支部大会选为党支部书记,又挂上阳光实业总公司总经理的头衔。他是杨复之不出五服的侄子,却是贫农成分。他的固执、正直、公道,在正阳村有口皆碑。但如今的商品经济时代,似乎排斥他的这一切优点。能挑起全县第一村的重担吗?他缺乏自信,老百姓也不敢相信。他被推上去,是党员们知道他从来就看不惯本家兄弟杨承望,只有他敢当面顶撞杨承望,不像黄明旺那样,唯唯诺诺,言听计从。这就是公元一千九百八十九年,正阳村人对他们的杨县长的态度。还有一个重要的因素,就是谁也不想接黄明旺的烂摊子,"宁当个体户,不进党支部"的"名言"就是这时候在正阳村产生的。

为选出一个满意的支部书记来,使正阳红旗永不倒,镇县两级领导发愁了一个多月。大概是杨承望县长太忙,也许是人代会正阳人去闹事,或者是老父住在东山拒不回家,杨承望当县长后,再没回故乡指导工作。但故乡之事心头绕,睡也无聊,醉也无聊。一天给赵志坚要一次电话,催问支部书记的人选定了没有;又让赵志坚给东山村党支部和锅风景施加压力,使老父早日还家;还让白梅暗中调查,人代会期间是谁组织村民去县里给他出丑的。好险呀,如不是选举前两个小时白梅派人送来"鸡毛信",只要正阳人在会场外喊几句反对他杨承望的口号,就会影响代表们的情绪,影响选票。他的票数虽然过半,那是做了各代表团的工作,是地委交给县委的任务。因此,孔书记的压力很大,生怕选举出了差儿,不好向地委交账。当杨承望汇报说,正阳村有人对开现场会不满,对他本人有意见,组织了几百人要来会上闹事时,孔书记立即给公安局下了命令:"不许闹事者走进会场一步!"尽管这样,也仅仅以微弱的几票取胜。看来老父说得对呀,"一个干部,如果家乡人反他骂他,他就完了",这话听来平淡,却有深刻的哲理。如果没遇选举这事儿,他还不理解老父的忠告。眼下要紧的是改善、调整和家乡的关系,家乡的一把手,他必须紧紧抓到手里。而选来选去,却选上了杨承宗。嗨,有啥法儿呢。

——当他抛弃了白梅,承宗哥来劝他,他不听,又没有说出内心的苦衷来,承宗哥对着外人的面说:"兄弟,你是个没良心的人,上了大学,做了官,我也看不起你来!"当他和白梅死灰复燃后,村里传得沸沸扬扬,他又劝杨承望:"兄弟,你是有身份的人,要注意影响。"杨承望一口否认。他说:"兄弟,你口是心非,没有诚意,不是个可交可信的人!"当黄明旺在支委会上说,杨承望非要开第二个现场会,没有回转的余地,他专门上县说服杨承望而没有结果时,他说:"兄弟,你不是为了家乡富裕,你是为了自己的名利。如果我当支部书记,你能在正阳开成现场会,为兄的从你裆下钻过!"

仅仅有过这样几次简单的接触,杨承望对这个本家哥的印象坏极了。在他的壮志雄心中,一两年后,还要在正阳村召开全省现场会,没有黄明旺那样听话的干部,必然壮志难酬。如何把杨承宗变成黄明旺呢?他突然想到,为泄私愤,在滩地办企业是一种失策,严重的失策,把他和故乡的关系推到了矛盾的顶峰。又想起老父曾以《子产不毁乡校》来启发诱导,他阳奉阴违,造成眼下如此困境。要解决矛盾,走出困境,还需在滩地上做文章。

正好,地区下拨了二百万支农无息贷款,给正阳村五十万,把拦河大坝内五百亩荒滩垫起来,这是求得良心的平衡和改善关系的契机。他立即给赵志坚要了电话,让杨承宗迅速来县里见他。

哦,当县长真好啊,不用求谁,大笔一挥,就是几十几百万!你们正阳人猴不知好歹,出了一个县长不是简单的,也是你们的福啊!承宗哥,你不是说不求我吗?我看你求不求,求慢了还不行呢!你不是说看不起我来吗?你看得起谁,让谁给你几十几百万吧!你说,如果你当支部书记,不开现场会,到时候我看你开不开,我看你怎样从我裤裆下钻过!

嘿嘿嘿!

2

一壶清茶,二两老酒,每天与锅老访古道今,谈天说地,也活得优哉游哉。但是,杨复之却高兴不起来,心情比未离家时,还要沉重百倍。东山虽远离市嚣,偏于一隅,然现代化的信息媒介把大千世界每天发生的事情,送到这个高山远地,送到杨复之眼前;来来往往的流动人员,又把正阳村发生的大事,带到山上。

正月十五刚过,杨承祖二次亲率子孙来请他回家,或者到县城去住,他立场坚定,毫不动摇,只抱了抱亲了亲杨家第四代人杨正寰——他拒不接受"股东"这个名字——就把承祖一家赶下了山。次日,承祖一人上山,送来了丰富的粮食蔬菜,父亲经常读的《十三经》,也送来了他在城里看的那台十四英寸彩电。东山有了第一台电视,每天晚上搬在院里播放。杨复之在插播的县办新闻中,看到了杨承望当上了县长,与五年前看到承望的来信,得知他当了县委副书记时的心情大不一样。联想正阳村的粮荒、人代会选举时村人集体去游行示威、黄明旺的死,他油煎火燎般难受。曾子曰,吾日三省吾身,为人谋而不忠乎?与朋友交而不信乎?传不习乎?你杨承望身为一县之长,做到了吗?可能想也没想到!如若不三省言行,你在其位能心安理得吗?

忽闻黄福禄自杀,他为之一惊,浑身颤抖,老眼瞪得铜铃大。他对锅风景说:"锅叔,我要去看看福禄。"锅风景说:"他坑你害你大半辈,你看他为

246

甚?"他说:"他坑我害我,是他为政和为人的标准与我不同,信仰与我不同。但我佩服他有阶级立场,有主心骨,有为人谋安、为朋友信、为师传习,是一条好汉。这一点,杨家的子孙做不到,如果做到了……"他不想说下去,他害怕说透了这个可怕的现实。锅风景说:"承望妈死后,你对黄家大恨难消,我对你说过,要好儿孙多读书,你的儿孙发达了,就把他气死了。现在应了吧?"杨复之说:"我宁可不让承望当县长,也不愿黄家父子这样死去啊!锅叔,福禄的死,是气不顺,郁结在心,活着不如死了痛快。我有这个体会。"

他去看了黄福禄。他知道,虽然他没有幸灾乐祸的丝毫心理,他是真真实实地同情和怜悯,但黄福禄的在天之灵,是不欢迎他去看他的。他在回来的路上,心情格外沉重,不由得对黄福禄的自杀,产生出强烈的钦佩之情。一个在部队和扫盲中才认下一两千常用字的半文盲,不懂子曰诗云,却死得那样坚强果断,虽死犹生!福禄兄弟哦,你是个大丈夫!

他没有把心中的体会对锅风景讲,整天翻阅《十三经》,一会儿拍案叫好,摇头晃脑大声朗读,一会儿长吁短叹,泪水涟涟。锅风景问:"复之,小时候,我读过四书五经,但没有研究。你能用两三句话,概括了孔孟的思想吗?"杨复之沉吟了一会儿说:"儒家传统文化的思想中心,可以用孔夫子的一句名言概括:志于道,据于德,依于仁,游于艺。锅叔,对否?"锅风景闭着眼睛说:"你给我讲讲。"杨复之说:"志于道,就是立志高远,学习、实践、志存于'道'。道可道,非常道,这个道是天道与人道。上至天文、下到地理、中及人生,无所不包,都要懂。这是精神上的。据于德,就是先从人道起步,为人处事,有高尚的道德行为,这里当然包括忠孝。这是行为上的。依于仁,就是加强自我修养,爱人爱物,爱社会爱国家。孟子一言以蔽之:老吾老及人之老,幼吾幼及人之幼。这是做人的准则。游于艺,有丰富的知识和高尚的娱乐、审美情趣。艺包括礼、乐、射、御、书、数。这就是孔夫子的六艺。这是学问上的。锅叔,对否?"锅风景闭着眼睛说:"我也是这样想的,但没你理解得深。再说,现在的社会,谁人懂得这些?谁人能做到这些?"锅老一句话,勾起了杨复之满腔的忧虑。他想起了这几年的人心不古,世风日下;他想起了承望和承祖以及超俊和沁丽的所作所为;他还想起了黄明旺主政的这几年,黄家的得意与失意;想起了五汉街乱纷纷的人和事。他说:"锅叔啊,变了,一切都变了。不管当官的还是为民的,变成了——志于钱、据于权、依于霸、游于女。没有远大的人生志向,没有崇高的道德准则,没有深厚的仁爱之心,更没有渊博的文化知识。只想今天,不想明日;只顾自身,不及他人。锅叔你说是不是?"锅风景点头称是,让他说下去。"锅叔啊,子曰,德之不修,学之不讲,闻义不能徙,不善不能改,是吾忧也,亦是复之大忧也。再没有比没有文化、没有信仰可怕的事了。老文盲黄福禄都懂,千千万万有文化的人却不懂。比如,承望和承祖两个大学生,一个县长,一个厂长,就不懂。可悲也夫! 锅叔啊,过家,不怕家破,破了可重建;治国,不怕国亡,亡了能用武力夺回来。没有了文化,文化的根断了,最可怕呀。文化是民族的脊梁,没有文化,就断了脊梁,成了瘫子;文化是民族的精神,没了精神,就是疯子;文化也是民族的眼睛,没了眼睛,就成了瞎子;文化还是民族的粘贴剂,没了文化,民族就成了一盘散沙。可眼下,文化面临着万劫不复的大灾难呀锅叔……"杨复之动了真情,一把鼻涕一把泪,说到最后泣不成声。锅老睁开了眼睛,一看杨复之为文化而痛哭,心想坏了,又是一个黄福禄!

3

杨超俊受新任总经理杨承宗的派遣,去南方推销铸件。王沁丽问:"又是和英妮去?"超俊说:"除了她还有谁? 总比雇一个妓女强!"沁丽急得心里痒痒,也要去,超俊说:"等股东断了奶,你再去。"沁丽不服,说超俊偏向英妮,超俊神秘地说:"我有意带她,是靠她的脸蛋儿编织一张销售网,以后派大用场。"沁丽还是不懂,超俊说:"时机不到,天机不可泄。"因是"天机",沁丽就没问,也没对小小提起。自从老夫子出走,沁丽受良心和村人的谴责,也受白梅的教育,言行有所收敛。

他俩这趟南方之行,走了豫皖江浙几地,为总公司推销了一百多吨铸件,还签订了十几份合同,带回来三十多万元订金。于是,超俊提为总公司供销科长,在超俊的力争下,英妮安排到总公司供销科工作,月薪一百六十元。她不稀罕钱的多少,有地位就牛皮起来了。沁丽见英妮闯了几回大世界,谈吐、穿戴、为人处世都显得高雅不俗,加上高科技制造的各种化妆品,更漂亮、更高贵了。沁丽就暗淡失色,生着法儿保养、打扮、涂口红、画眉毛眼影,把香水搽在脸蛋上。在外人眼里,更俗了。

昨晚,超俊一宿未归,她怀疑他在英妮家。天亮后就去找,小小说:"他俩去跑车皮了。"产品在火车站多放一天,就要多缴千把块站台租金。因车皮没有着落,租金已缴了六万多块,急得杨承宗不得不用黄明旺的重赏之法,十天之内搞到一列车皮,奖两万,还给两万活动经费。沁丽问:"车皮哪管?"小小说:"郑州铁路局管。""英妮在铁路局有关系?""有屁,还不是靠送红包、送身子?"沁丽想起,她舅的娃从部队转业后在河南省公安厅工作,或许有门路,就急忙找人替她照看股东,让小小用摩托带她去到舅家,要了地址和电话号码,在镇邮局给表哥打了电话,表哥说:"你来吧。"她安排好股东,和小小偷偷下了河南。沁丽见了表哥,突然一阵莫名其妙的激动,泪水在眼眶里打转转。表哥递过毛巾来,让她擦泪,她就扑进了表哥的怀抱……

超俊和英妮还没有回来,沁丽搞的一列车皮就服服帖帖停在站台上。沁丽理直气壮地领了奖金和活动经费。回家的路上,一个新的想法在她并不聪明的脑袋里形成了。

超俊和英妮大败而归,奖金一分未到手,干干赔了一万多活动经费,还不说其他道不出口的损失。好在承宗有言在先,活动经费没有让他们自己赔,总公司实报实销。王沁丽得意扬扬,对超俊说:"她英妮也实在扯淡,能说会道,还会使美人计,连一列车皮都搞不回来,真真败兴!咱没出过门,也没有英妮漂亮,更不会使美人计,只在郑州住了三天,连我哥家的门都没出,就调来一列!"超俊说:"你真能呀,我小看你了。"沁丽说:"你通知小小和英妮,来咱家开个会,研究一件大事。""什么大事? 先给我通个气。""不,人齐了再说,叫你去,你就去。""刚赚了四万,就财大气粗了? 把我堂堂科长当通讯员?"沁丽说:"你能搞来一列车皮,我当你的通讯员。""能搞一列车皮就光彩? 还不是和英妮一样,磨脊梁费肚皮!""该磨就磨,该费就费。

商场就是战场,为了获取更大的利润,用什么手段都是合法的。古兵法中就有美人计一条。"——这是沁丽从表哥处贩来的,此刻又贩给超俊。"哎呀,我老婆长进了,理论和实践都有一套。"超俊夸奖了沁丽几句,压低嗓门问:"你是不是要办咱自己的公司?""你怎么知道?""看你牛皮哄哄的,我就猜着了。""其实,我早有这个想法,因条件不成熟,又怕你提前泄露给小小,就没跟你说。""你上次说天机不可泄,就是这个意思?""对,先修渠,后流水。"沁丽脸一黑,怒冲冲道:"你真敢把我当外人!我和小小好,是生理的需要,是高兴,从来没有投入感情。当我的男人,他还不够格!""我和英妮也是,带她出去,是修渠、织网。"小两口这才真正沟通,不约而同的大设想,更使双方相互看重。两个人定下这次会议的基调以及方向与规模,超俊才乐颠颠地请来了陈小小夫妇。

四人落座后,沁丽用居高临下的目光扫了大家一眼,像领导做报告般,咳嗽了一声,清清嗓子,神态庄重严肃地说:"超俊和英妮三下南方,我和小小一下郑州,加上腊月三十领的那笔奖金,咱两家发了,惹人嫉妒,也遭人唾骂。这个咱不在乎……""对对,咱不在乎。"小小和英妮应承着。超俊说:"有一句名言,走自己的路,让别人说去吧!"沁丽继续说:"英妮和我这样长期干下去,得了艾滋病,咱两家就完了。到那时候,总公司猴说报销医药费,怕连杨木棺材也不给一副。咱赚下的那十几万够个啥呀?"英妮的眼圈红了,掉下泪来,哽咽着说:"沁丽姐说得对,咱洗手不干了。""不,还要干!"沁丽果断地说,"不给老公家干了,给咱自己干。销售网点和铁路局的关系都握在咱的手里,咱自己发展的条件成熟了。咱成立一个销售公司,把村里和附近乡镇企业、个体户的煤炭、铸件、生铁等产品统起来,销出去,一年最少赚二百万。干五年,一家分五百万,散伙!"小小和英妮听呆了,被这个大胆的设想震住了,同时也被一股神奇的力量点化得身心通畅,舒服异常。

超俊站起来,像大领导做报告似的打着手势说:"请大家议议,如果没有意见,我就辞去总公司的职务,立马就干。"英妮说:"我没意见,给自己干,死也值。像我爸那样,死了有几个人说他好?"小小说:"我操!错看了沁丽,是个人才,比白梅强多了。"超俊说:"大家没意见就好。咱说正事吧,现在面临的第一个困难,是资金不足。咱两家能凑二十万,成立公司最少要一百万。你不现金交易,哪家给你供货?"英妮说:"咱那批老客户,我能让他们先付百分之二十的订金,发货打款,不就周转开了?"超俊说:"还不够。发一列要几百万哪!"英妮说:"咱再贷几十万,我去和白梅姑说,让她给咱出把力。还有,刚运转时,不发整列,几节、十几节都行。资金雄厚了,咱再发整列。""好,这个主意好。"超俊给小小一个眼色,两个人猛地把英妮抬起来,抛到半空,接住又抛。英妮笑得咯咯响。抛罢英妮,又抛沁丽。两个女人兴奋得满面春风。

半个月后,杨家小院大门口挂出"新生代开发公司"的招牌,一挂万响鞭炮震得五汉街天颤地抖。当地个体工商者协会、乡镇企业的头儿、几个南北客商也专程来祝贺。经理杨超俊、副经理陈小小、销售科长黄英妮、运输科长王沁丽率领着新招收的姑娘、小伙子们,西装革履,满面春风,在欢腾的鞭炮声中微笑着……

4

接到赵志坚的通知,杨承宗就坐总公司的工具车进了城。他不急于见杨承望,要急于见到的是杨承祖。

当村里的一把手,不是他的心愿。他这人爱静不爱动,更不爱出风头,只想没有干扰,安安静静做点工作。在铁厂厂长的岗位上,他干得不错,用煤矿的炭,近在咫尺,记账不出钱;买外地的矿石,他签字总公司付款,没钱付就停炉,谁负得起停炉的责任?铁厂没铁,铸造厂就停产;铸造厂没铸件,机械厂就安装不起制砖机来。铁厂销售任务不大,自产自用后,剩余部分才销售,也没有财务实权,花一分钱也得总公司批准。他乐得这样省心省力。当黄明旺死后,黄家几名厂长矿长因手脚不清,职工意见很大,生怕查账和撤职时,他杨承宗一身轻松,无忧无虑,积攒了大批炭块和矿石,够三五个月用了。

见了杨承祖,他着急地说:"哥啊,你怎么不回去一趟?把我急死了,愁死了啊!"承祖问:"我不回去,是愁老父亲不回来,又怕村人讥笑。你新官上任,该烧几把火就烧几把火,急啥愁啥?""哥啊,你怎么能不知道?煤矿是龙头企业,黄小早财心太重,没有威信,该撤,但现在还不能撤;机械厂黄二喜人品还不错,但不懂生产和管理,成本居高不下,给销售带来困难;铸造厂黄明义是个混世魔王,见财起贪心,见色起淫心,像咱家承亮一样,一脸横肉,也是赖汉一条;总公司会计黄明方,我这段正查他的账,还没查完,就够法办了。除了电厂的曹玉龙正派能干,黄明旺给我留的这个班子,大部分人是乌龟王八蛋!哥啊,你不帮我谁帮我?国家有留职停薪的政策,你回去当总经理,给咱把生产抓起来,我一月给你发一千块工资,给你修一座房!"杨承宗一口气说完,抓起承祖给他倒的开水,咕咚咕咚几大口灌下。

杨承祖听着想着,问:"你找承望来没有?""没有,咱哥俩说实话,你告诉了他也无妨,他那一套,我看透了;他要我跟着他的指挥棒转,难上难!"杨承祖一脸苦笑。他心里清楚,但说不出口,不是因为兄弟是县长,而是因为兄弟在家乡的表演,太笨拙,太明显了,不但引起了乡亲们的义愤,还给杨家抹了黑。因此,在老父出走后,弟兄俩关起门来谈,从杨家百年辉煌、半个世纪颓败到今日崛起,从老父出走的原因谈到正阳村的起落。但弟兄俩观点不一,各执己见,不欢而散,至今互不来往。杨承祖说:"承宗,我有心回去,但不能回去,你上了台,我能不支持吗?我早想好了,你不来找我,我也要捎信让你来。你看这样办行不行,第一,以后再猴当先进,猴开现场会了。"承宗打断他的话说:"我也是这个想法,老实说,不是咱清高,是咱村还不够当先进的资格,也没有开现场会的条件。""第二,吸取黄明旺的用人教训,猴搞任人唯亲。""用杨家的人,一定慎之又慎。""对呀哥,我也是这么想。""第三,三年内暂缓办新企业,以巩固为主,还清贷款,完成资本的原始积累后,再上新企业。""是呀,群众都是这么说。""第四,在河滩垫几百亩地,今年就动工,口中有粮,心里不慌,稳定民心。""我也想到了,但没钱呀,来一笔货款,扣一笔贷款,企业自己还流动不开。"承祖暗示道:"谁把企业办到了滩地,你和谁要钱!"承宗一喜:"好主意,他今天打电话要我来,我去了就先要钱。""第五,我不能回,回去村人不理解,对你也不好。我已给你准备了几个退休老工人,都当过车间主任,年纪都还不大,为子女接班提前

252

退了。一个是当过十二年铸造车间主任,五十六岁,到咱村铸造厂当生产副厂长;一个是当过装配车间副主任,五十八岁,当你的机械厂工程师绰绰有余;一个是原来的销售科长,留职停薪,在城关机械厂搞销售。这人脾气不好,和城关弄崩了,我就拉了过来。业务上确有一套,比我那个二流子超俊强几百倍;还有一个是企业管理的专家,50年代毕业的大学本科生,原来的副厂长,当你的副总经理是大材小用了。这人和我厂的一把手弄不来,才办了退休手续,聘请他的厂家不下二十个。我和他说定了,月薪一千元,你出点血。"杨承宗一阵激动,站起来说:"我让他当总经理,再加二百块钱,总不屈他吧?"承祖说:"先猴加,你试用一段再说。有这个人,就能抓住那三个人,不出一年,咱村就大变了……"

"宗哥,咱弟兄俩赤着屁股长大,还没有在一块喝过酒呢。今天,好好喝一顿,一醉方休!"在县宾馆小餐厅,县长杨承望亲亲地对本家兄长杨承宗说。"宗哥,这茅台酒二百多块钱一瓶,市场上还没正牌货。咱今天喝的是我以煤换酒,派专车从茅台酒厂直接拉回来的,绝对的正宗。这酒专门招待地市级以上领导,宾馆经理也没权动一瓶;这桌海味,价值一千块,是招待地市级的规格。宗哥,你今天享受高干待遇!""我一个老农民,有这般口福,多亏了当县长的兄弟呀。但我今儿个心情不好,吃不下。""怎了?""不瞒兄弟你说,咱村又闹开了粮荒。公社发的每户二百斤,早吃完了。现在是阴历四月,麦子下来还得俩月。这俩月怎过? 昨天,几百个老人在村委闹了一天,说要来县里找你杨县长要救济粮。我劝说下了。我说,要一批救济粮能吃几个月? 能年年去县里要吗? 就是要来了救济粮,还得要救济款,企业年后没发一分工资,拿什么去买? 我还说,承望兄弟有恩有义,不会忘了乡亲们又在吃糠咽菜,忍饥挨饿。我明天就去县里找他,彻底解决肚皮问题! 今天,我为甚来迟了? 刚出门,黄明光、延长乐一帮赖小子堵住了我,说是黄明旺死前有话,占滩地办企业是兄弟你的命令,他们写好了状纸,要上地委、省委告你。我和他们磨了两个多小时,才暂时压下了。——兄弟你说,村人遇到了民国二十八年(1939)以来,最大的粮荒,饿死一人,也是我当书记的罪过啊!这地市级以上干部的酒菜,我咽得下去吗?"

杨承宗说的有真有假,真的是百分之八十的家户没粮又没钱,找他要粮的、要来县里找杨承望要粮的、告杨承望状的,几乎每天都要缠他几个小时。他派专人逐户调查,已摸清了底子,也从煤矿调出十万块钱来,用于购粮。假的是这些事不是发生在昨天和今天,今天更没人拦他。

杨承望的脸一黑,不高兴了。白梅前一个月就密送了两条情报:断粮问题引起了民愤;黄明光发誓要为父兄报仇。看来,承宗说得不假。他再不能忽视乡亲们的情绪了。但他不怕告状,谁能证明是他命令黄明旺把企业建到滩地?死人嘴里没舌头,活人赵志坚有舌头,她敢证明吗?吓死她!发展工业,哪有不占地的?他一脸苦笑,说:"宗哥,我土生土长在正阳,吃过糠菜饿过肚,怎能命令黄明旺占滩地办企业呢?既然问题出了,我是不是正阳人都要管,因为我是一县之长。我就计划明天回去彻底解决这个问题,今天一上班接到行署通知,明天开县长会。我回不去了,但没忘乡亲们的困难,今天通知你来,就是彻底解决这个问题的。宗哥,这样办你看行不行。一是你回去和赵书记核实缺粮数,我三天内调去粗细粮各半,钱不用村里出;二是给咱村五十万无息贷款,务必在明年下种前,在河滩垫地五百亩。这样近忧远虑都解决了。"杨承宗心里高兴,却皱着眉头说:"第一个意见可行,第二个要改无息贷款为无偿投资,五十万咱村还不起。"杨承望说:"不要贪得无厌了,没有我在县里,你五块无息贷款也要不上,先垫起地来再说。一定要向老百姓讲清,一是我没有支持黄明旺占滩地,二是解决缺粮问题的两条意见是我的主意。"杨承宗心里厌恶,却端起一杯酒来,说:"如此说来,该感谢你。我代表正阳村三千多父老乡亲敬你一杯酒!"杨承望赶紧说:"咱弟兄俩喝酒,猴牵扯旁人。"

边吃边喝边聊天,杨承宗说:"兄弟,你说这酒二百多一瓶,我觉得没劲,还没二锅头好喝。"杨承望说:"酒的优劣不在劲大劲小,你细细品品,这酒绵软、香甜、回味无穷。有一种说不出口来的美,国家领导举行国宴,都是喝这种酒。"杨承宗说:"这海味千元一桌,也没有什么特别的,腥气难闻,还不如猪头肉好吃。""不，海味营养特高，常吃不得癌症，延年益寿。""你当县长有条件常吃，咱村百姓不饿肚就高兴得要上天哩!"杨承望觉得，解决了正阳村目前和长远的吃粮问题，就帮了承宗的大忙，就密切了两个人之间的关系，谈重要事的时候到了。就笑着说:"宗哥，咱不谈这些了。说几件正经事。第一，正阳村是省地县三级典型，是乡镇企业界一面红旗。这面红旗在你手里，只能飘扬不能倒;第二，今年内再上一个企业，产值达到六千万;第三，明年开始新村建设，统一规划一个农民城，三至五年内，全村老百姓住上水暖电三通小洋楼，实现农村城市化。到那时，开一个全国性的现场会，咱正阳就像以前的大寨一样，出名了。宗哥，为官一任，总要干出点成绩来，不要让老百姓说，杨承宗还不如黄明旺。"

杨承宗憨憨地笑着，目光定定地看着杨承望，不吃不喝不表态，看得杨承望浑身不自在。"宗哥，这不是我个人的意见，是县委、县政府的意见。你同意不同意，表个态呀!""兄弟，同意要咋，不同意要咋?""同意，咱就制定规划、措施，一步一步走;不同意，说出你的理由来，好统一认识嘛。""兄弟，你文化高，理论深，眼界开阔，我有几个问题不明白，正要请示你呢。""说吧，我知道的都告诉你。""咱农民没干过工业，也不知外头的行情。兄弟你说，咱中国的工业发达，还是外国的工业发达?""看和哪个国家比，总的来说，咱们是发展中国家，比欧美国家有很大差距。""农民的生活，是外国高，还是咱中国高?""也是欧美这些国家高。""工农业水平最高的是哪几个国家?""美国、德国、日本水平最高。""兄弟，这些国家是不是也树红旗? 也培养典型? 也开现场会? 也组织劳模到处讲用?""不，他们根本不干这些。""为甚?""因为人家……"杨承望突然觉得承宗哥话中有话，就不说了，就问:"宗哥，你问这些情况是甚意思?"杨承宗还是憨憨地笑着说:"兄弟，没啥意思。你说美国、德国、日本工农业水平最高，又不树红旗、不培养典型、不开现场会、不讲用。为啥比我们搞得好?"

杨承望一时无语，作为一个执政党的党员，他不愿解释新中国成立以来党在经济工作中的失误;作为一个在树红旗、抓典型、开现场会中的既得利益者，他更不能说出心底的隐秘来。没想到正阳村还有承宗这样爱动脑筋的人,思考了一个不是他这样的小人物思考的大问题。这个大问题,该他这样的干部,或者,比他高的干部来思考,但他从来没有思考这个大问题,也不知比他高的干部们思考过没有。他知道,他不能给杨承宗一个满意的回答,杨承宗就不会像黄明旺那样俯首帖耳。他的一整套计划将因杨承宗的抵制而落空。他不从正面回答,他说:"宗哥,这是个很深的理论问题,不是咱们考虑的。你作为一个党员,一个党支部书记,和县委保持一致,就不会犯错误。"杨承宗说:"我当然要和中央保持一致,但干啥都得心明眼亮。我想,搞工业,也像种地一样,受二十四个节气的支配,该种就种,该锄就锄,该上什么肥就上什么肥。兄弟你说是不是?""是呀,干什么都有规律。"杨承宗一拍大腿,高声说:"对对对,就是规律,我怎么想不起这个词来。兄弟,我摸了几年了,工业的规律在用户,在大大小小的商店里,不在你们领导的决定中。你能决定上几个新厂,也能决定了贷款,但你能决定了全国都买你的产品吗?你要让咱巩固、发展现有的企业,摸透了那个规律,不愁销路了,再上新产品,再摸索。现在咱村的企业,像个病人,急需恢复健康……"他的话虽有道理,但杨承望根本听不进去,他的关注点、兴奋点不在那个"规律"上。他打断承宗的话说:"宗哥,我说的那三条,你到底同意不同意?"杨承宗问:"哪三条呀,我这人记性不好,早忘了。"杨承望只好重复道:"第一条,正阳红旗不能倒。"承宗说:"顺其自然吧,哪有永不倒的红旗?大寨就能说明一切。谁打这面红旗也行,但我不奉陪。""第二,年内新上一个企业,产值达到六千万。""不上了,没资金、没技术、没人才。现有五个企业搞好了,也了不得。我想打深井,不想刨鱼鳞坑。咱村实有产值只有两千多万,兄弟你以后猴瞎吹了。达到六千万,不是上一个厂,是上八个厂。""第三,三至五年建成农民城。""兄弟,你真是要跑步进入共产主义?""宗哥,咱说实话,这三条是上过常委会的,你要是不同意,要向孟书记讲清。""好,我下午就找孟书记。""宗哥,还有,你不按这三条办,彻底解决吃粮问题怕有困难。""不彻底解决更好,饿死几口人,我把尸体抬到天安门!他孟书记还能当成县委书记吗?当屎吧!"杨承宗站起来说,"兄弟,这千把块一桌的酒菜,我现在才吃出味道来了。我带着公章,无息贷款的手续,啥时办?"杨承望沉吟一阵,少气无力地说:"下午上了班就办吧。"

桑塔纳轿车在阳林县西边的大山里东倒西歪,颠颠簸簸,艰难地爬行。车速不及风速,轮子腾起的尘埃不时倒卷于车前,前方的路弯弯曲曲,坎坎坷坷,迷迷茫茫。杨县长一反以前的习惯,坐在前排,瞪大双眼,在尘土飞扬中搜索着大山中那两支隐约可见的烟囱。

昨天,贾庄乡党委书记来汇报经济工作,说到该乡有一个挂甲村,相传李自成兵败后,部将刘芳亮路过该村挂甲而去。挂甲村没有矿产资源,没水没路,像一面破锣,迎风高挂于大山之巅,贫困之声响彻远近百里。但该村有一名好支书,不畏艰险,自筹三万元资金,八十里拉矿,四十里拉炭,办起了小铁厂,点燃了村人心中脱贫致富的希望之火。由于种种原因,失败了。这位好书记不气馁,不灰心,继续寻找山里人的光明与希望。一天,他走在县城的大街上,见一辆装着暖气片的卡车停在一边,就上去问:"这暖气片从哪儿买的?"货主说:"从太原买的。"他想,咱县有煤有铁,还造不出暖气片来? 于是,又千方百计筹措资金,请技术人员,办起全县第一个暖气片厂。经历了九死一生,终于使产品走出了太行山,即将成为晋东南地区最大的暖气片生产基地。杨县长听了大喜,接着又责怪道:"有这样好的典型,为啥不汇报?"乡党委书记说:"山里人老实,不想出名,只想默默地干一番事业。"会后,他立即驱车而来。

看见了远处大山后伸出的两根烟囱,悠悠青烟直上蓝天,像与贫穷抗争,也似与大山挑战。杨承望不亚于发现金矿或者当了县长时的激动……

从此,杨承望工作重点西移,再不管正阳村这面红旗能打多久了,好像从来就没有过这面红旗,这个典型。在一次大会上,他说,你正阳有煤有铁,靠资源致富,不算真本事;人家挂甲是在一张白纸上画出了最新最美的图画啊!

说罢这话几个月后,他又去挂甲,小车刚出县城,下一个大坡时,突然没了刹车,眼看着就要冲下深沟,司机小刘一打方向,小车撞在路边的山上,扣过来,横在路中。小刘死了,杨承望毫发未伤。经交警勘察,是有人破坏了刹车。他对这起事故十分害怕,也十分重视,限期破案,却一直没有结果。回忆起白梅说过,黄明光要为父兄报仇的话,和不久前在县宾馆发生的公安干警"捉奸"事件,他打了个寒战,又为自己没听老父的教诲,对黄家的过分行为后悔了。冤冤相报,报到了自己头上! 暗地叫交警调查,开出租的黄明光没有任何疑点。他不敢让交警纠缠黄明光了,生怕他来个更大、更烈的行动。只好让白梅慢慢开导黄明光,消解他心中的怨。在以后的几年里,又出过几次捉奸、告状、恐吓、失盗等事故,好在有惊无险,顺利过关。但他总觉得有一个鬼影跟着他,提心吊胆,不可终日。

两年后,挂甲村名扬三晋;三年后,名扬全国。当该村被三角债拖垮、被现场会累倒、被换代产品挤出市场、资不抵债、党支部书记四处做英模事迹报告,累得皮包骨头,满身疾病,躺在无影灯下手术时,杨承望荣升县委书记,到另一个县上任了。走时竟忘了去医院看望这位支部书记。这是后话,点到为止。

5

苗儿荒了,野草必旺。

被正阳人誉为"小香港"的白天鹅宾馆,这几年的生意太兴隆了。开业三年,收回了全部投资,白老板净赚一座大楼。南方一客商欲以一百万元购买这只天鹅,白老板摇头拒绝。但南方客商传授的经营方法,白老板没有拒绝。她在每层楼梯上安装了铁栅栏,又从四楼到一楼开了一条秘密通道。每当警察来查,铁栅栏挡着,叫人打开的时间,足以让"鸡"们从秘密通道安全转移;小姐三个月换一批,这批是四川的,下批是东北的,第三批是陕甘的……当地女子再靓也不要。其吸引客人的秘诀只有四个字:安全卖淫。根据举报,派出所、县公安局频繁来查,但每次都空手而归。县公安局不让她雇用外地小姐,她说哪条法律这样规定? 勒令她拆除铁栅栏,她说你拿出拆除铁栅栏的法律依据来。公安局当然拿不出来,她就哼一声,拂袖而去,高跟鞋有节奏地敲打着地板,像敲打在警察们的心上。这还没完,杨县长在大会上严厉地批评了公安局:不是文明执法,依法办事,动辄就是不雇用外地人,拆除安全设施,和改革开放搞活经济对着干……斧打凿,凿吃亏,县公安局领导批评了治安股,股长原国亮憋着一口气,发誓要捣毁这个淫窝。

白梅还包租着县宾馆那个套间,杨承望一个电话,招之即来,共度良宵。不料,这秘密被急于报父兄之仇的黄明光发现了。这时的黄明光因拒绝色相勾引顾客,饭店生意萧条,强支撑着,微利经营,两年才还清欠白梅的账。他以四万元的价格卖了饭店,买了一辆七成新的小面包在县城跑出租,起早搭黑,每天也有几十、近百元的收入,这在当时已是他人眼红的"大款"了。他和县宾馆一个女服务员热恋着,天长日久,就发现了白梅和杨承望的这个秘密。有心捉奸,碍于白梅,下不了手啊!每在暗处看到杨县长披着暮色,戴着茶镜,夹着公文包,旁若无人地走进那个套间,次日晨才大摇大摆出来,就双眼喷火,双手颤抖。下了一百次决心,报公安局,捉奸在床,给杨县长一个丢人败兴的机会!但想到白梅是同父异母的妹妹,在他落难时认下这个不成器的哥,并拿钱相助,帮他走出困境,就一百次骂自己是狗不是人,就想找白梅检讨。悠悠在心,思索百日,悟到这样一个理:白梅已是大名鼎鼎的养汉,她关心的是钱,不是名声;杨承望是县长,关心的是名声与前途。如若此情败露,世人同情的是白梅,憎恨的是杨承望。你把人家甩了,又捡起,是什么玩意儿啊!还当县长哩,够格吗? 主意打定,他决心行动了,告诉当服务员的未婚妻,他和杨县长是一个村人,找杨县长有事,杨县长走进那个套间,就迅速通知他。宾馆大小人都知道这个秘密,未婚妻笑着说:"啥时不能找,非惊了人家的好事?"他说:"只有这时找县长,县长才慷慨,才能办了事。"

这天晚上十点多钟,黄明光得到准确情报,杨县长入笼了。他开着自己的车,跑到公安局家属区,找到老熟人、治安股长原国亮。因在县城长期开车,多次听搭他车的警察们说,杨县长庇护白天鹅宾馆,无理批评公安人员,原股长多次说,丢了这顶十品纱帽,也要捣毁这个淫窝! 他把原股长叫出门外,说:"宾馆三楼八号有卖淫嫖娼的,你抓不抓?"原股长问:"情报准确?""我要是提供了假情报,你再把我送进去!""想你小子也不敢跟我耍花招!""这可是条大鱼,抓住了,就可直捣白天鹅!"

晚十二点,原国亮亲率几名干警,来到宾馆三楼八号门前。里面锁着,钥匙打不开,原国亮一肩扛开,拉亮电灯。只见杨县长搂着白梅睡得正香。猛一惊醒,坐起来,就见镁光灯闪烁,拍下了他和白梅赤裸的身子。原国亮故作惊讶:"杨县长,咋是你?"然后对手下警察说:"快撤! 严格保密!"

次日,杨县长的风流案就在县城传开。果然像黄明光预料的一样,人嘴一边倒,把杨承望骂了个狗屎不值……

原国亮带着十几名警察,天黑后摸进五汉街。四名警察扮成旅客,住进二三楼高级房间;三名警察化了装,进了四楼歌舞厅。其余的待命行动。

在舞厅的三名警察携三名小姐翩翩起舞。一警察对着小姐的耳朵说:"咱出去玩玩吧?"小姐说:"外边不安全,老板严令不许外出。十二点舞厅关门后,你敲309房间,我侍候先生。"警察问:"一次多钱?"小姐说:"一夜二百,一次六十。""太贵了,我在南方,一次也才三十元。""先生,绝对保你舒服、安全……"

舞厅关门后,各楼层的铁栅栏也锁上。扮旅客的一名警察和衣躺下,就有人敲门。他起身开门,一小姐袅袅婷婷进来,妖娆异常,百般挑逗。警察虚与委蛇,聊得正浓,忽听几声有节奏的敲门声。小姐站起来就走,警察一把拖住说:"说好了,你陪我过夜,咋变了?"小姐低声说:"派出所来查,一个小时后我来。"说着就跑往东边的209房间。警察也追了过去。

十多名警察突然袭击,打开二、三、四楼的铁栅栏后,没有在客房检查,直奔东边尾数是9的房间。已有潜伏的警察把住了暗道机关——四楼通往一楼的秘密通道。

白梅站在一楼大厅,冷眼看着警察们铐走了她的十几只"鸡"。原国亮走过来,她气急败坏地说:"老原,你就不留条后路?"原国亮说:"该留后路的是你。"说罢,对一警察说:"带走她!""鸡"和"鸡头"落网后,警察又一个一个将"鸡"带进来辨认嫖客。直到半夜,才清查完毕。然后,封了二楼以上所有的房间。

白天鹅飞不起来了。

捣毁白天鹅这个淫窝后,县公安局治安股股长原国亮调任看守所所长。局领导宣布这一任命时说:看守工作最最重要,看不好人犯就跑了,急需原国亮这样的优秀同志担此重任。

几天后,白梅处以五千元罚款,放回来了。众人都说是杨县长保护了她,不然,容留妇女卖淫,要判刑的。她这次同意以一百二十万元将白天鹅卖给那个南方客商。但半路杀出程咬金——杨承宗拦住了:白天鹅坐落在正阳的土地上,要卖只能卖给村委,不准外地人买,买上也不能经营!白梅不服,上县去找杨承望,不知杨承望表了啥态,回来后同意卖给村委。杨承宗只出一百万元,白梅不卖,杨承宗就搬出老账来:"你盖白天鹅,黄明旺少收你一半地皮费;你没缴一分钱的水电、人力费,也没缴建筑税;你帮村里贷款,要了双倍利息;你组织外地小姐卖淫,缴了罚款就没事了?——这些都是违法的,咱打官司吧?"白梅软了,遂以一百万和村委成交。

白梅悄悄离开了正阳村,谁都不知她去了哪里。五年后,在村人已将她淡忘了的时候,省报头版报道了一个名叫白云的女企业家的事迹,说是她拥有一千万元资产,富了不忘无家可归的儿童,在省内三个城市办了三家孤儿院,为无助儿童的健康成长,为社会的稳定做出了重大贡献,受到了联合国妇女儿童基金会的表彰,还被选为这个组织的理事……报上登着照片,正阳人一看惊呼道:这不是咱五汉街的养汉吗?出国当干部,在联合国任理事,是咱正阳历史上最大的官啊!

6

杨承祖年前评聘为高级工程师,又提为副厂长,身价顿时高贵了许多。分到三室一厅新居,也有了坐小车资格。只因分管技术和生产,太忙;也因市场不景气,产品滞销,发不了工资,压力很大;又因老父出走,心情不好,就整天愁眉不展,看不出一丝笑容来。正月十五以后,收到曹玉凤三封求婚信。她和黑牡丹一齐缠上了他,真是忙上加忙。

刚过大年,正月初六,黑牡丹就进驻了这套新居,以主妇的身份服侍杨承祖。她十分高兴和自信,高兴的是黄明旺死了,她可以顺理成章地与偷偷爱了几年的杨承祖结婚,结束农妇的生涯,做心中企盼的城市人;自信的是杨承祖爱她,她爱杨承祖,杨副厂长杨总工程师夫人的位置非她莫属。她暗藏十多万存款,放到家里怕陈小小偷了,就装在身上,还没向杨承祖透露呢。她决定在领了结婚证后才告诉他,让他突然惊喜,用他那有力的胳膊,紧紧搂着她。然后,用这笔钱把这套新房装修得漂漂亮亮的;装修期间,去旅游结婚,最好是去南方,广州、深圳、厦门、上海、苏杭,坐飞机兜一圈,那才过瘾哩!

正月二十上午,杨承祖去工业局开会了,黑牡丹在这所新房里独自看电视。有人敲门,不轻不重,她想又是厂里那个追了承祖几年的离婚女人。承祖早就说过,她太不温柔了,是一只河东狮子吼。她不懂啥叫河东狮子吼,就问,承祖给她做了解释。她暗记在心,对他温柔极了,生怕他变心。要是这个女人来,趁承祖不在,臭骂她一顿,让她死了这个心,更好。她去开门,脸上带着冰霜,眼里冒着怒火。打开门后,低叫一声:"是你?你来这里干啥?"

来人是冤家对头曹玉凤。她刻意打扮得清新可人,一副贵妇人的气派。

曹玉凤也没料到黑牡丹在这里。几年前就传闻,她和杨承祖好,但她不相信。杨家儿郎有文化有本事,会看上一只破鞋?她对黑脸秋风的黑牡丹说:"我怎么不能来?这里是你承包了?"说罢自自然然地坐在客厅的沙发上。黑牡丹急了,下了逐客令:"他不在,去长治开会了,三五天后才回来。你走吧。""我走?不走了,等他三五天!"曹玉凤站起来,一个房间一个房间看着,走到卫生间,开了灯,梳妆打扮起来。然后,在书柜里挑了一本书,进了一间卧室,躺在床上,看起书来。

黑牡丹又气又急,又没理由驱逐她。她在厨房做饭,就把案板剁得吧吧响。

中午,杨承祖回来,见曹玉凤来了,一阵惊喜:"啊呀,玉凤,你来干啥?""没事就不能来吗?听说你当了厂长,来祝贺你。""有职无品,不值得祝贺。玉凤,你越来越年轻了,漂亮了。""哎哟,大哥,我已三十八岁,年轻啥呀!你看人家黑嫂,那才叫年轻哩!"黑牡丹从厨房出来,接上嘴:"大哥,你看我年轻吗? 年轻就嫁给你,但你要是犯了法、犯了错误,不干厂长了,我坚决和你离婚!戏文里唱道,夫妻本是同林鸟,大难来时各分飞!"曹玉凤说:"大哥,村人说你当了厂长,还收破烂,你就不怕丢了厂长的架子?"黑牡丹说:"大哥,我可是有文化有人才,当过公社书记的老婆,登过大码头的人,你又老又没钱没权,防备我盗尽了你的存款,蹬了你!"曹玉凤说……

杨承祖夹在两个女人的唇枪舌剑中,左也不是,右也不是。他把黑牡丹推进厨房,狠狠地瞪了一眼,又把曹玉凤推进书房,使了个眼色。他进了书房,刚和曹玉凤说了几句话,黑牡丹就在厨房里喊他去剥葱;他刚进了厨房,还没拿起葱来,曹玉凤喊他,说是有一句古文不懂,让他来讲讲。如此三番五次,他干脆谁的话也不听了,坐在客厅里动也不动。

饭成了,黑牡丹给杨承祖双手端过来,亲亲地说:"大哥,吃饭吧。"杨承祖说:"给玉凤盛上。"黑牡丹说:"喝水在沁河,吃屎在厕所!"曹玉凤问杨承祖:"大哥,我这是去了谁家?这里好像不是黄家大院吧?"杨承祖无奈,只好把自己这碗饭给了曹玉凤。曹玉凤不客气,端起来就吃。吃了半碗,惊叫道:"啊呀大哥,谁的破鞋掉进锅里了?一股脚臭味!"黑牡丹接上嘴:"大哥,你比贺效东强,他连这脚臭味的饭都吃不上,在监牢里后悔哩!"

长期的政治压抑,锻炼了杨承祖一副不愠不火的好脾气。他在两个女人的争斗中,嘿嘿笑出声来。吃罢饭,他对黑牡丹和曹玉凤说:"我下午下车间,你们两个都回吧。"黑牡丹说:"这里就是我的家,我哪儿也不去。"曹玉凤说:"我来了就不走了,啥时领了结婚证,啥时咱俩回正阳拜父母!"两个女人都不回去,他怕她俩打起来,只好请了半天假,陪着她俩。

黑牡丹在厨房洗碗,曹玉凤把杨承祖叫到书房,关住门,着急地问:"一连给你写了三封信,你愿呀不愿,给我一个实底。"杨承祖说:"第二步难走,咱双方都考虑考虑。"曹玉凤说:"你大专毕业,我中专毕业,配不上你?总比那个破鞋强!"杨承祖说:"你说你的,猴攻击她。"曹玉凤说:"莫非你嫌我有一儿一女,负担重?说实话,我还有三万块存款,够他俩花了。"杨承祖说:"我不考虑钱,你比我小十岁,不嫌我老?""老点好,既有夫爱又有父爱。"曹玉凤说罢,从书柜抽出一本书来,翻到最后几页,指给他看。他先看了封面,是《基督山伯爵》,又看了那段话:"她说,我爱你!我爱你像爱一位父亲、兄弟和丈夫一样!我爱你像我的生命一样,因为你是世界上最好的、最高贵的人了!"杨承祖一阵激动,翻到这本书的最后一页,指着最后一段让曹玉凤看。曹玉凤一看,这一段是:"我的朋友,凡兰蒂答道,伯爵刚才不是告诉我们了吗?人类的一切智慧是包含在这五个字里的:等待和希望。"他看着曹玉凤充满智慧的丹凤眼,找到了一种在黑牡丹身上没有的新感觉,有点儿激动了,抱住她,两张嘴慢慢贴近,吸到了一块……

突然,黑牡丹在外激烈地敲门。大声喊着:"大哥,你出来呀,我有重要的话跟你说。"杨承祖打开门出去,黑牡丹把他拉到卧室,关住门,风骚地看着他说:"大哥,这几天我想,新房不装修不好看。咱找个包工队,铺上瓷砖,围上墙裙,吊了顶,包了门,出口气也畅快。"杨承祖说:"这是集资房,我已出了五千,哪有钱呀?"黑牡丹不慌不忙,从内衣口袋里掏出一个小红包来,抖开,是一张张存单,让杨承祖看看够不够,他一看,心里惊呼道:"妈呀,整整十三万元!"他明白,这是黄明旺留下的。如果和她结婚,这笔钱就是他的了。黑牡丹把存单包好又装上,脸上潮起无限的幸福来,抱住了他……

与两个女人周旋了一下午,不知不觉到了晚上。黑牡丹和曹玉凤比脸比胆,谁也不走。一个看电视,一个看书,互不干涉。杨承祖只好安排她俩一人一个卧室,自己在客厅的沙发上睡。前半夜,黑牡丹来拉他,后半夜,曹玉凤来拉他。他谁也不理,两个女人都很失望。

7

被上级冷落了几个月的正阳村,忽又热闹起来了。县经委、计委、工商、税务、环保、银行和乡镇企业局等部门,联合组成治理整顿工作组,浩浩荡荡进驻村里。上午刚来,下午就召开两委干部会议,传达中央、省地县四级治理整顿精神。说要把进入市场的农民,作为治理整顿的重点;治理在财产关系、收益分配、环境秩序、经营活动等方面的混乱、无序状态后,关停并转几个原材料浪费惊人的企业。县里的初步意见是关闭铸造厂,建材机械厂和城关合并,正阳村只保留煤矿、铁厂和电厂。又说,正阳村是全县治理经济环境,整顿经济秩序的试点单位,县委、县政府相当重视,组织各行业精兵强将来治理整顿,取得经验后,在全县推广。

杨承宗没有听完就出了一头冷汗。他刚调整了两委和企业班子,选用了一批群众信任的能人、好人;把黄明旺安插的黄家将,以清财为名,查出经济问题的,先退赔,后撤职,一个月内就收回退赔款二十万,还有牵涉到黄明旺的十万,黑牡丹不承认,无法落实,也就不了了之。没问题,又能干,像曹玉龙那样的,继续委以重任;给亲戚借出十万公款,收不回来的铸造厂厂长黄明义,依法起诉,追回五万,后被逮捕判刑。杨承祖推荐的技术和管理人员,也都到位了,各自正发挥着自己的专长,企业正显出从未有过的好势头;河滩垫地刚组织起五百名壮劳力,一人一亩,干得正欢。这才平静了几天,又要折腾了!他想,善者不来,来者不善,这是承望兄弟对家乡的关心和爱护啊!我不信任他这个兄弟,他就给我这个哥一个回马枪。可这个回马枪也太明显了,太狠毒了,太超乎常情了。他和家乡和我为啥有这样大的仇呢?难道仅仅是我不愿当典型模范吗?以后,一定要跟他理论清楚!不管怎样,先稳住这批人再说,让他们吃好、喝好、玩好、拿好。现在流传着四句顺口溜,不无道理:

工作就是开会,检查就是喝醉,
管理就是收费,整顿就是纳贿。

他溜出会场,来到已接管开张的白天鹅宾馆,安排好吃住等一切事宜,又回到了会场。

接着就开始了查账。整整查了一个月,才查了一年的收支。杨承宗如热锅上的蚂蚁,再热也不能离开热锅,恨不能有三头六臂,一分为三,一个管治理整顿,一个管企业产销,一个管河滩垫地。在这忙得焦头烂额的时候,才体会到许许多多做人和当官的艰难。

在五汉街迎头碰上杨超俊,杨承宗急着说:"贤侄,你去县里一趟,跟你二叔说说,我承宗服他了,心服口服。只要他再不折腾咱村,他让我吃屎,

265

我也吃!"超俊问:"宗叔,我二叔这小刁又要什么新花样?"承宗就说了治理整顿一事。超俊眨巴着眼睛说:"宗叔,这样吧,互相帮个忙。我管撤走工作队,你把总公司三分之一的销售任务给我,行不?"承宗对超俊这个公司一直不信任,更不满意有销售经验的杨超俊,在他用人之际舍他而去,就下令各厂矿不准和"新生代"打交道,任超俊口吐莲花,也不动摇。这时求他,不得不一改初衷,就一口答应:"行,但你要付现金。"超俊说:"本公司就是现金交易。"承宗说:"那就一言为定。"超俊问:"工作组的头儿是谁?"承宗说:"是计委郭主任和经委赵副主任。"

杨超俊回到家,立即与陈小小研究对策。二人商量的结果是,此事关系重大,必须王沁丽、黄英妮这两个老将出马,她俩配合,才能大获全胜。

晚十时许,白天鹅三楼。

一个漂亮成熟的少妇,轻轻敲响了308号的门。门里一声请进,少妇推门进去,见四人正打扑克,一齐扭过脸来看她,她脸一红,羞得低下了头。内有一人问:"有事?"少妇红着脸,搓着衣角说:"找计委郭主任说句话。"另外三人知趣地走了,郭主任说:"我就是郭主任,有什么事?"少妇依然远距离站着,面带羞色道:"郭主任,我家要盖新房,听说是计委管钢材、木料,能不能给我批点平价的?"郭主任说:"有平价的,但不对个人。"少妇这才抬起头来,大胆地看了郭主任一眼。郭主任原是半躺在被子上,这一眼非同小可,勾魂摄魄,他刷地坐起来,双眼淫荡地看着她,同时笑着说:"来,坐到床边,你要多少?"少妇低着头走过来,半个屁股坐到床边,对郭主任纯洁地一笑说:"不多,钢材两吨,木料五方。"郭主任说:"我给你写个条子,你明天去办。"说着就在刚才打扑克记分的纸上,撕下一块来,大笔一挥批就。他给了少妇,顺势拉住了她的手。少妇低着头说:"郭主任,我咋谢你?"郭主任不答,下床关好门,一把将她拉在怀里就亲,就摸。少妇边应承边低声说:"不敢,不敢。"郭主任不答话,就把她摆平,就脱了她的衣裤……

正要入港,门突然朝外打开了,楼层服务员和杨超俊同时进来。服务员啊一声大叫,跑了。郭主任吓得要起来,却被少妇死死搂住。杨超俊举着照相机,咔嚓咔嚓,连拍几张。少妇这才放了郭主任,蹬上裤子,哭着跑了。杨超俊命令郭主任:"走,去派出所!"郭主任软了,红着脸说:"咱私了,你要多少钱都行。"杨超俊说:"你知道你勾引的是谁? 是杨县长的侄媳妇,我就是杨县长的侄子! 我家盖房,不想麻烦我二叔,叫她来批点平价货,你就……"

306房间,也表演着相似的一幕。经委赵主任年近六旬,被一紫色皮肤的漂亮女人缠住。女人说,她是个体户,发煤发铁,只要赵主任批给一列计划内调拨煤,她一列给他一万元。赵主任当即就给煤炭运销公司经理写了信,接受了一万元现金。女人刚走,赵主任还在兴奋中,一个小个子男人进来,手持微型录音机,二话不说,放出了两个人刚才的对话。小个子说:"赵主任,你作为共产党员、革命干部,快退休了,还犯这样严重的错误。你说,私了,还是公了?"赵主任连忙退出钱来,说:"私了,你提条件吧……"

三楼平静了。赵主任走进郭主任的房间,淡淡地说:"老郭,查了一个月,也没查出多少问题来。我想,正阳村是全省、全地区的一面红旗,咱查得红旗褪色了,旗杆虫蛀了,对县里也不好,这是其一。其二,村情复杂,杨县长好像与村民有对立情绪,村人说他是公报私仇。咱都快到站了,当杨县长的狗腿子,也不是个味儿。其三,这个村的企业没有原材料严重浪费现象,因此,没有关停并转的必要。我的意见是咱撤吧。"郭主任故作沉思状,好大一阵儿,才说:"你说得有道理,咱都忙,在这里也是干耗。这样吧,咱俩明天就回去给杨县长汇报,就说,第一,没大问题;第二,你和村人的关系太紧张了,党支部和村委会正准备以集体的名誉告你;第三,地区有指示,不能把正阳村作为治理整顿的重点。"赵主任说:"咱俩分一下工,你回去给杨县长汇报,我去地区一趟,说明正阳村不作为治理整顿重点的理由,以堵杨县长的口……"

工作组撤走了。没有结论,也就没有经验。杨承宗问杨超俊:"你去找你二叔了?"超俊说:"这点小事,不用找他。找他,他更牛皮!""那你用什么办法撤走了工作队?""你猴问,咱俩的君子协定该兑现了。""好吧,你准备一百万现金。"

8

杨复之翻阅着子孙的来信,一脸苦笑,两行清泪。在承祖的信上,打了个问号;在承望和超俊的信上,打了个大大的叉。

当选县长后的第三天,杨承望给老父写了一封信,托人送去。又过了几天,摸黑上了一次东山,态度如旧,又多了几分得意几分傲慢。"爸,我当县长后,气死了黄家父子。杨家上了天,黄家入了地。为我妈报了仇,雪了耻。杨黄两家的位置,四十年后,又一次颠倒。看来,权力至上,比什么都重要啊!"老夫子说:"我和你锅爷说过,宁可不让你当县长,也不想让黄家父子这样死去。承望,你的当务之急,不是升官,而是修养,做人尚不够格,何以为官?要好好读读《十三经》,再读读《曾国藩家书》。曾氏在给儿子的信中说道'凡人多望子孙为大官,余不愿为大官,但愿为读书明理之君子。勤俭自持,习劳习苦,可以处乐,可以处约,此君子也',又说,'勤苦俭约未有不兴,骄奢倦怠未有不败'。承望,我看你太骄了……"承望哈哈一笑,打断他的话说:"爸,曾国藩是镇压农民起义的刽子手,我一个共产党的县长学他的著作,有辱我的身份!"老夫子脸一黑,扭过了一边。承望又说:"爸,对《十三经》,我也有看法。但长期以来,为了你的面子,你的自尊,我没有和你交换过这方面的意见,今天咱父子俩好好谈谈。我说错了,爸你还像以前一样,给我指出。毛主席说,……在中国,又是半封建文化,这是反映半封建政治和半封建经济的东西,凡属尊孔读经、提倡旧礼教、旧思想,反对新文化、新思想的人们,都是这类文化的代表。帝国主义文化和半封建文化是非常亲热的两弟兄,它们结成文化上的反动同盟,反对中国的新文化。这类文化是替帝国主义和封建主义服务的,是应该打倒的东西,爸,我真不明白,你为啥对应该打倒的文化、腐朽的文化这样感兴趣呢?"

一时,杨复之愣了。待反应过来后,忽地站起来,老眼圆瞪,怒目而视。他知道,情绪又到了激动的时候,赶紧数数儿,从一到三十六。但是,数到三十六,情绪不但平静不下来,反而更加激动。他忍无可忍,终于暴发了一生最大的一次"革命"。他拍着桌子,对承望大声吼道:"杨承望!你黄口小儿太狂了！没有你认为是应打倒的、腐朽的文化，你能当上县长？"杨承望也愣了，从没见父亲发这样大的火。一时惊得他不知说什么才好。杨复之竭尽老力，还是吼叫着说："杨县长，你回府吧。老夫不再奉陪你了！"杨承望坐着不动，心说，坏了，不该对他说这些话。

父子俩僵持着，老子胸脯起伏，直喘粗气，言犹未尽，但怒火满腔，说不出来；儿子脸扭一边，心中不服，但这个时候再不能陈述自己的观点了。大概是杨复之的嗓门太高，惊动了锅风景一家，小锅风景进来，看看这个，看看那个，问："复之兄，你们父子怎么了？"杨复之看着小锅风景，降低嗓门，但不失坚决地说："兄弟，替我送客！"说罢，转身出去。

杨复之心中那个早有的想法，就是这时才最后决定尽快实现的。

此刻，杨复之饱蘸浓墨，思索片刻，在纸上写下"与儿孙书"几个字后，又摊开儿孙的来信，一封一封看着。

不孝男杨承祖叩见父亲大人：

　　四十六个春节，不孝男在父亲膝下度过。搬出杨家大院后，虽屋外寒风凛冽，然家严似慈母，其乐也融融。尤其是摘帽以来，心身欢愉，芝麻开花。孰料今年春节，不肖子孙无端惹事，激父亲大人年夜出走。承祖闻讯如雷贯耳，诚惶诚恐奔回，与弟承望一并深究父亲出走之因。逆子超俊欲隐实情不露，遂送公安局，方撬开铁嘴，敲掉钢牙，真相大白。初一教子，甚为严厉，惊动四邻，波及全村。三代老小，齐赴东山，请父归家。无奈戳伤父心甚重，子孙含泪空归。每逢佳节倍思亲，悲悲戚戚，以泪代酒。心系父身，时时刻刻，如煎如焚……

　　父示不肖子孙对照《十三经》，检点言行。说来惭愧，近年工作甚忙，荒废学业；齿疏顶秃，上进心消。经典著作尘封，修身养性放松。春节后重读，感受颇深。《尚书》文字艰涩，佶屈聱牙，非我辈才疏学浅者能解。唯对"德无常师，主善为师；善无常主，协于克一""居上克明，为下克忠，与人不求备，检身若不及"等类如格言者有兴趣。《诗经》好解好记，自幼在您的教诲下，许多篇章烂熟于心。陶冶情操，坚实文功，非读此不可。然不孝子心性修养甚浅，鳏居以来，偶对美目巧笑心动思邪，行为出格。有愧于《诗》，有愧于父，亦影响于后人。父有所好，子必甚矣，儿与媳没有教养，廉耻丧尽，淫荡超群，皆父之过也。读《易》不易，其难不在《尚书》之下。易曰："革物者莫若鼎，故受之以鼎。主器者莫若长子，故受之以震"，我为长子，不学无术，消极颓废，无与弟花萼相辉，棠棣竞秀。大年期间为父归及政事，提醒子弟，弟之观念地位，皆不容吾之忠言。奈何？反复咏诵《孝经》，为夫子"吾志在《春秋》，行在《孝经》"动容。忠孝相连，唯有孝父母，方可忠国家。难以想象，不事孝者，何以尽忠？承祖不敢自夸，忠孝兼备，唯此自慰。《论语》《孟子》《尔雅》尚未复习，一俟读后，有何感想，遂呈父示。

父亲大人，古语云：大能容小，天可盖地。不肖子孙受良心自责，舆论谴责，已幡然醒悟，痛改前非。如今，正阳村显赫杨家，蒸蒸日上，岂可没有舵手？弟荣任县长，名重位高，身系全县，亟待父之教诲；不肖孙超俊渐呈无缰羁野马，近创办个体销售公司，经济效益可观，然德行日下，没有您老之监教，必将失足悬崖；不孝子承祖亦有难题请教：黄明旺遗孀黑牡丹、贺效东前妻曹玉凤，皆有情爱与儿，竞争激烈。黑牡丹爱儿极深，然没文化；曹玉凤文化尚可，然情爱不浓。情爱与文化孰轻孰重？因杨家为书香门第，父亲是仁义楷模，不孝子承祖难以决断。万祈父亲早日归家，指点津迷。

锅爷与父感情甚笃，有劳关照。侄孙承祖拜谢！

再叩再拜，求父速归。

不孝子承祖敬上

寓阳林男杨承望百拜谢罪书上

父亲大人膝下：

霜叶红于二月花。二月里，男有幸选为县长，想必大人已知，分径拔纬，寻幽探秘，男生于杨家甚幸，甚幸！男有满腹经纶，仁义道德，智谋卓然的父亲，万幸，万幸！舍之渊源，男是无根之草，无本之木，凌风飘荡,永无出头之日。

男有出头之日,父却隐于深山。日暮为念,甘食无味,辗转反侧,不能安枕。更恐同事及下属议论:县长不孝,老父逃也! 月前开政协会,父为委员,无故缺席,有知情者私语,扩而广之,尽人皆知。男于会上报告,窃窃嗡嗡不绝,不敬鄙视目光如芒。卅万县人传闻,恶意中伤日甚。岳父与援朝甚急,每日电话询问。男与兄因此反目,其豆相煎。男恨不能挂印封金,归拜膝下,以尽全孝。

父训对照《十三经》思过,男不敢隐瞒,陷身公务,日理万机,与古籍有情无缘。今致书谢罪,万祈家严见谅。

罪一:为学之道,男近乎荒废。《十三经》虽博大精深,为传统文化之摇篮与总汇,大至治国平天下,小到修身养性齐家,灼灼其华,仰之弥高。然两千年风云巨变,其观点日见陈腐,渐为时人所弃。若做学问研究,其价值无与伦比;若作座右铭,则有违时尚,令人冷齿。我辈习马恩列斯毛,邓小平理论,尚感艰深,又感无暇,哪有闲情逸致皓首穷经? 时不我待,万事匆匆。有感于此,男弃之不读,有违父命,诚惶诚恐。

罪二:为人之道,男实有缺憾。与父有情无为,常以《孝经》"立身行道,扬名于后世,以显父母,孝之终也"自慰。没能在生活、精神诸方面关心父亲。尤其是回县工作以来,路途迩而孝道远,实为碌碌公务所致。父亲弃家而走,男为始作俑者也。与兄之血情犹浓,往来稀薄,常因家国之事口角,不欢而散。扪心自问,男之谬误胜于兄也。然身份有变,为大局计,难免违心一二。再则,悔不该与白梅复燃,亦未对超侄尽心。

罪三:为官之道,男尚不精通。因此而屡遭误解。树正阳之典型,现场会推广,本无可非议。然操作过程中确有失误,劳民伤财,众怨沸沸。况典型之树否,现场会之开否,非男之一口决断,上有地委,下有常委,男为正阳人,情况熟悉,联系多多而已。占滩地办企业,亦非男之力主。黄明旺为声名影响计,舍弃村情民心,一意孤行,先斩后奏,男知之已晚。粮荒发生，男忧心如焚，两次组织解救，众口皆碑。又以职权调拨无息贷款五十万，垫地扩耕，以图永逸。爱乡护民之情，昭然有示。父亲不明就里，听信假语村言，对男耿耿于怀。冤哉枉也！若说为官有罪，一为庇护犯罪子侄，使其失却教育良机，荒草疯长，不忠不孝。二为用人失误，教育不力，致使黄明旺损公毁己，贻害无穷，村人怨声载道。三为在班子内有强团结弱原则之嫌。

伏望大人念男一腔赤诚，一片孝心，归家教子孙，正家风，强社稷，以免不肖子孙惹出祸端，贻祖宗与高堂之羞也！若大人嫌故居嘈杂，可来县城，男与兄竭诚孝道，凡事快意；若嫌县城孤寂，可到长治，含饴弄孙，颐养天年。

切切，万望以杨家欣荣为念！

不孝男：承望

亲爱的爷爷：

对不起您呀，大年初一，爸和二叔把我送到公安局，从东山回来后又把我打得皮开肉绽。罪有应得，不怨天不怨地，只怨自己不孝，惹得爷爷大年三十跑到深山，我们也没有过好新年。

爷爷，您要我读《十三经》，不是要我的小命吗？一来，我没有兴趣，一读之乎者也就头疼；二来，我也读不懂；三来，我不同意您和孔老二的观点。现在是20世纪80年代，不是春秋战国，也不是您老人家小时候那个年代。咱爷孙俩的认识不一，观点不同，主要在两个方面。一是您要我"读书做官"，走杨家百年来的传统老路。我不爱读书，更不想做官，只想学一门技术，或者，做生意赚钱。改革开放路子宽，条条道路通北京，行行出状元，何必在"读书做官"的独木桥上挤个人仰马翻呢？现在我高兴地告诉您，在您不在家的这两个月里，我办了一件大事，和陈小小合开了一个"新生代销售公司"，为了开这个公司，我偷偷地准备了一年多。我们的公司是代乡镇企业销售产品，现已有流动资金一百万元。其中，有我们这两个月赚的三十多万元。我有钱了!我走的路,就是告诉人们,杨家辈辈是好汉,不仅有做官的,也有发财的,能文能武。做官和发财,都能体现人生的价值。第二个不同观点是"性"的禁锢与开放。按您和孔老二的观点,饿死事小,失节事大,万恶淫为首。请原谅,孙子怎么也想不通。人生不图快乐,不及时行乐,活得有啥意思?在我们年轻人中流传着这样一句话:会吃会玩享福的,不吃不玩狗日的。不管是不是夫妻,双方情愿,玩玩有啥不好?你看人家外国佬,夫妻是夫妻,情人是情人,互不干涉,发生性关系就跟口渴了喝一杯水一样容易和方便。我真不明白孔老二要干涉这号事干啥;我也不明白奶奶为啥那样死了;你和我爸为啥几十年不找个老婆……

爷爷,回来吧,快回来吧。回来后,我和沁丽给您老人家赔情道歉,给您买好吃的好穿的。为了联系业务,我们计划买一部小车,您想去哪,就坐我们的小车,我已经学会开车了;我和沁丽悄悄商量好了,给您办两件事:第一,您还不老,才六十八岁,给您找个老伴,过一个幸福的晚年。她就是英妮的奶奶,英妮和她妈已做通了思想工作,人家愿意;第二,村里像您这么大的老汉,都准备了后事,我们计划给您买一副柏木棺材,买一身绫罗绸缎,解除您的后顾之忧。

爷爷,您是杨家的有功之臣,既当爹又当妈,抚养大了我爸和二叔,又培养了我几年。您的大恩大德,杨家子孙谁也忘不了。我和沁丽以前错了,以后,一定将功补过,再不惹您老人家生气了。您能原谅我们吗?您还相信我们吗?

啥时回来,捎个信,我和沁丽去接您。

你亲爱的孙子:超俊

读罢这三封信,杨复之饱含热泪,挥毫泼墨,笔走龙蛇,极平生之体会,运全身之精力,写了如下一封信。

与儿孙书

己巳年四月二十三日,杨复之致书承祖承望超俊等:

五年前今日,闻承望荣升,杨家复兴,喜不自胜;五年后今日,墨与泪齐流,心与胆俱寒,吾作此书与汝等永别矣!

卅年前欲做新鬼,与吾妻春绮、吾祖煌书相会乃尔,然不忍祖望二子,难弃祖父重托,忍辱负重,苟延残喘于今。今祖望皆立,超俊生子,杨门复兴,大业已成。此一也。世间恢阔,难容吾七尺之躯;吾七尺之躯弱小,亦难容世事。此二也。吾赴黄泉非汝等相逼,无年夜出走亦难移此志。文化渐亡,有天无日,礼崩乐坏,江河日下。吾直性刚肠,疾恶如仇,心即死,命安惜?尸位素餐亦惶惶不可终日,吾杞人也。此三也。嗟吁!无力回天,有心入地,一死谢仲尼慰孟轲。

汝等手书俱悉,志向已陈。承祖有儒者遗风,然性情浮躁,治学浅尝辄止,不求甚解。吾死后千卷藏书归汝,务求韦编三绝,从容涵泳。择妇自断,我复何言?长男为主器,杨门赖汝撑。昔盼承望做官,今怕承望做官。何也?汝出校门未习经义,反以无暇自欺,反辱经义为反动文化,不及时论。唯官是图,心性乖张,一纸谎言谬语。真心不可面父,更信何人?有负父兄乡亲之望,祸害乡梓,莫如汝也。长此以往,昏庸奸贪。做人尚且不够,何以为官乎!超俊大愚,文字意旨皆无长进。观念大谬,人无羞耻犬豚不如。汝未读书入仕,净士林官场一分,杨门有幸!

昔怪汝等蜕之,痛刺于心。今始觉悟。东南西北风来,沧桑又变!文化根基肤浅,墙头茅草滩边芦苇,迎风而伏。为官者贪,贪财贪色贪乌纱,对上谄,对下渎,弄虚作假,仁义全无。上有好下必甚也,物价飞涨,奸盗成风,经纬混乱。为商者奸,诚信毁弃,尔虞我诈,假货遍布。为民者已受害又害人,鸡鸣狗盗者多得褒奖。放眼昏昏,满目疮痍。天理灭,人道绝!风俗颓败如是,居位者杨承望等,虽不能禁,忍助之乎!

《十三经》为儒家文化经典,历千年浪淘,始成真金。瑕不掩瑜,极高明而道中庸。可谓仰之弥高,钻之弥坚,瞻之在前,忽焉在后。忠恕仁爱信义和,七字真言,经天纬地,万古长春,迎风笑日,累垂秋实。施于官场,官风正;施于民众,民风醇;施于商者,财源旺;施于人文,文风盛。杨家子孙,若不数典忘祖,欲堂而正之,有浩然之气,列君子之林,必读《十三经》。谨记太史公诚言:修身者,智之符也;爱施者,仁之端也;取予者,义之表也;取辱者,勇之决也;立名者,行之极也。

吾一生慎独慎思,未负何人,唯对白梅有愧。省吃俭用余款三千,尽归于她。吾死不连累锅叔和他人,明日辰时于祠堂告知列祖列宗,后抵祖茔会合吾妻吾祖。汝等知晓已到午时矣。尸骨万勿回村,扰乱邻里。切记!

呜呼!国魂家魂归来兮,壮吾中华!

呜呼!国魂家魂归来兮,壮吾杨家!

杨复之绝笔

写罢,细读一遍,与子孙们的信装于一筒,封好,上书:杨承祖亲启。置于《十三经》之上。他像完成了一件大事,搓搓手,擦擦脸,展展腰,脸上现出上山来少有的轻松的笑。他拎出一瓶酒来,走到锅风景的屋里,仍是一脸轻松地说:"锅叔,今天是我的生日,咱叔侄俩喝二两吧?"锅风景说:"我记得你生在六月初七,咋挪到了今天?"他说:"不,你记错了,我就生在今天和明天的交叉处。"说着,斟好酒,端起一杯,送到锅风景手里。锅风景说:"复之,你不愁你的文化了?"他说:"那是愁能愁来的吗?"锅风景说:"你不要学福禄啊,我也担当不起。"他一惊,心说:"锅叔就是眼明!"脸上却不动声色,异常平静地说:"我不会连累你的,永远不会。锅叔,你放心和我喝酒吧!"锅风景说:"你是文化人,一生谨慎,干啥都要掂量再三。我只是提醒你,不干涉你。生死有定,在劫者难逃,劫外者幸免。"

等锅风景一家睡了,他悄悄走出来,在院子里拿了一把铁锨,沐浴着惨淡的月光,大步朝山下走去。两个小时后,他走进镇泱城,走进杨家祠堂,不到半个小时,又出了城,走到三里外的杨家坟地。静静地坐了一会儿,他吃力地挖开春绮的墓,对着那口已腐朽的棺材说:"春绮,我来了,你不高兴吗?你应该高兴啊。从此,我不走了,咱俩永远在一起。"说罢,掏出一小包安眠药和一小瓶水来,服下后,躺在春绮的棺材旁……

1997年9月7日　一稿

1997年11月28日　二稿

1998年8月1日　三稿

"三晋百部长篇小说文库"书目

经典作品：

·李家庄的变迁·三里湾	赵树理
·太行风云	刘　江
·汾水长流	胡　正
·草岚风雨	冈　夫
·新星	柯云路
·游戏	成　一
·黑雪	哲　夫
·世界正年轻	高　岸
·玉龙村记事	马　烽
·草青	吕　新
·吕梁英雄传	马　烽　西　戎
·跋涉者	焦祖尧
·神主牌楼	张石山
·咸阳宫（上、下卷）	林　鹏
·生死门	晋原平
·送葬	王西兰
·白银谷（上、中、下卷）	成　一
·北腔	毛守仁
·巅峰对决	钟道新　钟小骏
·母系氏家	李骏虎

原创作品：